Katherine Center

W0401400

LA VIE RÊVÉE DE MARGARET

Traduit de l'anglais (États-Unis) par Nathalie Guillaume

Milady

Milady est un label des éditions Bragelonne

Titre original : *How To Walk Away*
© 2018 by Katherine Pannill Center
Ce texte a fait l'objet d'une première publication en langue anglaise chez Saint Martin's Press en 2018.
© Bragelonne 2019, pour la présente traduction
Tous droits réservés.

ISBN : 978-2-8112-2931-3

Bragelonne – Milady
60-62 rue d'Hauteville – 75010 Paris

E-mail : info@milady.fr
Site Internet : www.milady.fr

Pour ma mère, Deborah Detering,
ma super-héroïne personnelle.

Et à la mémoire de son frère et ami,
mon oncle, Herman Detering.

Tu nous manqueras toujours, Bubsie.

« Vous n'avez qu'une vie,
et elle va seulement en marche avant. »
Wesley Branch

« Il existe toutes sortes de fins heureuses. »
Eve Lapin

Chapitre premier

J'AI TOUJOURS EU PEUR DE PRENDRE L'AVION – IRONIE DU sort, vu ce qui est arrivé ce fameux soir. Cette peur ne m'a jamais quittée. Depuis que je suis en âge de penser.

Cela paraissait contre-intuitif. Voire un peu arrogant. Pourquoi monter alors que la gravité voulait clairement qu'on reste les pieds sur terre ?

Quand nous étions lycéennes, mes parents nous emmenèrent, ma grande sœur Kitty et moi, à Hawaï. La perspective du vol me terrifia à partir du moment où ils nous annoncèrent que nous allions y passer des vacances, et cette peur me poursuivit bien après notre retour. La phrase « prendre l'avion pour Hawaï » se traduisait inévitablement dans mon esprit par « se noyer dans l'océan ». La semaine précédant le voyage, je me mis à passer en revue des stratégies de survie. Une nuit, après l'extinction des lumières, je me faufilai dans la chambre de Kitty et grimpai dans son lit.

J'étais en troisième, et elle en terminale, ce qui lui donnait beaucoup d'autorité.

— Quel est le plan ? demandai-je fermement.

Elle avait le visage à moitié enfoui dans l'oreiller.

— Le plan pour quoi ?

— Pour le crash.

Elle ouvrit un œil.

— Le crash de quoi ?

— Le crash de l'avion. Dans l'océan. En allant à Hawaï.

Elle soutint mon regard une seconde.

— Ça n'arrivera pas.

— J'ai un mauvais pressentiment, dis-je.

— Arrête avec ça, tu vas nous porter la poisse.

— C'est sérieux. Il nous faut une stratégie de survic.

Elle tendit le bras et me tapota la frange.

— Il n'y a pas de stratégie de survie.

— Il doit bien en exister une.

— Non, dit-elle en secouant la tête. Parce que si on ne s'écrase pas, on n'en aura pas besoin. Et si on s'écrase…

Elle marqua une pause, le temps que je saisisse.

— On n'en aura pas besoin non plus ?

Elle acquiesça.

— On sera juste mortes.

Puis elle claqua des doigts.

— Tu donnes l'impression que c'est facile.

— Mourir *est* facile. Ce qui est compliqué, c'est précisément de ne pas mourir.

— Tu marques un point, là.

Elle ferma les yeux.

— C'est pas pour rien que je suis le cerveau de la famille.

— Je croyais que c'était moi ! répliquai-je en lui donnant un petit coup de coude.

Elle s'écarta en roulant.

— Tu sais bien que toi, tu es la beauté.

Contre toute attente, nous survécûmes à ce voyage.

De manière tout aussi incroyable, je survécus à beaucoup d'autres voyages après celui-là. Dans le pire des cas, le trajet avait été vaguement perturbé par quelques turbulences. J'avais lu les statistiques démontrant que l'avion était le plus sûr de tous les modes de transport – de la voiture au train en passant par la gondole. J'avais même un jour fait un stage dans un bureau juste à côté d'un aéroport international, et regardé les avions décoller et atterrir toute la journée sans le moindre problème. Cette phobie aurait dû me passer depuis longtemps.

Mais je ne pus jamais me départir du sentiment que prendre l'avion et s'écraser, ça revenait au même.

Des années plus tard, je fréquentais – sérieusement – un type qui était sur le point d'obtenir son brevet de pilote. Je le fréquentais si sérieusement, en fait, que ce samedi-là, alors que nous allions fêter mon pas-encore-officiel-mais-presque nouveau job de rêve, j'avais comme l'impression qu'il était sur le point de me demander en mariage. Ça pouvait arriver à tout moment.

Raison pour laquelle je portais une robe bustier noire.

Si j'avais pris le temps d'y réfléchir, j'aurais peut-être marqué une pause pour me demander comment il était possible que mon petit ami, l'incroyablement sportif et séduisant Charles Philip Dunbar, puisse être à la fois l'homme idéal et accro au vol. Il ne réfléchissait jamais deux fois avant de prendre l'avion – ou de faire quoi que ce soit d'effrayant, d'ailleurs, comme de la plongée sous-marine ou du saut à l'élastique. Il avait une foi intrinsèque en l'ordre de l'univers, les principes de la physique et le droit de l'humanité à contourner ces lois selon sa volonté.

Quant à moi, j'avais toujours soupçonné le chaos d'être plus fort que l'ordre. Lorsqu'il s'agissait de l'Homme contre la Nature, je misais systématiquement sur la Nature.

— Tu n'as jamais écouté en cours de sciences, disait toujours Chip, comme si j'étais juste sous-informée.

C'était assez vrai. Mais ça ne prouvait pas que j'avais tort.

Chip croyait pouvoir guérir mes peurs en m'emmenant en vol. Cela serait si génial que je n'aurais d'autre choix que me détendre et y prendre plaisir.

Après ce débat, chacun était resté sur ses positions.

— Je ne prendrai jamais, jamais l'avion avec toi, avais-je annoncé avant sa première leçon.

— C'est ce que tu dis maintenant, mais un jour tu me supplieras de t'emmener là-haut.

Je secouai la tête, genre *nan-nan*.

— Pas vraiment du style à supplier.

— Pas encore.

À présent, il était presque diplômé. Il avait passé avec succès son test en vol solo. Il avait accompli plus que le double des heures d'entraînement requises, juste par acquit de conscience. Tout ce qu'il restait ? Son contrôle de compétence, épreuve au cours de laquelle un pilote chevronné prendrait l'avion avec lui et l'exposerait à des « situations stressantes ».

— Ne me raconte pas ce que c'est, avais-je dit.

Mais il le fit malgré tout.

— Genre, ils simulent une panne de moteur, et tu dois gérer, poursuivit-il, ravi à l'idée de garder son sang-froid dans pareilles situations. Ou alors tu effectues un atterrissage sur une piste très courte. Et évidemment : le vol de nuit.

Le contrôle de compétence avait lieu la semaine suivante. Il s'en sortirait bien. Chip était de ces types qui gardaient leur calme quand les choses dégénéraient. Il ferait un parfait pilote. Et il pourrait voler – tout seul – autant qu'il le souhaiterait, je m'en réjouissais pour lui.

Mais, d'abord, on se fiançait – du moins l'espérais-je. Peut-être ce soir-là, pour la Saint-Valentin.

Je ne peux pas vous dire quand j'ai su, exactement. Je l'avais juste vu venir toute la journée, un peu comme quand on sent qu'il va pleuvoir. Au moment où je bouclai ma ceinture à côté de lui dans sa Jeep, j'en étais certaine.

Ça faisait longtemps que je connaissais Chip. On était ensemble depuis trois ans. Je connaissais chaque expression de son visage, et son corps n'avait aucun secret pour moi. Je savais quand il se forçait à rire ou quand il racontait des conneries. Je devinais en quelques secondes s'il aimait une personne ou pas. Et je savais assurément quand il cachait quelque chose – surtout si ça l'emballait. Même si ce rendez-vous ressemblait à tous ceux que nous avions eus, je savais simplement qu'un truc énorme allait se produire.

Je pensais qu'il nous emmènerait dans ce restaurant italien avec les lumières scintillantes, où nous avions eu notre premier rencard. Mais, au lieu de prendre la direction du centre-ville, il tourna vers l'autoroute et accéléra.

Sa Jeep était décapotée. Je plaquai les bras par-dessus mes cheveux.

— Où est-ce qu'on va ? criai-je.

— Surprise !

À ces mots, j'eus l'estomac noué. Une fois de plus, je devinai les intentions de Chip avant même qu'il les révèle. C'était une espèce de problème chez nous. Je le déchiffrais trop bien. Il ne m'emmenait pas dîner. Il m'emmenait à l'aéroport.

Vingt minutes plus tard, nous avions laissé loin derrière nous la ville d'Austin. Il tira le frein à main à côté d'un hangar sur un aérodrome privé au milieu de nulle part.

Je regardai autour de moi.

— Tu n'es pas sérieux.

Il se pencha.

— Est-ce que tu es surprise ?

— Oui et non.

— Fais semblant, alors. J'aimerais te surprendre, rien qu'une fois.

— Bien. Je suis sous le choc, impressionnée.

— Fais un peu moins semblant.

Il vint de mon côté et me prit par la main, puis m'entraîna derrière lui, plié en deux comme un voleur, pour faire le tour jusqu'à l'autre bout du hangar.

Je le suivis dans un état de dissonance cognitive – en sachant exactement ce qu'il était en train de faire tout en me répétant aussi clairement que ça ne pouvait pas être le cas.

— Est-ce que tu me fais entrer ici en douce ? chuchotai-je.

— Ça va. Mon ami Dylan l'a fait avec sa copine la semaine dernière.

Je tentai de repousser sa main.

— Chip. Je ne peux pas !

— Bien sûr que si.

— Est-ce que c'est… illégal ?

— Je veux juste te montrer mon avion.

— Ce n'est pas le tien, mon pote.

— Presque.

Voir son avion m'intéressait à zéro pour cent. Moins que zéro. J'étais intéressée par du vin, des hors-d'œuvre et des chandelles. J'avais presque décroché le boulot de mes rêves ! J'avais envie de fêter ça. J'étais d'humeur à me sentir bien, pas mal.

— Est-ce qu'on ne peut pas juste aller dîner ?

Il scruta les environs, puis se retourna vers moi.

— *N'importe qui* peut aller dîner.

— Ça me va d'être n'importe qui.

— Moi non.

Puis, avec un haussement d'épaules du type la voie est libre, il m'entraîna jusque devant un petit Cessna blanc. Il ressemblait au genre d'avion que l'on voit dans les dessins animés – les ailes en hauteur, le corps en dessous, et un petit nez à hélice. Très patriotique, également. Rouge et blanc à rayures bleues.

— Mignon, dis-je avec un hochement de tête du genre *Super. Maintenant, on s'en va.*

Mais il me prit par les épaules et m'indiqua le cockpit. Je reculai.

— Qu'est-ce que tu fabriques ?

— Allons faire un tour.

— J'ai peur en avion. Tu te rappelles ?

— Il est temps de surmonter ça.

— Je vais vomir. J'aurai le mal de l'air.

— Pas avec moi, non.

— Il ne s'agit pas de toi. Mais de prendre l'avion.

— Tu as juste besoin du bon pilote.

Je secouai la tête – manifestant autant mon incrédulité que mon refus.

— Tu n'as même pas ton brevet…

— Je suis aussi bon que si je l'avais. J'ai fait tout ce qu'on peut faire avec un avion.

— À part passer le brevet.

— Mais le brevet, c'est juste pour voir ce que tu as *déjà appris.*

— Chip ? *Non.*

— Margaret ? *Si.* Et tout de suite, avant qu'on ne se fasse attraper.

La force avec laquelle il insistait était presque physique, comme une bourrasque que l'on doit se préparer à affronter. Il voulait le faire. Il voulait que *je* le fasse – que je montre ma foi en lui, que je croie en lui. Ce n'était pas un test, à proprement parler, mais ça restait une chose à laquelle je pouvais échouer.

Je n'étais pas du genre à échouer.

J'étais du genre à cartonner.

Cela avait tout d'un grand moment. Enveloppé d'une signification métaphorique portant sur le courage, la confiance et le goût de l'aventure – comme si ça allait révéler quelque chose d'essentiel sur qui j'étais et comment je vivrais le restant de mes jours. Dire non à un vol en avion à cet instant précis revenait soudain à refuser l'avenir. Voulais-je être quelqu'un qui baissait les bras face à d'infimes risques statistiques ? Était-ce un défi que j'étais incapable de relever ? Allais-je laisser la peur m'affaiblir ?

Je ne suis pas sûre d'avoir vraiment eu le choix. Chip était Chip. Il était l'homme parfait, et j'en étais convaincue depuis que ses parents avaient emménagé à côté de chez les miens, à l'époque où nous étions tous les deux à la fac. Nos mères devinrent meilleures amies voisines, à boire du vin sous le porche en se racontant des ragots, mais je ne le voyais qu'aux vacances. L'été, son père lui faisait tondre la pelouse, et je me plantais devant notre fenêtre pour le regarder. Un jour, ma mère lui apporta une bouteille d'eau, et il l'avala d'un trait. Je m'en souviens encore au ralenti.

Mais je ne le connaissais vraiment pas du tout, jusqu'à ce que nous nous retrouvions en école de commerce ensemble par hasard, chez nous à Austin. J'étais chef d'équipe de notre groupe d'étude, et il travaillait sous ma responsabilité, ce qui était bon pour lui.

C'est ainsi que nous sommes tombés amoureux.

Je l'aurais épousé ce premier soir où nous nous sommes embrassés, s'il me l'avait demandé. Il était ce genre d'homme.

Grand, rasé de près, blond, typiquement américain. Tout lui réussissait, et il avait de l'assurance. Et c'était un rêveur. Personne ne lui refusait rien. Je me sentais chanceuse d'être avec lui, et j'avais gribouillé le nom que je rêvais de porter, « Margaret Dunbar », plus que je ne l'avouerai jamais. Un jour, j'ai googlé des races de chien pour choisir notre futur animal domestique. Et un soir, alors que je cherchais autre chose – je le jure – sur un site d'équipement pour la maison, j'ai cliqué sur une petite fenêtre pour une clôture en bois blanc. Juste pour voir combien elle coûtait.

À présent, nous étions frais émoulus de l'école avec nos maîtrises de gestion flambant neuves, tous deux sur le point de commencer nos nouveaux boulots – Chip en tant qu'analyste financier débutant dans une banque d'affaires, un poste trouvé par le biais d'un ami de son père, et moi en tant que responsable du développement de l'activité pour une compagnie de pétrole et de gaz appelée Simtex Petroleum. Son job était convenable, mais le mien se révélait bien mieux, et j'estimais assez fair-play et élégant de sa part de partager ma joie.

En vérité, je n'étais même pas qualifiée pour mon nouveau travail. Il requérait « cinq années d'expérience dans le secteur », « une connaissance avancée en offre de marchés commerciaux » et une réelle « expérience internationale ». Je n'avais rien de tout ça, mais mon mentor de l'école de commerce avait pris des risques pour moi, demandant un renvoi d'ascenseur à un ami et écrivant une stupéfiante lettre de recommandation, où il me qualifiait de « visionnaire férocement énergique, une personne qui résout les problèmes, une communicante hors pair, dotée d'un excellent esprit d'équipe et d'une grande perspicacité financière et commerciale».

J'avais ri quand il m'avait montré l'offre d'emploi.

— Je ne suis absolument pas qualifiée pour ce boulot.

— Les gens décrochent sans arrêt des jobs pour lesquels ils ne sont pas qualifiés.

Je lus attentivement la description.

— Ils veulent «un engagement stratégique et d'un niveau opérationnel élevé confirmé dans l'environnement logistique».

— Vous êtes la grande favorite.

— Je suis une tocarde.

— Vous devez arrêter de penser comme une fille.

— Je *suis* une fille.

— Nous devons y remédier.

Je lui jetai un coup d'œil.

— Quand vous irez à cet entretien, je veux que vous vous preniez pour un homme.

Je fermai les yeux.

— Me prendre pour un homme.

— Un homme qui *déchire*, confirma-t-il. Un homme qui n'est pas seulement qualifié, mais surqualifié.

Je le regardai en secouant la tête.

— Les qualifications, dit-il, sont dérisoires face à l'assurance.

— Si vous le dites, répliquai-je, même si je n'y croyais pas une seconde.

Je me rendis à cet entretien ce jour-là, en m'attendant complètement à ce qu'on m'éjecte de la pièce en me riant au nez. Mais je suivis son conseil. Je feignis à mort – au moins pour lui prouver qu'il avait tort.

Contre toute attente, je décrochai le poste. Ou, plutôt, tandis que le type des RH me raccompagnait à l'entrée, il me toucha l'épaule et dit :

— Ce n'est pas officiel, mais vous l'avez.

Mon salaire de départ allait dépasser de cinquante mille dollars celui de Chip – mais ma mère me recommanda de ne pas lui en parler. L'important était que nous commencions nos vies. Les choses se mettaient en place.

Et ici, à l'aérodrome, je ne voulais pas être le seul élément qui ne rentrait pas dans sa case.

Chip me serra les mains.

— Tu me fais confiance, n'est-ce pas ?

— Oui.

Plus ou moins.

Puis il m'attira dans un baiser – un baiser déterminé, viril, du genre tout ceci peut être à toi, fourrant sa langue dans ma bouche d'une façon qu'il trouvait manifestement puissante et érotique, mais, pour ma part, étant donné que la pure terreur de ce que je m'apprêtais à faire m'avait glacé le sang, j'étais trop engourdie pour le ressentir.

Puis il me donna une claque sur la fesse et lança :

— Grimpe.

Que puis-je dire ? Je m'exécutai. Mais, je vous assure, les mains tremblantes.

Tandis que je m'affairais à accrocher ma ceinture, je me sermonnai en silence : c'était ce qu'il fallait faire. Est-ce que ce n'était pas ça, l'amour, après tout ? Dire « oui » – pas seulement quand c'était facile, mais aussi quand c'était dur ?

Bien entendu, n'importe quelle analyste digne de son diplôme aurait pu aisément émettre l'argument contraire : que j'aurais dû me fier à mon instinct et ne pas laisser Chip me pousser à faire des choses dont je n'avais pas envie. Que son manque de respect pour le malaise que j'éprouvais vis-à-vis de ses fantasmes à la *Top Gun* ne présageait rien de bon.

Mais je n'allais pas m'étendre là-dessus.

J'allais prendre l'avion.

Puis il fut à côté de moi, bouclant sa ceinture et me tendant une paire d'écouteurs noirs. J'avais la même sensation qu'on éprouve une fois qu'on a choisi une place dans un grand huit et qu'on s'est attaché.

Chip se glissa immédiatement dans le rôle du pilote. Il mit ses lunettes de soleil d'aviateur et appuya le micro de son casque si près de sa bouche que ses lèvres l'effleuraient, puis il commença à parler à la tour de contrôle dans un langage si spécialisé que ça n'avait globalement aucun sens : « Austin Sud Délivrance Autorisation – Cessna trois deux six Tango Delta Charlie avec information Juliette – VFR à Horseshoe Bay vol trois mille trois cents. »

J'avais l'impression qu'il faisait semblant. Qui parlait comme ça ? Mais la tour n'était pas d'accord. On entendit grésiller dans les écouteurs : « Cessna trois deux six Tango Delta Charlie – Austin Sud Autorisation – squawk deux trois un quatre, la fréquence de départ sera un deux zéro point neuf. »

Oh, merde. C'était pour de vrai.

Chip vérifia les instruments et les cadrans, les examinant comme un pro. Il paraissait à l'aise. Compétent. Fiable. Macho, aussi. Et, la vache, oui : super cool.

— J'ai déjà passé en revue ma checklist avant d'aller te chercher – deux fois, précisa-t-il.

Sa voix crépitait dans les écouteurs, mais il me prit la main et la serra.

— Je ne voulais pas te laisser le temps de changer d'avis.

Malin.

Mais j'étais totalement partante à ce stade. J'avais fait mon choix. Pour le meilleur et pour le pire, comme on dit.

Chip reporta donc son attention sur des choses plus importantes. Toujours en mode pilote sexy, il parla dans le micro et émit un autre message insensé à la tour, confirmant que nous attendions la piste. Je n'avais jamais été dans le cockpit d'un avion auparavant, et cet avion se résumait à un cockpit. Techniquement, il y avait deux sièges derrière nous, mais j'avais l'impression d'être à bord d'une voiture Majorette.

Un autre avion devait atterrir avant que nous décollions, et j'étudiai le tableau de bord avec tous ses boutons, ses cadrans et ses « -omètres ». Je le montrai du doigt.

— N'est-ce pas un peu élevé ?

C'était plus haut que ma tête. Je voyais à peine au-delà.

Il acquiesça.

— Ce n'est pas comme conduire une voiture, expliqua-t-il, où il est entièrement question de ce que tu vois. Le vol est plus basé sur les instruments.

— Tu ne regardes pas par le pare-brise ?

— Si, mais tu regardes tout autant les instruments et les jauges. C'est à moitié regarder, à moitié calculer.

Un avion se posa, ralentit et nous dépassa en roulant doucement.

Tu vois ? me dis-je. *Ils ont survécu.*

Le moteur se mit à vrombir, Chip donna de nouvelles indications à la radio, et il commença à actionner les pédales pour nous mettre en position. Les pales de l'hélice tournaient si vite qu'elles disparurent. L'avion vibra en bourdonnant. Je m'assis sur mes mains froides pour m'empêcher de serrer les poings.

— S'il te plaît, ne fais pas de loop-loopings ou quoi que ce soit, dis-je alors.

Il me jeta un coup d'œil.

— Des loop-loopings ?

— Des tours, des vrilles. Ou je ne sais pas quoi. Des trucs pour épater la galerie.

— Je n'ai pas besoin de t'épater.

— C'est clair que non.

— Tu sais déjà à quel point je suis génial.

Je hochai la tête.

— Oui. Ah, aussi, je risque de vomir.

Nous prîmes de la vitesse en nous projetant en avant. Tandis que nous décollions, j'estimai que les sensations étaient les mêmes qu'à bord d'un gros Boeing. Un peu plus cahoteux, peut-être. Un tout petit peu plus en première ligne. Un poil plus *Out of Africa*.

Le sol se dissipait en dessous de nous. Je gardai mon sang-froid.

Chip était calme et concentré, et c'était si étrange de penser que c'était par lui que tout cela arrivait. Une fois que nous fûmes en suspension dans les airs, il se mit à raconter tout ce qu'il faisait, comme s'il me donnait un cours. Il m'expliqua que le Cessna 172 était l'avion le plus populaire qu'on ait jamais construit. Un classique. Nous nous stabiliserions à mille mètres. Nous voyagerions à deux cents kilomètre-heure, en accélérant quand l'air se ferait plus rare, pour éviter de caler. Il devait scruter le ciel pour guetter d'autres avions, ainsi que regarder le radar sur l'écran pour repérer les tours.

Puis, quelque chose de perturbant : il mentionna que le carburant était dans les ailes.

— Ça me semble bancal, comme ingénierie, dis-je. Et si les ailes se cassent ? Tu seras arrosé de kérosène.

— Les ailes ne cassent pas. Ce genre de chose n'arrive jamais.

— Mais si elles cassaient.

— Dans ce cas-là, tu as des problèmes plus graves qu'une éclaboussure de carburant.

Je mis mes mains sur mes genoux et les disposai délibérément de façon qu'elles ne paraissent pas crispées.

L'avion était bruyant – d'où le casque –, et nous vibrions plus en l'air qu'au sol, surtout quand nous passions sous un nuage. Chip m'expliqua que, en fait, les nuages reposaient sur des colonnes d'air qui s'élevaient, et que les turbulences se produisaient quand on traversait ces colonnes. Je n'avais jamais imaginé les nuages reposant sur quoi que ce soit – juste flottant –, mais, une fois qu'il me l'eut expliqué, cela parut sensé. Plus il racontait de trucs sensés, plus je me sentais en sécurité.

Il me regarda en souriant.

— Fabuleux, hein ?

Plus ou moins.

— Fabuleux.

— Toujours effrayée ?

Oui.

— Non.

— Contente d'être venue ?

— Je le serai encore plus une fois de retour sur la terre ferme.

— Je savais que ça te plairait. Je savais que tu ne manquais pas de courage.

Quel étrange compliment. Comme s'il ne m'avait jamais vue être courageuse avant. Comme si ma capacité à être courageuse avait été sujette à débat.

Mais je me sentais en effet plus courageuse à présent, alors que nous nous élevions au-dessus des parcelles de terrain qui formaient comme une mosaïque en dessous de nous.

Le plus dur est derrière toi, me rappelé-je avoir pensé.

Bientôt, les zones d'habitation en bas se clairsemèrent, et je pris conscience que je n'avais aucune idée de l'endroit où il m'emmenait.

— Où est-ce qu'on va ?

— Je vais juste te montrer quelque chose en vitesse, et ensuite nous ferons demi-tour pour rentrer.

Je voyais que, plus loin devant, se trouvait une masse d'eau, sombre et dentelée.

— Est-ce que c'est Horseshoe Bay ? demandai-je.

Mes grands-parents avaient une maison là-bas. J'y étais allée un million de fois, mais je ne l'avais jamais vue sous cet angle.

Chip hocha la tête.

— Gagné !

Nous approchions la rive opposée.

— Qu'est-ce que tu veux me montrer ?

— Attends de voir.

Chip fit s'incliner le petit avion pour tourner au-dessus du lac, puis le fit un peu baisser en altitude, et nous nous rapprochâmes de l'eau. Je voyais des maisons et des petites voitures en bas, mais il était difficile de reconnaître quoi que ce soit de là-haut. Nous plongeâmes un peu plus, assez près pour voir des vaguelettes se briser sur le rivage.

— Garde un œil sur la plage, dit-il alors que nous perdions encore de l'altitude.

Je regardai par ma vitre. Une fine bande de sable, des gens et des tables de pique-nique sur l'herbe à proximité. À présent, je reconnaissais. La plage sur la rive opposée.

Après quelques minutes, il dit en pointant du doigt :

— Là !

Je regardai.

— Où ?

— Est-ce que tu peux le lire ? demanda Chip.

— Lire quoi ?

Il jeta un coup d'œil en bas, par sa fenêtre latérale.

— Merde. On est trop haut.

Mais descendre davantage faisait passer les tours du radar au rouge.

Chip se tourna vers moi.

— Il y a quelque chose d'écrit dans le sable en bas.

Je ne voyais rien.

— Qu'est-ce que ça dit ?

— Ça dit « Épouse-moi » !

Mon cœur fit un léger bond, mais je la jouai décontractée.

— Vraiment ?

Je ne distinguais aucun message dans le sable.

— J'ai vu ça aux infos hier. Un mec a fait sa demande en écrivant les mots en lettres géantes dans le sable avec des cailloux, avant d'emmener sa copine pique-niquer au bord du lac pour la surprendre.

— Cool, dis-je, comme si c'était juste d'un intérêt empirique.

De quoi étions-nous en train de parler ?

— Je voulais vraiment que tu voies ces mots.

— Ah oui ?

— Oui. (Il me jeta un autre coup d'œil.) Parce que je voulais te poser la même question.

C'est une chose d'attendre une demande en mariage, ou de l'encourager, ou de l'espérer, mais c'en est une autre de la vivre.

Je me plaquai une main sur la bouche et appuyai la tête contre la vitre une fois de plus pour mieux regarder.

— Et il y a autre chose. Ouvre la boîte à gants.

Sans surprise, il y avait un compartiment de rangement devant moi. À l'intérieur, je trouvai un écrin en velours vert émeraude. J'étais si heureuse de m'être forcée à prendre cet avion. Parfois, des risques terrifiants à provoquer la nausée valent la peine. Je me tournai vers Chip.

— Tu me demandes de t'épouser ?

Sa voix grésilla dans les écouteurs. Mais je savais que la réponse était oui. Alors je donnai la mienne.

— Oui !

— Tu n'as même pas encore ouvert la boîte.

— Je n'en ai pas besoin. Juste : oui !

Chip se tourna vers moi avec un grand sourire plein de dents parfaites. Je voyais mon reflet dans ses lunettes de soleil – mes cheveux étaient un désastre. Je luttai contre l'envie pressante de les arranger. Et aussi de me détacher de mon siège pour l'embrasser. Il semblait étrange de ne pas s'embrasser dans un moment pareil, mais il n'était pas question d'enlever la ceinture de sécurité. Je ne me rappelais même pas comment décrocher les bretelles.

À la place, je lui montrai mes pouces levés.

— Ce n'est pas officiel tant que tu n'as pas mis la bague, dit-il.

J'ouvris l'écrin pour découvrir une bague de fiançailles en or et diamant copieusement ornée.

— C'était celle de ma grand-mère, expliqua-t-il.

Je la sortis et la glissai à mon doigt. Elle était un peu grande. À tel point, en fait, que lorsque je tendis la main pour l'admirer, le diamant glissa sur le côté et pendit vers le bas.

— Elle est parfaite, dis-je.

— Est-ce qu'elle te plaît ?

— Oui !

Pas mon style, mais quelle importance ?

— Est-ce que tu es surprise ?

Oui et non.

J'acquiesçai.

— Oui.

— Est-ce que tu es contente d'être venue en vol avec moi ?

— Très.

Et cette réponse était absolument sincère.

Pendant encore un petit instant, du moins.

Nous ne trouvâmes jamais les lettres dans le sable. Mais ce n'était pas grave. Nous n'en avions pas besoin.

Il fallait environ vingt minutes pour retourner à l'aérodrome, et nous les remplîmes d'adorables chamailleries au sujet du mariage.

Nous convînmes que nous devions tenir la cérémonie sur cette même plage, puis commençâmes à faire la liste des demoiselles et garçons d'honneur. Pour la plupart des gens c'était déjà une évidence, comme son frère et ses potes de premier cycle, Woody, Statler, Murphy et Harris. Mais alors, évidemment, la question de ce qu'il fallait faire au sujet de ma sœur, Kitty, finit par se poser et nous coinça un moment.

Je n'avais ni vu ni parlé à Kitty en trois ans. Son choix.

— Cela dit, tu dois l'inviter, dit Chip.

Mais je n'étais pas certaine de le vouloir. Elle avait annoncé en partant qu'elle « prenait une pause » à l'écart de notre famille. Elle donnerait des nouvelles, disait-elle. Et elle ne le fit jamais.

Nous savions qu'elle n'était pas morte. Notre père était resté occasionnellement en contact et pouvait confirmer qu'elle était installée à New York, en vie et en bonne santé – elle ne souhaitait simplement pas, pour une raison qu'elle refusait de partager, rentrer à la maison. Même pour rendre visite.

Au départ, la perdre ainsi avait été un petit crève-cœur – d'être rejetée par elle de cette manière. Mais à présent, après tout ce temps, je ressentais juste de l'indifférence. Elle ne m'aimait pas ? Très bien. Je ne l'aimerais pas non plus. Elle voulait faire comme si sa famille n'existait pas ? Aucun problème. Nous pourrions en faire autant vis-à-vis d'elle.

Chip estimait que nous devions l'inviter au mariage, au moins. Si ce n'était lui donner le rôle de demoiselle d'honneur. Mais je m'y opposai.

— Premièrement, dis-je, elle ne viendra pas. Et deuxièmement, si elle vient, elle va tout gâcher.

— Comment peux-tu en être si sûre ?

— Le simple fait qu'elle soit là me gâchera tout. Le seul fait de me sentir bizarre en la revoyant va ôter toute gaieté à la journée. Au lieu d'attendre avec impatience le plus beau jour de ma vie, je l'appréhenderai. À cause d'elle.

— Peut-être que vous pourriez vous revoir avant, pour évacuer le côté bizarre.

Je n'étais pas d'humeur à accepter des suggestions raisonnables.

— Même si je parviens à passer outre, poursuivis-je, l'avoir avec nous ce jour-là voudrait toujours dire l'avoir avec nous ce jour-là. Ce qui signifie quatre-vingt-dix pour cent de chance qu'elle siphonne le saladier à punch et soit bourrée. Ou qu'elle soit bourrée et morde un garçon d'honneur. Ou qu'elle soit bourrée et attrape le micro pour une imitation d'Ethel Merman.

Chip hocha la tête. Je n'émettais pas d'hypothèses. Kitty avait vraiment fait chacune de ces choses dans le passé. Il haussa les épaules.

— Mais c'est ton unique sœur.

— Ce n'est pas ma faute.

— Ce serait étrange pour elle de ne pas être là.

— Et ce n'est pas ma faute non plus si nous ne sommes plus proches, poursuivis-je.

— Aucune objection là-dessus.

— C'est elle qui est à l'origine de cette situation.

— Je suis d'accord.

— Et maintenant, elle aurait le droit de bousiller mon mariage…

C'était bien ma veine. J'aurais le mariage le plus exquis de tous les temps, et tout ce que l'on en retiendrait, ce serait mon mouton noir de sœur essayant de chevaucher la sculpture de glace.

Si elle daignait venir.

En vérité, cela résumait précisément notre dynamique. J'essayais toujours de faire les choses parfaitement bien, et elle s'acharnait toujours à les saccager de manière spectaculaire.

Plus loin devant, l'aérodrome fut bientôt en vue. Chip fit alors remarquer qu'il était particulièrement doué pour les atterrissages. Il avait un don pour ça, comme il l'avait pour le stationnement en épi.

Cela dit, le ciel devant nous était assez différent de celui que nous avions vu pendant le vol aller. Plus sombre, plus orageux.

— Voilà qui est inattendu, déclara Chip en le constatant.

— Est-ce qu'il était censé pleuvoir ?

— Pas la dernière fois que j'ai vérifié.

— Cependant, tu peux piloter sous la pluie, n'est-ce pas ?

— Pas vraiment. On évite. Ou on attend que ça passe.

— Les deux me vont, dis-je.

Si favorable à tout avec cette bague au doigt.

— Mais le truc, ajouta-t-il alors, c'est que nous allons devoir atterrir le plus tôt possible.

— Pour ne pas louper la réservation de notre dîner chic ?

— Pour ne pas tomber en panne de carburant.

Je scrutai l'horizon. Le ciel derrière nous était d'un bleu éclatant, mais devant il était de plus en plus gris. Et un peu violet. Avec une touche d'anthracite.

— C'est sans aucun doute de la pluie – mais bien au-delà de l'aéroport, non ?

Il acquiesça.

— Si.

Au loin, un éclair zébra le ciel. Peut-être l'orage nuisait-il à notre air. Le vol retour était un peu plus mouvementé, et j'eus bientôt mal au cœur.

Tandis que nous approchions, Chip donna nos coordonnées de cette voix officielle de pilote, un peu plus grave que sa voix habituelle, puis il manœuvra pour nous faire prendre une trajectoire d'atterrissage. Nous tournâmes vers la gauche, puis de nouveau pour suivre l'axe de la piste, puis fîmes demi-tour pour descendre vers le sol. Chip était concentré. Je sentis, plus que je ne vis, le sol se rapprocher. Une idée bienvenue.

Puis une drôle de chose se produisit. Alors que nous arrivions près de la piste, les ailes se baissèrent un peu de côté avant de se redresser, et je cédai à un accès de panique. Cela ne dura qu'une seconde, mais cette seconde changea tout. Quelque chose n'allait pas.

Je regardai Chip. Son visage était de marbre.

— Chip ?

— Le vent a tourné.

— Quoi ? Est-ce que c'est mauvais ?

— C'est un vent latéral maintenant, fut son unique réponse.

Un vent latéral ? Qu'est-ce que c'était, un vent latéral ? Ça n'annonçait rien de bon. Chip vérifiait les cadrans, actionnant les pédales avec ses pieds. Il affichait un air impassible. Il semblait nous maintenir assez stables.

Je restai silencieuse, me concentrant pour adjurer la chance d'être avec nous.

À présent, nous étions peut-être à six mètres au-dessus de la piste, en arrivant bien droit. Puis, soudain, le tarmac glissa sur le côté. Il était en dessous de nous, puis se retira, comme si quelqu'un nous avait fait le coup de la nappe – sans le réussir – en mettant à la place un bosquet d'arbres devant nous.

— Merde ! s'exclama Chip en se voûtant plus près du manche.

Il manœuvra pour nous remettre en position, alignant de nouveau l'avion au-dessus de la piste.

— Chip ?

Mais il parlait à la tour de contrôle.

— Cessna trois deux six Tango Delta Charlie. Approche manquée, vent latéral violent.

Puis son jargon de pilote sembla lui faire défaut, et il retomba dans le langage ordinaire.

— En remontée pour essayer une nouvelle approche.

Explosion de parasites dans les écouteurs.

— Bien reçu, Cessna trois deux six Tango Delta Charlie, poursuivez le parcours.

Nous reprîmes de l'altitude. Le moteur fut subitement ultra-bruyant, comme une tondeuse sous stéroïdes. Nous nous élevâmes dans les airs et nous remîmes en position pour reprendre la trajectoire de descente. Au sud, du ciel bleu. Au nord, du violet. Un autre éclair.

— Est-ce que le vent latéral est dû à l'orage ? demandai-je.

Chip ne répondit pas. Une goutte de sueur coula derrière son oreille et fut absorbée dans le col de son tee-shirt.

Pour la deuxième tentative, il s'y prit plus loin sur la piste, comme s'il se donnait de l'espace pour modifier la trajectoire en cas de besoin. Et il en eut besoin. Deux fois la piste en dessous de nous pivota sur le côté, et deux fois Chip manœuvra l'avion pour le remettre dans l'axe.

— Joli ! dis-je, souhaitant l'encourager, espérant qu'il ne remonte pas encore pour nous faire tout recommencer.

J'imagine que c'était le cadet de mes soucis, à ce stade, mais j'étais vraiment sur le point de vomir. Je ne désirais rien plus que me poser sur ce béton.

Cela me sembla être la descente la plus longue de l'histoire de l'aviation. Chip modifia une nouvelle fois la trajectoire, et nous nous rapprochâmes alors de plus en plus. Je voyais le bitume de la piste nous accueillir en bas. Je nous exhortais intérieurement à toucher terre.

Puis nous arrivâmes à une portion bordée par un hangar à avions, qui protégeait en partie la piste du vent. Nous étions peut-être trois mètres au-dessus de la piste quand nous passâmes le hangar – si près –, et je sentis le vent retomber tandis que nous avancions dans son ombre. Tout parut plus calme. Même le moteur semblait moins bruyant. Chip put cesser de lutter avec les commandes. Le sol était si proche.

Nous avons réussi, pensai-je.

Puis nous dépassâmes le brise-vent, l'angle du hangar, de retour en plein air, et aussitôt une violente bourrasque s'abattit sur nous, si féroce qu'elle s'engouffra sous l'aile de mon côté et nous projeta dans ce type de roulade qu'on appelle « soleil » dans le vocabulaire de l'aviation.

Je m'en souviens au ralenti. Je me souviens de mon buste claquant violemment contre ma ceinture de sécurité – à tel point que j'eus l'impression de percuter un poteau en bois –, tandis que l'aile près de moi se redressait brusquement et que l'avion pivotait sur l'extrémité de l'autre. Je me souviens du métal raclant le tarmac dans un crissement à vous arracher les tympans. Je me souviens de la voix tendue de Chip criant « Accroche-toi ! », même si je ne savais absolument pas à quoi j'étais supposée m'accrocher. Je me souviens d'avoir crié si fort que je n'éprouvai rien d'autre que le cri – le mien et celui de Chip –, tandis que nous nous dévisagions d'un air effaré, l'air de penser *Ça ne peut pas se produire.* Je me rappelle une minuscule vrille de ma conscience qui dévia vers un drôle de petit moment philosophique au beau milieu de tout ça – m'émerveiller de l'inutilité de crier puisqu'il était clairement impossible qu'on nous vienne en aide –, avant d'arriver à la conclusion suivante : notre heure était venue.

Aucun moyen d'éviter ce qui nous arrivait, et il n'y avait certainement rien que nous puissions faire l'un ou l'autre. Nous étions absolument désarmés, et tandis que je m'en apercevais, je fus également frappée par l'idée que tout ce que j'avais hâte de vivre prenait fin avant même d'avoir commencé. Chip et moi – et le mariage au bord du lac qui n'aurait jamais lieu, le beagle que nous n'adopterions jamais, et les bébés futurs majors de promo auxquels nous ne donnerions jamais naissance. On dit que votre vie défile devant vos yeux, mais ce ne fut pas la vie telle que je l'avais vécue que je vis défiler. C'était celle que j'attendais. Celle que je n'aurais jamais l'occasion de vivre.

Mon avenir me glissait entre les doigts tandis que je tentais d'en esquisser les contours – en vain.

Je me sentis soudain imprégnée de colère, comme si on m'y avait trempée. Je ne songeai pas à mes parents à cet instant, ni à mes amis, ni à la peine que provoquerait ma mort à qui que ce soit d'autre. Je ne pensai qu'à moi – et au fait que je ne pouvais foutrement pas croire que c'était là tout le temps auquel j'aurais droit.

Je ne pourrais vous dire combien de tonneaux nous avons effectués alors que nous volions à travers cette piste comme un cerf-volant dont on a perdu le contrôle, mais il y a une raison pour qu'on appelle cette étrange cascade un soleil. Les ailes en étaient les rayons, et nous étions l'axe au centre, telle la grande roue d'une fête foraine en enfer. À un moment, je perdis tout sens de l'orientation, et l'impression que nous tournions s'arrêta – j'avais désormais l'impression de tanguer d'avant en arrière. Je me rappelle avoir concentré toute mon énergie à me retenir de gerber, ne pouvant rien espérer contrôler d'autre.

J'étais peut-être à trois secondes de dégueuler un geyser digne de *L'Exorciste* quand, par chance, l'aile côté passager se brisa dans un étrange craquement à faire s'entrechoquer vos os. Du kérosène jaillit sur le pare-brise dans un bruit mat et lourd, comme si nous étions dans une station de lavage automatique de voitures, et nous finîmes par nous effondrer dans un fossé, avec le côté passager – le mien – coincé dedans, et celui de Chip orienté vers le ciel.

Nous nous arrêtâmes.

Tout était immobile.

Puis une gerbe de vomi s'écrasa sur la vitre en dessous de moi.

Chapitre 2

Mille ans plus tard, j'entendis Chip, à bout de souffle :

— Margaret ? Est-ce que ça va ?

— J'ai vomi, dis-je.

— Margaret… Le kérosène… Nous devons sortir de l'avion. Est-ce que tu es blessée ?

— Je ne pense pas.

Chip remuait en tous sens, défaisant les crochets et les boucles de la sangle de sécurité, et essayant de manipuler sa porte pour l'ouvrir comme une trappe. Son côté ne semblait pas aussi froissé que le mien. La porte résista une seconde, et Chip dut prendre appui sur son siège pour donner un coup de pied dedans ; elle se souleva alors facilement avec un *ka-tchunk* satisfaisant et s'ouvrit en grand, crissant un instant au niveau des charnières quand elle rebondit.

Il grimpa et sortit, puis replongea le bras vers moi.

— Viens !

Je ne m'étais même pas encore détachée. Tout semblait bouger au ralenti et en accéléré à la fois. J'avais l'impression que mes mains avaient pris leur indépendance. Je les regardai se tendre pour décrocher la bretelle, et compris à cet instant qu'elle était déjà défaite. J'essayai ensuite la ceinture ventrale, et découvris, dans un contraste ironique, qu'elle était bloquée.

Cela n'aurait peut-être pas eu grande importance de toute façon. Mon côté de l'avion était froissé. Je n'étais plus exactement assise dans mon siège – plutôt prise en sandwich entre lui et le tableau de bord.

Je tentai de me dégager en me tortillant, mais j'étais coincée. J'essayai de bouger les jambes, mais elles étaient complètement immobilisées.

Chip était à présent en haut à l'extérieur et regardait par sa vitre comme par une trappe.

—Allez! Margaret! Maintenant!

—Je ne peux pas! dis-je. Je suis coincée!

Il tendit le bras pour que je l'attrape.

—Je vais te tirer.

—Impossible. J'ai les jambes coincées.

Chip resta silencieux, selon mes estimations, entre une seconde et une heure – difficile à dire. Puis il annonça:

—Je vais chercher de l'aide.

Pour la première fois, à l'idée de me retrouver seule, j'eus peur.

—Non! Ne me laisse pas!

—Ce machin pourrait exploser d'une seconde à l'autre!

—Je ne veux pas mourir seule!

—Nous avons besoin des pompiers !

—Appelle-les de ton portable !

La panique rendait la voix de Chip étrange et haut perchée.

—Je ne sais pas où je l'ai foutu !

—Ne pars pas, Chip ! Ne pars pas ! Ne pars pas !

Ma voix aussi était bizarre – comme celle de quelqu'un d'autre, pour qui je n'éprouverais aucune sympathie. Une espèce de femme pathétique, hystérique et hurlante.

Chip s'éloigna malgré tout.

—Je dois trouver de l'aide. Tiens bon. Je reviens dans deux minutes.

La seconde suivante, il était parti.

J'étais seule, dans un avion en accordéon, à respirer de l'air chargé de vapeurs de kérosène. L'atmosphère était si âcre, toxique et corrosive que j'avais l'impression qu'elle faisait fondre mes poumons.

—Deux minutes, murmurai-je jusqu'à ce que les mots n'aient plus aucun sens. Deux minutes. Deux minutes. Deux minutes.

Ensuite, un craquement produit par un coup de tonnerre fit s'entrechoquer les instruments du tableau de bord.

Puis il commença à pleuvoir.

Les gouttes faisaient un bruit frénétique sur la coque métallique de l'avion. La porte de Chip était encore grande ouverte, l'eau s'abattait donc directement sur mes épaules nues, froide et nocive.

Plus de deux minutes s'écoulèrent, mais je ne pourrais vous dire combien. Dix ? Trente ? Cent ?

Je me demandai si la pluie était une bonne ou une mauvaise chose. Éviterait-elle un incendie – ou l'aggraverait-elle ? J'avais juste envie que le monde entier se fige jusqu'à ce que je sois sortie, loin et en sécurité. Il faisait noir dans le fossé, comme si la pluie avait également éteint les lumières. Je fus bientôt prise de frissons. Les gouttes d'eau faisaient des bruits métalliques comme du gravier martelant la coque de l'avion. Je percevais un tic-tac. J'entendais ma propre respiration. Je m'interrogeai sur le temps qu'il faudrait avant que le fossé ne se remplisse d'eau et que je meure noyée dans un crash aérien.

Je continuai de tenter de me dégager. Rien à faire.

Il m'est arrivé plusieurs fois dans ma vie de me sentir seule, mais jamais à ce point-là.

— Reviens, murmurai-je à Chip. Reviens.

Mais les mots se perdirent dans le bruit de l'orage.

Puis, par-dessus tout ça, j'entendis le plus beau son que j'aie jamais entendu – avant ou depuis.

D'abord au loin, puis plus près : une sirène.

Les pompiers.

Chip n'était pas revenu, mais, à présent, j'avais mieux. J'étais tellement contente d'avoir acheté ce calendrier des pompiers l'année précédente. Les vingt dollars les mieux dépensés de toute ma vie.

En un clin d'œil, comme si elle les avait entendus arriver aussi, la pluie se calma pour laisser place à un petit crachin.

L'acoustique dans l'avion était assez bonne. Après qu'ils eurent coupé la sirène, j'entendis les pompiers dehors, peut-être cinq ou six, parler et se lancer des ordres les uns aux autres. Je perçus des bruits que je ne pouvais déchiffrer : des cliquetis, des crissements, des torsions. Un type traita un autre de con. Des longues minutes s'écoulèrent. Je me demandai pourquoi personne n'était encore venu me chercher.

Puis j'entendis un nouveau son – quelque chose de différent : un *woosh*. Exactement comme quand le brûleur de votre gazinière finit par prendre et que des flammes jaillissent. Il arriva une demi-seconde avant les flammes elles-mêmes. Juste le temps que je me penche un tout petit peu plus vers le sol et que je me couvre le visage avec les bras.

Puis : bruit, souffle, chaleur. Je gardai la tête baissée, parce que c'était la seule chose à faire. Je sentis un éclair brûlant me foudroyer le cou. Quelques secondes plus tard, il n'y avait plus de feu. Le cockpit était enfumé et sentait le barbecue et le cheveu brûlé.

Le son suivant fut le fracas et le martèlement de métal évoquant un gong. J'entendis cogner, des voix d'hommes, un moteur et un son bourdonnant. Puis, en ce qui parut une seconde, le toit de l'avion – qui, vu la façon dont nous avions atterri, était plutôt un mur – fut arraché. Agenouillé près de moi se trouvait un pompier en tenue complète et masque. Derrière lui, tout n'était que neige. Je remarquai alors qu'il y en avait aussi dans le cockpit.

Il ôta son masque – c'était une femme.

Cela me frappa comme si c'était une situation inédite. Une femme pompier ! Elle me donna son nom, mais je ne l'entendis pas. Il m'arrive encore parfois, quand je ne peux pas dormir, d'essayer de m'en souvenir. Karen ? Laura ? Jenny ?

— Nous avons une survivante, annonça-t-elle.

Je me demandai si c'était bien de la surprise que je décelais dans sa voix.

Elle se mit à genoux à côté de moi, pendant que deux autres pompiers continuaient de découper ce qui restait du toit.

— Dites-moi ce qui fait le plus mal.

— Rien ne me fait mal, répondis-je, tandis qu'elle se penchait pour vérifier mon pouls.

Elle parut dubitative.

— Rien du tout ?

— Je vais bien. Je suis juste coincée… Pourquoi est-ce qu'il neige ?

— Ce n'est pas de la neige, dit-elle. C'est de la mousse. Pour l'incendie.

De la mousse ! Pour l'incendie ! Durant une seconde, j'avais oublié l'incendie ! À présent, je prenais conscience que mon cou et mon bras me piquaient.

— En fait, j'ai peut-être des brûlures.

Elle me sourit.

— Vous avez beaucoup de chance. Le feu s'est déclaré juste au moment où nous ouvrions les lances. Nous l'avons maîtrisé en moins d'une minute.

— Un sacré coup de chance, en effet, convins-je.

— En plus, poursuivit-elle en agitant une minuscule lampe de poche de l'une à l'autre de mes pupilles, face contre terre dans un fossé est le meilleur endroit où se trouver quand les flammes passent.

— Alors je suis doublement vernie, dis-je.

— Vous plaisantez ? Quadruple. Je suis stupéfaite que vous ne soyez pas réduite en briquette de charbon.

— Moi aussi.

— Nous allons maintenant vous sangler sur un petit brancard, puis à un plus long pendant que nous vous transporterons à l'hôpital.

— Je pense que je vais vraiment bien, dis-je. Je suis juste coincée.

Mais à présent elle sortait un masque à oxygène pour le mettre en coupe sur mon visage.

— Nous allons vous donner de la vitamine O. Juste pour vous aider à mieux respirer.

Vitamine O. Mignon.

— Je vais vraiment bien.

— Juste par sécurité, dit-elle avec un clin d'œil. Simple procédure. Vous ne voulez pas m'attirer des problèmes, n'est-ce pas ?

Non. Les dés étaient déjà probablement pipés pour les femmes pompiers de toute façon.

Je me tins donc immobile, inhalant de la vitamine O fraîche tandis qu'elle m'attachait méticuleusement, une sangle après l'autre, jusqu'à un état de douillette immobilisation. Elle m'installa aussi une minerve, même s'il me semblait parfaitement clair que je n'en avais pas besoin. La dernière étape, une fois que je fus bien maintenue, se révéla aussi la plus longue : faire levier pour écarter l'avant froissé de l'avion afin de dégager mes jambes. Cette entreprise impliqua trois pompiers différents – qui procédèrent à leur petit rythme.

Je leur fus toutefois reconnaissante de leur précaution. Personne ne prenait de raccourci. Personne ne paraissait pressé de finir son service. Ils faisaient les choses bien. Mon pompier au féminin resta auprès de moi tout le temps, me demandant sans cesse de remuer les doigts et les orteils, et me faisant la conversation pour que je reste calme. Elle m'expliqua que s'il s'était agi d'un crash de jet, ils auraient appelé les sauvetages de plus gros calibre – mais « ces petits avions sont comme du papier alu ».

Alors qu'ils me sortaient, j'entendis un hélicoptère.

— Voici votre chauffeur, m'annonça ma nouvelle amie.

— Ne vous en faites pas, tout va bien, tentai-je de nouveau.

— Vous allez aimer. C'est marrant.

— Où est Chip ? demandai-je.

— Est-ce que c'est votre petit ami ?

— Fiancé, corrigeai-je pour la toute première fois.

— Il est derrière, près du camion.

— Est-ce qu'il est blessé ?

— On l'examine, dit-elle. Mais je dirais qu'il n'a pas une égratignure.

Une fois que l'on m'eut enfin désincarcérée et étendue sur un brancard à roulettes, on me poussa jusqu'à une ambulance, où l'on découpa tous mes vêtements avec de grands ciseaux (*Certains ambulanciers l'aiment nue*) et l'on m'équipa d'une intraveineuse de morphine.

Le vent avait porté l'orage dans une autre direction, et à présent le ciel était remarquablement dégagé. Je voyais un million d'étoiles au-dessus de nos têtes, et je remerciai chacune d'elles. Pour la chance, les pompiers, les sirènes, l'ignifuge, les fossés, les coupe-boulons, les bons timings, la vitamine O, l'espoir, les miracles, et de ne pas avoir frit comme un cornet de churros.

Le personnel urgentiste travailla dur. Chaque fois que je leur disais que j'allais bien, ils haussaient les épaules et disaient :

— Procédure.

Une autre procédure : je dus faire cinquante mètres en ambulance pour aller à l'hélico d'assistance médicale. Ils refusèrent aussi que Chip m'accompagne, même s'il y avait largement la place.

— J'ai besoin que tu restes avec moi, lui dis-je tandis qu'on m'emmenait.

— Je ne peux pas.

— Fais-le quand même !

— Je te rejoins là-bas, lança-t-il derrière nous, les bras le long du corps.

Si nous prenons l'hélico et lui la voiture, songeai-je, *il va devoir se dépêcher.*

Mais il ne se dépêchait pas. Je lui jetai un dernier regard tandis que l'équipe poussait en hâte mon brancard dans l'hélico. Il était toujours au même endroit, planté comme une statue.

Je n'arrivais pas à croire tout ce tapage. Honnêtement. Pour rien.

Enfin, peut-être pas rien. La mort frôlée de près. Le pire cauchemar réalisé. L'accident, la pluie, l'incendie. Je n'arrêterais peut-être jamais de trembler.

Mais nous avions survécu.

Lorsque l'on m'eut embarquée, je me mis à somnoler. Je me demandai si la peur était susceptible de provoquer ça. Ou peut-être était-ce la morphine. Ou peut-être simplement un excès de vitamine O. La dernière chose dont je me souviens avant de m'écrouler, c'est de m'être demandé si je devrais passer la nuit à l'hôpital. J'espérais que non. Si je pouvais sortir assez tôt, peut-être que Chip et moi pourrions encore être dans les temps pour un dîner tardif.

Accident ou pas, nous avions encore un tas de trucs à fêter.

Chapitre 3

Je me réveillai alors que l'enfer déferlait dans le service traumatologie – mais ce n'est pas la première chose que je remarquai. La première chose que je remarquai fut que mon dos brûlait. Et dès que je remarquai qu'il me faisait mal, je pris conscience qu'il m'avait fait mal tout le long – depuis le moment du crash.

Cela paraît complètement fou, je sais, mais je ne remarquai la douleur qu'au moment où je m'en souvins.

— Mon dos me fait mal, dis-je, à personne en particulier – et je n'aurais même pas su à qui le dire, car il y avait au moins vingt personnes qui entraient et sortaient de mon champ de vision périphérique dans un parfait chaos, se lançant les uns les autres des paroles si rapides qu'elles ne ressemblaient qu'à des bruits.

De cette pièce, je me rappelle des sons et des vues dans de petits trous d'épingle de souvenir – des bruits et des images que je ne parviens même pas à remettre dans le bon ordre. Des gens en blouse turquoise qui se déplaçaient dans un but précis, des bras et des corps en mouvement, des machines qui bipaient. Une lumière surnaturelle se déversait de l'installation fluorescente au-dessus, et brouillait les contours de ma vue. Quelqu'un changea mes solutions intraveineuses. Un autre réclama un cathéter. J'entendis les mots « radio » et « scanner ».

Mon cou n'était pas à l'aise dans la minerve, et je demandai à un infirmier rondouillard au visage avenant si nous pouvions la retirer.

— Pas avant que la colonne cervicale soit déclarée hors de danger, déclara une voix depuis l'autre bout de la pièce.

— Pas tout de suite, ma chérie, répondit-il.

Étais-je allergique à des médicaments ? *Non.* Avais-je des antécédents dont ils auraient dû être informés ? *Non.* Étais-je enceinte ? *Seigneur, j'espérais que non.*

— D'une santé de fer ! conclus-je.

Un type, que je finis par identifier plus tard comme le neurochirurgien, marqua une pause pour me dire qu'on évaluait ma pression et mes sensations avec des tests à l'aiguille, et qu'on me mettait sous stéroïdes pour éviter le gonflement, car les avantages de leur utilisation l'emportaient sur les complications.

— OK, dis-je.

Mais il ne me vint pas à l'idée de lui demander avant qu'il s'éloigne : « Le gonflement de quoi ? »

Je posai la question à la cantonade, mais n'obtins aucune réponse.

Après l'évaluation et le scanner, le neurochirurgien reparut et commença à débiter du charabia :

— Vos scanners révèlent une fracture par éclatement de votre L1. Nous vous envoyons en chirurgie pour évacuer les débris. Votre évaluation indique des déficits, mais il semble qu'il y ait une épargne sacrée. La bonne nouvelle, c'est que votre psoas iliaque paraît fonctionner, et nous pensons pour l'instant qu'il s'agit d'une lésion partielle. Évidemment, nous en saurons beaucoup plus une fois que nous serons à l'intérieur.

— Une lésion partielle de quoi ? finis-je par demander.

Il cligna des yeux, comme s'il pensait que je savais déjà.

— De votre moelle épinière.

Je retins une seconde mon souffle.

— Est-ce que c'est pour ça que j'ai mal au dos ?

Mais il s'était détourné vers une infirmière qui avait une question. Quand il se retourna, il dit :

— Vous avez de la chance. La L1 a été bien écrasée, mais elle n'a jamais coupé la moelle. Maintenant, nous devons juste y entrer pour stabiliser et nettoyer.

— Maintenant ? demandai-je.

Il acquiesça.

— Nous partons en chirurgie. Et pendant que vous serez au bloc, nous demanderons qu'un chirurgien esthétique évalue votre visage et votre cou, ainsi que la zone au-dessus de votre trapèze – peut-être qu'il procède au débridement de ce qu'il peut. Mais ce sera une deuxième intervention. Quand vous serez stabilisée. Chaque chose en son temps.

— En quoi consistera la deuxième intervention ?

— Les greffes de peau. Pour les brûlures.

Les greffes de peau. Pour les brûlures.

Le chirurgien était prêt à partir.

— Avez-vous des questions ?

Je voulus acquiescer, mais je ne pouvais pas. Oui, j'avais des questions. Un millier, au moins. Je n'arrivais simplement pas à savoir lesquelles.

Au lieu de cela, je lui posai la seule qui me vint.

— Est-ce que quelqu'un pourrait prévenir ma mère, s'il vous plaît ?

Normalement, les souvenirs ont une chronologie qui leur est propre. Même si vous avez perdu des fragments de l'histoire, en général, vous avez au moins une impression d'ordre – ceci a mené à cela. Ce que je me rappelle des soins intensifs, c'est juste une pile d'images, de sons et de sentiments si mélangés – comme un jeu de mikado.

On dit que tout le monde perd la notion du temps à l'unité de soins intensifs. En gros, c'est Vegas là-dedans, sans les danseuses et les machines à sous. D'abord, pas de fenêtre. Des néons vifs et bourdonnant à toute heure du jour et de la nuit – tamisés, parfois, mais pas beaucoup. Des médecins, infirmières, techniciens, internes, kinésithérapeutes, ergothérapeutes, travailleurs sociaux, gestionnaires de dossiers, administrateurs, membres des familles, et à peu près n'importe qui d'autre ayant envie de passer par là à toute heure. Des machines qui bipent et sifflent. Des chariots roulants avec des ordinateurs. Des chaussures qui couinent sur le sol. Des téléphones qui sonnent.

Ça annihile vos rythmes circadiens, c'est le moins qu'on puisse dire.

Et puis il y a vous. Vous êtes endormi, puis réveillé. Le monde est brouillé par les médicaments et la douleur. On vous réveille à n'importe quelle heure – pour prendre des cachets, être retourné afin d'éviter les escarres, ou même simplement parce que quelqu'un a une question à vous poser. Vous êtes l'élément drogué et passif d'un écosystème surnaturel qui turbine jour et nuit pour vous garder en vie – même si vous ne pourriez guère être moins vivant.

À deux doigts d'être mort.

Je sais par ma mère, qui arriva avec mon père juste après que l'on m'eut emmenée au bloc (et trouva Chip dans la salle d'attente affichant un air « dévasté – absolument dévasté ») que la chirurgie dura environ deux heures, et que l'on me vissa des broches de chaque côté de mes vertèbres lombaires pour stabiliser ma colonne vertébrale.

J'étais assez stable le lendemain pour retourner subir une seconde intervention afin de greffer de la peau sur les brûlures. Je fus également informée de tout cela plus tard par ma mère. En éternelle étudiante surdouée, elle prit d'abondantes notes dans sa cursive bien nette, et s'en servit non seulement pour me raconter l'histoire de ma vie, mais aussi pour m'apprendre nombre de nouveaux mots de vocabulaire.

Elle m'expliqua que, dans un sens, j'avais de la chance que les brûlures soient si graves. Celles du troisième degré ne font pas mal, parce que tous les nerfs ont brûlé. Elle me dit que le chirurgien du rachis avait rencontré le chirurgien esthétique en salle d'opération pour m'installer sur la table de façon qu'ils puissent accéder aux brûlures sur mon cou sans causer plus de dommages à ma colonne vertébrale. Elle m'expliqua aussi comment il avait rasé la peau brûlée, craquante et noire avec une lame spéciale (j'imaginai un genre d'éplucheur-légumes), et ensuite prélevé la peau de deux sites donneurs juste en dessous des clavicules (la « zone supraclaviculaire ») pour une « greffe cutanée d'épaisseur totale » sur le cou. Ils cousirent la nouvelle peau avec des « sutures Prolene » en croisillons, comme du patchwork.

Après les deux interventions, je restai en convalescence en soins intensifs pendant sept jours, et durant tout ce temps j'eus un pansement sur le cou relié à un tube de succion qui aspirait l'humidité des greffes tandis qu'on attendait de voir si elles prendraient. Ma mère prit une photo avec son iPhone avant d'estimer que c'était de mauvais goût. Elle me laissa la voir des semaines plus tard avant de l'effacer complètement. J'avais l'air de me faire attaquer par une lamproie albinos géante.

Apparemment, la première personne que je réclamai après les deux opérations fut Chip. Il vint me voir après la première (bien que je n'en aie aucun souvenir), mais, après la seconde, il était reparti chez lui, et on m'envoya ma mère à la place.

D'autres choses que je sais mais dont je ne me souviens pas : j'avais une sonde de Foley qui s'écoulait dans une poche, et mes intestins devaient *a priori* être « évacués manuellement » par quelque technicien hospitalier à la tâche plus qu'ingrate. Ce qui me restait de cheveux ne cessait de se coincer dans mon pansement, quelqu'un les avait donc coupés, sans cérémonie ni accord de ma part – probablement pendant mon sommeil. Je pris plus de médicaments en une semaine que je n'en avais pris de toute ma vie – des doses massives de paracétamol, Valium, ciprofloxacine, oxycodone, clonazépam, Maalox, et une merveilleuse petite substance qui vous fait tout oublier appelée le midazolam. Les visiteurs n'avaient pas le droit de rester à mon chevet plus de dix minutes. Dans l'ensemble, j'étais seule, entourée de machines – et de hordes d'étrangers.

L'un des antidouleurs me fit beaucoup vomir. Ça, je m'en souviens. Je me rappelle aussi quelques visages. Ma mère, penchée, la figure bouffie d'avoir pleuré. Mon père, la bouche en cul-de-poule pour faire son dur, et m'adressant sans cesse un petit geste avec les pouces en l'air, comme s'il portait un toast. Chip, figé comme une statue, juste à côté du lit, mais semblant à des kilomètres de là. Mon souvenir le plus étrange est celui de divers kinés en blouse bleu marine passant à toute heure remuer mes jambes et mes pieds – les pliant, les étirant, les tournant. Je voyais ce qu'ils faisaient, mais je ne le sentais pas.

C'était juste comme un long rêve étrange, sur fond de vomi.

Chapitre 4

Je ne commençai à me réveiller que lorsque je sortis de l'unité de soins intensifs. Et ce n'est qu'à ce moment-là que je pris conscience de la gravité des choses.

Par exemple, le jour où l'on me sortit des soins intensifs, cela prit toute la matinée de me mettre dans le fauteuil roulant. Une infirmière prénommée Nina arriva pour remonter lentement mon lit un cran après l'autre afin de me mettre en position assise. J'étais allongée depuis si longtemps que ma pression artérielle risquait de s'effondrer, ce qui pouvait provoquer un malaise ou même une crise cardiaque. Vous perdez de la masse musculaire à une vitesse hallucinante quand vous êtes immobilisé et inconscient, et j'avais perdu dix kilos en une semaine. J'étais soudain devenue une minuscule et frêle mamie.

Je me rappelle m'être inquiétée du choc qu'aurait Chip en me voyant – et éprouver un certain soulagement à l'idée qu'il ne soit pas là. Comme si quelques jours pourraient suffire à ce que je me reprenne.

Mais cela ne m'empêcha pas de demander où il se trouvait.

— Où est Chip ?

Je dus poser la question au moins trois fois à ma mère avant qu'elle me réponde.

— Il ne se sent pas très bien aujourd'hui, mon ange.

— Pas bien ?

— Une petite grippe irlandaise, dit mon père.

— Cliff ! s'exclama ma mère en lui donnant une tape sur l'épaule.

Nina aurait pu facilement me soulever pour m'installer dans le fauteuil, mais ce n'est pas comme ça que ça marche en rééducation de patient hospitalisé. Il est entièrement question de vous amener à faire des choses – des choses impossibles – par vous-même, et avant que vous ne soyez prêt. J'étais donc là, même pas sortie des soins intensifs, endurant un moment formateur de trois heures, un lent centimètre après l'autre.

— Est-ce que vous ne pourriez pas juste me soulever ? demandai-je.

— Je peux vous aider à vous soulever vous-même, répondit-elle en donnant à son « non » implicite une légère intonation de « oui ».

Mes parents n'étaient pas loin, debout épaule contre épaule, penchés vers moi dans une attitude pleine de compassion. Cliff et Linda. Je les avais vus épaule contre épaule à de nombreuses reprises, mais jamais dans un tel état d'angoisse. Ça les démangeait d'intervenir pour me donner un coup de main, mais Nina leur barrait le passage avec son corps. Elle avait une planche, et je dus me déplacer lentement dessus dans ma blouse – toujours avec ma sonde, soit dit en passant. Avec tous les tubes et les bandages et les vertiges, ce fut un miracle que je puisse m'asseoir.

Et mes jambes ? Je ne pouvais toujours pas les sentir – ni les bouger. Elles étaient comme des nouilles chinoises mutantes qui pendaient, mortes, de mes genoux. Nina les passa doucement par-dessus le bord du lit. Je les regardai pendouiller.

— Combien de temps avant que je sente de nouveau mes jambes ? demandai-je.

— Il faudra demander ça au médecin, dit-elle.

Au moment où je fus dans le fauteuil et que Nina eut baissé les repose-pieds et calé mes pieds dessus, j'étais aussi essoufflée qu'après un sprint de trente minutes.

— Bravo ! s'exclama mon père quand j'y parvins – le même cri qu'il lançait toujours quand je franchissais la première la ligne d'arrivée aux compétitions d'athlétisme.

Je ne tournai pas les yeux vers lui.

Nina saisit les poignées de mon fauteuil et me poussa dehors d'un pas traînant. Nous parcourûmes des kilomètres, traversant le dédale de couloirs du bâtiment pour trouver ma nouvelle chambre deux ailes plus loin. C'était une chambre double, mais les deux lits étaient vacants, ce qui signifiait que je pouvais choisir le mien – même si ma mère finit par le faire à ma place, ce qui est un peu sa marque de fabrique. Elle vous demande ce que vous voulez faire, attend votre réponse, vous dit pourquoi ça ne fonctionnera pas, puis vous fait faire ce qu'elle voulait depuis le début.

Je me décidai pour le lit le plus proche de la salle de bains, mais ma mère me dit alors qu'elle avait lu un article dans le *Reader's Digest* selon lequel regarder la nature avait d'excellentes vertus thérapeutiques. Ne serait-il pas préférable de rester près de la fenêtre ?

Comme d'habitude, j'en avais choisi un et me retrouvais dans l'autre.

Devant mon nouveau lit, nous fîmes tout le cirque avec le fauteuil roulant dans le sens inverse pour m'installer. Cela prit une heure, et je finis haletante et nauséeuse. Mes parents demeurèrent au pied du lit pendant tout ce temps comme des statues, à observer.

— Où est Chip, déjà ? demandai-je.

— Probablement en train de cuver, dit mon père.

Cette fois, ma mère ne releva pas sa remarque. Je me tournai vers Nina.

— Combien de temps avant qu'on me retire cette sonde ? m'enquis-je tandis qu'elle remontait enfin les draps et que je m'allongeais contre l'oreiller d'hôpital craquant.

— Encore une question pour le médecin.

J'avais l'impression qu'elle disait beaucoup ça.

Dès qu'elle fut partie, mon père descendit prendre un café et ma mère commença à décorer la chambre. Cela faisait partie de son boulot. Mon père et elle géraient une société de services ; il s'occupait en général de la fabrication, et elle du design. C'était donc sa responsabilité à la fois personnelle et professionnelle dans presque n'importe quelle situation d'embellir les choses.

Elle avait apporté de la maison un couvre-lit à carreaux bleus et blancs, et un plaid duveteux. Elle avait collecté des cartes de bon rétablissement toute la semaine de la part d'amis et parents, sans oublier le scotch pour les fixer aux murs. Elle avait aussi rapporté des magazines qu'elle avait disposés en éventail sur la petite table, et ma peluche préférée que je gardais depuis ma plus tendre enfance (un lapin poilu appelé « Lapin poilu »). Lorsqu'elle fut à court de choses à faire, elle prit place dans le fauteuil d'appoint inclinable et critiqua la décoration.

— Je ne sais pas à quoi ils pensaient avec cet épouvantable mauve sur les murs. On dirait que les années 1980 ont vomi dans cette pièce.

Je venais juste de survivre à un accident d'avion, alors, évidemment, c'était notre sujet de conversation. Rien ne mettait plus en rage Linda Jacobsen qu'une déco trahissant le mauvais goût.

— Mauve et gris, poursuivit-elle. C'est toxique. On t'empoisonne visuellement.

— Ce n'est pas si mal, dis-je. C'est une chambre d'hôpital.

Mais elle redressa le menton.

— La personne qui a décoré cet hôpital, annonça-t-elle, telle une femme revendiquant son droit à la dignité devant une horreur indescriptible, devrait être en prison.

Je pris une lente inspiration.

— Tu pourrais ouvrir les rideaux, finis-je par suggérer.

Elle se tourna vers la fenêtre, comme si elle l'avait oubliée.

— Bien sûr. Oui.

Elle y alla aussitôt, ses talons cliquetants faisant le même bruit que j'avais entendu toute ma vie, et repoussa le rideau d'un coup sec. J'ignore ce que nous nous étions attendues à voir, mais la fenêtre donnait sur le puits d'aération du parking souterrain. Ma mère se tourna vers moi.

— C'est encore pire quand c'est ouvert.

En effet.

Ce fut alors que la lourde porte de ma chambre s'ouvrit brusquement : un médecin que je n'avais jamais vu avança droit vers mon lit, se saisit du chariot avec l'ordinateur et le tira derrière lui.

— Comment vous paraît la situation ?

Je ne savais pas quoi répondre.

— Bizarre. Surréaliste. Glauque.

— Mal quelque part ? s'enquit-il.

Oh.

— Je ne suis pas sûre.

— Ce sont les médicaments. Ils désorientent. Mais vous êtes en cours de sevrage, vous devriez donc mieux évaluer votre douleur demain.

— Je ne suis pas certaine de vouloir mieux évaluer ma douleur.

C'était un faible embryon de blague. Mais le médecin m'adressa un haussement d'épaules.

— J'en prends note.

Il recula vers l'ordi, passa son badge d'accès et commença à regarder mon dossier médical.

— La bonne nouvelle, dit-il, c'est que toutes les greffes ont pris. Pas de rejet de tissu.

Oh ! Il m'avait opérée. Dans ce cas, j'imagine que nous nous étions déjà rencontrés.

— Nous avons pris deux greffes d'épaisseur totale juste en dessous de vos clavicules, expliqua-t-il en désignant le large pansement collé à cet endroit – et je le remarquai pour la première fois. Vous garderez ce pansement pendant environ cinq jours de plus, ensuite nous laisserons simplement sécher à l'air. Ça formera une croûte et ça guérira tout seul. Ça laissera une cicatrice, évidemment, mais une fois que la peau se sera régénérée, il existe des pommades pour accélérer la réparation cutanée. Dans dix ans, cette cicatrice sera insoupçonnable.

Dix ans !

Si j'avais bu quelque chose, je l'aurais immédiatement recraché.

Il poursuivit, imperturbable :

— Nous avons utilisé de la peau d'épaisseur totale sur l'avant du cou, et partielle sur la zone des trapèzes, il y aura donc plus de cicatrices là. La peau partielle laisse une apparence plus marbrée. Mais vous pouvez en couvrir une partie avec vos cheveux, dit-il en souriant. Plus de queues-de-cheval.

— Pourquoi n'y a-t-il pas de pansement sur la greffe ? demandai-je.

— Une fois qu'elle « prend », nous préférons la laisser s'aérer, et juste mettre de la sulfadiazine argentique dessus.

Elle n'a pas besoin d'être recouverte. Mais vous allez devoir rester en manches courtes de ce côté pendant un bout de temps. Prenez simplement de vieux tee-shirts et coupez l'encolure ainsi que la manche gauche. (Il gloussa.) Un peu à la Tarzan et Jane.

Cela n'amusa pas ma mère.

— Et le visage ? demanda-t-elle.

Mes yeux s'écarquillèrent.

Le visage ?

Je ne me rappelais rien concernant le visage.

Le médecin se tourna vers ma mère comme s'il n'avait pas remarqué sa présence, puis de nouveau vers moi.

— Vous devez être contente que votre mère vous tienne compagnie ici.

— En quelque sorte.

Elle poursuivit, comme en aparté :

— Je n'arrive même pas à la regarder.

Et maintenant qu'elle l'évoquait, je m'aperçus que c'était vrai.

— Pour le visage, ce n'est que du second degré, répondit-il. Il va cloquer, croûter et démanger terriblement – mais, si elle ne gratte pas, les cicatrices devraient être minimes. Et guérir dans environ trois semaines.

Ma mère était une maniaque du détail.

— Est-ce que « cicatrices minimes » signifie « *aucune* cicatrice » ?

Mais elle se montrait trop gourmande.

— Je ne fais jamais de promesses, déclara le docteur en terminant sur l'ordinateur avant d'écarter le chariot. Nous ferons de notre mieux, en espérant que ce soit suffisant.

Après son départ, un silence de mort s'abattit sur la chambre. On était bien loin de la cacophonie des soins intensifs qui avait de quoi rendre fou. On n'entendait que le bruit de fond de la clim et l'écho embarrassant des paroles de ma mère. Puis, soudain, elle se mit à sangloter. Je regardai vers elle. Elle s'était tournée vers la fenêtre, les bras fermement serrés autour de sa taille.

— Maman, arrête.

— Ça va aller pour toi, me dit-elle, comme si elle m'annonçait l'inverse.

— Reprends-toi, s'il te plaît, maman.

Épuisée, je refermai les yeux.

— Tu étais parfaite, dit-elle alors. Pas étonnant que Chip soit trop malade pour venir.

Ma mère avait un talent remarquable pour rendre n'importe quelle situation merdique encore plus merdique. Elle avait l'art de toujours voir le mauvais côté des choses. Et, une fois que c'était fait, comme elle n'avait aucun filtre, tout le monde y était contraint aussi.

— Tu sais quoi ? dis-je alors. Je suis morte de fatigue.

Mais elle n'avait pas fini.

— Tu avais toute ta vie devant toi.

Donc. Le contraire du réconfort, vraiment.

— J'ai lu les statistiques, poursuivit-elle, sur l'impact d'un tel événement sur une relation.

— Maman…

— Devine ! Les femmes ne quittent pas les hommes, mais les hommes quittent les femmes.

— Chip ne va pas me quitter, maman.

« Ridicule » n'était même pas un terme assez fort pour exprimer combien c'était ridicule.

— Non, dit-elle en se tournant face à moi. Non. Parce que nous allons te réparer.

Je ne connaissais que trop bien ce visage.

— Dieu ne m'a pas donné toute cette force pour rien, reprit-elle. Tu guériras, ma fille chérie. Nous allons te remettre sur pied, et tu seras comme neuve. J'ai déjà un dossier épais comme une brique rempli d'articles sur des rétablissements miraculeux et des gens qui ont défié tous leurs sinistres diagnostics.

Mon diagnostic était-il « sinistre » ? Une petite voix me souffla de ne pas le demander.

Ma mère se retourna et riva son regard sur la couverture à mes pieds.

— Tu vas rebondir après ça, et leur montrer à tous qu'il en faut plus pour te décourager, dit-elle avec des airs de Scarlett O'Hara. Nous trouverons les meilleurs chirurgiens esthétiques du monde. Nous ne reculerons devant rien. Si papa et moi devons dépenser le moindre cent que nous avons épargné – liquider notre assurance-vie ! Vendre la maison ! –, nous le ferons sans hésiter.

J'aurais dû simplement laisser courir. J'aurais dû laisser le silence retomber après sa tirade. Mais quelque chose en moi avait besoin de la convaincre.

— Chip n'ira nulle part, essayai-je de nouveau. Il m'aime.

— L'ancienne version de toi, peut-être. Mais maintenant ? (Elle haussa les sourcils.) Mais nous allons empêcher cela de se produire. Je suis connectée tous les soirs, à la recherche de gens qui ont surmonté ce genre d'épreuve, et je sais que, par-dessus tout, cela demande de la détermination. J'ai lu l'histoire d'une fille qui a plongé dans une piscine trop peu profonde à son enterrement de vie de jeune fille et s'est brisé le cou. Elle aurait dû mourir – mais elle s'est battue pour reprendre le cours de sa vie, et aujourd'hui elle est prof de natation synchronisée. Et une autre femme encore, écrasée par un camion ! Tous les os du corps broyés, et plus encore. Maintenant, elle est prof d'aérobic à San Bernardino. Une autre fille traversait la rue quand un chauffard ivre mort l'a fauchée. Aujourd'hui, elle est mannequin lingerie.

— J'ai pigé l'idée, maman.

Mais impossible de l'arrêter.

— Ce que ces gens ont en commun ? Du cran. De l'endurance. De la force. Et tu en as à revendre. D'autant plus que tu m'as, moi.

Ce n'était pas sans intérêt. C'était bon de savoir qu'elle couvrait mes arrières. Par ailleurs, elle n'avait pas tort – cette femme était forte comme un bœuf. Mais, d'une certaine manière, les impressions que ça me laissait – aussi floues fussent-elles, et difficiles à identifier – semblaient à parts égales de l'inquiétude, de l'inspiration et de la panique. Comme toujours avec ma mère, vous ne pouviez obtenir exactement ce que vous vouliez. Je voulais la force sans l'angoisse communicative. Je voulais la détermination sans le contrôle. Je voulais les paroles motivantes sans le mannequin lingerie.

Surtout, pour l'instant, je voulais juste fermer les yeux.

Par chance pour moi, mon père entra ensuite avec un plateau de cafés. Il devina en une seconde, simplement à l'ambiance, quel genre de conversation nous avions.

— Regardez-moi cette chambre ! dit-il, tentant un détournement de sujet. Linda, tu as exercé ta magie.

Mais Linda ne mordit pas à l'hameçon.

— Le médecin est venu. Il dit qu'il n'y a aucune garantie que son visage guérisse.

— Il a dit qu'il devrait y avoir des cicatrices minimes, hasardai-je.

— Tu sais quoi ? fit mon père, nous déchiffrant parfaitement. Je pense que notre fille a besoin de repos.

Il était avec ma mère depuis trente ans. Il était expert en contrôle des dégâts.

— Et le café ? protesta-t-elle.

— Nous le boirons dans la voiture.

Il s'approcha de moi, me regarda droit dans mon visage brûlé et plissa les yeux dans un sourire tandis qu'il serrait ma main.

— Repose-toi, ma chérie.

— Papa ?

— Ouais ?

— Où est Chip ?

Ma mère avait fait germer l'inquiétude en moi. Mon père se contenta de glousser.

— Je suis sûr qu'il est juste en train de laisser décanter tout ça sous sa couette, chérie. Nous avons tous besoin de repos. Ce sera ta première nuit de sommeil tranquille depuis des siècles.

Puis il remarqua que je fronçais les sourcils et me tapota la main. Il savait ce que je demandais.

— Parfois, quand tu as le plus besoin que ton homme se montre grand et fort pour toi, eh bien… C'est à ce moment précis qu'il s'écroule.

— Je ne t'ai jamais vu t'écrouler, lui fis-je remarquer.

Il adressa un regard en coin à ma mère.

— Je garde tout ça pour plus tard.

OK, pensai-je, après leur départ. *OK. Une bonne nuit de sommeil. Ça, c'est à ma portée.*

Je pouvais attendre ça avec impatience, au moins, faute d'autre chose. Du repos. Une bonne convalescence. Un sommeil reposant dans une chambre sombre et calme.

Plus facile à dire qu'à faire. Les infirmières allaient et venaient sans cesse dans ma chambre, vérifiant les écrans de contrôle, vidant les sacs de la sonde, me retournant sur mon lit. À la demande du chirurgien, je ne portais pas d'appareil orthopédique, et il était donc très compliqué de me retourner. Je venais de m'endormir, quand je reçus une visite du chirurgien, qui passait faire le point, et m'étais tout juste assoupie quand une assistante sociale de l'hôpital me réveilla pour me demander comment j'allais.

— Ça va. Bien, dis-je.

— Est-ce que vous vous sentez déprimée ?

— Déprimée ?

Je n'étais pas complètement réveillée.

— La dépression est assez commune dans des situations comme la vôtre. Ce n'est rien dont il faut avoir peur. Et il y a des médicaments, si besoin.

— Oh, non.

— Des pensées suicidaires ?

— Hum, dis-je, comme si je réfléchissais. Pas encore.

En revanche, je ne cessais de me demander où était Chip.

En vérité, je n'éprouvais encore rien – du moins quand ma mère n'était pas dans les parages. Comme si j'étais déconnectée de mes émotions. Comme si je n'étais pas entièrement là. Les choses se passaient autour de moi et sur moi, et il y avait de la douleur, de l'inconfort, de l'épuisement, mais c'était comme si j'en étais témoin plutôt que sujet. J'étais à l'autre bout de la pièce, à regarder la vie de quelqu'un d'autre se dérouler, sans pour autant y prêter pleinement attention. Même si j'avais essayé, suspectai-je, je ne serais pas parvenue à trouver le moindre sens à ces fragments, ni à comprendre comment ils s'imbriquaient. Ce qui se produisait n'avait pas d'histoire. Je considérais chaque moment indépendamment des autres, sans chercher à reconstituer ce qu'ils voulaient dire ni où ils se dirigeaient.

C'était sans doute une caractéristique du choc émotionnel. Je suis certaine qu'il avait une qualité protectrice : mon cerveau refusant simplement de saisir ce qu'il se savait incapable de gérer. Ainsi, tandis que les éclats de ma situation se rassemblaient, je les accueillais tous avec un intérêt détaché.

Oh ? Mon visage est brûlé ? Tiens donc !

Je ne peux pas me servir de mes jambes pour l'instant ? OK.

Ma mère se lâche sur ma chambre d'hôpital comme Shirley MacLaine dans Tendres passions ? Mais c'est vrai que c'est plus joli, maintenant.

Sans comprendre que ma vie ne serait jamais plus comme avant.

Jusqu'à ce que je m'endorme.

Le pire, quand vous dormez après qu'il vous est arrivé quelque chose de terrible, c'est que le sommeil vous amène à oublier. Ce qui est très bien, jusqu'à votre réveil. Cette nuit-là, je fis mon premier cauchemar au sujet de l'accident, et là, c'était moi qui pilotais – en robe de mariée avec un voile –, et l'avion piquait vers le sol à pleine vitesse. J'étais certaine de nous tuer tous les deux, tandis que Chip hurlait « Remonte ! Remonte ! », mais les commandes étaient bloquées. Je me réveillai juste avant l'impact, la respiration haletante, le visage baigné de larmes, en songeant *Dieu merci, Dieu merci. Nous n'avons pas eu d'accident.*

Mais nous avons eu un accident.

Le rêve s'estompa et je me retrouvai toute seule dans le noir avec la vraie vie – qui était pire, et de loin –, le cœur battant, les yeux écarquillés.

Les yeux rivés au plafond, j'essayai de prendre de profondes inspirations – mais c'étaient plutôt de longs et laborieux raclements qui n'avaient rien d'apaisant. Je n'étais pas morte, ne cessais-je de me répéter.

Mais… Et si tout cela était pire ?

À présent, je tentais de rassembler les pièces du puzzle – en vain. Ma vie telle que je la connaissais était terminée, et cela fut plus que suffisant pour me maintenir éveillée toute la nuit. J'ignorais ce qui restait, ou à quoi m'attendre, ou ce qu'il serait éventuellement possible d'espérer. Je restai allongée là dans le noir, en prenant de grandes inspirations terrifiées pendant des heures interminables. Je songeai à appeler l'infirmière, mais que pourrait-elle faire ? J'avais besoin de parler à quelqu'un, mais à qui ? Mon esprit traçait, cherchait des pistes menant à quelque réconfort – il n'y en avait aucune. Et durant plusieurs heures noires sans fin, au cours de cette nuit profonde et interminable, je m'efforçai à tout prix de ne pas me noyer, tandis que la lucidité ouvrait une brèche dans la coque de ma conscience et la remplissait à ras bord.

Chapitre 5

J'ÉTAIS TOUJOURS RÉVEILLÉE À 6 HEURES DU MATIN, quand Nina l'infirmière et un technicien hospitalier vinrent me retourner.

J'étais encore si immobile à ce stade que je courais toujours un risque d'escarres. Ils allumèrent toutes les lumières et me parlèrent de la circulation et de la météo comme si rien n'avait changé dans le monde. Ils me donnèrent des médocs pour la douleur, remplacèrent le pansement sur mes sites donneurs et badigeonnèrent les brûlures de sulfadiazine argentique à l'aide d'une spatule. Leur ton enjoué et blagueur entre eux et avec moi était presque agressif. Nina aimait bien m'appeler « ma petite dame ». Du genre : « Alors, ma petite dame, bien dormi ? »

J'ignorais par quoi commencer.

— Vous démarrez l'ergo et la kiné aujourd'hui, poursuivit-elle. Dans la salle de rééducation.

— Quelle est la différence ?

Elle se débattait avec mon dossier sur l'ordi.

— L'ergo, en gros, ça consiste à travailler sur des gestes du quotidien, et la kiné, c'est comme de la musculation.

— Oh, dis-je.

— Vous avez Priya en kiné, et… oh, oh.

— Quoi ? lançai-je, légèrement alarmée.

— Il y a une erreur, là.

— Quelle erreur ?

— On vous a attribué le mauvais kiné. Je vais leur parler.

Je m'apprêtais à demander « qu'est-ce que le mauvais kiné ? », mais avant que je ne puisse poser la question, Chip fit irruption dans la chambre en titubant.

Nous le dévisageâmes. Ses cheveux blonds avaient l'air gras. Une barbe naissante lui couvrait les joues. Son polo était orné d'une tache marron – *Sauce soja ? Worcestershire ? Sang ?* – qui dégoulinait sur plusieurs centimètres, et son pantalon était déchiré. Les lacets de l'une de ses chaussures étaient défaits.

Il se dirigea droit sur moi et me fit un baiser baveux au goût de bière. Et de crasse. Et d'insomnie.

Je retins mon souffle jusqu'à ce qu'il ait terminé, et je compris en le faisant ce qu'était ce moment : une réponse universelle, claire et simple à cette question que je ne cessais de poser.

Où était Chip ?

Dans un bar.

Je le repoussai.

— Est-ce que tu es ivre ?

À cette question, Chip cligna les yeux.

— C'est possible.

— Il est 6 heures du matin.

Mais il me dévisagea.

— Tu étais si belle avant – et maintenant, tu ressembles à une pizza.

Il se fit rire tout seul avec cette sortie, et Nina et moi l'observâmes tandis qu'il se pliait en deux l'espace d'une seconde, le torse pendant de sa taille, les épaules secouées de gloussements. Puis il se redressa.

— Mais je viens de t'embrasser malgré tout ! Parce que tu… (Là, il leva un verre imaginaire pour un toast.)… es l'amour de ma vie.

Je regardai Nina, qui haussa les sourcils, tentant d'évaluer s'il valait mieux qu'elle reste ou qu'elle s'éclipse discrètement. Je lui fis signe de ne pas s'inquiéter.

— Je gère.

Quoi qu'il fût sur le point de déclarer, je ne souhaitais certainement pas que Nina l'entende. Moi-même, je n'étais pas sûre d'y tenir.

Nina installa la sonnette pour les infirmières à côté de ma main avant de partir.

— Appelez si vous avez besoin de moi.

Je me retournai vers Chip.

— Où est-ce que tu étais, Chip ? Je t'attendais.

Je détestai le son de ma voix. J'avais appris, au bout de nombreux petits amis, que le désespoir ne fonctionne jamais. Vous ne pouvez pas demander à quelqu'un de vous aimer, ni d'être là pour vous, ni d'avoir la bonne réaction – et vous ne pouvez assurément pas l'amener à culpabiliser pour ça. Il le fera ou pas. J'aurais juré que Chip appartenait à la première catégorie – jusqu'à l'accident, du moins. Tout d'un coup, je n'en étais plus aussi persuadée.

— Sais-tu que j'ai échappé à ce crash sans une égratignure ? dit-il alors. L'avion est bousillé. Toi… tu es bousillée, dit-il avec une sorte de ricanement amer. Mais moi ? Rien. On ne m'a même pas mis un pansement.

— Chip, qu'est-ce que tu fabriques ?

À cette question, il s'effondra à côté du lit – il tomba littéralement à genoux sur le sol de l'hôpital, les poings serrés autour des barrières du lit – et éclata en sanglots.

C'était un spectacle choquant. Je ne l'avais jamais vu – ni lui ni aucun homme – pleurer ainsi. Mon père ne pleurait jamais. Il avait quelquefois les yeux embués aux enterrements, mais toujours de manière discrète, stoïque – rien de la sorte. Là, il s'agissait de gros sanglots qui lui secouaient les épaules. Je passai la main à travers les barreaux et caressai les cheveux de Chip.

— Eh, dis-je après un moment, tandis qu'il commençait à se calmer. Peut-être que tu devrais rentrer chez toi et dormir un peu.

— Je n'arrive pas à dormir, insista-t-il. Je ne dors plus.

Je pris une voix tendre.

— Je suis sûre que tu pourrais si tu essayais.

Il se dégagea, s'écarta du lit et se dirigea à grands pas vers le mur du fond.

— Ne sois pas si gentille avec moi.

— Tu es bouleversé. Tu as besoin de repos.

À présent, il était furieux.

— Ne me dis pas ce dont j'ai besoin !

— Chip. C'était un accident.

Mais cela ne fit que jeter de l'huile sur le feu. Il me regarda droit dans les yeux.

— J'ai foutu ta vie en l'air.

— Non. C'était la météo ! C'était le vent !

— Tu accuses le vent ?

Mais qui d'autre pouvais-je accuser ?

— Tu es plus douée pour te voiler la face que je ne le pensais. Est-ce que tu t'es vue ? Est-ce que tu as vu ta tronche ?

En vérité, non. Ma mère avait recouvert le miroir de la salle de bains avec une taie d'oreiller. Non que j'aurais pu me lever pour voir dedans de toute façon.

— Tu ressembles à un truc sorti d'un film d'horreur ! Par ma faute ! C'est moi qui ai fait ça.

Waouh. OK.

— Le médecin a dit qu'il y aurait des cicatrices minimes.

— Pas sur ton cou. Ce sont des brûlures du *troisième degré*. Elles ne vont jamais guérir correctement. Elles vont ressembler à de la pâte à modeler jusqu'au jour de ta mort. C'est moi que tu dois remercier pour ça – moi, mon ego et mes incertitudes…

Il balança sa main dans ses cheveux. Il avait le teint un peu verdâtre, comme si l'alcool refluait en lui.

— C'était un accident, insistai-je.

Il leva les yeux – droit vers moi.

— Je t'ai cassé le dos. Tu comprends ça, n'est-ce pas ? Ils te l'ont dit ? Tu ne voulais pas monter dans cet avion avec moi. C'était la dernière chose au monde que tu désirais faire, mais je t'ai forcée, putain. Tu me faisais confiance. Et maintenant – à cause de moi – plus jamais, jamais tu ne…

Peut-être pour la première fois avec Chip, je ne vis pas venir ses prochaines paroles :

— … pourras marcher.

Durant une seconde, je crus avoir mal compris. Mais, l'instant d'après, je sus que ce n'était pas le cas. On aurait dit que l'oxygène avait été aspiré de la pièce. Mes poumons semblèrent s'aplatir. Je tentai d'inspirer, sans y parvenir. Je ne réussissais à produire que de minuscules halètements.

Remarquant mon expression, Chip se calma et m'étudia de plus près.

— Ils ne te l'ont pas encore dit ?

Je me sentis étourdie, je ne pouvais toujours pas prendre ma respiration ; me vint alors ce goût salé qui vous picote la bouche juste avant de vomir. Chip recula.

— Oh, mon Dieu ! On ne t'a pas prévenue que tu étais paralysée !

Je n'avais pas vu « paralysée » arriver non plus.

Ce qui se passa après ? Je vomis tripes et boyaux. Partout sur le sol, les barrières, ma blouse d'hôpital – mais le patchwork que ma mère avait apporté de chez nous fut miraculeusement épargné.

À ce moment précis, comme pour donner la réplique, la porte s'ouvrit et mon père fit son entrée, en tenant une boîte de viennoiseries françaises au-dessus de sa tête comme le plateau d'un serveur et annonçant :

— Nous avons…

Mais il s'arrêta aussi sec quand il nous vit, puis marmonna dans sa barbe :

— … des croissants.

Chip s'en prit à lui :

— Personne ne lui a dit ?

Mon père passa à l'action, se pencha dans le couloir :

— Est-ce qu'on peut avoir de l'aide par ici ?

Puis il jeta la boîte de viennoiseries sur le siège d'appoint et s'inclina au-dessus du lit pour vérifier comment j'allais. Je restai accrochée à la barrière au cas où je vomirais de nouveau. De plus, j'avais à présent peur de bouger mon dos. Est-ce que me pencher l'avait endommagé ? Est-ce que le haut-le-cœur avait empiré les choses ? Avais-je pu accidentellement me paralyser encore plus ?

Mon père attrapa une serviette et fit le tour pour venir m'essuyer le visage. Manifestement, l'indignation de Chip le dispensait des tâches de soins. Il demeura prudemment à l'autre bout de la chambre.

— Elle est paralysée… et personne ne l'a prévenue ? exigea-t-il de savoir auprès de mon père, mangeant un peu ses mots.

— On dirait que tu viens de le faire, répondit mon père en coinçant mes cheveux derrière mon oreille.

— Elle a le droit de savoir, non ?

— Bien sûr, dit mon père d'une voix plus tendue en se tournant vers lui. Mais pas comme ça. Nous attendions le bon moment.

— Genre quand ? demanda impérieusement Chip. Autour de la dinde de Thanksgiving ? Le matin de Noël ?

— Sale petit clown arrogant…

Mon père avait l'allure imposante d'un ours – ancien marine –, alors que Chip entrait plutôt dans la catégorie sec et nerveux. Tout le monde savait que mon père n'aurait aucun mal à écraser Chip s'il le voulait, et je compris soudain que c'était peut-être précisément ce que Chip cherchait.

— Papa ! criai-je. Il est ivre. Il a passé la nuit à boire. Ramène-le simplement chez lui.

— Je ne peux pas te laisser.

— Je vais bien.

— Tu n'as pas l'air d'aller bien, ma chérie.

— Fais-le juste sortir d'ici, p'pa. (Je ne l'avais pas appelé « p'pa » depuis des années.) S'il te plaît.

Mon père poussa un long soupir, et, au même moment, Nina entra en hâte avec une blouse et des draps propres. Un aide-soignant la suivait avec un chariot à balai et de l'eau de Javel en vaporisateur pour le sol.

Je laissai Nina s'affairer sur moi, me changer et me repositionner dans le lit. Je regardai l'aide-soignant nettoyer le sol en me demandant s'il avait remarqué la giclée propulsée dans le coin. La chambre sembla se remplir d'un fin brouillard engourdissant. Comme si, pour m'épargner la cruauté du monde réel, mon cerveau en brouillait la vision. Il y avait des bruits, des voix – j'entendais mon père et Chip marmonner et feuler l'un contre l'autre –, et la porte s'ouvrit et se ferma et s'ouvrit et se ferma, mais le moment parut éclater en morceaux de puzzle éparpillés sur une table.

Longtemps après que Nina m'eut installée, je tentai de rester totalement immobile, craignant de bouger et d'empirer les choses. Quand je finis par lever la tête et regarder autour de moi, la seule personne qui restait – toujours coincée – dans la pièce, c'était moi.

Ce brouillard demeura un bout de temps.

Ne plus jamais marcher.

Qu'est-ce que cela voulait dire, de toute façon ? Qu'en savaient-ils ? Comment pouvaient-ils en être certains ? Qui étaient-ils pour faire des prédictions sur le restant de ma vie ? Le corps humain ne débordait-il pas de mystères et de miracles ? Pouvaient-ils simplement annoncer une chose pareille et ensuite me laisser vivre avec ?

Bien sûr. Je m'étais cassé le dos, apparemment. C'était ce qui arrivait aux gens qui se cassaient le dos. Ils passaient le restant de leur vie en fauteuil roulant. J'avais regardé un documentaire sur le sujet l'année précédente – une équipe d'adolescents invincibles qui avaient eu des accidents de voiture ou de mobylettes, ou avaient plongé dans de l'eau peu profonde, pour passer le reste de leur vie en fauteuil roulant. Mais, ensuite, ils avaient formé une équipe de championnat de basket en fauteuil roulant. Cela aurait pu être inspirant d'y songer, malheureusement j'avais toujours été nulle en basket.

Paralysée.

Essayer de faire monter cette idée dans mon cerveau revenait à tenter d'aspirer une boule de bowling avec une paille.

Impossible.

Pas possible.

Et pourtant Chip l'acceptait. Mon père ne l'avait pas contredit. C'était visiblement un fait déjà établi sur ma vie – un fait dont tout le monde était au courant sauf moi. À un certain niveau, évidemment, je n'étais pas surprise. Je me débattais avec mes jambes mortes et pendantes depuis maintenant plus d'une semaine. Mais les choses guérissent. Les choses guérissent toujours. Toutes mes blessures – et j'en avais eu un paquet – avaient fini par guérir. *Paralysée.* Je ne parvenais pas à saisir. Comment conduirais-je une voiture ? Comment préparerais-je un dîner ? Comment prendrais-je une douche ? Irais-je aux toilettes ? Ferais-je mes courses ? Sortirais-je entre amis ? Aurais-je un travail ? Mon cerveau faisait un court-circuit. Je le sentais projeter des étincelles et fumer.

J'essayai de prendre des inspirations apaisantes, mais, au lieu de cela, je me mis malencontreusement à hyperventiler.

C'est alors que le kiné arriva – pendant que je m'appliquais globalement la méthode Lamaze. Il portait une blouse bleu pâle et des baskets, et il avait des cheveux courts et bien coupés qui pointaient un peu sur le devant. Il entra et dit :

— Je suis Ian Moffat. Votre kiné.

Mais ça ne sonnait pas comme des mots. Juste un tas de syllabes.

Il passa son badge dans l'ordinateur et étudia mon dossier une seconde, avant de dire :

— Donc. Vous êtes Margaret.

Mais, là encore, juste des syllabes. Comme je ne répondais pas, il agita un peu la main et dit :

— Bonjour ?

Ça, je compris.

— C'est l'heure de votre séance de kiné.

— Quoi ? demandai-je.

— Comment ça, « quoi » ?

— Je ne vous comprends pas, dis-je en secouant légèrement la tête, comme pour évacuer de l'eau de mes oreilles.

— Personne ne me comprend. Je suis écossais.

Waouh. Tout s'explique.

Oui, il l'était, sans aucun doute. Je pensais que mon cerveau s'était éteint – mais ce n'était pas moi, c'était lui. Il était super écossais. À tel point qu'il donnait l'impression de parler la bouche pleine de bretzels.

— Vous vous y habituerez, dit-il. Vous êtes prête ?

Non. Je n'étais pas prête. Je secouai la tête.

— Pas prête ?

Je remarquai que ses dents du bas étaient un peu tordues, mais d'une façon qui lui conférait un certain charme.

Je secouai la tête.

— Pourquoi donc ? demanda-t-il, sans *c* final.

Mon fiancé bourré vient de me dire que je ne marcherais plus jamais.

— La matinée a été rude.

— Beaucoup de matinées le sont. Nous devons quand même y aller.

— Non.

— Non quoi ?

Plus tard, j'estimai qu'il n'exagérait pas seulement les consonnes – les voyelles aussi.

— Non, expliquai-je. Je ne peux pas. Pas tout de suite.

— Écoutez, dit-il en mettant les mains sur les hanches, les yeux plissés. Chaque jour – chaque heure – que vous passez allongée dans ce lit, vos muscles s'atrophient. Rien ne vous rendra plus malade que rester sans bouger toute la journée. Vous devez en sortir. Que ça vous plaise ou non. Vous devez venir avec moi à la salle de kiné tous les jours, sans faute. Pas parce que vous le voulez, ni parce que vous vous sentez inspirée, mais parce que ne pas y aller mettra votre santé en péril.

Je dus faire un effort pour modeler ce magma de syllabes en paroles sensées. Ses mots semblaient posés les uns par-dessus des autres, empilés en colonnes plutôt qu'agencés convenablement en phrases. Et, cerise sur le gâteau, il fit racler le *r* de « péril ». Je me demandai si un Américain pouvait sortir un terme pareil dans une conversation. Mais je compris l'idée générale de ses propos.

— Merci pour les encouragements inspirants, dis-je. Non.

— Vous venez.

— Non.

— Si.

— Non.

Je ne sais pas exactement où cela nous aurait menés. Il ne paraissait pas vraiment du genre à abandonner, et – soudain – je cherchais juste la bagarre.

Mais alors Nina entra pour une dernière vérification avant de finir son service, et j'ignore si elle avait écouté à la porte ou quoi, mais sans ciller elle déclara :

— Oh, celle-ci ne démarre pas avant demain. C'était une coquille dans le dossier.

Ian fit aller et venir son regard entre nous.

— Demande à Myles, si tu veux. Elle a encore un jour.

Il nous examina – d'un air suspicieux, comme si nous étions de mèche. Il finit par dire :

— Demain, alors.

Il sortit.

— Non, non, non, non, non, dit Nina, en tapant quelque chose sur l'ordi en même temps. On ne vous colle pas ce type pour la kiné. Je leur ai déjà dit de vous changer.

— Quoi ? Est-ce qu'il est mauvais ?

— Il n'est pas mauvais, mais il n'est pas pour vous.

— Pas pour moi ?

Elle gardait les yeux sur l'écran.

— C'est juste qu'il n'est pas gentil. Il est impitoyable. Sans merci. Indélicat. Ça marche avec certaines personnes. Pas vous. Nous vous trouverons quelqu'un d'autre. Ce que vous traversez est déjà assez difficile comme ça.

Un autre jour, j'en aurais peut-être demandé davantage sur lui. Mais qui se souciait de ce mec sans cœur, en vérité ? Qui se souciait de quoi que ce soit ?

— Nina ? demandai-je.

Elle continuait de pianoter.

— Quoi donc, mon ange ?

— Mon fiancé bourré est venu ici ce matin et m'a annoncé que je ne marcherai plus jamais. (Elle releva les yeux.) Est-ce que c'est vrai ?

D'après son visage, je voyais que oui. Malgré tout, j'en attendais davantage – quelques mots d'encouragement ou la moindre miette d'espoir à ramasser. Mais elle poussa simplement un long soupir et marqua une pause trop longue pour présager de bonnes nouvelles.

— C'est…

Sachant précisément comment elle allait conclure, je terminai donc en chœur avec elle :

— … une question pour le médecin.

Chapitre 6

Ainsi débuta le jour le plus étrange de ma vie – l'un des plus étranges, du moins. Dans le top cinq.

Ce que je souhaitais le plus toute la journée était ce que je souhaitais le moins.

J'avais désespérément besoin de temps seule pour assimiler les nouvelles que Chip venait de m'annoncer, et, tout aussi désespérément, je ne voulais plus jamais assimiler quoi que ce soit – ni être seule. Il fallait que je prenne une grande respiration émotionnelle, mais ça me pétrifiait. Je passai donc la journée à haleter mentalement, étourdie et privée d'oxygène, mon âme réclamant de l'air en pleurant, mais mon cerveau refusant de l'inspirer, et aussi à craindre la nuit, quand je n'aurais aucune distraction pour contrer quelque incroyable pensée qui s'infiltrerait sans ma permission.

Mes parents me surprirent en arrivant avec le déjeuner – du tex-mex à emporter provenant de mon restaurant préféré –, avant que je m'aperçoive qu'il s'était passé du temps.

Ils affichaient de grands sourires empressés, comme si je pouvais guérir à coups de fajitas.

Je ne touchai pas à la nourriture – je me sentais trop nauséeuse à cause des médicaments –, mais les remerciai. Même l'idée de manger n'était pas réconfortante. Mon père me raconta le trajet pour ramener Chip chez lui : il avait vomi deux fois sur la route – « C'est le thème de la journée, dis donc » –, une fois par la vitre et une autre sur le tableau de bord. Ses parents l'attendaient dans l'allée et le guidèrent à l'intérieur pour qu'il aille s'en remettre sous la couette.

— Pauvre Chip, dit ma mère.

Pauvre Chip ?

Alors c'était Chip qui était à plaindre ?

— Il vit très mal cette situation, renchérit mon père.

Ma mère m'adressa un regard éloquent.

— Parfois, j'ai l'impression que les gens sont plus inquiets pour lui que pour toi, dit-elle, comme si nous bavardions.

— Je me passe très bien de l'inquiétude des gens, rétorquai-je.

Je m'inquiétais pour moi-même. C'était suffisant.

— Il n'aurait pas dû te dire ce qu'il t'a dit aujourd'hui, poursuivit mon père.

— Il m'a dit que je ressemblais à une pizza. Est-ce que c'est vrai ?

— Non, mon ange, répondit mon père.

Mais ma mère détourna les yeux.

— J'aimerais y jeter un coup d'œil, déclarais-je alors en croisant le regard de ma mère. Est-ce que je peux t'emprunter ton miroir de poche ?

Mais sa façon de secouer la tête, je le savais après une vie d'expérience, signifiait : « Plutôt brûler en enfer. »

— Tu n'es pas prête.

OK. Peut-être avait-elle raison. Peut-être en avais-je appris assez ce jour-là. Question suivante – celle que je ne voulais pas poser. Mais je fis une longue pause et pris une faible inspiration.

— Il a dit aussi que j'étais paralysée, finis-je par lâcher.

Ma mère se redressa un peu.

— Est-ce que c'est vrai ?

Mon père m'adressa un petit haussement d'épaules triste.

— Disons juste que c'est une bonne chose que tu sois encore sur notre contrat d'assurance.

Ma mère avait insisté pour que je conserve la protection de santé qu'ils réservaient à leurs employés jusqu'à ce que je sois installée professionnellement, même si les tarifs étaient plus élevés. Nous en avions débattu plus d'une fois. Je détestais quand elle avait raison.

— Qu'est-ce que ça veut dire ? demandai-je en me tournant vers ma mère, qui était plus courageuse.

Elle poussa un profond soupir.

— D'après ce que nous ont expliqué les médecins, seul le temps nous le dira. Il faut environ six semaines pour que les os guérissent et que l'inflammation dans ta colonne vertébrale disparaisse, et que nous puissions voir quel genre de dégât il reste. Pour l'heure, l'inflammation elle-même pourrait bloquer les messages nerveux. Il est possible qu'une fois que tout sera guéri, il n'y ait plus du tout de blocage, et que le fonctionnement normal revienne.

Je déchiffrai leurs expressions stoïques.

— Possible, dis-je, mais pas probable.

— Pas très probable, non, confirma mon père. Le médecin juge très encourageantes certaines réactions de tes nerfs, et d'autres moins. Mais il dit également qu'un véritable mystère demeure dans ce type de blessures. D'après lui, il y a des gens dont on pense qu'ils ne feront jamais plus un seul pas et qui finissent par courir des marathons.

— Ou devenir mannequin lingerie, ajoutai-je, avec une voix de robot.

— Exactement ! renchérit ma mère, comme si cette perspective était réjouissante.

— Donc on attend, conclut mon père. On fait tout ce que les médecins nous disent et on attend.

Ma mère n'arrivait toujours pas à me regarder plus de deux secondes d'affilée.

— Tout ça pour dire, intervint-elle, le regard perdu dans sa salade taco, que tout est une question d'attitude.

Je plissai les yeux.

Vraiment ?

— J'ai plutôt l'impression que tout est une question de gonflement et de lésions nerveuses.

Elle poursuivit :

— Tu dois croire que tu peux aller mieux. Tu dois t'y efforcer et ne jamais renoncer. J'ai vu la mère de Chip ce matin dans le jardin, et j'ai promis que tu serais comme neuve d'ici l'été.

Mon père et moi la dévisageâmes.

— Tu n'as pas fait ça, dit-il.

Ma mère se redressa davantage.

— J'ai vu une vidéo pas plus tard que ce matin au sujet d'un jeune pilote de BXM...

Mon père et moi rectifiâmes aussitôt :

— Pilote de BMX.

— ... qui a simplement refusé que sa blessure à la moelle épinière soit un frein pour lui. Il s'est rompu le cou, Margaret !

Elle leva la main et tapota l'endroit en question sur son propre cou, évitant toujours mon regard.

— On lui a dit qu'il ne se nourrirait plus jamais lui-même ! Aujourd'hui, il conduit sa moto d'une côte à l'autre afin de récolter des fonds pour une association – et il est sur le point d'enregistrer un album de country.

— C'est très motivant, déclara mon père. Mais il ne s'agit pas juste de l'esprit dominant la matière, Linda. Si tu te casses la jambe, tu ne peux pas faire comme si elle n'était pas cassée.

— Mais le corps humain guérit, dit ma mère en le pointant du doigt.

— Oui, mais la moelle épinière est différente, répliqua patiemment mon père. Tu te rappelles ce que le médecin a dit ? Quand ces nerfs-là sont endommagés, ils ne repoussent pas.

— Eh bien, je ne vois pas pourquoi.

Mon père me regarda. Nous secouâmes tous les deux la tête de manière imperceptible.

— Mais ils ne sont peut-être pas abîmés, souligna-t-il à mon intention. Peut-être seulement comprimés. Ton boulot, c'est de te reposer à fond, prendre tes médicaments et faire tout ce que te demandent ces gens. Pendant encore cinq semaines et demie.

— Cinq et demie ?

— C'est le laps de temps couvert par la mutuelle. Une semaine en soins intensifs, et ensuite cinq et demie à l'hôpital.

— C'est affreusement précis.

— Ouaip.

— Qu'est-ce qui se passe au bout de cinq semaines et demie ?

Mon père haussa les épaules.

— L'assurance cesse de payer. Tu repars à la maison et tu commences la kiné ambulatoire dans une salle de sport.

— Repartir à la maison ? Quelle maison ?

Mon père sourit.

— Celle que tu veux.

J'assimilai tout cela. J'allais croupir ici pendant encore cinq semaines et demie.

— L'essentiel, poursuivit-il, c'est que tu essaies de tirer profit au maximum du temps dont tu disposes ici. Ensuite, on avisera. C'est tout ce qu'on peut faire.

— Et avoir la bonne attitude ! ajouta ma mère, comme s'il avait oublié le plus important. Et croire à deux cents pour cent que tu peux surmonter ça.

Ma mère était allée à mon appartement et avait pris mon ordi portable, le roman que j'étais en train de lire, des chaussettes moelleuses, ma taie d'oreiller à chevrons bleu pâle, et de ridicules sandales à lanières et hauts talons, qui, pensait-elle, pourraient me « remonter le moral » – mais qui, évidemment, eurent l'effet inverse.

Je n'avais pas envie de me servir de mon ordi, ni de lire ce roman, ni même de poser un œil sur ces sandales. Je ne voulais rien voir de ma vie d'avant.

— Ton téléphone a été détruit dans l'accident, dit ensuite ma mère, avec tout le reste – carbonisé –, alors je suis passée au magasin et je te l'ai fait remplacer. Ils ont vraiment été très compréhensifs.

Elle me le tendit et sortit un chargeur pour que mon père le branche. Nous le regardâmes partir chasser la prise électrique.

— On n'a jamais retrouvé la bague, non plus, ajouta-t-elle, après un instant.

— Quelle bague ? demandai-je.

À cette question, ma mère m'observa attentivement pour la première fois de la journée.

— Ta bague de fiançailles ! s'exclama-t-elle, d'un ton qui voulait dire : « M'enfin ! »

Puis elle précisa :

— Chip nous a annoncé la bonne nouvelle pendant qu'on t'opérait.

La bonne nouvelle.

Je baissai les yeux vers ma main nue. J'avais oublié qu'une bague s'était un jour trouvée là.

— Oh.

— Tu as dû la perdre dans l'accident.

J'acquiesçai.

— Elle était énorme.

— Dommage, dit ma mère en se penchant de nouveau au-dessus de son sac pour en extirper d'autres choses. C'était celle de sa grand-mère. Irremplaçable.

Elle sortit des photos encadrées. Elle avait pris deux des trois que je conservais sur ma coiffeuse : une de Chip et moi en randonnée dans les Rockies, et une de moi avec mes parents le jour où nous étions allés faire de la tyrolienne. Sur la troisième photo, on nous voyait ma sœur et moi, petites, habillées en cowboys avec des chapeaux et des bandanas, à l'époque où je l'adorais. Celle-là, ma mère ne l'avait pas apportée.

Elle et ma sœur ne s'entendaient pas.

Mais alors vraiment pas.

Je soupçonnais d'ailleurs ma mère d'être la raison pour laquelle Kitty nous ignorait tous depuis trois bonnes années.

En fait, ma mère fut la dernière à voir Kit avant qu'elle déguerpisse pour ne jamais revenir. Trois étés plus tôt, mes parents avaient donné une fête pour le 4 Juillet. Kitty avait bu ce soir-là, comme souvent. Elle avait été bruyante et chahuteuse, elle avait fait des histoires, et à un moment elle avait poussé ma mère dans la piscine. Elle avait prétendu qu'elle n'avait pas fait exprès, mais tous ceux qui avaient assisté à la scène pouvaient témoigner du fait que cet « accident » avait paru parfaitement délibéré. Kitty s'était esclaffée si fort devant le spectacle qu'elle s'était écroulée sur l'un des transats et y était restée jusqu'à ce que ma mère grimpe les marches de la piscine, dégoulinant d'eau sur le patio, et l'entraîne à l'intérieur pour avoir une explication avec elle.

J'avais joué les hôtesses, prenant la relève de ma mère en leur absence tout en gardant un œil sur elles, mais, quand ma mère était revenue, beaucoup plus tard, complètement sèche et vêtue d'une nouvelle tenue, Kitty n'était pas avec elle. Je lui avais demandé où était ma sœur, mais elle avait refusé de me répondre.

En fait, elle ne me l'a jamais dit. Jusqu'à ce jour, je n'avais aucune idée des raisons de leur dispute ce soir-là. Je savais seulement que ça devait être grave. Kitty m'envoya un mail le lendemain pour m'annoncer qu'elle partait vivre à New York. Immédiatement.

J'avais essayé de la convaincre de rentrer à la maison pour m'en parler, mais elle avait refusé. J'avais essayé de la convaincre de me dire où elle était, mais elle avait refusé. Je ne pensais pas qu'elle allait partir pour de bon, mais elle le fit. Je ne pensais pas que ça durerait, non plus, mais ce fut le cas. Elle partit sans se retourner. Elle resta loin de nous tous. Ma mère ne tenta jamais de la contacter, mais moi si, et mon père aussi, mais nos mails, nos messages et nos appels restèrent sans réponse.

Toute cette histoire me rendait perplexe. Ma mère et Kitty ne s'étaient jamais vraiment entendues, je le savais. Je savais également que ma mère avait toujours été plus dure avec ma sœur qu'avec moi. Mais disparaître ? Couper les ponts avec tout le monde ? Pas de Thanksgiving, pas de Noël ? Ni d'anniversaires ? Ça paraissait un peu excessif.

Après un an et demi à essayer sans arriver au moindre résultat, je cessai de m'acharner. Je cessai de me demander ce que nous avions bien pu faire pour l'éloigner, et je me sentis juste amère qu'elle soit partie. Vous ne pouvez tendre la main qu'un certain nombre de fois avant d'arrêter d'essayer. Après un moment, le simple fait que quelqu'un soit fâché contre vous peut vous rendre fâché contre lui. Plus elle resta à distance, plus je me mis sur la défensive, et, sans même m'en apercevoir, je dérivai dans une alliance avec ma mère – en voulant résolument à Kitty d'avoir disparu sans jamais même dire pourquoi.

À ce stade, mon gentil papa était le seul parmi nous à continuer d'espérer qu'elle se déciderait à reprendre contact.

— Pas de photo de Kitty ? demandai-je.

Ce n'était pas une surprise, mais une manière d'attirer l'attention sur notre allégeance, de renforcer une petite intimité quand je le pouvais. Ma mère leva les yeux au ciel.

— Je t'en prie.

Mais l'évocation de Kitty souleva une question.

— Est-ce que quelqu'un l'a appelée pour la prévenir ? demandai-je.

— Non, répondit ma mère catégoriquement, au moment où mon père répondait « oui ».

Ma mère et moi le regardâmes.

— Vraiment ?

Il hocha la tête.

— Je lui ai envoyé un mail avec pour objet EXTRÊME URGENCE FAMILIALE.

Ma mère regarda ailleurs.

— Je suis surprise qu'elle ait répondu.

— Eh bien, dit mon père, c'est le cas. Et ensuite elle a sauté dans un avion pour rentrer.

— Elle est ici ? demanda ma mère.

Mon père acquiesça.

— Elle est venue plusieurs fois à l'unité de soins intensifs. Quand tu n'étais pas là, ajouta-t-il à l'intention de ma mère.

Je secouai la tête.

— Je ne me rappelle pas l'avoir vue.

— Tu avais pris beaucoup de médicaments.

Ma mère lui jeta le regard qu'elle lui réserve quand il s'est très mal conduit.

— Nous n'avons pas payé pour ce billet d'avion, n'est-ce pas ?

Il ne tint pas compte de sa remarque.

— Elle aimerait venir te voir, me dit-il, mais elle ne veut pas te perturber ni faire d'histoires. Est-ce que je peux lui dire que c'est d'accord ?

D'après son expression, il s'attendait clairement à ce que je lui réponde par l'affirmative. Mais je secouai la tête. La perspective d'une grande confrontation avec elle, arrivant bien trop tard, me paraissait insurmontable à cet instant. Je ne pouvais pas y faire face. Le ciel m'était déjà tombé sur la tête, et la seule idée de la revoir m'épuisait.

— OK, dit mon père, en hochant la tête. Je comprends. Je lui dirai que tu n'es pas prête.

— Dis-lui de repartir à New York, rétorquai-je. Je ne serai pas prête de sitôt.

Ma mère avait cette expression qu'elle affiche quand elle veut hurler contre son mari mais qu'elle se retient pour le bien des enfants. Je n'aurais pas voulu être à sa place pour le trajet du retour.

— Merci de t'être donné tout ce mal pour aller chercher mes affaires, dis-je pour lui redonner le sourire.

— Pas de souci, dit-elle en haussant les épaules d'une manière qui me laissa entendre que oui, elle s'était donné du mal, mais qu'elle était de toute façon du genre à se sacrifier.

Aussi, elle referait un trajet plus tard pour apporter son fauteuil bridge pliant « pour que la compagnie ait un endroit où s'asseoir ».

— Pas de compagnie, dis-je alors. Je ne veux aucune visite.

Mes parents se regardèrent. Ma sœur éloignée était une chose... Mais pas de visiteurs du tout ?

— Quelques amis proches, au moins ? demanda mon père d'un ton « sois raisonnable ».

— Pas d'amis. Personne.

— Ma chérie, commença ma mère. Le téléphone n'a pas arrêté de sonner. La table de l'entrée est couverte de cartes. Les gens veulent te rendre visite.

C'était le moment que je réfléchisse poliment à la bonté dont les gens faisaient preuve en pensant à moi. Mais je me contentai de dire :

— Je m'en fous un peu.

— Nous ne pouvons tout de même pas barricader l'hôpital, répliqua ma mère.

Mais mon père intervint :

— Nous pourrions en parler aux infirmières. Leur faire savoir qu'elle n'est pas prête.

Ma mère haussa les sourcils.

— Mais toute la documentation souligne les dangers de l'isolement…

Oh, Seigneur ! Elle lisait la « documentation ». C'était pire que ce que je pensais.

— J'ai juste besoin de temps, dis-je, essayant de l'amadouer.

On n'avait jamais rien dit de plus vrai. Si je devais faire une liste des choses que je désirais à cet instant, les vieux amis qui me plaindraient, jugeraient et ragoteraient dans mon dos seraient tout en bas. Je voulais que personne d'autre que moi ne pense ce que je pensais. Je voulais que personne ne soit au courant des horreurs de ma nouvelle situation. Je refusais d'être le sujet de bavardages au téléphone, de petites réunions et autres ragots. Je ne voulais pas être la raison pour laquelle d'autres gens mesuraient leur chance.

Je les verrais – éventuellement – quand je le pourrais, si je le pouvais, de mon plein gré.

Ce qui ne laissait à ma mère que la décoration. Après avoir enfin capitulé sur la politique « aucune visite », elle nous fit débattre la possibilité que l'hôpital l'autorise à apporter des lampes sur pied. Sa prochaine escale, disait-elle, se ferait chez *Bed, Bath & Beyond*, pour une tringle à rideau et un meilleur habillage de fenêtre. Peut-être un coussin décoratif.

C'était la méthode de ma mère pour aimer les gens : la décoration. Elle jeta un regard mauvais aux rideaux mauve et gris torsadés, comme s'ils allaient réellement essayer de nous faire du mal.

— Ce tissu ne te donne-t-il pas envie de pleurer ?

J'inclinai la tête.

— Je ne suis pas sûre que ce soit le tissu.

— Ce tissu, poursuivit-elle en pointant maintenant un doigt accusateur vers lui, est un crime contre l'humanité.

Mon père et moi étions trop avisés pour protester. Si ma mère avait dirigé le monde, ses prisons auraient regorgé uniquement de citoyens au goût désastreux.

Lorsqu'ils furent partis – en emportant les tristes croissants du matin pour en faire don aux infirmières après que j'eus déclaré que je ne les mangerais pas –, je fermai les yeux juste une seconde et m'endormis profondément. Je n'aurais jamais cru qu'il serait si fatigant d'être clouée au lit.

Je dormis jusqu'à ce que ma nouvelle ergothérapeute, Priya, entre dans ma chambre et me demande de remuer les orteils. Elle souhaitait aussi travailler le transfert du lit au fauteuil roulant, en disant que plus tôt je parviendrais à m'y installer toute seule, plus tôt je pourrais me déplacer jusqu'à la salle de bains – et plus tôt je pourrais faire *ça*, plus tôt on pourrait retirer ma sonde pour voir si, par la grâce de Dieu, j'arrivais à faire pipi sans assistance. Nous pratiquâmes un transfert supplémentaire, juste pour faire bonne mesure.

J'espérais sans arrêt voir Chip. Toute la journée, chaque fois que la porte s'ouvrit, je m'attendis à ce que ce soit lui – apportant des fleurs, au moins, et débordant d'excuses et de paroles encourageantes. Mais il ne se montra jamais. Peut-être était-il encore chez ses parents, à se remettre de tout ça dans son lit. Pour son bien, je l'espérais.

Toute cette activité grouillante semblait étrangement joyeuse en surface. Chaque professionnel à qui j'eus affaire avait une attitude plaisante, du type « juste un autre jour au bureau », et pourtant je les soupçonnais fortement de jouer la comédie. Je sais clairement que, pour ma part, c'était le cas. Je gardais mon calme pour tout, je restais aimable, je prenais mes médicaments – mais, en vérité, je m'étais réveillée dans une dystopie, un monde si différent que même les couleurs étaient en mode mineur, plus comme une vieille photo passée et jaunie que quoi que ce soit de réel.

Ça ressemblait à ça, et je le ressentais comme ça, aussi. Je ne parvenais pas à imaginer l'avenir, et je ne pouvais, je refusais même de songer au passé. Et par passé, j'entends dix jours plus tôt. Mon passé n'avait même pas eu le temps de s'estomper : on me l'avait ôté – l'histoire entière de qui j'étais, ce que je faisais, tout ce que j'avais jamais osé espérer. Disparu.

Ce genre de choses façonne un peu votre regard.

Ce soir-là, j'étais si fatiguée que j'avais l'espoir de dormir peut-être la nuit entière. L'épuisement est un ami du chagrin. J'étais dans ce genre de fatigue où le sommeil vous tend la main pour vous attirer dans sa mer ondulante sans que vous fassiez jamais le moindre choix. Juste au moment où je cédais et fermais les yeux, la porte se rouvrit.

Et c'était ma sœur, Kitty. Avec une valise.

Chapitre 7

Kitty hésita sur le seuil de la porte.

—Salut, Mags, dit-elle.

Comme je ne réagissais pas, elle leva la main et me fit dans un petit signe.

—Je sais que tu ne tenais pas à ce que je te rende visite, dit-elle. Mais je suis venue quand même. À l'évidence.

Je me contentai de la dévisager. Elle n'entra pas. Elle attendait une permission que je n'étais pas prête à donner.

Trois ans. Trois ans de mails et messages téléphoniques sans réponse. Trois ans de rien, et à présent elle était là. Elle paraissait littéralement différente de la sœur que j'avais vue pour la dernière fois. Elle avait maintenant les cheveux hérissés, décolorés en jaune vif, à la place de la coupe brune tombant sur les épaules que je lui avais toujours connue. Elle avait plusieurs petits anneaux qui remontaient le long de chaque oreille. Elle ne portait aucun maquillage, à part du rouge à lèvres carmin. Elle avait un anneau dans le nez comme une vache.

Mais, bien entendu, je la reconnus aussitôt. Même après tout ce temps.

—Joli piercing, dis-je.

—Alors… Est-ce que je peux entrer ?

—Je ne sais pas.

Je n'étais pas sûre d'être partante.

—Juste une minute en vitesse, promit-elle.

—Je suis super crevée.

—Je veux seulement dire bonjour.

Il y avait une énergie nerveuse dans sa façon de se tenir, comme si elle se trouvait au bord du toit-terrasse d'un grand immeuble et non sur le seuil de ma chambre d'hôpital.

J'éprouvais la même énergie – un peu de cette sensation d'estomac qui remonte dans la gorge. Ça, ainsi qu'un mélange de tant d'émotions – la surprise, l'incertitude, la contrariété. Elle aurait pu appeler, non ? Elle aurait pu au moins m'informer qu'elle venait. Est-ce que j'avais vraiment besoin d'une attaque discrète et bizarre de sa part en ce moment ? Elle avait eu trois ans pour prendre contact, et elle avait attendu que je ne puisse littéralement pas m'échapper. C'était trop. Mon instinct me dictait de me débarrasser d'elle.

Mais j'en étais incapable. Une partie de moi voulait qu'elle reste. Mais une partie plus importante encore n'en avait pas pris conscience.

—Bien, dis-je, en gardant les yeux rivés sur elle tandis qu'elle avançait.

Elle posa son sac en s'approchant du côté de mon lit.

—Salut, dit-elle.

— Papa m'a dit que tu étais dans les parages.

Elle acquiesça.

— Est-ce que tu l'as vu ? demandai-je.

Elle acquiesça de nouveau.

— Et maman ?

Elle fit signe que non.

— Est-ce que tu comptes le faire ? Avant de repartir ?

Elle esquissa un demi-sourire.

— Je rassemble mon courage.

Je ne savais pas quoi dire. Je ne savais vraiment pas par quoi même commencer. La voir était précisément aussi étrange que normal. Bien sûr qu'elle était là. C'était ma grande sœur. Et pourtant, c'était comme voir une image résiduelle reprendre vie.

— Tu as l'air en meilleure forme, dit-elle.

— Ce n'est pas ce que dit maman.

— Mais tu sais bien qu'il lui arrive d'être un peu garce.

Elle n'avait pas tort.

— C'est assez vrai.

— Et menteuse par-dessus le marché, ajouta-t-elle.

Je fronçai les sourcils.

— Pas certaine de ça.

Kit jugea préférable de changer de sujet.

— Comment vas-tu ?

— Je ne suis pas sûre qu'il existe des mots susceptibles de répondre à cette question.

Elle haussa les épaules, genre « D'accord », et tenta un nouvel angle.

— Comment te sens-tu ?

— Physiquement ? Ou émotionnellement ?

— N'importe. Les deux.

Mais je ne voulais rien partager de tout ça avec elle. Parler de choses aussi délicates exigeait une proximité à laquelle elle avait renoncé depuis longtemps.

— C'est quoi, cette valise ? demandai-je.

— Je me disais que je pourrais peut-être rester ici le soir. Avec toi. Enfin... quand maman n'est pas dans le coin.

Je jetai un coup d'œil au fauteuil relax. Il était censé se convertir en lit, mais je ne pouvais imaginer comment.

Je secouai la tête.

— Non.

— Non quoi ?

— Non, tu ne devrais pas rester ici.

— Tu ne veux pas de compagnie ?

— Pas la tienne.

Elle sourcilla légèrement.

— Est-ce que tu es fâchée contre moi ?

Je détournai les yeux.

— C'est juste étrange de te voir. Ma vie est assez étrange comme ça en ce moment.

— Je voudrais t'aider.

— Ouais, mais tu ne m'aides pas. Tu empires les choses.

Elle ne répondit pas. Il était clair que cela ne lui était pas venu à l'esprit.

— Tu veux savoir chez qui je crèche ? demanda-t-elle ensuite.

Son ton était jovial, presque badin, et avant que je ne puisse dire « non », elle poursuivit :

— Le Gros Benjamin. Du lycée. Est-ce que tu te souviens de lui ?

C'était une combine classique de Kitty : faire comme si tout allait bien, jusqu'à ce que tout le monde ait oublié que ce n'était pas le cas. Elle essayait une feinte.

Je ne répondis pas.

— Tu te rappelles comment il me ramenait à la maison dans cette Jetta avec les vitres arrière pétées et des sacs-poubelles scotchés par-dessus au chatterton ?

— Est-ce que tu viens d'appeler ce type le « Gros Benjamin » ?

— Tout le monde le surnomme comme ça.

— C'est un peu méchant.

— Ça ne le dérange pas. Il est dans la catégorie des gros mignons. Bref, il en pinçait vaguement pour moi, mais je ne l'ai jamais calculé parce qu'il était tellement pâteux et avait cette espèce de coupe mulet. Enfin, il n'est plus vraiment gros – plutôt « potelé ». Il est mignon maintenant ! Il est devenu plus mignon ! Ou peut-être que j'ai revu mes critères à la baisse. Enfin bon, je dors chez lui, sur son canapé-lit, mais je vois bien qu'il m'apprécie toujours, et je suis sûre que je vais finir par coucher avec lui si je ne sors pas de là.

J'évitai son regard. Était-ce son argument pour expliquer pourquoi il serait préférable qu'elle passe la nuit dans ma chambre ? Afin de ne pas baiser par accident avec un mec qu'on appelait le Gros Benjamin ?

Elle haussa les épaules.

— Je regrette de ne pas pouvoir dormir ici à la place.

— Ne me le redemande pas.

— Je ne demande rien ! J'ai juste dit « je regrette ».

— On a tous nos regrets.

— Je pense juste que ce serait une mauvaise idée de coucher avec lui.

— Alors ne le fais pas.

Elle haussa les épaules.

— Je suis nulle pour dire non.

Je croisai son regard.

— Eh bien, pas moi.

Elle n'allait pas soudain réapparaître dans ma vie après trois ans et me faire parler de garçons, qui plus est. Elle ne pouvait pas se pointer comme ça et s'attendre à ce que le cours des choses reprenne comme si on s'était quittées la veille.

— Bref…, dis-je. Je suis assez fatiguée, alors…

— Pas de souci, rétorqua-t-elle en balayant l'allusion. J'ai apporté des magazines.

Je secouai la tête.

— Il faut que tu partes.

Elle se rapprocha un peu plus.

— J'aimerais vraiment rester.

Mais je me contentai de faire « non » de la tête. Puis je détournai le visage, jusqu'à ce qu'elle renonce et finisse par s'en aller.

Chapitre 8

Le lendemain matin, j'appris quelque chose de nouveau sur ma chambre d'hôpital : elle avait une excellente acoustique.

C'était après tous les rituels du matin : toilette à l'éponge, brossage de dents dans un bassin hygiénique, médicaments, changement de sonde, évacuation intestinale, petit déjeuner de flocons d'avoine et gelée, et ergo avec Priya, pour monter et descendre trois fois à bout de souffle du fauteuil, et deux tentatives ratées de gigotement d'orteils.

Ma porte était juste à côté du poste des infirmières. Pour la première fois, je m'aperçus que j'entendais des voix parler de médicaments et ordres des médecins. J'entendais quelqu'un taper sur un clavier. Quelqu'un allait faire un saut chez *Starbucks*. Un aide-soignant essayait de draguer l'une des infirmières, mais elle l'envoya sur les roses.

Puis j'entendis la voix de Nina, un peu plus forte que les autres.

— Il faut que je te parle de ce planning.

Un homme à la voix légèrement nasillarde répondit :

— OK, vas-y.

— Tu as attribué Ian à cette patiente.

— Oui.

— J'ai noté plusieurs fois dans le dossier qu'elle devrait avoir quelqu'un d'autre.

— Oui, j'ai vu.

— Et tu n'en as simplement pas tenu compte ?

— Écoute, Ian est complètement dispo en ce moment.

— Ouais. Il y a une raison pour ça.

— Es-tu en train de dire que Ian n'a pas les compétences pour travailler avec cette patiente ?

— Je dis que ce n'est pas un bon choix pour elle. Et je pense que tu le sais aussi bien que moi. Je me demande si tu n'espères pas plus ou moins que ça finisse par exploser à la figure de tout le monde.

— Qu'est-ce que tu es en train de dire, Nina ?

— Exactement ce que tu penses que je dis, Myles.

La vache. Ce Myles était un connard.

— Tu penses que j'essaie de couler Ian ? Tu penses que je sacrifie le bien-être de cette patiente afin que nous puissions tous le regarder se détruire ?

— Oui.

— Eh bien, je n'en ai pas besoin. Cet homme est une bombe à retardement. Il va se détruire tout seul.

Nina n'en démordait pas.

— Pas avec ma patiente, non. Elle est sur le fil. Elle venait de se fiancer. Elle vient de tout perdre. Il faut que tu la mettes en équipe avec quelqu'un de gentil et encourageant – April, ou même Rob.

— Je ne refais pas tout le planning pour une seule patiente.

La voix de Nina se crispa.

— Il lui faut quelqu'un d'autre.

— Tous les autres sont pris.

— Alors sors quelqu'un du planning pour l'échanger.

Mais Myles – une sorte de superviseur, peut-être – n'appréciait visiblement pas qu'on lui dise quoi faire. Dans le silence qui s'ensuivit, je l'entendis s'irriter.

— Ce n'est pas ta décision. C'est la mienne. Et si tu me poses des problèmes, je promets de t'en poser aussi. Le planning ne changera pas.

Ensuite, il dut sans doute sortir, car, après quelques secondes de silence, plusieurs infirmières, dont Nina, commencèrent à déblatérer contre lui, en employant des termes comme « jaloux », « obsédé du contrôle » et « petit tyran ». J'aurais presque pu trouver ça drôle, si j'avais encore pu trouver quoi que ce soit drôle. S'il n'était pas si évident que la patiente dont elle parlait – celle qui venait de tout perdre –, c'était moi.

Ce fut alors que j'entendis une voix écossaise à l'extérieur du poste.

— J'ai essayé d'échanger, si ça peut te consoler. J'en ai parlé à Myles hier.

— Tu n'as pas assez insisté.

— Il ne m'accorde jamais rien de ce que je veux.

— Tu ne le laissais pas te malmener comme ça avant.

— Il n'était pas le patron avant.

— Tu as intérêt à être gentil avec elle, Ian, dit Nina d'une voix qui suggérait qu'elle ne plaisantait pas.

— La gentillesse ne te rend pas fort, rétorqua Ian sur le même ton.

Deux secondes plus tard, la porte de ma chambre s'ouvrit.

— C'est l'heure de votre kiné, Maggie Jacobsen, dit Ian sans croiser mon regard.

Il fit rouler mon fauteuil près du lit.

— C'est Margaret, rectifiai-je.

Comme il ne répondait pas, j'ajoutai :

— Je me fais appeler Margaret.

— Vous n'avez pas l'air d'une Margaret.

Il était totalement sérieux.

— Cela dit, ce n'est pas vraiment vous qui décidez, si ?

— OK, Maggie. Comme vous voudrez.

Il attrapa la planche de transfert et baissa le lit, ainsi que le bras du fauteuil, puis disposa la planche comme un petit pont entre les deux.

Ensuite il se détourna et marcha vers la porte.

Attendez… Quoi ? Où allait-il ? Est-ce que je l'avais énervé avec cette histoire de Maggie ? Était-il vraiment une bombe à retardement ? Était-il sur le point de s'autodétruire ?

— Vous n'allez pas m'aider ?

Il marqua une pause, mais ne se retourna pas.

— Nan. Appuyez sur le bouton d'appel quand vous êtes prête.

Puis je fus seule – juste moi, une planche et un fauteuil. Oh, et une poche de sonde reliée à ma cuisse.

C'était un problème à résoudre, je le reconnais.

Je trouvai la télécommande du lit et le manœuvrai en position assise. Puis j'approchai lentement mes fesses de la planche de transfert. Mon pantalon de yoga était un peu évasé en bas, et l'une des jambes se coinça dans la barrière, mais je réussis à la dégager. Perchée sur le bord, m'apprêtant à me déplacer sur la planche avec rien d'autre en dessous que le sol d'hôpital dur comme de la pierre, je ressentis de la peur pour la première fois depuis l'accident. En fait, je ressentis *quelque chose* pour la première fois depuis l'accident. Je fis une pause, hors d'haleine, et me demandai pourquoi ma première émotion n'aurait pas pu être de l'hilarité. Ou de la joie.

Je me rapprochai encore un peu en plaçant tout mon poids sur mes paumes. Les muscles de mon tronc étaient certes atrophiés, mais ils fonctionnaient toujours, ce qui aidait – mais le poids mort de mes jambes me fit perdre l'équilibre. J'oscillai un peu, puis me voûtai jusqu'à ce que je sois de nouveau stable. Le fauteuil était peut-être à trente centimètres, mais la planche qui m'en séparait me paraissait immense comme un terrain de foot. J'évaluai la distance, avançai de deux autres centimètres, perdis l'équilibre, me voûtai. Puis encore, et encore. Au bout d'un moment, je remarquai deux taches mouillées sur les cuisses de mon pantalon, et je compris que, alors que je pensais juste m'être concentrée, j'avais pleuré. Probablement depuis un bout de temps.

Je décidai de faire une pause, à mi-parcours sur la planche. Ce fut alors que Ian rentra.

— Seigneur, vous n'avez pas encore fini ? J'ai pris un café et lu le journal.

S'il s'était agi de quelqu'un d'autre, ça serait passé. Si nous avions été amis, si j'avais su qu'il était de mon côté, si nous avions établi de bonnes relations, il m'aurait peut-être taquinée. Mais là, il n'était qu'un méchant inconnu.

Je relevai les yeux et, lorsqu'il aperçut mon visage – sans aucun doute bouffi et luisant de larmes –, je vis la dureté sur le sien s'estomper, juste une seconde, avant qu'il vienne brusquement vers moi et me stabilise les épaules.

— Je vous tiens. Ne lâchez pas.

Avec l'aide de Ian, ce fut plus rapide – et avant que je m'en rende compte, je le suivais en faisant rouler mon fauteuil dans le couloir vers la salle de rééducation. J'essayai de me rappeler d'autres circonstances où je m'étais sentie aussi seule en compagnie de quelqu'un. Il ne parlait pas. Il ne me regardait pas. On aurait dit qu'il était sorti se balader en solo.

Il marqua une pause devant une porte pour la tenir ouverte, geste que je trouvai aimable jusqu'à ce qu'il ouvre la bouche :

— Non, dit-il tandis que je passai devant lui. Votre technique ne va pas du tout.

Il paraissait agacé, comme si nous avions abordé ce sujet des milliers de fois.

— Eh bien, dis-je, j'ignorais qu'il existait une technique, et c'est la toute première fois que je fais ça, donc…

— Personne ne vous a montré comment vous servir du fauteuil ?

Je secouai la tête.

— C'est le cours de base en kiné.

— J'imagine que nous en sommes encore à mon examen d'admission.

Encore une petite tentative pathétique de faire une blague.

Il ne sourit pas. À la place, il me regarda dans les yeux, puis me pressa les biceps. Puis, d'une voix qui donnait l'impression qu'il allait communiquer une information profondément pertinente et vitale, il dit :

— Les bras ne sont pas des jambes.

Je lui adressai un regard surpris.

Pas possible ?

— Ce que je veux dire, poursuivit-il, guère amusé, c'est qu'ils ne peuvent pas gérer la même quantité de travail que les jambes. Vous devez faire attention à ne pas les mettre à rude épreuve en les sollicitant trop.

— Il ne me semble pas que j'aie beaucoup le choix sur ce point.

— Pas dans une vue d'ensemble, non, concéda-t-il. Mais dans les détails. D'où : technique du fauteuil.

Il posa sa main sur la mienne – elle était plus chaude, remarquai-je –, et la plaça sur la main-courante.

— Au lieu de dix petites poussées, dit-il, il est préférable d'en faire une plus longue, et ensuite de partir en roue libre.

Il tira ma main vers le bas le long de l'arrière de la roue et appuya dessus afin qu'elle agrippe la main-courante. Puis il la remonta en avant pour m'élancer, et je partis comme une flèche dans le couloir, assez rapidement pour m'effrayer ; je serrai donc la main-courante pour m'arrêter, ce qui me provoqua une petite brûlure par friction. Ian arriva en trottinant derrière moi.

— Vous allez avoir besoin de gants, se contenta-t-il de faire remarquer.

Ensuite, nous abordâmes les différentes manières de tourner, de pivoter sur place et de faire du deux-roues – bien que nous n'ayons pas réellement pratiqué cette dernière technique.

— Est-ce que le deux-roues est vraiment nécessaire ? demandai-je.

— Oui, répondit-il, sans toutefois s'expliquer.

— Pourquoi ? décidai-je de demander.

— Parce que vous devez savoir comment contrôler vos roues.

— Pourquoi ?

— Parce qu'il faut que vous sachiez vous débrouiller sur tout type de surface.

— Comme pour quand j'irai faire du tout-terrain dans le Grand Canyon ?

Il releva les yeux.

— Plus pour quand vous rencontrerez des marches. Ou des nids-de-poule. Ou un trottoir. (Il se retourna.) Si vous voulez aller n'importe où, il faut que vous sachiez vous débrouiller.

— Je ne veux aller nulle part.

— Vous le ferez, dit-il en s'éloignant, tout grand, athlétique et robuste qu'il était.

Une telle forme physique avait quelque chose de presque malveillant, tout comme la courbe que dessinait sa blouse sous sa ceinture, suggérant un cul absolument parfait – toute femme sensée aurait été obligée de l'admettre. C'était un spécimen suprême de corps masculin. Je ne me comparais pas exactement à lui, mais être à proximité de ce genre de robustesse m'amenait à me sentir encore plus faible et ratatinée. Je détournai le regard.

Bref, cette leçon n° 1 de fauteuil roulant nous fit arriver quelques minutes en retard à la salle de rééducation. Nous nous enregistrâmes donc un peu en retard aussi, ce qui sembla irriter Ian.

— Maintenant, on est en retard, dit-il en constatant l'heure sur l'horloge, comme si c'était ma faute.

Comme si c'était important.

Je regardai autour de moi pendant qu'il rassemblait du matériel. Si j'en avais été capable, j'aurais apprécié la salle de sport. Elle était équipée de toutes sortes de machines, de couleurs et de jeux. Elle contenait un jeu de basket-ball, un autre de lancer d'anneaux, ainsi que deux flippers – *Star Wars* et *Les Gardiens de la galaxie*. Il y avait des poids comme dans une salle de sport, une paire de barres de marche, une structure de position verticale et un harnais complet. Je repérai un tableau de motricité fine comportant des serrures, des verrous et des vis avec lesquels travailler, et un jeu de lancer de balles ; des escaliers de rééducation, un mini-trampoline et une rangée de vélos couchés. Il y avait même une voiture entière au fond, peinte dans un joyeux turquoise – pour que les gens puissent s'entraîner à entrer et sortir, supposai-je. Et aussi, au plafond : le vrai système audio, qui passait sans relâche un mix soft rock de morceaux de Eagles et Van Morrison.

L'ancienne moi aurait été tentée de danser un peu, mais la nouvelle moi était assise, figée comme un sac de farine.

Ian écrivit mon nom sur un grand tableau blanc qui comportait une fente pour chaque patient, sur laquelle on pouvait lire l'inscription « objectifs » avec des smileys et des tas de petits dictons encourageants. J'observai les autres entraîneurs en attendant – une bande optimiste d'une jovialité sans faille, tous sans exception. Ils riaient fort, se tapaient dans les mains et appelaient leurs patients avec des petits noms genre « champion ». Ils amadouaient. Ils encourageaient. Ils acclamaient. Ils chantaient sur la musique.

Un type avec un chignon – Rob, comme on me le présenterait plus tard – travaillait avec une octogénaire sur un déambulateur – et, s'il n'était pas exactement en train de flirter avec elle, il lui prêtait sans aucun doute assez d'attention pour qu'elle rayonne. Une entraîneuse, April, tirait des paniers de basket Nerf avec son patient, un type de quarante ans et quelques en fauteuil roulant, et récompensait chaque lancer d'un high-five. C'était comme une grande fête fitness-et-guérison. Tout autour de moi, des gens bougeaient, parlaient et se défiaient – et, si les patients étaient plus sombres, les kinés n'étaient rien de moins que joviaux.

Sauf le mien.

Je jetai un coup d'œil à Ian, avec son froncement de sourcils morose et ses mâchoires crispées. Il était si sérieux, si amer, tellement le contraire de jovial qu'il avait pratiquement un petit gribouillis grincheux de BD au-dessus de sa tête.

Pas étonnant que son planning soit vide, me dis-je.

— Encore en retard, Ian ! entendis-je alors.

La voix nasillarde. La même que j'avais entendue parler à Nina. Je détournai le regard pour avoir mon premier aperçu de Myles, qui marchait vers nous. Je découvris un homme aux cheveux roux ondulés et coupés court – qui juraient vigoureusement avec le sweat rouge qu'il avait zippé par-dessus sa blouse –, et aux petits yeux marron et durs. Il avait exactement l'apparence de sa voix.

Ian ne répondit pas.

— Je déteste devoir signaler tes retards, poursuivit Myles en regardant Ian d'un air presque furieux. Mais les règles sont les règles.

Ian demeura d'une immobilité menaçante, les yeux détournés.

— Il y a juste à surveiller cette horloge et rester dans les temps.

À ce moment-là, je ne comptais pas défendre Ian, mais je le fis.

— Il m'aidait pour la technique du fauteuil roulant dans le couloir.

C'était sorti tout seul. Myles fit dériver son regard vers moi.

— Ce n'est pas de la kiné. C'est de l'ergo.

— Mais il corrigeait ma technique.

— Pas son boulot, rétorqua Myles. N'est-ce pas, champion ? Pas ton boulot.

Ian se contenta de serrer les mâchoires. Myles reprit :

— Tu ne voudrais pas que les gens pensent que tu ne sais pas en quoi consiste ton job.

J'allais protester de plus belle, mais Ian me lança un regard qui m'en dissuada. Myles le provoquait.

— Tu ne voudrais pas que les gens pensent que tu n'as rien à faire ici.

Silence de Ian. Puis encore du silence.

— Quelle discussion fructueuse, conclut Myles après une autre minute, en lui donnant une tape sur l'épaule. (Puis il se tourna vers moi.) Si vous avez besoin du moindre conseil à l'avenir, je vous suggère de vous adresser à moi. Je suis juste là, dans mon coin bureau.

Je vis Ian serrer le poing, puis ouvrir la main. Myles pointa alors un doigt vers lui et lâcha d'un ton condescendant :

— Allez, va faire des miracles.

Est-ce que ce mec voulait se prendre un poing dans la figure ? Même moi, j'avais envie de lui envoyer le mien.

— Désolée, dis-je, une fois que nous fûmes arrivés à l'autre bout de la salle. J'essayais de vous aider.

— Ne m'aidez pas, répliqua-t-il en secouant la tête. Ne refaites jamais ça.

Puis il s'éloigna. Il s'arrêta à l'autre bout de la pièce devant une table de massage et parut exaspéré en découvrant que je ne l'avais pas suivi. Il me fit signe de le rejoindre, et je roulai dans sa direction.

Quand j'arrivai à sa hauteur, il me tendit une planche de transfert et déclara :

— Vous savez quoi faire.

Je n'avais jamais baissé mon accoudoir toute seule, et il me fallut une minute pour trouver le loquet – minute au cours de laquelle Ian garda les yeux rivés à la fenêtre, soupirant avec impatience de temps à autre.

— Vous pourriez m'aider, si vous êtes si pressé.

— Je ne suis pas là pour le faire à votre place. Vous êtes là pour le faire toute seule.

— Je ne vous ai pas demandé de le faire à ma place. J'ai juste dit que vous pourriez aider.

— À ce stade, c'est la même chose.

J'imaginais un des autres entraîneurs dire ça d'un ton enjoué, mais Ian était à peu près aussi enjoué qu'un chien écrasé. Il était silencieux, tendu, et à présent – depuis qu'il avait vu ce Myles – l'hostilité irradiait de lui. Je sentais que cela ne m'était pas destiné, mais j'en restais un dommage collatéral. La rancœur émanait de son corps – cela se voyait sur son visage, dans sa démarche, dans sa raideur –, et j'avais juste assez de malchance pour être coincée avec lui.

Alors même que je me faisais cette réflexion, Rob, l'entraîneur avec le chignon, poussa une bruyante acclamation pour quelque fabuleux exploit que son patient venait d'accomplir. Puis tout le monde dans la salle s'interrompit pour applaudir.

Sauf Ian.

— Allez, on bouge, dit-il en me pressant d'aller vers la table.

Je baissai l'accoudoir et finis par me traîner sur la planche jusqu'à la table, mais la non-assistance irritée, impatiente et grincheuse de Ian ne me simplifia pas la tâche.

J'y parvins au prix d'efforts surhumains et m'affalai sur la table, haletante.

Avant que j'aie repris mon souffle, Ian se pencha sur moi et me rallongea sur la table, en faisant attention à mes brûlures, pour entamer une série d'exercices et estimer mon point de départ – ce que je pouvais faire ou pas pour l'instant. Il y procéda sans me l'expliquer au préalable, et je crus un instant qu'il allait me soulever. Je me penchai en avant comme lui et réussis à enfoncer mon visage dans le creux entre son cou et sa clavicule. L'espace d'une seconde, avant que je me recule, j'enregistrai le contact de son cou mal rasé et râpeux, musclé et ferme, ainsi que son odeur salée évoquant le lin.

Il aurait pu s'agir d'un moment légèrement embarrassant et drôle, dont nous pouvions rire ; mais Ian décida de le rendre humiliant à la place. Quand je relevai les yeux, il avait l'air passablement contrarié.

— Allongée, dit-il, en désignant la table, comme s'il me l'avait déjà expliqué cent fois.

J'éprouvai une pointe de gêne.

— Bien sûr, dis-je.

Avec ça, nous fîmes mon bilan : est-ce que je pouvais m'asseoir toute seule ? (À peine. Avec beaucoup de grognements.) Est-ce que je pouvais rouler sur le côté ? (Oui. Gauchement, mais oui.) Est-ce que je pouvais m'allonger sur le dos et soulever les genoux ? (Oui, en fait. Mais mes cuisses étaient faibles et tremblaient comme des séismes.) Est-ce que je pouvais m'asseoir sur le bord et tendre les jambes ? (Non. De très loin.) Est-ce que je pouvais m'allonger sur le ventre et soulever les pieds derrière moi ? (Environ à mi-course.) Est-ce que je pouvais tendre, gigoter ou plier les orteils ? (Non, non et non.) À la fin, nous avions une idée de l'étendue des dégâts. Au-dessus des genoux, tout semblait fonctionner – même si c'était parfois laborieux. En dessous, c'était une autre histoire.

Le processus entier parut durer des heures, et me laissa à bout de souffle et tremblante. Je savais que mes jambes ne fonctionnaient pas à proprement parler, mais décomposer ce fait en détail – par là j'entends les capacités de mes jambes et de mes pieds pour chaque muscle spécifique – le rendait plus réel. D'une certaine façon, je ne souhaitais pas vraiment savoir ce que je pouvais faire ou pas. Observer cette nouvelle version cassée de mon corps semblait seulement lui conférer une validité qu'elle ne méritait pas.

Si Ian était conscient de mon malheur, il ne paraissait pas trop s'en soucier. Il nous faisait procéder en continu, en testant chaque partie : chevilles, orteils, cuisses, fléchisseurs de la hanche. Il effectua des tests de pression tout le long de mes jambes, en me piquant avec une petite épingle, et je le vis écrire le mot « inégal » dans son dossier à maintes reprises.

Il établissait une liste de tous les muscles qui ne fonctionnaient pas. Elle était plus longue que ce que j'avais imaginé, mais, pour être honnête, la liste des muscles des jambes elle-même était plus longue que ce que j'avais imaginé. La liste « inactifs » de Ian incluait quelques muscles des jambes aux noms latins commençant par *biceps*, ce qui était inutilement trompeur, puisque *biceps* suggérait qu'il s'agissait de muscles des bras, et mes bras n'étaient pas affectés. Sans guère me prêter attention, Ian dressa consciencieusement sa liste, qui, à la fin, ressembla à ceci :

biceps femoris
biceps semitendinosus
biceps semimembranosus
tibialis – anterior et posterior
peroneus longus
gastrocnemius
soleus
flexor digitorum longus

J'envisageai de l'interroger sur certains de ces muscles, mais, à mesure que la liste s'allongeait, je doutai de vouloir le savoir.

Ce fut physiquement épuisant, et éreintant émotionnellement, mais je pense vraiment que la pire partie de l'expérience fut, parmi tout le reste, de *ne pas parler*.

Je suis une bavarde, issue d'une longue lignée de bavards. Ma mère vous parle peut-être des rideaux et de ceux qu'on devrait envoyer à Guantánamo pour les avoir choisis, mais elle vous parle. Peut-être que mon père calme ma mère, mais il le fait avec des mots. De toute ma vie, je ne pense pas avoir une seule fois passé autant de temps en tête à tête avec un autre être humain et prononcé si peu de mots qu'avec Ian. Sur l'après-midi entier, on ne pourrait probablement pas former une phrase complète à partir de ceux que nous avons échangés.

Ça me dérangeait. Viscéralement.

Mais j'étais trop fatiguée, démoralisée, sous le choc, découragée et apathique pour y faire quoi que ce soit. C'était le boulot de Ian de faire la conversation, bon sang. Tous les autres entraîneurs – et j'eus largement le temps d'en faire le tour – prenaient sur eux pour converser agréablement avec leurs patients, leur offrant le plaisir de l'échange sans la besogne habituelle de trouver des sujets de discussion, et les laissant libres de se concentrer sur leur tâche.

Avec Ian, au contraire, je ne ressentais que l'appréhension du silence embarrassant. Ainsi que la déception de savoir que j'avais le pire kiné de l'hôpital.

Silencieux, renfrogné et implacable. Nous ne terminâmes notre session que lorsque tous les autres entraîneurs furent depuis longtemps repartis avec leur jovialité et que mon corps eut pris la consistance de la gelée. J'étais persuadée que Ian m'aiderait à regagner mon fauteuil à la fin de la séance, mais il se contenta de poser la planche en la claquant, puis reporta son regard vers la fenêtre.

Je poussai un profond soupir en la regardant.

Je ne demandai pas d'aide, sachant que je n'en obtiendrais pas.

Après avoir rajusté le tube de ma sonde, qui s'était décollé, je commençai à décaler mes fesses et glisser sur la planche.

Mais j'étais plus épuisée que je ne le pensais, car juste avant d'atteindre mon fauteuil, alors que je transférais mon poids sur mon bras fort, mon coude céda et je basculai en avant.

J'aurais dû heurter le sol, mais au moment où je m'apercevais que je tombais, Ian me rattrapa. J'aurais parié cent dollars que toute son attention était concentrée sur la fenêtre, mais il avait dû user sa vision périphérique, car je fus solidement secourue par ses bras et installée dans mon fauteuil avant même d'avoir saisi ce qui se passait.

— Merci, dis-je, avant de me rappeler qu'il était un peu la raison de ma chute au départ.

Avant de se redresser, il vérifia mon expression, en croisant mon regard pour la première fois.

— Je vous ai épuisée.

— À plus d'un titre.

Je remarquai qu'il avait les yeux bleus. Bleu foncé – presque marine.

— Vous avez travaillé dur aujourd'hui.

Aussi en colère que je pouvais l'être, il me fut étrangement agréable qu'il le reconnaisse.

Et vous, pensai-je, *vous regardiez par la fenêtre.*

Il étudia mon visage une seconde de plus, puis se leva et dit :

— C'est l'heure de vous ramener à votre chambre.

J'avais vu les autres kinés pousser les fauteuils de leurs patients – surtout les plus âgés et les fatigués – à la fin de leurs exercices, et je supposai simplement que Ian en ferait autant.

Faux. Bien entendu.

Son cul parfait et lui s'éloignèrent simplement vers la sortie d'un pas nonchalant, et je n'eus d'autre choix que de le suivre en galérant dans mon fauteuil.

À la porte, Ian s'arrêta devant le panneau blanc des patients. Sous mon nom se trouvait une case vide. Celles des autres patients comportaient des étoiles, des smileys et des cœurs, mais Ian marqua la mienne avec un X noir et grave.

Ce qui correspondait à peu près à ce que je ressentais.

Chapitre 9

De retour à la chambre, une infirmière que je n'avais jamais vue nous réprimanda.

— Ian, elle était censée être revenue il y a quarante-cinq minutes.

Ah oui ? Je le regardai en plissant les yeux, mais il m'ignora.

— Elle ne voulait pas s'arrêter, dit-il. Une vraie machine !

— J'ai besoin d'elle tout de suite.

— Elle est tout à toi.

Ce fut alors que le nouveau téléphone que ma mère m'avait apporté sonna. Je n'en avais jamais entendu la sonnerie – si forte et chuintante –, qui nous fit tous sursauter. Ian le prit sur la petite table et me le tendit.

— Allô ? dis-je.

Une voix d'homme :

— Margaret Jacobsen ?

— Oui ?

— Neil Putnam, des RH chez Simtex.

Mon nouveau job ! Oh, Seigneur… J'avais complètement oublié. Devrais-je expliquer ce qui s'était passé ? Étaient-ils déjà au courant ? Cet entretien me paraissait remonter à un siècle, dans la vie d'une autre.

— Je me souviens, dis-je, après une pause.

Neil Putnam était le type qui m'avait annoncé que le poste était officieusement à moi.

— Comment allez-vous ? m'enquis-je.

— Parfaitement bien.

Il avait la voix excessivement enjouée, mais je ne le remarquai pas tout de suite.

— Au fait, poursuivit-il, comme s'il venait de penser à quelque chose. On m'a demandé de vous appeler pour vous faire savoir que l'entreprise a pris une décision officielle au sujet du poste pour lequel vous avez postulé.

Je retins mon souffle. C'était un problème incroyable. J'avais vingt-huit ans, j'étais fraîchement émoulue d'une école de commerce, et j'avais décroché un job de rêve auquel personne avec un manque d'expérience tel que le mien n'avait droit, et c'était vraiment la chance de ma vie, et à cet instant précis, étant donné que je n'étais même plus capable de pisser toute seule, il semblait peu probable que je puisse en profiter. Que ferais-je s'ils voulaient me faire démarrer la semaine suivante ?

Jamais de ma vie je n'avais baissé les bras face à un défi. La non-défaitiste en moi ne pouvait imaginer faire autre chose que rentrer au chausse-pied dans un tailleur Ann Taylor et traîner mon cul jusqu'à leur campus d'entreprise à la minute où ils diraient « go ». Mais une part de moi-même, beaucoup plus sonore – la part, dirons-nous, avec la sonde qui dépassait –, n'envisageait même pas de sortir de cette chambre d'hôpital, encore moins de réfléchir toute la journée à « une stratégie et un engagement d'un niveau opérationnel plus élevé envers l'environnement logistique ».

Mon seul espoir était de reporter ma prise de poste. Peut-être pourrais-je débattre d'une date d'arrivée plus tard dans l'été. Combien de temps cela allait-il me prendre de redevenir normale ? Deux mois, peut-être ? Quatre ?

Mais alors que j'ouvrais la bouche pour le suggérer, Neil Putnam dit :

— Les ressources humaines partent sur un autre candidat.

— Pardon ?

— Quelqu'un avec davantage d'expérience.

— Mais vous m'aviez dit que je l'avais !

— Officieusement. Ensuite un meilleur candidat s'est présenté.

Je fermai les yeux.

— Vous recevrez un courrier officiel, mais nous tenions à vous prévenir.

— Je vois, finis-je par dire. Évidemment.

Avaient-ils entendu parler de l'accident ? Savaient-ils à quoi j'étais confrontée ?

— Nous vous souhaitons bonne chance, et espérons que vous serez bientôt rétablie.

J'imagine que oui.

Je mis fin à la communication et poussai un long soupir entièrement constitué du mot « putaaaaaaaaain ». Quand je relevai les yeux, Ian et la nouvelle infirmière me regardaient.

— Je viens de me faire virer, expliquai-je. Quoique pas vraiment. Ce n'était pas encore officiel. Mais, juste avant le crash, ils m'avaient dit que j'avais le poste. Le job de rêve le plus incroyable de ma vie. Et j'allais tout déchirer.

— Ils ne peuvent pas faire ça ! s'exclama l'infirmière, tout en empathie, comme si nous avions été potes depuis des années.

— Évidemment qu'ils peuvent, dit Ian. C'est ainsi que fonctionne le monde.

Là, aucune empathie. Aussi sec que de la craie.

— Pas de chance, dit l'infirmière en me prenant la main pour la serrer.

Ce ne fut que lorsqu'elle me toucha que je m'aperçus combien mes mains étaient froides.

— Désolée pour ces mauvaises nouvelles, ajouta-t-elle.

Je haussai les épaules.

— Ça va, dis-je.

Et, en un sens, c'était vrai. Un soulagement, au moins. Un défi impossible que je n'avais pas à relever.

J'avais mon lot de défis impossibles, ces temps-ci.

Mais, dans un sens plus large, ça n'allait pas. Je voulais ce job, oui – mais j'en avais également besoin. J'avais acheté un élégant appartement en me basant sur le salaire que me promettait ma brillante carrière. J'avais des échéances pour mon prêt étudiant, ma voiture et ma carte de crédit.

Par ailleurs, je n'avais aucune idée du montant des frais médicaux pour ce type de situation.

Une bouffée de panique au sujet de l'avenir tourbillonna dans mon corps comme une tempête de poussière. Un autre pan de mon ancienne vie venait de se désintégrer.

Voilà une chose étrange, toutefois, concernant toutes les émotions qui tournoyaient en moi à cet instant : je les ressentais intensément – et, exactement au même moment, je pouvais à peine les ressentir. J'ignore totalement comment ça marche, mais je jure que c'est vrai. J'étais à la fois complètement paniquée et engourdie. Je me demandai si je ressentirais un jour les choses de nouveau normalement – et espérai aussitôt qu'il s'écoulerait un très long moment avant que ce soit le cas.

Jamais m'aurait convenu.

Ian était déjà revenu à nos affaires.

—Alors, dit-il en se balançant légèrement en arrière, récapitulons. Nous avons en quelque sorte établi une cartographie de votre corps aujourd'hui – et dans les semaines qui viennent, nous renforcerons ce qui fonctionne et tenterons de réveiller ce qui ne fonctionne pas.

Il parlait sans lever le nez de son porte-bloc, comme s'il trouvait le sujet en général, et moi en particulier, ennuyeux à pleurer.

—Il y a beaucoup de mystère autour des blessures de la moelle épinière, et nous ne pouvons pas toujours prédire qui verra ou pas de l'amélioration. Vos déficits se situent tous au niveau de la rotule et en dessous, et c'est la zone sur laquelle nous allons nous concentrer. Est-ce que vous avez des questions ?

En attendant ma réponse, il regarda par la fenêtre. Je secouai la tête.

— On se retrouve demain, alors, dit-il en se détournant. Et la prochaine fois, lança-t-il par-dessus son épaule, il faut que vous fassiez un effort.

L'infirmière et moi le regardâmes partir. J'aurais pu être irritée contre lui, mais j'étais trop fatiguée. En fait, je sentis toute l'énergie qu'il me restait glisser de mon corps comme un soupir quand Ian sortit. La journée était finie. Je n'avais plus qu'à me remettre au lit. Je pourrais alors fermer les yeux et sombrer dans l'oubli.

Mais, juste avant que je me tourne pour chercher la planche de transfert, une autre silhouette apparut dans l'encadrement de la porte.

Kitty.

Encore.

— Je croyais t'avoir dit non.

— C'était il y a longtemps, dit-elle.

— C'était *hier.*

— Je pensais que tu avais changé d'avis.

— Ben non.

— Quand je suis rentrée hier soir, le Gros Benjamin m'a avoué qu'il avait conservé un élastique avec lequel je m'attachais les cheveux quand j'étais au lycée. Et ensuite il a essayé de fourrer sa langue dans mon oreille.

Je la regardai bien en face.

— J'ai beaucoup de problèmes en ce moment. Mais la langue du Gros Benjamin dans ton oreille n'en fait absolument pas partie.

Kitty parut offensée.

— Je ne te demande pas de résoudre mes problèmes.

— Si, comme toujours.

Mais plus maintenant.

Je ne le lui dis pas, mais elle avait perdu le droit d'attendre ça de moi.

— Pas cette fois, insista Kitty. Je suis ici pour t'aider.

— Je t'ai déjà dit que tu ne pouvais pas.

Elle cligna des yeux. Alors je le répétai.

— Tout ce que ta présence est susceptible de faire ici, c'est empirer les choses.

— Et si je t'apportais des cupcakes ?

— Non.

— Et si je t'apportais des romans de gare et des rouleaux de printemps de ce restau thaï que tu adores ?

— Non.

— Je t'en prie, ne me rejette pas comme ça. Parlons-en. Crevons l'abcès.

Elle se montrait mignonne, mais j'étais à bout de patience.

— Je suis sérieuse, dis-je. Sors d'ici. Rentre à New York. Je ne peux pas gérer ça pour l'instant.

— Tu ne peux pas ou tu ne veux pas ?

— Les deux.

Kit partit, mais revint le lendemain soir, juste quand je finissais de dîner. Avec des cookies. Je la renvoyai.

Elle vint le jour suivant après dîner avec des macarons, et je la virai de nouveau.

Puis, le soir d'après, quand elle ne se pointa pas après le dîner, je m'aperçus que j'étais déçue. J'avais compté sur sa visite. Plus que ça : sa présence n'avait plus rien de bizarre ou de troublant. C'était quelque chose que j'attendais avec impatience. J'espérais la voir débarquer avec ses cheveux et ses tatouages excentriques, vêtue d'un tutu ou d'une fringue tout aussi dingue. Sans parler des cupcakes qu'elle apporterait, ou des brownies, des donuts, n'importe quoi.

J'étais inquiète à l'idée qu'elle ait peut-être renoncé à moi une fois de plus, et je regrettais de m'être montrée aussi froide avec elle.

Quand elle finit par apparaître, elle portait un exquis cupcake au chocolat provenant de ma pâtisserie préférée de tous les temps, située à vingt minutes de là.

— Tu essaies de me corrompre, hein ? demandai-je, alors qu'elle me le tendait.

— Non, j'essaie juste de prouver que je ne suis pas seulement là pour échapper aux faveurs sexuelles que le Gros Benjamin me demande en échange de l'hébergement. Je voudrais rendre ta journée un tout petit peu plus belle. Et ça commence par des cupcakes.

Après avoir dévoré des yeux le gâteau, je finis par le prendre.

— Je te présente aussi mes excuses pour t'avoir ignorée trois années d'affilée.

— D'accord, dis-je en prenant une bouchée et en appuyant le glaçage lisse contre mon palais.

Puis, après avoir avalé :

— Tu peux rester.

— Vraiment ?

Je pris une autre bouchée et la savourai, puis parlai plus fort pour gagner en autorité.

— Mais si tu finis par me compliquer les choses, tu dégages.

— Je ne le ferai pas.

— Par exemple, dis-je en lançant le défi. C'est l'heure d'aller au lit maintenant.

Kit jeta un coup d'œil à l'horloge sur le mur.

— Il n'est même pas 21 heures.

Le cupcake avait soudain disparu. Cette affaire-là était réglée.

— Ouais, dis-je, genre « Pfff », comme si l'heure du coucher était passée pour la terre entière. Prépare ton lit et au pieu.

Je la regardai déplier le relax et faire son lit avec un drap du placard. Elle avait apporté un oreiller et une couverture à elle – les deux à motif écossais, ce qui ajoutait un côté camping. Tandis que je la regardais s'activer, observant ses mouvements et sa silhouette si familiers, mes yeux ne cessèrent d'essayer de se fermer. Je me rappelle avoir pensé que j'étais si fatiguée que je ne me réveillerais jamais. Je me rappelle m'être demandé si elle allait dormir avec cet anneau absurde dans le nez.

Je me réveillai deux heures plus tard avec Kitty à mon chevet, chuchotant :

— Eh. Eh ! Réveille-toi !

J'ouvris les yeux dans la pénombre. Kitty était penchée au-dessus de moi dans une chemise de nuit à l'effigie de R2D2. J'étais à bout de souffle.

— Qu'est-ce qui se passe ? demandai-je.

— Tu étais en train de faire un cauchemar.

Elle n'avait pas tort.

— Je me noyais. J'étais coincée dans l'avion… sous l'eau.

— Ça n'avait pas l'air cool, en effet.

Je fermai les yeux et pris une seconde pour reprendre ma respiration.

Mes cheveux – du moins ce qu'il en restait – étaient trempés de sueur, et je tremblais. Kitty trouva un gant de toilette blanc et rugueux dans la salle de bains et le pressa sur mon front. Puis, sans un mot, elle grimpa dans mon lit à côté de moi – en évitant soigneusement de me toucher le cou. Elle était assez fine pour y tenir. Elle se lova contre moi et me caressa la tête.

— Tes cheveux sont un vrai désastre, murmura-t-elle.

— L'incendie les a cramés.

— Eh bien, c'est une chance, parce que devine ce que je fais depuis que je suis partie ?

— Dis toujours.

— Je coupe les cheveux.

— Tu es coiffeuse ? demandai-je avec étonnement.

— Visagiste. Je suis célèbre. J'ai quarante-six mille followers sur Instagram.

— Tu es célèbre ?

Elle acquiesça.

— Je fais aussi des tatouages. Je bosse dans un institut qui s'appelle le *Salon de beauté* à Brooklyn. Et nous faisons des piercings.

— Tu fais les tatouages toi-même ?

— Ouais. Tatouages et coupes. Je suis amphibie. Devine quoi d'autre ? Je couche avec le gérant. Ou peut-être que c'est lui qui couche avec moi… Dans les deux cas, c'est du shopping à guichet unique.

Le gérant s'appelait Ethan, mais il avait une moustache en guidon de vélo qu'il cirait aux extrémités, et tout le monde l'appelait donc simplement la Moustache. Même Kitty.

D'une voix douce, elle me raconta tout à son sujet pendant que j'attendais que mon corps se calme et arrête de trembler – sa moto, ses talents de cuisinier et ses bouquins préférés.

Après l'avoir laissée parler pendant un bon moment, je demandai :

— Est-ce que tu emploies toujours l'article ? Genre, est-ce que tu dis : « Eh, la Moustache ! Viens ici ! » Ou : « Qu'est-ce qu'il y a pour le dîner, la Moustache ? »

Elle réfléchit.

— En fait, face à lui, on l'appelle Stache, comme si c'était un prénom. Mais quand on parle de lui, on l'appelle la Moustache, comme si c'était son titre.

— Comment est-ce qu'il t'appelle ?

— Je ne peux pas te le dire. C'est classé X.

La dernière fois que je l'avais vue, elle était réceptionniste en intérim. Elle portait des ballerines et un tailleur gris mal ajusté qu'elle avait refusé de faire retoucher.

— Tu as vraiment beaucoup changé, dis-je.

— En mieux.

— Peut-être. Sauf pour cet anneau dans le nez.

— Tu n'aimes pas ?

— On dirait la Vache qui rit.

— Mais en plus sexy.

Ma sœur, la visagiste au nez percé.

— Tu peux arranger mes cheveux ? demandai-je.

— Bien sûr. Je vais te faire une adorable petite coupe pixie. Ce sera plus mignon que ce que tu avais avant.

Évidemment que non. Mais j'étais trop fatiguée pour protester.

— Tu te souviens de la fois, dit-elle, où j'ai coupé les cheveux de cette fille en colo et que je l'ai fait pleurer ?

— En vérité, c'était un petit carré vraiment charmant.

— Je lui avais enlevé genre vingt-cinq centimètres, quand même.

Je m'en souvenais.

— Elle avait appelé ses parents pour qu'ils viennent la chercher et la ramener chez elle.

— Je devrais lui envoyer un chèque-cadeau. Maintenant, je suis capable de rendre beau n'importe qui. (Elle me donna un petit coup de coude.) Même toi !

Je savais qu'elle voulait plaisanter, mais je fermai les yeux.

— Je blaguais, dit-elle, voyant ma réaction.

— Maman n'arrive même pas à me regarder en face.

— Ce n'est pas toi le problème. C'est elle.

— J'ai la gueule brûlée.

Kitty émit un pfff.

— C'est un coup de soleil. Ça ressemble exactement à ça. À part les ampoules. Rien de dramatique. Je te montrerai demain.

C'était étrange d'entendre notre conversation. C'était comme si je l'écoutais en cachette, d'une certaine façon. En un sens, nous parlions comme nous l'avions toujours fait – le ping-pong, la provoc. Nous n'avions toujours eu qu'une manière de discuter, légère et blagueuse. Ce ton ne correspondait pas à la situation actuelle, mais nous ne savions pas faire autrement. Alors nous le conservâmes. Mais c'était en mode mineur, juste une version grisâtre et étouffée.

Bien sûr, c'était la teinte que prenait tout ce que je disais, faisais ou pensais désormais. Plat, sans couleur et altéré.

— Kitty ? demandai-je après un moment.

— Quoi ?

— Reste ici ce soir, OK ? Je ne veux pas être seule.

— Je reste ici.

— Non, je veux dire ici. Dans le lit.

— OK.

— Je ne veux plus faire de cauchemars.

— Je garderai un œil sur toi.

— Merci.

Nous nous laissâmes glisser dans le silence, mais j'eus alors une dernière chose à dire.

— Au fait, il y a un point que j'ajoute au règlement de la chambre : tu n'as pas le droit de boire ici.

— Boire ?

— Parce que tu deviens tarée quand tu bois, et je n'ai plus la force de supporter la moindre scène…

— Je n'ai pas bu une goutte depuis trois ans. Papa m'a envoyée en cure.

Ces nouvelles auraient dû m'emballer, mais j'avais le cœur trop anesthésié pour le ressentir.

— C'est génial, dis-je. Je l'ignorais.

— Ouais, il a pensé qu'il ferait mieux de le garder pour lui.

— C'est pour ça que tu es partie ?

— C'est une des raisons.

— Et tu es restée loin parce que… Quoi ? Tu étais trop fragile ?

— C'est aussi l'une des raisons. Je te raconterai l'histoire complète un jour. Mais pas ce soir. Ou alors tu feras vraiment des cauchemars.

Très bien.

— Donc… Tu as complètement arrêté l'alcool ?

— Complètement. C'était dur, mais je l'ai fait.

— Je suis désolée.

— Pas de souci. Nous avons tous nos combats. Je suis soulagée d'avoir arrêté.

— Est-ce que maman est au courant ?

— Aucune idée.

— Tu devrais lui dire.

— Je ne crois pas, non.

— Ça pourrait vous aider à vous réconcilier.

— Eh bien, c'est ça, le truc. Je ne suis pas sûre de vouloir me réconcilier avec elle.

Elle présentait des réponses à des questions que je me trimballais depuis longtemps, mais, d'une certaine façon, elles soulevaient plus d'interrogations qu'elles n'en réglaient. Que s'était-il passé le fameux soir où elle avait poussé notre mère dans la piscine ? À quel sujet s'étaient-elles disputées ? Qui était fâché contre qui, exactement ? Qu'est-ce qui avait donc pu inciter Kit – qui désirait toujours tellement d'attention – à nous ignorer si longtemps ? Je voulais savoir, mais en même temps j'avais un peu peur de ce que je risquais de découvrir. Ça devait être un gros truc, et je n'étais même pas sûre à ce stade de pouvoir en supporter un petit.

Me poser des questions sur Kit offrait clairement une petite distraction, et face au terrain vague qu'était devenue ma vie, la moindre distraction me procurait un certain soulagement.

Jusqu'à ce que Kitty reporte tout sur moi.

— Est-ce que je peux te dire quelque chose de réconfortant au sujet de ta situation ? demanda-t-elle au bout d'une minute.

— Non.

Ce n'était pas une vraie question, bien entendu. Juste une intro.

— Vraiment ? Tu ne veux pas être réconfortée ?

— Eh non.

Elle n'y croyait pas.

— Tout le monde a envie d'être réconforté.

Comment lui expliquer qu'il n'y avait absolument rien qu'elle puisse me dire qui me réconforterait ? Même la tentative empirerait les choses. Il n'y avait pas de bon côté. Pas d'aspect positif. Pas de réconfort. Mais elle ne pouvait pas comprendre ça.

— Ne me réconforte pas. Ne dis pas un mot. Contente-toi de dormir, avant que je te foute dehors.

— OK.

Nous restâmes donc ainsi, à deux dans le lit, toute la nuit : Kit me réconfortant patiemment pendant que je rejetais la notion même du concept.

Tant qu'elle se contentait de respirer à mes côtés, ça allait. Je ne croyais plus au réconfort, et je savais pertinemment que je ne me sentirais jamais, jamais mieux. Mais l'avoir avec moi comme ça ? Ne pas être seule ? Eh bien, je ne m'en sentais pas moins bien. Ce qui n'était pas négligeable.

Chapitre 10

Le matin, à mon réveil, Kitty était partie ; elle avait replié si impeccablement le fauteuil-lit que c'était presque comme si elle n'avait jamais été là. L'espace d'une seconde, je me demandai si elle était partie pour de bon – jusqu'à ce que je remarque ses affaires en pile bien nette dans le coin. Peut-être s'était-elle éclipsée tôt pour éviter de se retrouver nez à nez avec ma mère.

Je me jetai donc dans une journée de plus, toute seule – chaque moment à peu près semblable en tout point jusqu'à la fin, quand Ian me ramena d'une autre session antisociale, silencieuse et embarrassante de kiné, et que nous trouvâmes une infirmière que je n'avais encore jamais vue en train de m'attendre dans ma chambre.

Elle croisa mon regard avec un grand sourire.

— Que diriez-vous d'une bonne nouvelle ?

Je jetai un coup d'œil à Ian, qui m'adressa un haussement d'épaules ténu. J'hésitai.

— Je suis… pour ?

Le sourire de l'infirmière s'élargit.

— Parce que j'ai de bonnes nouvelles pour vous.

Je patientai.

— OK.

Je n'étais pas sûre de pouvoir rassembler toute l'excitation qu'à l'évidence elle attendait.

— J'imagine que vous feriez mieux de me les annoncer, dans ce cas, repris-je.

Alors elle pointa le doigt droit vers mon entrejambe.

— Nous allons vous retirer cette sonde.

Il n'y avait aucune garantie que la sonde ne retourne pas où elle était. Le chirurgien du rachis avait noté « épargne sacrée » dans les régions inférieures, et il avait bon espoir que j'aie à la fois assez de sensations là en bas pour sentir quand j'aurais besoin de faire pipi, et assez de contrôle musculaire pour faire en sorte que cela se produise – mais il n'y avait aucune garantie.

On ne le saurait qu'en essayant.

L'infirmière mit un coussin absorbant sur le lit avant de m'aider à y grimper, puis retira le tube sans plus de cérémonie. Ensuite elle m'aida à enfiler une blouse ouverte dans le dos pour la nuit, afin d'avoir un « accès facile ».

— Quand vous aurez la sensation et l'envie d'uriner, dit-elle, faites vite. Appuyez sur le bouton d'appel. Ne tentez pas de vous transférer toute seule.

— OK.

— Et n'attendez pas d'être sur le point d'exploser !

— Entendu.

Elle reviendrait bientôt voir comment j'allais. À présent, la question, c'était, éprouverais-je cette sensation ? Et si effectivement je l'éprouvais, et que je parvenais à atteindre la salle de bains sans me faire dessus avant, est-ce que mon urètre saurait quoi faire quand j'y serais ?

On peut dire que je n'avais jamais apprécié à sa juste mesure le génie pur et élégant du système urinaire. Cela devenait maintenant un élément significatif dans l'histoire de ma vie. Il était commun pour des patients avec des blessures comme la mienne de passer le reste de leur existence équipés d'une sonde, affrontant toutes les humiliations et l'inconfort que cela impliquait – sans parler des infections chroniques dues aux tubes. Je me retrouvai à encourager ma vessie.

Après le départ de l'infirmière, je demeurai allongée dans le silence de ma chambre, prêtant l'oreille aux conversations dans le couloir, guettant, vigilante, cette vieille et délicieuse sensation du besoin de pisser – à quoi même est-ce que cela ressemblait ? Je m'en souvenais à peine –, et motivant mon brave petit-urètre-qui-pouvait-le-faire à affronter ce défi et triompher.

Jusqu'à ce que je m'assoupisse.

Je dormis jusqu'à ce que Kitty arrive avec des barquettes de nourriture qui venaient d'un restau chinois. Elle me poussa du doigt en disant :

— Eh, tu dors ?

Je mis mes mains sur mes yeux.

— Ne me réveille pas quand je dors, Kit !

— J'ai apporté le dîner, dit-elle, comme si ça justifiait tout.

Elle commença alors à vider les boîtes.

Tandis que je me réveillais, je remarquai quelque chose.

— Oh, mon Dieu. Il faut que je pisse ! Je peux le sentir !

Kit me regarda comme si j'étais un peu timbrée.

— Hourra ?

Je désignai la planche de transfert.

— Nous devons m'amener jusqu'à la salle de bains.

Pour faire bref : je l'ai fait. Nous l'avons fait – mon urètre et moi – sans accroc.

À part le moment où j'ai relevé la tête, pour voir Kitty essayer de me prendre en photo sur les toilettes.

— Kit, sans déconner ? Ne me prends pas en train de pisser !

— Pour Instagram ! dit-elle, comme si ça rendait la chose plus acceptable. C'est du photojournalisme !

Est-ce qu'elle avait toujours été aussi folle ? Nous recommencions à peine à nous parler.

— Éteins ça.

— Je plaisante. Mais tous mes followers te soutiennent vraiment.

— C'est la règle numéro deux, poursuivis-je. Pas de photo. Jamais.

— Pas même des selfies ?

— Ma chambre d'hôpital, mes règles : pas de réconfort. Pas de photos. Et pas de foutus selfies.

— Bien.

— Bien. Maintenant, aide-moi à retourner dans le fauteuil.

Nous procédâmes à mon retour dans le lit, et, une fois que je fus bien bordée, Kit disposa la bouffe chinoise comme un festin – raviolis frits, nems et poulet au sésame.

Je savais où elle voulait en venir.

— Ces plats ne sont pas destinés à me réconforter, si ? demandai-je.

Kit plissa les yeux.

— Il se trouve juste que c'est ce que j'aime. Tu ne peux pas m'en vouloir si tu trouves ce repas réconfortant.

— Je t'en voudrai si je veux, dis-je en lui adressant toutefois un petit sourire qui me parut hésitant, comme si ces muscles-là s'étaient atrophiés aussi.

Kit harponna un gros morceau de poulet avec sa baguette.

— Tu n'es pas un peu contente que je sois là ?

En vérité, je l'étais. Bien plus que je ne voulais l'admettre.

— Si, quand tu ne prends pas de photos de moi sur le trône.

Je ne pus manger beaucoup, contrairement à Kit. Elle termina tous les nems et les raviolis vapeur, en aspirant bruyamment la sauce dégoulinante et en se léchant les doigts. Puis, après avoir rangé, elle annonça :

— Et maintenant : la coupe de cheveux !

Je fronçai le nez.

— Je suis trop fatiguée.

— Tu viens de faire une sieste !

— Ouais. Ma sieste de pré-coucher.

— Non ! protesta-t-elle. Je nous ai prévu toute une soirée de filles.

Elle commença à sortir des objets de son sac à main et à les empiler sur la table plateau : une boîte de chocolats, un kit de manucure avec des décalcos émojis, un paquet de pop-corn, un Boggle et deux romans d'amour visiblement osés. Plus une paire de longs câbles d'ordinateur.

— C'est une sacrée fête que tu as organisée.

Elle acquiesça.

— La débauche totale.

— Je suis ravie que tu m'aies réveillée pour ça.

Elle hocha la tête, ne saisissant pas le sarcasme.

— Je peux brancher mon ordi à la télé. J'ai téléchargé *Grease*.

L'espace d'une seconde, je souris malgré moi. Enfants, nous adorions *Grease*. Nous mettions la musique du film et dansions partout dans la maison, grimpant sur les meubles et chantant les duos. Elle m'obligeait toujours à être Danny, par contre.

Kit se leva et pointa un doigt en l'air en prenant une pose de Travolta-sur-les-gradins. Rien de ma part.

— Allez. Je te laisserai faire Sandy.

Trop peu, trop tard.

— Je ne veux pas être Sandy.

— Mais si.

— Je n'ai pas envie de chanter.

— Tu as toujours envie de chanter.

— Plus maintenant.

Elle planta son regard dans le mien.

—Quand est-ce que tu as chanté pour la dernière fois ?

—Je ne sais pas.

—J'ai lu un article qui disait que si tu as un talent et que tu ne trouves aucun moyen de t'en servir, ta vie peut s'effondrer sur elle-même comme un trou noir.

Je lui jetai un coup d'œil.

—Trop tard.

—C'est la chose la plus déprimante que je t'aie jamais entendue dire.

—Seulement parce que c'est vrai.

Elle insistait, et tout ce que je pouvais faire, c'était répliquer.

—Non, ce n'est pas vrai.

Je sentis mes poils se hérisser. Si je disais que ma vie était un trou noir, alors c'était un foutu trou noir.

—Nous devrons accepter d'être en désaccord là-dessus.

Je déchiffrais son expression si clairement. Elle pensait que je me montrais têtue. Plus elle me regardait, plus je sentais mon corps se crisper dans une réaction défensive. Elle allait vraiment rester plantée là avec ses jambes valides et m'en vouloir pour mon attitude moins que sautillante ?

—On dirait que nous avons une inversion des rôles qui se produit, là, finit-elle par dire.

J'attendis, et haussai un sourcil.

Sans rire ?!

— C'est peut-être, poursuivit-elle d'un ton décontracté comme si nous discutions de la météo, la toute première fois que je suis celle qui essaie d'arranger les choses – et toi celle qui les empire.

Et, d'un coup, je fus en colère.

— Je n'ai pas besoin d'essayer d'empirer les choses, dis-je, la gorge serrée et étrangement râpeuse. Les choses sont déjà pires.

— Elles pourraient l'être encore plus, déclara-t-elle.

Ma réponse fut tel un réflexe – un réflexe hurlant.

— Pas pour moi !

Je suis toujours fascinée par la manière dont les frères et sœurs peuvent se mettre dans un état de rage à la vitesse de la lumière. C'est comme s'ils gardaient tout ce qui les énervait en grandissant bazardé dans un placard émotionnel bourré à craquer, et que, dans des moments pareils, il faut environ deux secondes pour ouvrir brusquement la porte et déclencher une avalanche.

— Tu dois essayer ! insista Kit d'un ton qui donnait l'impression qu'elle l'avait répété cent fois.

— Mais j'essaie !

— Non !

C'était le problème avec les sœurs. C'était le problème avec la famille. J'avais à peine entrouvert la porte de ma vie, et elle avait carrément déboulé et fait comme chez elle – à prendre des photos de moi et juger mes aptitudes à lutter. Nous ne nous étions même pas officiellement réconciliées, et elle me donnait des ordres.

Au moment précis où je me faisais cette réflexion, elle poursuivit.

— Toi, dit-elle en me désignant du doigt, tu as besoin de chanter.

À ces mots, la colère s'anima en moi comme une flamme – c'était si physique que je me sentis m'embraser.

— Je ne veux pas chanter ! criai-je.

C'était comme si toute la rage que j'avais refusé d'éprouver – contre Chip, ma mère, les gens de cet hôpital qui ne cessaient de me faire faire des choses impossibles – s'était silencieusement accumulée tel du gaz inflammable. Et Kit venait de craquer une allumette.

Je frappai des deux poings sur le lit.

— Je ne vais pas chanter ! (Ma voix trop forte à ce moment-là, et à la fois pas assez.) Tu ne peux pas m'obliger à chanter ! Est-ce que tu penses vraiment que c'est si facile ? Tu ne peux pas simplement débarquer ici avec un Boggle et des chansons de comédies musicales, et penser que tout va s'arranger ! Arrête d'essayer de réparer les choses ! Fous-moi un peu la paix, putain.

Kit cligna des yeux. Puis recommença. Je me demandai si elle allait pleurer, ou sortir de la chambre en courant –, mais elle se contenta de hocher la tête. Dans le long silence qui s'ensuivit, je me dégonflai.

— OK, dit-elle après un moment, d'une voix calme. OK, ça se comprend.

Je poussai un soupir, long et lent.

— Tu n'es pas obligée de chanter, poursuivit-elle en haussant les épaules et en me regardant avec des yeux nouveaux.

J'accordai ma voix à la sienne.

— Tu m'étonnes que je ne suis pas obligée.

— Je t'entends, dit-elle. Je vais lâcher du lest. (Mais elle releva alors les yeux sous ses cils.) Est-ce que je peux au moins faire la coupe de cheveux ?

Une heure plus tard, il y avait des cheveux partout sur le sol. Je m'étais transférée dans le fauteuil, afin de ne pas avoir à dormir dans un lit de « duvet capillaire », et nous avions fait un tapis de vermicelles de cheveux tout autour des roues.

Kitty s'agita et s'agita, et cela prit bien plus longtemps que nécessaire, tandis que ses tendances perfectionnistes génétiques se manifestaient. Elle cria enfin victoire et me tendit un petit miroir. Je commençai à le lever, mais hésitai alors.

— Jette un coup d'œil, me pressa-t-elle.

Je ne pus m'empêcher de faire la grimace.

— Tu ne veux pas voir ?

Je voulais en effet voir la coupe de cheveux, mais j'ignorais comment le faire sans voir aussi mon visage.

— Tu sais quoi ? dis-je alors en secouant la tête. Ça va aller. Je suis sûre que c'est très chouette.

— Est-ce que tu as peur d'être affreuse ? Parce que ce n'est pas le cas.

Oui, j'avais peur d'être affreuse. Évidemment. Quand votre propre mère n'arrive même pas à vous regarder, vous êtes forcément un monstre. Mais c'était plus que ça. Une fois que je saurais à quoi je ressemblais, ce serait irréversible. Il y a des visions dont on ne se remet jamais.

Ce serait comme la fois où ma tante m'a menée au cercueil ouvert de ma grand-mère pour « dire adieu », et que j'ai baissé les yeux pour voir une version aplatie, embaumée, entièrement fausse du visage que j'avais connu et aimé tant d'années. Longtemps après, le seul visage que j'avais vu en pensant à ma grand-mère fut cette version détériorée. Elle avait effacé le visage auquel je voulais m'accrocher.

Je ne voulais pas regarder dans ce miroir et découvrir que j'avais disparu. Kit sembla lire dans mes pensées.

— Tu es exactement pareille. Avec un petit coup de soleil et quelques ampoules qui croûtent sur la mâchoire... (Elle toucha la sienne.) Et la coupe de cheveux la plus adorable que tu aies jamais eue – il n'y a pas de quoi. Mais tu es toujours la même.

J'inclinai légèrement le miroir.

— N'aie pas peur, m'encouragea-t-elle.

Mais j'avais peur. Mes mains me paraissaient froides.

Ne réfléchis pas, me dis-je.

Il était temps d'affronter l'avenir, quelle qu'en soit l'apparence. Je retins mon souffle, levai le miroir et le penchai, un centimètre à la fois, jusqu'à ce que mon visage entier me renvoie mon regard.

Mon visage habituel. Un peu malmené, mais familier comme un vieil ami.

— Tu vois ? dit-elle. Tu es toujours une beauté.

Un soupir haché s'échappa de ma poitrine.

— Je n'ai pas besoin d'être une beauté. Je veux juste être reconnaissable.

— Tu l'es. Seulement, avec bien plus de style.

Je n'avais jamais eu de frange, mais cette coupe retombait sur mon front à l'avant et était courte et hérissée à l'arrière. Pixie, plus ou moins. Je n'avais toujours eu que les cheveux longs – craignant, en vérité, de me faire une coupe courte, de détester ça, et de devoir attendre une éternité qu'ils repoussent afin de redevenir mon ancien moi. Par ailleurs, ma mère trouvait hideux les cheveux courts sur les filles.

Mais cette coupe n'était pas hideuse. Kit arborait à présent un large sourire.

— Est-ce que tu n'es pas mignonne ? demanda-t-elle avec insistance. Ceci est la coupe que tu as attendue toute ta vie !

— Je ne déteste pas.

— Arrête, tu adores !

Ensuite, j'inclinai le miroir très lentement vers mon cou. Voir mon visage dans un meilleur état que ce que j'imaginais me donna bon espoir qu'il en irait peut-être de même pour le reste.

Mais les greffes étaient *pires*.

Le côté de mon cou, de la mâchoire à la clavicule, était littéralement méconnaissable, violet, d'un aspect vaguement chair de poule et moucheté comme du salami. Frankensteinesque. Mon visage, si je ne grattais pas, finirait par cicatriser. Mais les greffes, même guéries, comme Chip l'avait si délicatement souligné, ressembleraient toujours à de la pâte à modeler. Je serais éternellement cette femme sur laquelle les autres s'efforceraient de ne pas laisser s'attarder leur regard à l'épicerie. Je serais éternellement quelqu'un dont la seule présence mettrait les autres mal à l'aise.

Désormais, un nouveau sentiment émergeait en moi : la rancœur.

Je savais ce que c'était de détester des parties de mon corps – quelle femme ne le fait pas ? Vous « détestez » cette petite bosse de gras derrière votre genou, ou ce petit orteil pointu qui ne va pas avec les autres, ou cette dent tordue. Tout ce qui s'obstine chez vous à présenter un défaut, malgré toutes vos tentatives de rester parfaitement hors de portée des critiques, est une cible légitime pour l'hostilité.

Mais là, c'était différent. Ces greffes ne paraissaient même pas humaines.

Mon cou ressemblait à celui d'un extraterrestre. Mes anciens complexes s'évanouissaient face à ce que je ressentais en regardant mon épaule. J'avais autrefois « détesté » mes parties flasques, et j'avais trouvé ces choses « dégueu », mais je ne connaissais même pas le sens de ces termes jusqu'à maintenant. La vue des greffes – plissées, gluantes et luisantes de sulfadiazine argentique – était si viscéralement choquante, que je sentis ma gorge se serrer comme si j'allais vomir.

Je dus détourner le regard.

C'était la sensation que je redoutais – mais elle se révélait bien pire que je ne l'avais craint. C'était comme si une part de mon ancien moi, douce, vulnérable et d'une innocence choquante, était morte. C'est une chose d'y songer de manière théorique – nous savons que nous ne serons pas là pour l'éternité –, mais c'est diamétralement différent de le voir se produire. Une partie de moi avait été *détruite*. Je fermai les yeux et sentis le regret déferler en moi. Pourquoi n'avais-je même pas apprécié cette courbe de mon cou auparavant, ni l'aspect lisse de sa peau, ni le motif de ses taches de rousseur pâles ? Qu'est-ce qui m'avait pris, ce soir-là, de porter une robe bustier ? Pourquoi n'avais-je pas été plus prudente ? Comment avais-je pu être la gardienne d'une chose si précieuse – mon corps ! – et le considérer si bêtement comme acquis ?

— Ça aurait pu être ton visage, dit alors Kitty en regardant vers mon épaule les yeux plissés. Tu as de la chance.

La chance, de nouveau.

— C'est ce que les gens ne cessent de me répéter, dis-je.

Finalement, nous ne regardâmes pas *Grease* ce soir-là. La coupe de cheveux et tout ce qui suivit avaient été plus qu'assez pour moi. Je laissai quand même Kitty installer mon ordinateur afin que je puisse consulter mes mails – mais je le rabattis aussitôt quand je vis que Chip avait posté une photo de moi alors que j'étais encore en soins intensifs, avec une mine absolument épouvantable – sur Facebook ! –, sollicitant des prières.

« Après un tragique accident, avait-il écrit, l'amour de ma vie lutte pour survivre en unité de soins intensifs. »

— *Un tragique accident ?* releva Kitty, quand je le lui montrai. C'est lui, le tragique accident.

Il avait posté la photo sur son mur et m'avait taguée. Il avait également partagé un lien vers un extrait des infos et un article dans le journal.

Les gens s'inquiétaient, c'était compréhensible. À chaque commentaire, Facebook m'envoyait une notification ; ma boîte de réception était donc inondée. On « priait » et on m'envoyait des émojis de cœurs, de baisers et d'anges. Ils postaient en commentaire combien j'étais géniale et me soutenaient. Mais le volume – il devait y en avoir une centaine – m'accabla.

Je restai fixée sur la photo elle-même, stupéfaite que Chip ait partagé avec un excès si effréné en la postant. Je ne voulais même pas voir les images des pédicures des autres sur mon mur – encore moins des clichés douloureux de tubes, d'aspirateurs et d'abjecte souffrance. Qu'est-ce qui lui avait pris ? Qu'essayait-il de prouver ? Dans quel univers souhaitais-je qu'une photo de moi en mode pain de viande soit publiée à la vue de tous ? J'avais à peine trouvé le courage de me regarder dans le miroir – et, manifestement, j'étais la dernière à savoir. Un ex m'avait même envoyé un GIF de chiots et chatons qui se faisaient des léchouilles.

C'était sans doute ainsi que Neil Putnam de chez Simtex avait appris ma situation. Toute cette foutue ville semblait au courant.

— Je ne retournerai plus jamais sur Facebook, déclarai-je.

— Bien sûr que non. Facebook, c'est pour les mamies. Contente-toi de me suivre sur Instagram.

Plus tard, alors que nous étions silencieuses depuis un bon moment et que Kit commençait à somnoler, je dus la réveiller.

— Kit ! chuchotai-je.

Puis, comme elle ne répondait pas, je répétai un peu plus fort :

— Kit !

Elle sursauta et s'assit.

— Super nouvelle ! dis-je, toujours à voix basse.

— Quoi ?

— Il faut que j'aille faire caca.

Elle se pencha légèrement en avant.

— Et c'est une super nouvelle ?

— Aide-moi à sortir du lit.

— Mais tu n'y es pas allée juste avant de te coucher ?

Je claquai des doigts à son intention, genre « Ça presse ».

— C'était pipi.

Elle se leva et s'approcha en traînant des pieds.

— Tu sais ce que ça signifie, n'est-ce pas ? dis-je, tandis qu'elle m'aidait à me transférer par la planche dans le fauteuil.

Kit n'avait qu'un œil ouvert.

— Non, quoi ?

— Que je peux faire pipi et caca toute seule.

— Et ça veut dire que tu vas mieux ?

— Eh bien, en tout cas, je ne vais pas moins bien.

— Est-ce que je peux instagrammer ça ? demanda-t-elle tout en me soutenant pendant que je me positionnais sur les toilettes.

— Prononce encore une fois le mot « Instagram », et tu te retrouves dans le premier avion pour Brooklyn.

— Reçu cinq sur cinq.

Elle m'attendit derrière la porte un long moment, googlant des sujets au hasard sur son téléphone pour passer le temps.

— Savais-tu que Ben Franklin avait inventé la sonde en 1752, quand son frère John souffrait de calculs vésicaux ?

— Je ne peux pas dire que je le savais.

— Et tu savais que l'urine pouvait servir à faire de la poudre à canon ?

— Ça peut se révéler utile.

— Tu savais que soixante-treize pour cent des gens ayant subi des lésions médullaires ne défèquent plus jamais normalement ?

— Ne me dis pas ça ! C'est déprimant.

— Pas pour toi.

— Où est-ce que tu trouves tout ça ?

— Pipipédia.com.

Je pris mon temps. Kit fit plusieurs fois allusion au fait qu'elle était prête à retourner au lit, mais je n'allais certainement pas précipiter ce miracle.

Chapitre 11

Le lendemain au déjeuner, nous ne nous attardâmes pas plus de soixante secondes sur le triomphe de mes aptitudes nouvellement revenues avant que ma mère estime le sujet « guère appétissant » et se remette à s'inquiéter de ma relation avec Chip.

— Est-ce qu'il t'a rendu visite ? voulut-elle savoir.

Mon bacon-laitue-tomate perdit soudain de sa saveur.

— Est-ce qu'on pourrait ne pas parler de ça ?

— J'ai fait un peu de lecture sur l'ordinateur…, dit-elle ensuite.

Je jetai un coup d'œil à mon père.

— Et c'est reparti, dit-il.

Elle poursuivit :

— … et je pense qu'il a peut-être peur de toi.

— Peur de moi ?

— De ce que tu représentes. De la façon dont tu en es arrivée à symboliser sa faiblesse et sa bêtise.

— J'ai fait ça ?

— Eh bien, quelle autre explication peut-il y avoir ?

— Je ne peux pas psychanalyser Chip pour l'instant.

J'étais assez occupée rien qu'en m'efforçant de tenir jusqu'au bout de la journée.

— Mais quelqu'un doit s'en charger !

— Il semble que tu te débrouilles plutôt bien.

Ma mère posa son sandwich – signe que nous passions aux choses sérieuses. Elle commença à parler, mais se retint alors et se tourna vers mon père.

— Tu sais quoi, chéri ? Ce sandwich n'est pas très bon.

Mon père regarda l'objet incriminé.

— Je déteste réclamer, mais est-ce que ça te dérangerait d'aller me chercher une salade César à la place ?

Mon père venait de mordre la première bouchée de son sandwich. Il fit dériver ses yeux entre celui-ci et ma mère une seconde.

— Tu veux que je retourne en voiture jusqu'au snack ?

Ma mère acquiesça, puis me désigna d'un mouvement de tête.

— Nous ne serions pas contre un petit moment entre filles, de toute façon.

Mon père m'observa. Puis il acquiesça et se leva, son sandwich dans une main et ses clés dans l'autre, et quitta la chambre.

Ma mère s'inclina plus près de moi quand la porte se referma et me parla à voix basse.

— J'ai lu un article hier soir intitulé « Le fonctionnement sexuel après une lésion médullaire ».

— Maman ! Ne lis pas ça !

— Parce que si l'enthousiasme de Chip est le même que celui de son père – ou de tout homme, en réalité –, ce sera important pour lui.

Je fis la grimace.

— S'il te plaît, ne me parle pas de l'« enthousiasme » de Jim Dunbar.

— Evelyn et moi sommes meilleures amies depuis des années, mon ange. Je sais tout.

Je secouais la tête.

— Nan. S'il te plaît. Non.

— La bonne nouvelle, insista-t-elle, c'est que même si les hommes dans ta situation perdent souvent leurs aptitudes sexuelles, en général ce n'est pas le cas des femmes. Ce qui signifie que même si tu ne marches plus jamais – mais, bien sûr, ça n'arrivera pas –, tu n'auras pas à mettre une croix sur ta sexualité.

Était-ce pire d'évoquer avec ma mère le fonctionnement sexuel du père de Chip ou le mien ? Je refusais catégoriquement de m'aventurer sur ce terrain-là. Mais elle poursuivit sur sa lancée.

— Tu peux avoir des bébés et tout ça – normalement. En fait, le seul problème que rencontrent la plupart des femmes dans ta situation, c'est de trouver quelqu'un qui ait envie de…

Elle s'interrompit.

— Quelqu'un qui ait envie de quoi ?

Mais elle reporta son attention sur son sandwich, le remballant comme si elle le gardait pour plus tard.

— Qui ait envie de quoi ?

Elle recommença, plus prudemment.

— La libido des femmes dans ta situation a plutôt tendance à baisser, mais ce n'est pas à cause de la lésion médullaire. C'est que personne…

Elle marqua une pause, comme si elle ne pouvait pas le dire.

— C'est que plus personne ne veut les baiser ?

Elle ferma les yeux.

— Tu sais que je déteste ce langage.

Si j'avais pu sortir de la pièce, je l'aurais fait. N'en ayant pas la possibilité, je me contentai de replonger violemment ma tête dans l'oreiller.

— Est-ce que c'est le message inspirant que tu voulais me délivrer aujourd'hui ?

Elle était quand même assez consciente de ce qu'elle disait pour être un peu intimidée. Elle plia sa serviette et la lissa sur sa jambe.

— J'ai juste lu l'article, et il m'a semblé que c'était une information importante.

— Pourquoi ? demandai-je. Que suis-je censée faire avec ? Espérer encore plus ardemment un miracle ? Défier les lois de la physiologie humaine ?

— J'essaie d'aider, insista-t-elle.

— En me faisant flipper comme une dingue ?

— Le fait est que nous devons prendre des initiatives. Nous devons affronter cette situation avec courage. Ta guérison et ton rétablissement auront lieu durant les six à huit semaines après l'accident – et il s'en est déjà passé deux.

— Est-ce que tu serais en train de me traiter de feignasse ?

— Je dis juste que tu as besoin de t'impliquer dans le jeu.

Il y avait toujours une sorte de logique à contre-courant dans la folie de ma mère. Je pigeais à présent. Elle ne m'avait pas révélé accidentellement que j'étais face à la possibilité d'être pour toujours imbaisable. C'était volontaire de sa part. Elle tentait de me motiver. De m'inciter à me concentrer. D'éveiller quelque part insubmersible de mon âme qui se mettrait à rugir d'indignation et refuserait de capituler.

Le pire, c'était que ça fonctionnait.

C'était ainsi qu'elle m'avait motivée toute ma vie : en brandissant la crainte du pire scénario. Elle essayait de me pousser à agir en m'effrayant. Elle essayait d'engendrer un moment à la *Rocky*, de lancer la musique et me faire apparaître dans un montage de scènes d'entraînement.

Pensais-je pouvoir mater ma moelle épinière ? Bien sûr que non. Est-ce que la volonté pure pouvait tout surmonter ? Bien sûr que non. Existait-il une ligne confuse entre la détermination et le déni ? Absolument.

Mais quel choix avais-je ? Certes, elle trichait. Certes, elle se comportait comme une terroriste. Mais elle avait le cœur à sa place – et elle n'avait pas tort. Je ne souhaitais pas passer le restant de mes jours dans un fauteuil roulant. Je ne souhaitais pas abandonner tout ce que j'avais espéré. Je ne souhaitais pas perdre Chip.

Attendez – est-ce que ça, c'était vrai ? L'ancienne moi ne voulait pas perdre l'ancien Chip. Mais, maintenant que j'y songeais, ce que l'actuelle moi éprouvait vis-à-vis de l'actuel Chip n'était pas tout à fait clair. Bien entendu, face à l'hyperbole de ma mère, ce que je ressentais précisément pour lui n'était pas vraiment pertinent. Selon elle, si je ne me ressaisissais pas, je perdrais tous les mecs, point barre.

C'était l'une de ses marques de fabrique. Si une mini-cuillerée de terreur glaçante pouvait dissiper le brouillard et m'inspirer à essayer, était-ce si dramatique ?

Ma mère sentit depuis l'autre bout de la chambre que quelque chose en moi se fissurait. Pour une femme si hermétique aux émotions des autres, elle pouvait être remarquablement maligne. Elle remit son sandwich à moitié mangé dans son sachet, puis marcha jusqu'à mon chevet et me prit la main.

— Mon ange, je sais que tu as eu un choc.

J'attendis.

— Comme nous tous.

J'attendis de nouveau.

— Même Chip.

Et voilà. Elle remettait ça sur la table.

— Je m'inquiète pour lui. Il semble… (Elle leva les yeux en l'air pour trouver le bon terme.) Hésitant.

— Hésitant comment ?

— Je pense qu'il est complètement perdu. Sa mère dit qu'il boit beaucoup, rentre à pas d'heure, ne se douche pas.

Chip se douchait toujours. Il prenait trois douches par jour.

Ma mère me serra la main.

— Ce que vous partagiez tous les deux était spécial.

— Je suis d'accord.

— Ne veux-tu pas récupérer ça ?

— L'ai-je perdu ?

— Non, répondit-elle, avec tant d'emphase qu'elle l'avait presque chanté. Bien sûr que non. Mais… Est-ce qu'il est venu te voir ?

— Un peu.

Pas vraiment.

— Je dis juste qu'il est temps d'aller mieux et d'arranger les choses.

Pourquoi cela reposait-il entièrement sur mes épaules ? N'était-ce pas à Chip de se remonter les manches et de commencer à me rendre visite ?

— Par « aller mieux », tu veux dire « remarcher » ?

Elle fit comme si l'idée ne l'avait jamais effleurée.

— Eh bien, ne serait-ce pas l'idéal ? Est-ce que ça ne vaudrait pas le coup d'essayer ?

J'eus l'impression que mes yeux allaient se mettre à tournoyer. Que pensait-elle que je fabriquais ici ? Que je jouais à la Xbox en buvant des bières ? *J'essayais.* Chaque matin, je me rappelais l'écueil de ma vie dès mon réveil, et j'essayais. À chaque respiration que je prenais, j'essayais. Chaque seconde qui passait dans cette chambre d'hôpital, j'essayais.

Je pris une lente inspiration et la retins. Puis je dis :

— Je suis juste contente de pouvoir chier aux toilettes.

Ma mère écarquilla les yeux, mais, avant qu'elle ne puisse répondre, on frappa à la porte.

— Entrez !

Ma mère et moi avions crié en même temps, sans lâcher le regard l'une de l'autre.

La porte s'ouvrit brusquement. C'était Kitty. L'air furieuse.

Ma mère n'avait pas vu Kitty depuis trois ans. Ni les nouveaux cheveux blonds en pétard, ni les tatouages, ni les piercings. Je ne suis même pas certaine qu'elle l'ait reconnue au départ. Mais, lorsque ce fut le cas, elle se figea.

Kitty soutint son regard et entra directement, allant se poster de l'autre côté de mon lit. Elle était à bout de souffle. Je les observai tandis qu'elles se dévisageaient.

Quand ma mère finit par prendre la parole, sa voix était basse.

— Je croyais que tu ne venais que le soir.

— Je voulais te voir, dit Kit.

Ma mère haussa un sourcil.

— Je ne peux imaginer que ce soit vrai.

— J'ai quelque chose à dire.

— Il me semble que nous nous sommes tout dit.

— Je ne crois pas.

Avec ces mots, Kitty éveilla ma curiosité – mais pas celle de ma mère.

— Comme tu peux le constater, dit cette dernière, je suis assez occupée pour l'instant.

— Je veux que tu expliques à Margaret pourquoi je suis partie.

Ma mère la regarda droit dans les yeux.

— Non.

— Elle mérite de savoir.

— Je ne suis pas d'accord.

— Elle m'en veut d'être partie. *À moi!*

— Je ne peux pas lui dicter ses émotions.

— Mais tu peux lui expliquer pourquoi j'ai dû partir.

C'était toujours comme ça avec elles – Kit qui poussait jusqu'à ce que ma mère aboie. Cette fois, cela ne prit pas longtemps. Ma mère se pencha plus près, sa voix tel un sifflement.

— Est-ce qu'elle n'en a pas enduré assez?

Ce ton-là m'aurait mouchée aussitôt. Mais Kit avait toujours été la plus courageuse.

— Je ne pense pas que ce soit pour elle que tu t'inquiètes. Je pense que c'est pour toi.

— C'est ridicule, dit ma mère en détournant les yeux.

À ce moment précis, je sus que, quoi que fût le sujet de leur échange, ma sœur avait raison.

— Dis-lui, la pressa Kit. Dis-lui immédiatement. Ça fait trop longtemps que ça dure.

— Non.

— Dis-lui… ou je m'en charge.

L'affolement se lisait dans les yeux de ma mère. Elle ne s'était pas attendue à ce que ce moment arrive aussi vite. C'était venu de nulle part, en fait, comme une crue éclair: Kit exigeait qu'on fasse la lumière sur les circonstances de son départ. Une minute, ma mère tentait de me manipuler – un terrain confortable, solide pour elle –, et la suivante, Kitty la manipulait. Je pouvais voir turbiner le cerveau de ma mère, qui tentait désespérément de trouver un moyen de l'arrêter.

Kit se retourna vers moi.

— Si je suis partie, ce soir-là, c'est parce que maman et moi nous étions disputées.

— Ça suffit, l'interrompit ma mère, tout le corps crispé.

— Je m'en souviens, dis-je. Tu l'as poussée dans la piscine.

— Je l'ai poussée dans la piscine parce qu'elle refusait de répondre à une question.

— Ça suffit ! répéta ma mère, les yeux rivés sur Kit. De quoi dois-je te menacer ? De ne plus jamais t'adresser la parole ?

— Tu ne me parles déjà plus. Je ne suis pas sûre que tu l'aies fait un jour.

Mais ma mère cherchait toujours.

— De te rayer de mon testament ? De ne pas te donner la bague en rubis de grand-mère ?

— Je n'ai pas besoin d'être sur ton testament. Je n'ai pas besoin de bague. J'ai besoin que mon unique sœur (là, sa voix s'éleva dans un cri) comprenne ce qui se passe ici !

Ma mère cligna des yeux. Kit se retourna vers moi.

— Tu te rappelles quand je travaillais pour cette généalogiste ?

Je secouai la tête.

— Vaguement.

— Elle aidait les gens à retrouver leurs ancêtres et à retracer de leur histoire familiale.

Je plissai les yeux.

— Oui, ça me revient.

Je ne voyais pas où tout cela menait.

— Elle m'a convaincue de faire analyser mon ADN. Elle avait une remise sur les gros volumes avec une société par correspondance. Elle leur envoyait plusieurs échantillons, et elle avait un kit en plus, alors je l'ai fait. Sur un coup de tête.

Je fronçai les sourcils.

— Je n'ai aucun souvenir de ça.

— Je ne te l'ai pas dit. Je ne l'ai dit à personne. Pourquoi l'aurais-je fait ? Les résultats n'auraient rien d'intéressant.

Exact. Nous pouvions réciter nos divers héritages de cette façon dont le peuvent beaucoup d'Américains. Notre mère avait des petits bouts de plein d'endroits différents. Irlandais, anglais, allemand, canadien, français, et même, disait la rumeur, huron. La famille de notre père, en revanche, était entièrement norvégienne. Ses ancêtres norvégiens avaient émigré vers une ville exclusivement norvégienne dans le Minnesota, où des Norvégiens épousèrent simplement d'autres Norvégiens pendant des générations – jusqu'au jour où le père de mon père déplaça sa famille au Texas et cassa la tendance.

— Oh, dis-je. Donc tu as envoyé un échantillon de ton sang ?

— De salive, en fait.

Puis s'ensuivit une pause. Kit regarda ma mère. Ma mère regarda Kit.

— Est-ce que tu as appris quoi que ce soit ? finis-je par demander.

— Oui.

Ma mère secoua la tête vers Kit :

— Tu n'es pas obligée de faire ça.

— Si ! Parce que tu ne le feras pas !

Ma mère scruta la pièce, avec un regard aiguisé et frénétique que je ne lui avais encore jamais vu – cherchant, semblait-il, une manière d'empêcher ce qui était en train de se produire. Mais, à part tacler Kit, elle ne pouvait pas faire grand-chose.

— Quoi qu'il ressorte de tout ça, dit-elle alors à ma sœur, ce sera ta faute.

— Oh, rétorqua Kit en plissant les yeux, je pense que c'est au moins un petit peu de la tienne.

Tout dans l'expression et la posture de ma mère était implorant. Elle secoua la tête comme pour dire : « Ne fais pas ça. » Kit inclina la sienne, genre : « Tu ne me laisses pas le choix. »

Sur ce, ma mère prit une inspiration et, sans un mot de plus, sortit de la chambre en claquant des talons, abandonnant derrière elle son sac à main et son sandwich.

Quand elle fut partie, je regardai Kit.

— Peut-être que tu ne devrais rien me dire. Peut-être que nous pouvons convenir que tu avais tes raisons, et je promettrai juste de ne plus me mettre en colère.

— Tu dois savoir.

Je secouai la tête.

— Je n'en suis pas sûre.

Mais elle hocha la tête.

— Il est temps.

Je soupirai, et elle enchaîna :

— Quand les résultats sont revenus, ils étaient surprenants.

Je n'arrivais même pas à comprendre comment quelque chose d'aussi arbitraire avait pu provoquer une telle faille entre ma mère et Kit.

— Surprenant dans quel sens ?

— Tu sais combien papa est fier de sa norvégitude ?

— Oui.

Quiconque avait connu mon père cinq minutes savait ça.

— Eh bien, dit Kit en prenant sa respiration. Ce labo décompose les résultats par régions spécifiques.

— OK.

Elle poursuivit.

— Les miens sont arrivés avec tout ce que tu attendrais concernant maman : Angleterre, Irlande, Europe occidentale – exactement ce que nous savions déjà. Mais j'ai aussi l'Italie et la Grèce.

Elle vérifia mon expression. Je haussai les épaules.

— Et alors ?

— Devine ce que je n'ai pas ? Scandinavie.

Je pouffai à cette idée : Kitty Jacobsen, zéro pour cent scandinave.

Mais elle se contenta de croiser les bras en attendant que j'assimile.

—Je n'ai rien de scandinave dans mon patrimoine génétique.

À présent, je fronçais les sourcils. Je secouai la tête.

—Il y a sûrement une erreur.

—Réfléchis, dit-elle.

Je ne pouvais pas réfléchir. Mon cerveau refusait de réfléchir.

—Si papa est entièrement ou au moins en majorité norvégien, dit Kit, et que je n'ai rien de norvégien dans mon profil génétique…

Elle attendit. Je secouai la tête.

—C'est dément. C'est faux.

Elle avait l'air très sérieux.

—Ce n'est pas faux.

—Ils ont dû mélanger les échantillons ! m'exclamai-je.

—C'est ce que j'ai pensé. Alors nous avons envoyé un autre échantillon. Mêmes résultats.

—C'est insensé.

—Ensuite, j'ai confronté maman à ce sujet. Pendant la fête du 4 Juillet il y a trois ans.

La conversation commençait à me donner l'impression d'un vieux chariot de mine branlant sur une voie en pente.

—Et qu'a-t-elle dit ? demandai-je.

—Qu'est-ce qu'elle n'a pas dit ! Elle m'a dit que j'avais tort et que j'étais folle, gâtée et égoïste. Elle m'a dit de laisser tomber, que ça ne me regardait pas. De jeter les tests à la poubelle. Elle m'a dit que j'avais gâché sa vie. Ensuite elle s'est plaqué un gros sourire en toc de femme de Stepford, et elle est sortie dans le jardin pour continuer à jouer les hôtesses parfaites.

Je clignai des yeux en regardant Kit, qui poursuivit :

— Et c'est à ce moment-là que j'ai su avec certitude que papa n'était pas mon père.

Chapitre 12

Je me frottai les yeux.

— Ça ne peut pas être vrai.

— Puisque je te le dis ! insista Kit. C'est vrai. La minute où j'ai su, j'ai su.

Elle arborait une expression patiente, comme si elle n'avait pas vraiment besoin de me convaincre. Comme si les faits allaient m'y amener et qu'elle n'avait plus qu'à attendre.

— Mais ! protestai-je – tout cela était impossible. Tu as son sourire ! Et le même sens de l'humour que lui ! Et vous avez tous les deux le pied marin ! Et *Matrix* ! Et le pop-corn !

Dossier clos !

Kit m'adressa un regard indulgent.

— Tout le monde aime le pop-corn. Ce n'est pas génétique.

— Il doit y avoir une erreur.

— Maman était livide ce soir-là. Elle a tout nié, mais elle l'a fait si violemment que j'ai su que j'avais raison. Moi, bien entendu, j'ai vidé le distributeur de margaritas après ça, parce que c'était ce que je faisais à l'époque, et ensuite je l'ai poussée dans la piscine – pas mon moment le plus glorieux, je te l'accorde. Quand elle est sortie, dégoulinante, je l'ai suivie et l'ai harcelée jusqu'à ce qu'elle finisse par me dire la vérité.

J'attendis un long moment avant de demander :

— Quelle était la vérité ?

Kit me regarda droit dans les yeux.

— Que j'étais un accident.

Je ne détournai pas le regard. Elle poursuivit.

— J'étais un « malencontreux accident ». Avec quelqu'un qui n'était pas papa.

Tout l'air s'échappa de mes poumons. Je me sentais comme un pneu crevé. Quand ma poitrine se mit à piquer, je pris une grande inspiration.

— Est-ce que papa le sait ?

Kit fit non la tête. J'essayai de recouper les éléments. Notre mère savait, évidemment. Kit savait – depuis trois ans. Maintenant, je le savais. Tout le monde, sauf notre père.

Long silence. Puis je dis enfin :

— C'est pourquoi tu es partie.

Elle acquiesça.

— Je lui ai dit qu'elle devait choisir. Soit elle disait la vérité, soit je partais.

— C'est une décision difficile.

Elle planta brusquement son regard dans le mien.

— Est-ce que tu prends son parti ?

— Je dis juste que c'est difficile.

— Pas pour Linda. Elle m'a foutue dehors en cinq minutes chrono.

L'espace d'une seconde, je vis Kit se décomposer – avant de carrer les épaules, redresser la tête un peu plus haut et dire :

— Peu importe.

— Réfléchis une minute. Elle a porté ce secret toutes ces années. (Elle acquiesça.) Elle a dû être terrifiée de s'y retrouver confrontée.

— C'est pourquoi elle voulait que je disparaisse. Je suis la preuve.

— Qui était le type ? demandai-je.

Elle secoua la tête.

— Elle a refusé de le dire.

— Tu vas en parler à papa ?

— Jamais !

— Mais tu m'en as parlé, à moi.

— Parce que j'avais besoin que tu comprennes.

Ça faisait beaucoup à assimiler. J'avais la tête qui tournait.

— Pourquoi est-ce que tu as attendu aussi longtemps ?

Elle soupira.

— Je n'ai cessé de me dire qu'elle finirait par t'en parler, mais elle ne l'a pas fait. Je n'ai cessé de me dire qu'elle me tendrait la main et s'excuserait, mais elle ne l'a pas fait. Au début, j'ai eu d'autres chats à fouetter. Il fallait que j'aille au bout de ma cure de désintox et de toute cette première année de sobriété. Après ça, j'ai lancé le *Salon de beauté*, et le temps a filé. Mais en vérité, j'étais très, très, très en colère. Je pensais que je ne voudrais plus jamais revoir aucun d'entre vous.

— Mais je n'ai rien fait !

— Non. Mais, du coup, tu étais la vraie fille de papa – et pas moi. Je sais que ça paraît dingue, mais j'avais l'impression que tu me l'avais volé.

— Mais ce n'est pas vrai !

— Mon cerveau le savait, dit Kit. Mais mon cœur, c'était une autre histoire.

J'essayai de me mettre à sa place.

— Tu étais juste furieuse contre tout le monde.

— Tout le monde. Tout. Ça a remué beaucoup de choses pour moi. Surtout le fait que j'ai toujours pensé qu'elle te préférait. Il se trouve que j'avais raison.

— Elle ne me préfère pas.

Mais à présent je me posais la question – et, en réalité, ce n'était pas la première fois.

Kit haussa les épaules.

— Ce n'est pas grave. Avec elle, c'est mort. Mais je voulais éviter de te perdre, toi aussi.

— Alors, à cause de l'accident, je t'ai manqué ?

— À cause de l'accident, j'ai eu envie d'arrêter de perdre du temps.

— Donc tu es rentrée pour me voir.

— Mais je ne pouvais pas m'expliquer. Ce n'était pas à moi de révéler le secret. Je voulais lui offrir l'occasion de dire quelque chose, au moins.

— Pourquoi aujourd'hui ?

C'était une question légitime. Elle était là depuis deux semaines. Pourquoi arriver en furie maintenant ?

— Je suis tombée sur Piper McAllen chez *Starbucks* ce matin. Est-ce que tu te souviens d'elle ?

Je secouai la tête. Kit haussa les épaules.

— Une fille méchante de ma classe, aujourd'hui une mère de deux enfants qui se la pète. Elle m'a dit qu'on raconte partout que je suis devenue folle et qu'on m'a placée dans une institution. Elle m'a lancé ça en pleine figure, au beau milieu du *Starbucks* ! Apparemment, le monde entier pense que j'ai perdu la boule. Ça a été la goutte d'eau. Genre, j'ai eu ma dose. Il était temps de rétablir la vérité. Alors j'ai laissé mon *latte* sur le comptoir et je suis venue en trombe ici.

J'étais sur le point de lui suggérer d'aller peut-être trouver notre mère – elle avait abandonné son sac à main là, après tout, et n'irait pas très loin sans lui –, quand on frappa à la porte. Quand la porte s'ouvrit, c'était notre père.

À la seconde où je le vis, j'éprouvai un élan de compassion. Il était l'amoureux de ma mère au lycée. Ils s'étaient mariés l'été qui avait suivi l'obtention de leurs diplômes, et Kit est née quelques mois plus tard. Mon père aurait dû faire ses études à l'université en Californie, mais, au lieu de ça, il avait intégré les marines. Bien entendu, ma mère avait complètement lâché la fac.

Aucun des deux n'avait vraiment eu ce qu'il souhaitait.

Je connaissais ces faits depuis longtemps, mais ils ne constituaient qu'une partie de l'histoire. Que penserait mon père à présent, s'il connaissait la vérité ? Est-ce que cela changerait ce qu'il éprouvait pour sa famille ? Pour Kit ? Pour ma mère ? Est-ce qu'il la quitterait s'il était au courant ?

Je ne pouvais pas imaginer notre famille sans lui. Il en était le meilleur élément.

À ce moment précis, je me jurai de ne jamais rien lui révéler.

—Eh, les filles! dit alors mon père en entrant dans la chambre. Regardez ce que j'ai trouvé!

De derrière lui, contre toute attente, apparut Chip.

Chip était dans un état lamentable, comme l'avait laissé présager ma mère. Malgré tout, le simple fait de voir son visage me valut un soubresaut de plaisir. C'était comme une sorte de réflexe pavlovien. Voir Chip– ressentir un frisson. Que je le veuille ou non. Qu'il ait l'air d'un déchet ou non. Qu'il le mérite ou non. C'était une sacrée prise de conscience, et cela me rappela ce que Kit venait de dire. Mon cerveau savait une chose, mais mon cœur, c'était une autre histoire.

De plus, ma mère avait passé notre heure de déjeuner à me foutre la trouille.

Chip hésita dans l'encadrement de la porte, sentant qu'il arrivait comme un cheveu sur la soupe.

Il semblait avoir dormi dans ses vêtements. Il ne s'était pas rasé. Il tenait une enveloppe kraft à bulles dans une main. Il adressa à Kit un petit signe, mais passa ensuite aux sujets sérieux. Il s'approcha un peu du lit, les yeux sur moi, et nous l'observâmes tous.

—Je viens de recevoir ce paquet de l'Administration fédérale de l'aviation. (Il le brandit.) Ils ont clos leur enquête sur l'accident. « Erreur de pilotage ». (Il baissa la tête et émit un petit rire nerveux.) Ça, nous aurions pu leur dire.

— Je croyais que c'était une « tragédie insensée », dis-je, et Chip cligna des yeux sans comprendre.

— Qu'y a-t-il dans le sac, fiston ? demanda alors mon père.

Chip baissa le regard vers le sac. De retour sur le sujet.

— Ils envoient l'épave à la ferraille, et je paierai pour l'avion de ma poche. Mais ils ont trouvé ceci.

Il sortit de l'enveloppe la bague de fiançailles de sa grand-mère et la brandit pour que nous la voyions. Elle était, pour le dire délicatement, un peu carbonisée.

— Ils l'ont trouvée, dis-je.

— Ils connaissaient notre histoire d'après l'interview, ils ont donc déduit ce que c'était.

Je ne savais pas quoi dire. Le seul fait de voir Chip était si étrange – surtout comme ça. Il avait toujours, toujours été parfaitement maître de lui et de la situation, soigné comme un mannequin. Ce type débraillé était comme son double maléfique.

Je me demandai s'il considérait aussi cette nouvelle version de moi comme un double maléfique. Maintenant que, comme ma mère me l'avait fait remarquer, j'étais « imbaisable ».

— Eh, lança-t-il alors. Tu t'es fait couper les cheveux.

Je touchai l'arrière hérissé de mon crâne.

— Ouais.

Il haussa les épaules.

— Ne t'en fais pas, ça repoussera.

— Chip, dis-je. Qu'est-ce que tu fais ici ?

Il haussa de nouveau les épaules.

— Je t'apporte ta bague.

Je le regardai, choquée, se pencher sur un genou, perdant une seconde l'équilibre avant d'être positionné. Il leva alors la bague vers moi tel un gamin jouant au roi Arthur.

— Margaret, commença-t-il sur un ton de comédien, avant de s'interrompre : Oh, merde ! Quel est ton deuxième prénom ?

— Rosemary, souffla mon père depuis les coulisses.

Chip reprit au début.

— Margaret Rosemary Jacobsen, nous avons passé un mois difficile. Je t'ai laissée tomber à de trop nombreuses reprises pour pouvoir les compter. Mais je pense que cette bague peut symboliser un nouveau départ pour nous. Je fais le serment d'être un homme meilleur. Je sais que je peux être un homme meilleur. Je te demande donc maintenant, devant ton père et ta timbrée de sœur, malgré tout ce que nous avons traversé… Veux-tu m'épouser ?

Je connaissais ma réplique. Mais je ne la prononçai pas.

J'embrassai la vue de ce Chip très différent pendant un bon moment. C'est vrai, ma mère avait réussi à raviver certaines de mes incertitudes et à me convaincre à moitié que je ne recevrais peut-être jamais de meilleure offre que celle-ci, ici même, de la part d'une version légèrement imbibée, fripée et décevante de l'homme de mes rêves. Si ma mère avait été là, elle m'aurait pressée d'accepter et aurait verrouillé le pacte immédiatement avant qu'il n'ait dessoûlé.

Mais je ne pouvais pas. Est-ce que je voulais l'épouser? Je voulais l'épouser depuis des années – depuis si longtemps que j'ignorais presque comment ne pas le vouloir. Une part de moi le souhaitait toujours, plus furieusement que jamais – peut-être plus que ça. Mais une autre avait des doutes.

Il me regardait. Attendait.

Eh bien?

La réponse aurait pu se révéler facile. Mais la facilité n'existait plus. Si elle avait un jour existé.

— Je ne crois pas, Chip.

Son expression shakespearienne s'évapora, et il se releva.

— Non?

— Tu as dit toi-même que le mois avait été difficile.

— J'essaie de le rendre plus beau.

— Je comprends ça, mais je ne suis pas certaine que ceci soit le bon moyen.

Le visage de Chip se chiffonna. Il n'y avait pas de terme plus adéquat.

— Je ne peux décrire à quel point je suis désolé pour cette soirée. Je n'ai jamais voulu que cela arrive. Je donnerais tout – tout – pour prendre ta place.

— Il ne s'agit pas de l'accident, dis-je.

— De quoi s'agit-il?

— Combien de fois es-tu venu me rendre visite ici? demandai-je.

Je n'en savais sincèrement rien. Il parut confus, lui aussi.

— Je ne sais pas trop.

— Trois, avança mon père, si tu comptes celle-ci.

Je regardai Chip.

— Trois fois en deux semaines. Crois-tu que ce soit suffisant ?

— C'est juste que… (Sa voix se brisa.) C'est que chaque fois que je te vois – toute brûlée et en vrac –, je me sens si coupable, sachant que c'est entièrement ma faute et que j'ai gâché ta vie. C'est comme si je suffoquais.

Vraiment ? pensai-je.

— OK, dis-je. D'une : ce n'est pas à toi de déterminer si ma vie est gâchée ou pas. Et de deux : va te faire foutre. Tu aurais dû venir de toute façon. Je me moque que tu te sentes coupable. Tu aurais dû être là chaque minute de chaque jour. Tu aurais dû dormir ici et te réveiller ici et m'acheter des peluches à la boutique et m'apporter des plats chinois. Kitty m'a apporté un soutien autrement plus précieux que le tien.

Kit jeta un coup d'œil à mon père. Chip regarda par terre.

— Je suis désolé.

— Alors tu vois pourquoi l'idée de t'épouser, l'idée de « dans la maladie comme dans la santé » n'a pas beaucoup de sens pour moi à cet instant précis.

Chip baissa les yeux en acquiesçant.

— Ce n'est pas l'accident, poursuivis-je. C'est tout depuis l'accident.

— Mais ce n'est pas annulé ? demanda-t-il alors en relevant la tête. Les fiançailles ne sont pas annulées ?

— Eh bien, disons qu'elles ne sont pas hyper maintenues.

— Est-ce qu'elles peuvent être juste, genre, en attente, du coup ?

Tous les regards dans la pièce se braquèrent sur moi. Je voulais le punir. Je voulais lui dire que les fiançailles étaient annulées – à cent pour cent. Je voulais être claire sur le fait que l'insulte ajoutée au préjudice ne serait pas tolérée.

Au lieu de ça, je soupirai.

— Elles peuvent être en attente.

Chip s'illumina d'un sourire.

— C'est déjà ça. Je peux faire avec.

Il ne méritait pas d'avoir le sourire à cet instant. Mais je n'aurais pas pu dire non, et nous le savions tous les deux. Je n'étais pas prête à renoncer à Chip. Il venait d'échouer à un test d'amour, oui. Mais je ne pouvais – voulais – estimer que seul ce test compterait.

— Et porteras-tu la bague ? insista Chip.

Désirais-je porter cette bague tordue et calcinée ? Pas vraiment. Ça frôlait trop le lot de consolation. Mais je le laissai me la glisser au doigt malgré tout. J'étais trop fatiguée pour être ferme sur ce sujet. Et, plus que ça : je n'avais pas la force de tourner le dos simultanément à mon passé et mon avenir.

Tandis qu'il me passait la bague au doigt, Chip se mit à rire et à pleurer en même temps, et à cette distance, je perçus une odeur aigre d'alcool.

— Elle est un peu tordue, dit-il.

— Mais elle me va mieux maintenant.

— Est-ce que je peux t'embrasser ? demanda-t-il.

J'acquiesçai, mais ne pus croiser son regard. Je le sentis, plus que je ne le vis, se pencher. Je me figeai et me préparai à l'impact. Quand ses lèvres touchèrent les miennes, j'essayai à mort d'éprouver quelque chose. Et ce fut le cas, dans un sens, mais c'était incomparable à ce que n'importe quel baiser m'avait fait éprouver avant. On aurait dit un rappel exact de ce que la vie avait été – suivi du douloureux chagrin à la pensée qu'elle avait peut-être disparu pour de bon.

Chapitre 13

Au baiser, Kitty et mon père se retirèrent, supposant, naturellement, que Chip et moi souhaitions être seuls.

En vérité, ce que je voulais réellement, c'était du temps pour parler à Kitty. Et prendre mon père dans mes bras pour le consoler de blessures dont il ignorait l'existence. Et savoir où ma mère avait bien pu disparaître.

Mais Chip ne décolla pas son visage du mien avant un bon moment. J'ignore pourquoi, le fait qu'il m'embrasse me provoqua des démangeaisons aux brûlures sur ma figure. Je calai mes mains sous les couvertures pour me souvenir de ne pas gratter.

Pendant que j'attendais qu'il termine, Ian entra.

— L'heure des galoches est finie, messieurs-dames, annonça-t-il.

Chip s'écarta, et nous nous tournâmes tous les deux vers Ian. Celui-ci avait toujours l'air contrarié, mais là, il était d'humeur massacrante.

— C'est le moment de votre thérapie, Maggie Jacobsen. Peut-être que votre homme peut vous aider à vous transférer pendant que je vais prendre un café.

Je secouai la tête.

Certainement pas.

— Il n'a reçu aucun entraînement.

Ian haussa les sourcils.

— Enfin, ça se fait avec un doigt.

Chip se tourna vers moi.

— Qu'est-ce qu'il a dit ?

— Il est écossais, dis-je. Il veut que tu m'aides à me transférer dans mon fauteuil. Il dit que c'est très simple.

Chip fronça les sourcils, comme s'il s'agissait d'un autre test qu'il allait forcément rater.

— Peut-être que vous pourriez me montrer, dit-il à Ian.

Mon kiné fronça les sourcils à son tour.

— Vous voulez que je vous montre ?

Chip acquiesça, et, comme d'habitude, je n'eus aucun mal à deviner ce qu'il pensait, à savoir que prendre une leçon lui éviterait de devoir le faire lui-même.

Ian haussa les épaules.

— Ce n'est pas sorcier, mec, mais si vous voulez une leçon, c'est parti. Pour le bien de Maggie, au moins.

Chip me regarda.

— Est-ce qu'il vient de t'appeler Maggie ?

Je haussai les épaules.

— Il ne peut pas prononcer Margaret. (Je me retournai vers Ian.) Je n'ai pas besoin d'aide.

Ian secoua la tête.

—Si.

—Ce n'est pas ce que vous disiez avant.

—Avant, je vous enseignais quelque chose.

—Quoi ? Que vous êtes un peu connard sur les bords ?

Il cligna les yeux, et je ne pus lire son expression.

—Que vous êtes capable de le faire vous-même, répliqua-t-il. (Il regarda vers Chip.) Mais ça ne signifie pas que vous devriez avoir à le faire.

Chip me regarda.

—Je ne le comprends pas du tout. On dirait un défaut de prononciation.

Ian garda les yeux rivés sur moi.

—Attention, petit homme.

On frappa à la porte, et la voix de mon père retentit.

—Est-ce que tout le monde a fini de s'embrasser ?

—Oui, lançâmes-nous platement, Chip et moi, au même moment.

Mon père entra, avec ma mère dans son sillage, l'air hébétée.

—Regardez qui j'ai trouvé ! Au distributeur de bonbons !

—Où est Kit ? demandai-je.

—Elle devait partir, répondit mon père.

Puis, en aparté :

—Elle a rendez-vous avec le Gros Benjamin.

Ma mère, la mine pâle, quelques pas derrière mon père, tenait une barre de Hershey encore fermée et paraissait bouleversée. Je tentai la télépathie, m'efforçant de promettre

Je ne lui en parlerai jamais depuis mon cerveau vers celui de ma mère. Mais je ne pense pas que cela fonctionna.

Mon père était aussi jovial et insouciant que possible, et cela ne fit que rendre l'atmosphère plus triste. Il passa son bras autour de ma mère et la serra légèrement. Puis il dit à Ian :

— J'aimerais voir comment effectuer un transfert, aussi.

— Vous avez entendu cette conversation ? demandai-je.

— Bien sûr, répondit mon père. On peut tout entendre dans le couloir. C'est comme ça que nous avons su que M. le Tombeur et toi aviez fini de vous bécoter.

— Alors pourquoi est-ce que tu as posé la question ?

Il haussa les sourcils, genre : « Pfff. »

— Pour vous mettre mal à l'aise.

Ian toussa. Puis il tendit le bras derrière moi pour attraper la planche de transfert et baisser le lit.

J'observai Chip une seconde. Soudain, à côté de Ian, il ressemblait en effet à un « petit homme ». Je l'avais toujours vu « svelte » ou « sportif », mais la proximité de Ian lui donnait un peu l'allure d'une crevette.

— L'astuce pour le transfert, nous expliqua alors Ian, c'est de laisser Maggie faire autant qu'elle le peut pour elle-même. Mais restez à proximité. Il y a toujours la tentation de vouloir trop aider quand quelqu'un que vous aimez a du mal à faire quelque chose. Gardez à l'esprit que lutter la rend plus forte.

Je jetai un coup d'œil à Ian. J'étais peut-être en danger de beaucoup de choses, mais « recevoir trop d'aide » n'en faisait pas partie. L'attention de Ian n'était pas sur moi. Elle était braquée sur Chip.

— Le plus important, dit-il, c'est d'être là.

Quand il eut fini de faire plier Chip du regard, il tapota la planche et recourba son doigt vers moi, comme pour me dire : « Venez ici, vous. »

Je repoussai mes couvertures, et nous contemplâmes tous – parce que je portais une blouse pour le grand projet utilisation-du-pot – mes jambes nues. Chip avait vu ces jambes des milliers de fois, les avait caressées et embrassées – même rasées une fois, dans un exercice d'un suspens érotique qui marchait beaucoup mieux en théorie qu'en pratique. Mais ces jambes-ci n'étaient pas celles qu'il connaissait. Elles s'étaient tant atrophiées, même pendant le peu de temps que j'avais passé là, qu'on aurait dit les pattes d'un veau qui venait de naître – grêles, molles et instables.

Leur vue m'emplit d'une profonde honte. Je les détestais. Je voulais les rouer de coups, les réduire en bouillie.

Ian resta impassible.

— Il va vous falloir un pantalon pour la salle de rééducation, jeune fille.

Du doigt, je désignai le placard à ma mère, et elle en trouva un dans un sac de sport, avec mon dernier soutien-gorge propre – rose fluo tigré. Elle prit également l'un des quelques tee-shirts que nous avions coupés au niveau des épaules.

Ian m'aida délicatement à enfiler le bas de jogging, en le remontant un centimètre après l'autre, et quand ce fut le moment de le tirer sous mes fesses et autour de mes hanches, il se pencha afin que je puisse passer les bras autour de son cou. Je me hissai juste assez pour inhaler le délicieux parfum qu'il dégageait. Une note de gingembre. Des épices sucrées, presque caramélisées, avec une pointe de virilité salée.

Vous avez sans doute déjà éprouvé ce genre d'élan, quand on apporte le chariot des desserts au restaurant et que vous savez immédiatement ce que vous voulez – *Celui-là. Juste là !* Son odeur eut sur moi le même effet.

Mais nous arrivions à la phase d'habillage-du-haut, et ma mère pria les hommes de quitter la chambre.

— Même moi ? demanda Chip.

— Surtout toi, dis-je.

Plusieurs minutes plus tard, quand les hommes eurent le feu vert, j'étais complètement relookée en *Flashdance*, avec la bretelle de soutien-gorge du côté brûlé calée sous l'aisselle. Sur une personne normale, cette tenue aurait pu paraître provocante. Sur moi, elle était juste triste. Ma mère me promit de m'apporter quelque chose de plus classique le lendemain.

Ian entama son cours, mais je n'écoutais même pas. J'étais trop occupée à humer son odeur incomparable.

Plus tard, à la salle de sport, sur le matelas, tandis que Ian faisait travailler mes jambes, je déclarai :

— Je suis désolée de vous avoir traité de connard.

Il ne croisa pas mon regard.

— Vous m'avez traité de « connard sur les bords ». C'est différent.

— Pas vraiment.

Avec une personne normale, cela aurait pu amorcer une sorte de conversation, mais Ian n'y donna pas suite. Alors que nous continuions à travailler, d'abord d'un côté, puis de l'autre, puis en faisant des abdos, j'observai les autres kinés pendant qu'ils parlaient, encourageaient et plaisantaient avec leurs patients, et j'eus la désagréable impression de m'être fait arnaquer. Chaque tentative de discussion s'éteignait comme une étincelle qui ne prenait pas.

— Est-ce que vous êtes marié ? hasardai-je.

— Non.

J'attendis davantage.

Rien. Pause embarrassante.

Je retentai :

— Des enfants ?

Il crispa les mâchoires.

— Non.

Pause.

— Des loisirs ? Des choses que vous faites pour vous amuser ?

Une autre pause, si longue que je crus qu'il n'allait pas répondre du tout. À peu près aussi atroce en termes de conversation que je pouvais l'imaginer. Enfin :

— Du triathlon.

— Vous faites du triathlon. Pour vous amuser.

— Pour le défi.

— Y a-t-il une activité que vous pratiquiez pour le fun ?

— Les défis sont fun.

Je dirais que, dans l'ensemble, il semblait à peu près aussi excité de me parler qu'il l'avait été de parler à Myles.

Mais, bon sang, je n'étais pas Myles. Je ne le raillais pas comme lui. Je ne le provoquais pas. Je ne lui en voulais pas.

Mais peut-être que si, d'une certaine façon.

Je n'en pris pas conscience sur le moment, mais le fait que Ian soit si réticent fut peut-être bon pour moi. Avec certaines personnes – pas toutes, mais certaines –, quand elles fuient, ça vous donne envie de vous lancer à leur poursuite. Ian était si introverti que ça m'incitait à extérioriser.

J'essayai de nouveau.

— Merci pour la leçon de transfert, au fait.

Pas de réponse.

— Ma famille est un peu flippée, pour l'instant, tentai-je.

Pas même un hochement de tête. Il faisait travailler mes chevilles et se contenta de garder la tête baissée.

En désespoir de cause, je fis une dernière tentative :

— Saviez-vous que vous pouviez boire votre urine ?

Il releva le nez d'un coup, visiblement surpris, et esquissa un sourire gêné qui dura une demi-seconde, avant de se concentrer de nouveau sur la rééducation.

— Je ne le savais pas, non, répondit-il en se remettant au travail.

Mais, à présent, je savais que ce sourire existait. J'en voulais un autre.

— On peut même teindre des manteaux de tweed avec.

Rien.

— Les Romains se brossaient les dents avec leur pisse pour les rendre plus blanches.

Quand cette sortie ne suscita aucune réaction, je jetai un coup d'œil sur le côté de son visage pour voir s'il réprimait un sourire. C'était le cas.

Il accrochait à présent des élastiques géants autour de mes chevilles, pour tester la résistance. Puis il me fit rouler sur le ventre et me dit de les tirer en forçant jusqu'à ce que je puisse toucher mes fesses avec mes talons. Apparemment, ça renforcerait mes muscles ischio-jambiers, qui fonctionnaient encore.

— Vous voulez que je touche mes fesses avec mes talons ?

— Essayez, juste.

— Est-ce qu'il faut vraiment qu'ils touchent ?

— Non.

— Êtes-vous en train de dire qu'essayer est plus important que réussir ?

— Toujours.

Un autre long silence pendant que j'essayais, en vain, de toucher mes fesses avec mes pieds.

— Vous n'êtes pas très causant, n'est-ce pas ?

— Pas quand je travaille.

— Les autres semblent capables de faire les deux.

— Je ne suis pas les autres.

— Visiblement pas.

— Nous sommes ici pour vous fortifier. Pas pour faire les andouilles.

À ce moment-là, un groupe de kinés éclatèrent de rire en réaction à quelque chose que l'un des patients venait de dire. Je croisai son regard.

— OK.

Mais je ne pouvais pas lâcher l'affaire. Je n'ai jamais, jamais été à l'aise avec le silence. Je ne peux pas me faire faire un massage, une manucure, ni même un examen gynécologique sans un bavardage constant tout du long. Je ne peux pas être en présence d'un autre être humain, surtout si je ne le connais pas très bien, et ne pas parler – qu'il le veuille ou non. J'examinai les kinés qui ne cessaient de discuter de manière si attentionnée avec leurs patients. Si j'avais eu l'un d'eux, je serais peut-être restée plus passive, et j'aurais laissé la conversation aller et venir ; mais être coincée avec le roi du silence déclencha en moi un besoin compulsif de parler, et je me mis à bavasser comme une cinglée.

N'importe quoi, avais-je apparemment décidé, était mieux que rien.

D'où ce monologue, que je livrai sur le dos, au plafond, tandis que Ian me faisait pousser contre divers objets avec mes jambes :

— Saviez-vous que je me suis fiancée le jour de l'accident ? Probablement. Tout le monde semble le savoir. Les infirmières en parlent sans arrêt. Je les entends dans le couloir. Elles sont sincèrement désolées pour moi. Elles ne peuvent imaginer à quoi ça doit ressembler d'être moi. Ce qui est marrant, parce que moi non plus. Le plus beau jour de votre vie et le pire tombent à la même date. Qu'est-ce que ça présage pour un mariage ? Si toutefois il a lieu. C'est-à-dire si votre prince jadis charmant ne se transforme pas en alcoolique minable et ne va pas crever dans le caniveau. Et maintenant je porte cette bague – et je n'en ai même pas envie. Ou peut-être que si. Je ne sais pas qui je suis. J'étais une coureuse. J'ai couru trois marathons différents. Je ne suis jamais arrivée bien placée ni rien, mais j'ai su me dépasser, j'ai su m'y dédier. Quand ça n'allait pas, j'allais courir. Je courais sous la pluie. Je courais la nuit parfois – ou à 4 heures du matin. Qu'est-ce que je vais faire maintenant ? *Rouler ?* Je ne peux pas bouger. Je peux à peine respirer. Mais alors je me dis : qui suis-je pour me plaindre ? Il y a des filles qui ont été vendues comme esclaves. Il y a des enfants battus. La moitié du monde se porte plus mal que moi – probablement plus. La plupart du temps, je me sens grincheuse et pleurnicharde, et sinon, je pense que j'ai subi quelque chose qui dépasse l'entendement. Je ne parviens pas à trouver un intermédiaire. Tout ce que je sais, c'est que ma vie telle que je la connaissais a disparu. Rien n'est plus pareil. La nourriture n'a plus le même goût. Les voix ne résonnent plus de la même façon. Les choses que j'aimais, je les déteste. Les choses que je détestais, je les déteste toujours. Je ne veux voir personne, je ne veux parler à personne. J'ai genre cinquante messages sur mon téléphone. Je me déteste, et je déteste tout le monde. Je songe à la mort. Il me semble que ce serait plus simple. Mais alors je me rends compte que je ne veux pas mourir. Je ne veux simplement pas vivre non plus. Ma mère dit que la seule façon d'aller mieux pour moi est de croire que j'irai mieux – de faire preuve d'une telle détermination que même les lois de la nature ne peuvent pas m'arrêter –, mais je regarde alors ces nouilles qui me servent de jambes et je n'arrive pas à y croire. Ça reviendrait à me demander de croire que le ciel est vert. Le ciel n'est simplement pas vert, et je ne peux pas faire comme s'il l'était.

Tout ce que je sais, c'est que je ne ressens absolument rien – pas même de l'espoir.

À un moment de mon soliloque, j'avais fermé les yeux. Quand je fus à court de mots et que je me tus, je remarquai que Ian avait reposé mes jambes et ne me touchait plus. Est-ce qu'il était parti ? Était-il allé prendre un café ? Avait-il fini sa journée ? Je savais qu'il n'écoutait pas, mais quelque chose dans l'idée qu'il n'était même pas là me blessa un peu.

J'ouvris les yeux, et je vis alors qu'il s'était redressé et se penchait pour me prendre les mains.

— Asseyez-vous, dit-il sans me regarder, d'une manière qui donnait la nette impression que je n'étais qu'une autre obligation contrariante dans sa journée.

Je lui pris les mains, mais il ne me releva pas. Il les tendit juste pendant que je m'appliquais à me mettre en position assise. Une fois que je fus stable, il me lâcha. Puis il se baissa devant moi et croisa mon regard pour la première fois de la journée. Il plongea son regard dans le mien, jusqu'à ce qu'il ait mon entière attention. Puis il dit :

— Que vous remarchiez ou non un jour, je vais vous dire quelque chose que je sais avec certitude.

Je clignai des yeux.

— Qu'est-ce que c'est ?

Il inspira profondément.

— C'est d'*essayer* qui vous guérit. C'est tout ce que vous avez à faire. Essayer.

Et il ne prononça plus un mot pour le restant de la journée.

Chapitre 14

Plus tard, je me sentis gênée de tout ça.

Je l'avais assailli avec ma logorrhée. Il n'aimait clairement pas parler, et il n'avait certainement pas demandé à subir mon histoire pathétique dans son intégralité. Il l'avait subie en mode robot, et avait ensuite paru plus résolu encore à garder une expression indéchiffrable.

Cela dit, « c'est d'essayer qui vous guérit » m'est vraiment resté dans la tête. Étrangement, le lendemain matin, je me réveillai prête à essayer.

Ce jour-là, après toute la routine matinale, je passai l'heure « de repos » – que j'avais jusque-là employée à regarder dans le vide – à faire des recherches sur les lésions médullaires. Ma mère n'était pas la seule personne au monde capable de lire des articles. Je commençai par la fondation de Christopher Reeve et fis défiler la suite, poursuivant ma lecture sur les attentes, les thérapies, les stratégies, le matériel, l'habillement et les théories expérimentales. J'appris des mots comme « bourgeonnement axonal », « neurogenèse », et je mémorisai les noms et numéros de toutes les vertèbres. J'étudiai des planches anatomiques de la colonne vertébrale et du corps. Je cherchai sur Google les expressions « lésions médullaires » et « guérison miraculeuse », puis je lus tous les articles que ma mère avait trouvés, et plus encore. Je fis le choix de me laisser inspirer. Je dressai des listes de raisons de me sentir optimiste. Je me forçai à regarder le ciel et à le trouver très vert.

Durant ces moments-là, que ce soit en fin d'après-midi, quand mes muscles tressautaient de tout ce que Ian m'avait obligée à faire, ou à l'aube, quand j'étais réveillée et incapable de me rendormir, je me sentais de nouveau un tout petit peu moi-même. Car c'était ainsi que j'avais remporté chaque défi dans ma vie – avec une organisation impeccable et une concentration poussée. Je chargeai Kit de m'acheter des fiches, des chemises cartonnées et un paquet neuf de stylos à bille. Je demandai à mon père d'installer une imprimante et me mis à imprimer des articles, en les classant dans différentes chemises et en leur attribuant un code couleur avec des surligneurs.

Ma mère avait émis un argument valable : il n'y avait pas le temps de pleurer. Tout ce que je lus confirma ce qu'elle avait dit. Il y avait un créneau pour la guérison ; après cela, il serait idiot d'espérer davantage. J'avais perdu deux semaines de convalescence dans un état de stupeur, et l'assurance allait en financer exactement quatre et demie de plus. Il me restait donc un mois. Un mois pour essayer la moindre chose à laquelle je pourrais penser pour retrouver ma vie d'avant.

Je lus un article qui préconisait de parler à votre corps et de lui dire ce que vous désiriez, alors je le fis. Un autre conseillait de masser vos membres pour réveiller les réactions nerveuses, alors je le fis. Un article recommandait d'établir une liste d'objectifs concrets et de les cocher à mesure que vous les atteigniez, et je le fis aussi.

- *Remuer les orteils*
- *Pointer les orteils*
- *Plier les orteils*
- *Pivoter les pieds à 360° aux chevilles*
- *Renforcer les mollets et les voûtes plantaires*
- *Renforcer la ceinture abdominale*
- *Étirer les jambes à partir du genou*
- *Faire un pas*
- *Tenir debout 5 minutes toute seule*
- *Remarcher – comme un chef!*

De tous les éléments de cette liste, je pouvais plus ou moins en faire un précisément : me tenir deux minutes genoux tendus – mais seulement si j'avais une barre ou une personne à qui m'agripper. Malgré tout, c'était énorme de pouvoir bloquer mes genoux. Beaucoup de gens en étaient incapables.

Mais de tous les conseils que je trouvai et de toutes les astuces mentales que j'essayai, mon préféré fut un article qui me disait de visualiser mon but ultime et d'y penser sans relâche. Vous voulez connaître mon but ultime ? Faire rouler mon fauteuil hors de l'hôpital et rentrer chez moi pour de bon dans la légère brise d'un jour de printemps, et me retrouver nez à nez avec Chip.

Dans mon imagination, je porte mon jean favori et une chemise à col gris-bleu qui couvre toutes mes cicatrices, et il se dirige vers l'intérieur pour aller me chercher – mais il s'arrête net quand il m'aperçoit, parce que j'ai l'air beaucoup plus en forme que ce à quoi il s'attendait. Loin de l'ignoble éclairage d'hôpital et de la déco mauve, je rayonne d'un nouvel éclat. Soudain, il me perçoit non plus comme une invalide à l'égard de laquelle on éprouve une pitié sans bornes, mais comme la vraie moi. Durant cette seconde, tandis qu'il est frappé par cette vision, je pousse sur mes mains et me lève – puis je fais un pas vers lui, et un autre, et il est si ébahi qu'il en a le souffle coupé.

Voilà. C'est ça, l'apothéose. Je suis de nouveau l'ancienne moi, mais en tellement mieux. Parce que, à présent, je nous ai tous épatés. À présent, j'ai accompli l'impossible. À présent, je suis revenue de l'enfer – plus sage, plus forte et foutrement reconnaissante des bénédictions ordinaires dont je jouis.

Chip est pris d'un élan d'émerveillement pour moi, rapidement suivi d'un amour désespéré – et voici la meilleure partie : dans mon fantasme, comprendre Chip m'amène à vivre ces émotions, aussi. Ce qui est un soulagement intense, car tout ce que je ressens pour ce corps défaillant et mutilé ces temps-ci, c'est du mépris. Attendez – non : le *mépris* est trop simple. C'est plus que ça. C'est de la déception. Du *dégoût*.

Mais dans l'idée que je me fais de ce moment, tout cela a disparu. Le mépris a laissé place à de l'admiration. Je le vois si distinctement sur son visage que je peux l'éprouver moi aussi, et c'est une grande joie. Ça me saisit, et il devient alors irrésistiblement drôle de revenir à ce moment encore et encore. Chip est ébloui par ma force, ma détermination et ma puissance. Et j'arrive alors à ses bras, et il m'embrasse, et j'ai brillamment remporté un autre défi. Même mes cheveux ont retrouvé exactement leur état habituel – mais en mieux.

Ce n'était pas l'art de se faire plaisir, m'assurait l'article. C'était de la thérapie.

Je devais voir ce que je voulais. Je devais avoir envie de ce que je voulais. Je devais créer une vision pour avancer. Plus je pouvais consacrer de temps à la rendre réelle dans ma tête, plus fort en serait l'attrait. Je m'autorisai donc à désirer retrouver ma vie d'avant au point d'en avoir mal, partant du principe que plus j'y aspirerais, plus je rassemblerais de forces pour atteindre mon but.

Est-ce que le fait de mettre Chip au centre de cette vision n'était pas un peu antiféministe sur les bords ?

Peut-être.

Vous pouviez plaider dans les deux sens. Vous pouviez le lire comme le fantasme de la demoiselle en détresse secourue par le prince, je suppose – bien que Chip ne vole pas vraiment à mon secours. Il ne faisait rien d'autre que s'extasier devant ma génialitude. Je faisais tout moi-même. Mais ma prof de *women's studies* de la fac ne me ferait-elle pas remarquer que ma réussite n'était guère significative ou importante ou évocatrice émotionnellement avant d'être appréciée par un homme ? Bien sûr que si. Peut-être était-ce un point à travailler un jour en thérapie. Mais il me restait quatre semaines et demie, et cette visualisation de ma réussite était d'une puissance addictive. J'allais puiser la force là où je pouvais la trouver.

Me concentrer me donnait l'impression de maîtriser la situation. Ça m'éclaircissait les idées. Ce que j'avais vécu de pire durant ces deux premières semaines à l'hôpital avait sans doute été de me retrouver si dépourvue d'objectif, si passive, si perdue.

Puis, un soir, Kit entra avec une pile d'articles sur les bienfaits du chant pour la santé, et les posa en les faisant claquer sur mon plateau à roulettes.

— J'ai passé la journée connectée, dit-elle, à chercher pourquoi tu devrais chanter.

Je regardai sa pile.

— Je ne vais pas chanter, Kit.

Elle souleva le premier tiers de la liasse.

— Ces articles-là énumèrent en détail les bienfaits émotionnels du chant.

— Pas intéressée.

Elle souleva le deuxième tiers.

— Ceux-ci concernent les bienfaits sociaux.

Je secouai la tête.

— Rien à battre.

— Et ceux-ci – elle leva le troisième tiers comme la statue de la Liberté – traitent des bienfaits physiques.

Je soupirai.

Kit commença à faire le décompte sur ses doigts.

— Chanter aide à libérer l'ocytocine, la dopamine et les endorphines. Ça diminue l'anxiété et la dépression. Ça réduit le stress et contribue à réguler le système endocrinien. Ça augmente le taux d'oxygène dans le sang et améliore la qualité du sommeil. Ça augmente les anticorps et renforce le système immunitaire. Et...

Elle s'approcha pour son bouquet final.

— Surtout ne me dis pas que ça rend heureux...

— ... ça rend heureux.

Je laissai retomber ma tête sur l'oreiller.

— Je ne veux pas être heureuse.

— Bien. Ne le sois pas. Mais chante quand même. Parce que c'est bon pour ta santé à peu près de toutes les manières possibles.

— Est-ce que ça réduit l'inflammation de la moelle épinière ?

— Il n'existe aucune étude prouvant le contraire.

Je devais lui rendre justice. Elle se démenait pour moi. Cette fille allait me faire chanter ou mourrait à force d'essayer. Elle décrivit une étude après l'autre. Elle raconta des histoires motivantes. Elle me bombarda de statistiques et d'inspiration. Une étude au Danemark – ou était-ce en Hollande ? – avait suivi trois cents patients atteints du cancer, dont la moitié rejoignit des chorales et chantait au moins trois fois par semaine, et l'autre moitié, le groupe témoin, ne le fit pas. Les chanteurs furent plus susceptibles de connaître une rémission, et rester là – et les chanteurs augmentaient leur espérance de vie de six mois par rapport aux non-chanteurs.

Quand je commençai à protester, elle dit :

— Je sais, je sais. Tu n'as pas envie de chanter. Eh bien, devine ! Tu sembles penser que tu peux chanter uniquement si tu es déjà heureuse. Mais je crois que chanter te rend heureuse, et la science confirme mes propos. De plus, une endorphine ou deux ne te tueraient pas.

— Écoute, je ne pense pas pouvoir être de nouveau heureuse.

— Eh bien, moi, si.

— Pourquoi est-ce que tu insistes ?

— Parce que tu aimes chanter.

J'aimais chanter.

— J'aime chanter exactement autant que n'importe qui d'autre.

— Faux. Ça, c'est le baratin de maman.

Je plissai les yeux vers elle comme si elle était tarée.

— Maman ne parle pas de chanter.

— Exact. Pas plus qu'elle n'encourage ni ne valorise le chant. Pas plus qu'elle ne reconnaît ton talent.

— Je ne suis pas une chanteuse talentueuse. Je suis juste une personne normale.

Kit hocha la tête et ajouta :

— Avec l'oreille absolue.

— Je n'ai pas l'oreille absolue.

— Tu peux chanter en harmonie avec n'importe quoi. Vraiment n'importe quoi ! Penses-tu que ce soit à la portée de tout le monde ? (Je haussai les épaules.) Non. Personne ne peut faire ça.

— Pas de quoi en faire un plat.

— Bien sûr que si. Tu n'aurais jamais dû arrêter. Maintenant, si tu ne chantes pas, c'est moi qui vais m'y mettre.

Mais, sans attendre de réponse, elle s'empressa de passer à l'action, afin que je ne puisse pas refuser de l'écouter, puis, quand elle finit par être à court de munitions, sans même marquer de pause, elle pianota sur son téléphone, où « Let It Be » était déjà prêt à lancer, et appuya sur « play ».

Elle savait que je ne pouvais pas résister à cette chanson. Elle commença à chanter en chœur pendant que je la regardais, la bouche bien fermée et les bras croisés sur la poitrine. Puis elle se mit à se tromper volontairement dans les paroles, en chantant des choses comme « *And when the broke and hardened people...* ».

— « *Broken-hearted people* » ! ne puis-je m'empêcher de corriger.

Elle poursuivit :

— « *For though they may be partying...* »

— « *Parted* » ! criai-je. Pas « *partying* ». Ce n'est pas une chanson sur la fête.

Mais elle s'amusait à présent. Elle mutila tout le reste du morceau, en remplaçant « *whisper* » par « *whistle* », « *cloudy* » par « *crowded* » et « *light* » par « *blight* », pendant que je ne cessais de protester en braillant. Finalement, nous arrivâmes presque au bout.

— Tu sais que je l'ai mise en boucle, hein ?

Et alors, quand la chanson recommença, avec ses accords profonds et éloquents de piano découverts sur les vieux disques de mon père, je reposai ma tête sur l'oreiller, rivai mon regard au plafond et me capitulai. J'adorais en effet cette chanson. Parmi toutes celles des Beatles, c'était l'équivalent d'un aliment-réconfort. Est-ce que ça me tuerait vraiment d'en prendre une petite bouchée ?

— Très bien, dis-je, mais chante correctement, cette fois.

— C'est toi le chef.

Alors nous chantâmes. Et, oui, je le fis un peu en harmonie. Est-ce que ça me rendit heureuse ? Ça ne me démoralisa pas, je le reconnais.

Quand la chanson s'acheva, nous la recommençâmes.

Chapitre 15

Après cela, je m'imposai une routine quotidienne.

Mon premier ordre du jour officiel chaque matin était d'essayer de remuer les orteils – je n'y parvins jamais. Après cela, c'était : bain à l'éponge, changement de pansements, application de sulfadiazine argentique, et ergo avec Priya, qui était enchantée de mes progrès dans les domaines du transfert en fauteuil, brossage de dents, toilette, enfilage puis laçage de baskets, enfilage des chaussettes et contorsions pour entrer dans mon pantalon de yoga. Je progressais bien dans la course d'obstacles en fauteuil roulant en dehors de la salle de rééducation. Je savais piloter à la fois dans les virages serrés et sur les pavés sans basculer, et Priya commençait à lorgner l'ultime limite – les trottoirs et les marches. Ensuite, elle voulut m'emmener à la cuisine d'ergo afin que nous puissions préparer une fournée de cookies pour m'entraîner.

Par ailleurs, elle insista pour que je me mette au tricot.

— Le tricot ? m'étonnai-je.

— C'est bien d'avoir un loisir.

— Est-ce que je peux choisir le mien ?

Elle secoua la tête.

— Eh non.

Le midi, c'était toujours déjeuner avec mes parents, qui acquiesçaient avec des figures rayonnantes d'optimisme tandis que je leur racontais des histoires inspirantes que j'avais trouvées sur le Net au sujet de gens comme moi.

Puis suivait la kiné avec Ian, qui continuait de me faire son grand jeu de non-conversation. Nous faisions le tour de la salle de gym, utilisant le vélo et le tapis presque tous les jours, alternant avec d'autres choses comme les barres parallèles et les anneaux. Il me plaça même deux fois sur la structure de position verticale, ce qui impliquait d'être sanglée dans un harnais et suspendue à un cadre métallique au-dessus d'un tapis de course. J'avançais les cuisses, et Ian m'aidait à positionner mes pieds et à les bouger dans des mouvements de marche.

L'idée était que la moelle épinière et les muscles eux-mêmes avaient leur propre notion de mémoire. Marcher, en théorie, était une activité humaine si fondamentale qu'elle n'avait peut-être pas besoin du cerveau pour la diriger. Donc, comme un réflexe, les signaux neurologiques pour la marche pouvaient se rediriger eux-mêmes et laisser le cerveau complètement à l'écart, s'ils avaient juste assez d'inspiration.

Il y avait du progrès, sans aucun doute. L'articulation de mes genoux était considérablement plus forte, et je pouvais à présent la bloquer. En fait, tout le haut de mon corps était désormais plus robuste, et la masse musculaire que j'avais perdue se reconstituait peu à peu.

Mais en vérité, même si tout progressait au-dessus du genou, ce n'était pas le cas en dessous. Même avec toutes mes lectures, mes schémas, mes surlignages et mes objectifs. Même en rêvant presque toutes les nuits de marcher dans les bois, ou sur la plage, ou même simplement au milieu d'un parking désert – des rêves si réalistes que je me demandais parfois si ma vie fantasmée n'était pas ma vraie vie et *vice versa* –, les améliorations étaient ténues.

En dessous du genou, du moins.

Un jour, je crus avoir remué un orteil, mais personne à part moi ne put le voir. Un autre, sur le vélo, j'eus l'impression d'avoir poussé sur la plante de mon pied, mais, lorsque j'essayai de recommencer, elle ne fit que traîner.

Ma mère apporta de la documentation expliquant que les paliers étaient normaux, le corps s'adaptant aux améliorations précédentes – « les paliers sont normaux » devint donc mon mantra.

Ian devint le principal sujet de conversation de mes soirées avec Kitty. Elle voulait toujours le « Compte rendu de la grogne », et j'avais ordre de rapporter en détail tous les sourires cachés, mots prononcés et moments d'humanité. Nous passâmes tant d'heures à tenter de psychanalyser Ian que nous parvînmes à la conclusion que cela devait nous permettre, d'une certaine façon, d'effectuer un profond travail psychologique. Nous estimâmes que, peut-être, parler des hommes était pour les femmes un mécanisme de survie. Une distraction des véritables problèmes dans leurs vies.

C'était indubitablement plus marrant de m'inquiéter pour Ian que pour moi-même.

Peut-être aurions-nous dû vouloir parler de Chip à la place. Mais il n'y avait pas grand-chose qui m'attirait chez lui à ce moment-là.

Bien qu'ayant promis le contraire, depuis sa seconde demande en mariage, il n'avait réussi à me rendre que trois brèves visites en trois longs jours, ne sachant sur quel pied danser, comme s'il attendait d'être congédié. Il apparaissait toujours mystérieusement aux pires moments : quand une aide-soignante arrivait pour ma toilette, ou quand Priya m'obligeait à m'entraîner à enfiler et retirer mon bas de survêt', ou quand je roulais vers les toilettes. Il restait pendant trente minutes réglementaires environ, qu'il passait plus ou moins à consulter ses textos, puis me gratifiait d'un baiser crispé avant de filer. Toute la journée je l'attendais à moitié, gardant ma vision périphérique sur la porte dans l'espoir de le voir arriver, mais alors, quand effectivement il venait, je me surprenais à souhaiter presque aussitôt qu'il reparte.

J'étais confuse, c'est le moins qu'on puisse dire.

Ian était un sujet bien plus croustillant. Presque un énigmatique personnage de fiction. Chip et ses travers étaient bien trop réels.

Après de longues discussions, Kitty développa une théorie détaillée sur Ian, selon laquelle il y avait une personne drôle piégée en lui, qui lui raclait les côtes à coups d'ongles pour s'échapper. Elle la nommait sa « théorie de la Belle et la Bête », et soutenait qu'il avait vécu un événement traumatisant dans le passé. Mais je n'étais pas de son avis. Ma théorie à moi, c'était que, abandonné bébé dans un orphelinat perdu au fin fond de l'Écosse, trop longtemps négligé, il avait loupé un créneau critique pour développer des aptitudes sociales et un semblant d'empathie.

— Est-ce qu'il est orphelin ? demanda Kitty.

Je haussai les épaules.

— Aucune idée.

Quel qu'eût été le problème de Ian, aussi étrange que cela paraisse, il me fit du bien.

Je n'étais vraiment pas bavarde le reste de la journée et ne parlais pas non plus avec beaucoup d'autres membres du personnel hospitalier, mais quand Ian apparaissait, je libérais chaque pensée, théorie, observation, rêve ou opinion que j'avais contenu depuis la veille. Cela s'expliquait en partie par ma peur du silence conversationnel, mais aussi, comme je finis par m'en apercevoir progressivement, parce que je trouvais juste marrant de le chercher. C'était comme essayer de provoquer un garde à Buckingham Palace. Le fait qu'il ne réagisse pas me donnait envie de l'y inciter. Je tentais de le choquer. De le surprendre. J'essayais toutes les blagues que je connaissais. Son visage neutre devint de plus en plus irrésistible. Il ne réagissait pas, mais il écoutait, et, à mesure que les jours passaient, je me retrouvai à googler des trucs dingues en attendant avec impatience de le voir, juste pour avoir des infos consistantes.

— Saviez-vous, disais-je, que les pieuvres ont trois cœurs ?

Et quand il ne jugeait pas bon de répondre à ça, je passais à :

— Saviez-vous qu'il existait une boîte postale sous-marine au Japon ?

Et quand je me heurtais une fois de plus à son silence, je plongeais tête baissée avec :

— Est-ce que vous avez entendu parler de ce type qui a dû être nourri à la sonde pendant un an, et qui a perdu toutes ses papilles gustatives après cette période d'inactivité ? Elles ont littéralement disparu. Sa langue est devenue lisse comme un marsouin.

C'était le seul moment de la journée où j'avais le sentiment d'être un tant soit peu celle que j'avais été. Le seul moment où le brouillard se dissipait. Ce jeu était si captivant que je m'oubliais – comme une personne aurait pu le faire dans la mesure où elle essayait, sans y parvenir, de marcher d'un bout à l'autre des barres parallèles.

Ce moment aurait dû être le pire de ma journée, alors que je ratais un défi après l'autre. Mais, pour une raison qui m'échappait, c'était le meilleur.

Cette même semaine, on me retira les pansements des sites donneurs sous mes clavicules ; à présent, deux épaisses croûtes rouges, comme des grosses tranches de bacon, venaient s'ajouter au musée des horreurs qu'était mon corps. Mais mon visage avait meilleur aspect, au moins. Quelques ampoules de la taille d'un penny sur ma mâchoire avaient séché. Les cicatrices étaient bien plus visibles que les ampoules, mais je progressais dans la bonne direction, assurément, et le reste de mon visage paraissait désormais à peine brûlé. Comme le médecin l'avait prédit, ça démangeait effectivement à mort, mais je ne grattai jamais.

Kitty continua de débouler le soir avec un large éventail de repas provenant à la fois de nos restaurants préférés et d'autres dont je n'avais jamais entendu parler, ne négligeant aucune gastronomie des quatre coins du monde : indienne, thaï, tex-mex, italienne, cajun, japonaise, vietnamienne. Elle mettait un point d'honneur à me surprendre et me ravir.

Elle avait également relayé l'obsession de Priya pour le tricot, insistant pour que je tricote une écharpe pendant que nous regardions ses comédies musicales préférées : *South Pacific*, *Chantons sous la pluie*, *Le Chant du Missouri*. Je ne me battais même plus contre elle sur le chant. Je me lançais dans n'importe quel morceau sans protester, doucement au départ, mais en version Judy Garland pleine balle à la fin.

L'écharpe que Kit et Priya me faisaient tricoter était affreuse. J'avais cru choisir un bleu ciel d'orage, mais il se révéla n'être qu'un simple gris. On aurait dit une limace mutante avec des tumeurs.

— On lui fera des pompons, déclara Kit. Pas de problème.

En vérité, certaines parties de ma personnalité me revinrent assez rapidement. Je trouvais toujours que les êtres humains – et la conversation – étaient la meilleure distraction possible. Quand j'avais quelqu'un à qui parler, je me concentrais sur la discussion et rigolais de manière compulsive, plaisantais et bavardais. Ces moments étaient sinon agréables, du moins plus vivables que d'ordinaire.

Mais il y avait des tas de moments nébuleux, perdus et silencieux, où je me sentais très mal. Je ne veux pas les passer sous silence. La majorité était comme ça, en fait. Pour le moindre événement – chaque séance de kiné, bain à l'éponge ou visionnage de *Ma tante* –, il s'agissait pour moi d'essayer tant bien que mal de garder la tête haute. À la minute où j'étais seule, à la seconde où je voyais quelque chose à la télé qui me rappelait la vie que j'avais laissée derrière moi, ou au moment où je me réveillais chaque matin et me rappelais où j'étais, la grisaille déferlait. C'était la règle, non l'exception.

Un après-midi, durant le creux entre la kiné et le dîner que j'avais fini par considérer comme une période de sieste sacrée, j'eus une visite inattendue. La mère de Chip, Evelyn.

Elle arriva pendant que je dormais et rapprocha bruyamment le siège destiné aux visiteurs jusqu'à ce que j'ouvre les yeux.

— Oh, dit-elle. Tu dormais ?

Sans blague…

— Oui.

— Tu sembles étonnée de me voir.

Je l'étais. Je n'avais vu personne en dehors de ma garde rapprochée depuis que j'étais à l'hôpital. Et c'était ma volonté.

— Les visites sont strictement réservées au cercle familial.

— Je leur ai dit que j'étais ta belle-mère. Future.

— Visiblement ça a marché.

Elle ne m'avait pas vue depuis mon admission aux urgences.

— Tu as l'air beaucoup mieux.

Elle avait des paroles aimables, mais son regard sur moi était critique. La façon dont elle me dévisageait raviva mes démangeaisons. Elle poursuivit.

— À part ces croûtes sur ton cou et... Oh, Seigneur !

Elle avait entraperçu mes greffes de peau. Elle se détourna et essaya de se ressaisir.

— Est-ce qu'on a dû te raser la tête ? demanda-t-elle après un moment, comme si évidemment la réponse allait être oui.

— Non. C'est juste une coupe pixie.

— Je suis sûre qu'ils repousseront bientôt.

— Je vais garder cette coupe. J'aime bien.

— Oh, ne fais pas ça ! (Une pause.) C'est un peu masculin.

— Je trouve ça cool.

— Je suis persuadée que tu changeras d'avis une fois que tu seras redevenue toi-même.

La mère de Chip ressemblait beaucoup à la mienne. Excessivement organisée. Excessivement focalisée sur l'apparence des choses plutôt que la façon dont elles étaient vécues. Excessivement intransigeante envers elle-même et les autres, mais trop courtoise pour l'exprimer dans une conversation polie.

Toutefois, il arrivait que ça lui échappe d'une drôle de manière.

Je la connaissais depuis suffisamment longtemps pour savoir ce qu'elle pensait. Ma mère et elle jouaient au tennis ensemble, se faisaient faire des pédicures ensemble et partageaient une amitié sincère. Elles étaient voisines depuis dix ans, et, durant tout ce temps, je crois qu'elles n'avaient jamais eu la moindre dispute. C'était une coïncidence remarquable que deux femmes comme elles finissent voisines. Elles avaient le même avis sur tout, et leurs conversations consistaient essentiellement à valider la vision du monde de l'autre. Évidemment qu'elles nous soutenaient, Chip et moi. Elles voulaient simplement que nous formions tous une famille heureuse.

C'est la raison pour laquelle je ne vis rien venir quand elle fronça les sourcils, rapprocha encore son siège et déclara :

—Je veux te parler de Chip.

C'était drôle d'entendre son prénom. Il avait recommencé à se doucher, avais-je remarqué lors de sa dernière visite, ce qui donnait une impression de progrès. Il avait aussi envoyé quelques bouquets, et même si j'avais demandé expressément que toutes les fleurs soient expédiées au service pédiatrie, celles qu'il m'envoyait parvenaient mystérieusement à se frayer un chemin jusqu'à ma chambre. Ma mère aimait les arranger et les réarranger sur le bord de la fenêtre.

Il faisait un effort. Je devais lui accorder ça.

—Il a l'air mieux, dis-je à Evelyn. Il se douche de nouveau, je crois.

—Oui, convint-elle. Et il ne passe plus la nuit dans les bars.

— Du progrès, dis-je.

— Mais, dit-elle alors, prenant ma main et la serrant, je ne pense pas qu'il soit heureux.

Heureux? Était-ce une option ? Je visais juste *conscient.*

— C'est pourquoi je suis ici, poursuivit-elle. Je m'inquiète pour lui.

— Moi, je m'inquiète pour nous tous, rétorquai-je.

Mais elle avait quelque chose à dire, et elle allait le dire.

— Ce qui s'est passé l'a anéanti. Ça l'a réduit en miettes, vraiment. Il doit se forcer à venir ici chaque fois qu'il te rend visite. Chaque fois qu'il regarde ton visage, la culpabilité le submerge.

— Est-ce que tu me demandes d'être désolée pour Chip ?

Sa voix prit une intonation indignée.

— Ça a été dur pour lui aussi, Margaret.

— Je n'en doute pas. Dur pour son foie, en tout cas.

— Tout le monde n'est pas aussi fort que toi.

— Je ne suis pas forte. Je suis juste piégée. Mon corps continue de respirer à l'insu de mon plein gré.

Elle n'allait pas en rester là.

— N'en rajoute pas.

Je me laissai de nouveau aller sur mon oreiller et fermai les yeux. Je renonçais à ma sieste pour ça.

Evelyn en profita pour revenir au sujet qui l'occupait.

— Le père de Chip et moi en avons discuté, et nous aimerions te demander une faveur.

J'ouvris les yeux.

— Une faveur ?

— Tu sais combien Chip est loyal. Tu sais combien il est important pour lui de faire ce qui est juste. Tu sais qu'il ne s'autoriserait jamais à annuler vos fiançailles.

— Techniquement, je ne suis même pas certaine que nous soyons fiancés, dis-je.

Étions-nous convenus de ça ?

— Tu portes le diamant de deux carats de ma mère. Je pense que ça compte.

— Si tu le dis.

— J'ai juste des doutes sur tes attentes – compte tenu de ton état.

Où voulait-elle en venir ?

— Mon état dont Chip est responsable ?

— Tu ne voudrais pas qu'il t'épouse par culpabilité, n'est-ce pas ?

— Qu'est-ce que tu dis ?

Elle recula un peu dans son siège.

— Il est dans une situation délicate.

— Est-ce qu'on ne l'est pas tous, putain ?

— S'il te plaît, surveille ton langage.

— Tu te fous de moi, là ?

Elle me regarda en clignant des yeux une seconde.

— Nous essayons tous de faire face du mieux que nous pouvons.

— Certains d'entre nous plus brillamment que d'autres. (Mes pensées commençaient à tournoyer.) Attends… Est-ce que c'est lui qui t'envoie ? Est-ce qu'il a envoyé sa mère rompre avec moi ?

— Il ne sait pas que je suis là.

— Tu as donc juste décidé que c'étaient tes affaires et pas les siennes ?

— C'est mon enfant, ça me regarde.

— Il n'est plus un enfant !

Elle se redressa légèrement.

— Un mariage – entamer une vie ensemble – nécessite une solide base de… désir, dit-elle après avoir longtemps cherché le mot juste.

Désir ? Est-ce qu'on parlait de sexe maintenant ?

— Désir ?

— Entre autres.

Une colère curieuse et acide se mit à brûler dans ma poitrine. Elle ne venait quand même pas d'entrer dans cette pièce pour m'expliquer de façon assez flippante que son fils ne voulait plus me sauter.

— Oh, il déborde de désir, répliquai-je.

Elle voulait vraiment entrer là-dedans ? C'était là qu'elle voulait aller ? OK. On irait donc. Je pourrais y passer la journée.

— Il éprouve du désir au club-house du golf, dis-je. Il en éprouve dans sa chambre d'enfant. Et sur le banc de jardin à côté de vos étranges petites statues de chérubins. Et dans le jacuzzi de votre salle de bains privée quand vous êtes en vacances. Et même dans le cellier de la cuisine pendant le dîner de Noël. Votre « enfant » est un obsédé au dernier degré. Il a plus qu'assez de désir. Je pense qu'il trouvera un moyen de gérer.

J'aurais aimé que l'attaquer ainsi me soulage, mais ce ne fut pas le cas.

Evelyn resta figée comme une pierre.

— Ça, c'était avant, finit-elle par dire. Les choses ont changé.

— Oui, elles ont changé, putain.

À ce mot, elle détourna la tête, une fois de plus.

— Le père de Chip et moi sentons qu'il cherche autre chose à présent. Quelque chose qu'il ne peut plus trouver chez toi.

Je croisai les bras sur ma poitrine.

— Vraiment ?

Elle arborait une expression solennelle.

— Il prétend vouloir être avec toi, mais ses actes le trahissent.

— Quels actes ?

Elle ferma la bouche comme si j'avais posé une question follement déplacée. Comme si elle n'était pas celle qui avait évoqué tout ça au départ.

— Alors ? insistai-je. De quels actes parles-tu ?

Elle se rendait compte qu'elle en avait trop dit. Je me penchai en avant.

— Dis-moi ! exigeai-je d'une voix menaçante.

Elle se détourna. À ce moment-là, nous aperçûmes toutes les deux une silhouette dans l'encadrement de la porte.

Chip.

Si j'avais pu le gifler à cet instant, je l'aurais fait.

— Est-ce que tu as envoyé ta mère me lourder ?

Chip regarda Evelyn.

— Qu'est-ce que tu fabriques ?

— J'essaie de t'aider. (Elle eut soudain la voix chevrotante.) Ton père et moi sommes très inquiets.

Elle porta une main à son visage, et je me rendis compte qu'elle essuyait des larmes. Tout à coup, elle avait l'air très fragile – et je regrettai, un peu, le nombre de fois que je venais de prononcer « putain ». Un fils ne peut pas être fâché contre sa mère en larmes. Il prit une voix plus douce.

— Maman, dit-il. Tu ne peux pas m'aider. Ne m'aide pas, OK ?

Il s'approcha, l'aida à se relever et la conduisit hors de la chambre. Sur le seuil, il leva une main vers moi pour me signifier qu'il serait de retour dans cinq minutes. Je supposai qu'il la raccompagnait jusqu'au voiturier de l'hôpital pour la renvoyer chez elle.

Une fois qu'ils furent partis, je remarquai que ma respiration était saccadée et que mon torse piquait un peu, comme si un acide s'était répandu en moi. Je passai plusieurs minutes à essayer de me dire que c'était bon de ressentir *quelque chose*, au moins, avant de décider que c'étaient des conneries. Pourquoi les seules émotions qui semblaient capables de pénétrer mon brouillard étaient-elles les pires ?

Quand Chip fut de retour, je remarquai alors qu'il ressemblait – pour la première fois depuis l'accident – exactement à ce qu'il était avant. Voilà le Chip dont j'étais tombée amoureuse. Voilà le Chip qui avait sa vie bien en main, prêt à tenir la barre avec assurance face à tout et n'importe quoi. Il était parfait. Il s'était fait couper les cheveux. Il portait un polo impeccable et un treillis repassé. Il s'était brossé les dents – et peut-être même passé du fil dentaire.

Ça faisait un drôle d'effet de le revoir. C'était comme si le vrai Chip était parti pendant tout ce temps, mais qu'il était finalement revenu, et toutes les réticences que m'avait inspirées le nouveau Chip se volatilisèrent aussitôt.

— Est-ce que nous sommes fiancés ? lui demandai-je alors d'une voix douce. Est-ce que nous l'avons un jour établi ?

Il m'adressa son fameux sourire de Chip Dunbar.

— Tu sais que oui – de mon côté, en tout cas. (Il flirtait avec moi !) Ta position est un peu moins claire. Mais tu portes toujours la bague.

— Ta mère pense que tu ne me « désires » plus, dis-je en esquissant des guillemets en l'air.

Il laissa échapper un éclat de rire retentissant, puis s'assit sur le siège que sa mère venait d'occuper, me saisissant la main de manière très similaire.

— Si. Oh, Seigneur, je te désire toujours… tellement…

Je me sentis pousser un soupir de soulagement. Finalement, me disais-je, pleine d'espoir, peut-être que les choses tourneront bien pour nous. Jusqu'à ce qu'il achève sa phrase :

— Enfin, l'ancienne version de toi.

Hein ?

— Je pense à elle sans arrêt, dit-il en appuyant son front sur ma main, et ses épaules se mirent à trembler. Elle me manque tellement, dit-il d'une voix brisée.

—Elle te manque ? Elle n'est pas partie, répliquai-je sans même tenter de masquer mon étonnement. Elle est bel et bien là.

Est-ce que Chip pleurait ? Encore ?

—Ses cheveux me manquent, poursuivit-il. Et sa démarche quand elle portait des talons. Et la façon dont son jean moulait ses fesses.

C'était simplement méchant.

—Tu as conscience que tu parles de moi à la troisième personne, là ?

—Je suis désolé.

—Ta mère pense que tu maintiens les fiançailles par culpabilité, dis-je ensuite. Elle pense que tu ne veux plus m'épouser, mais que, comme je suis paralysée depuis l'accident, tu as l'impression de devoir le faire.

—Non, dit-il en secouant la tête tandis qu'il la relevait. Je veux toujours t'épouser. Je le veux plus que tout.

—Elle ? La fille qui te manque ? Ou moi ? demandai-je, comme si nous étions deux personnes distinctes. L'ancien moi ou l'actuel ?

—N'importe quelle version de toi sur laquelle je peux mettre la main.

Cela me fit sourire – un peu. Je voulais de nouveau éprouver ce sentiment rayonnant.

—Donc tu veux toujours te marier avec moi ?

—Plus que je ne pourrais l'exprimer.

Ça faisait du bien de l'entendre. Je ne vais pas mentir.

Chip se redressa alors et me lâcha la main pour s'essuyer le visage. Il prit une profonde inspiration, comme s'il s'apprêtait à hurler quelque chose, puis la retint une seconde. Lorsque les mots sortirent enfin, ils filtrèrent dans un chuchotement.

— Je veux t'épouser, Margaret. Mais je crois que je ne peux pas.

Je me figeai. Il baissa les yeux.

— Je pense que tu ne me le permettras pas.

Puis, comme une prémonition, je sus ce qu'il était sur le point de dire. Je sus précisément à quels « actes » sa mère faisait allusion. Une fois de plus, je me retrouvai à le devancer mentalement.

À présent, j'avais une décision à prendre. Je pouvais mettre un terme tout de suite à cette conversation, le laisser tranquille et ne jamais entendre la confirmation de ce qu'il allait dire. Si je faisais ça, nous pourrions poursuivre. Nous pourrions continuer à nous dépatouiller en essayant de recoller les morceaux. Je pourrais mettre tout ce que nous avions dit ou fait sur le compte de la « tragédie » et tout pardonner, et rester concentrée sur mes incroyables défis.

J'aurais pu si facilement prendre cette direction. C'était follement tentant. Mais je nc le fis pas.

— Chip. Qu'est-ce qui s'est passé ?

Il garda les yeux rivés sur le couvre-lit et secoua la tête.

— Chip, insistai-je. Raconte-moi.

Il se tint immobile.

— Raconte-moi !

Puis il me raconta. Mais il ferma d'abord les yeux.

— J'ai couché avec quelqu'un.

Je ne m'étais pas trompée. Je savais qu'il allait dire ça. Ces paroles-là signaient la fin de notre relation. Elles nous séparaient. On y était. Il avait fait un choix, mais j'en avais fait un aussi. Je suis sûre d'avoir éprouvé beaucoup d'émotions confuses à ce moment-là, mais la seule dont je me souvienne avec certitude, c'est la solitude.

— Qui ? demandai-je.

— Ça n'a aucune espèce d'importance.

— Au contraire, ça me paraît très important.

Chip se leva alors – trop vite – et fit basculer sa chaise. Elle se fracassa sur le sol. Il ne la ramassa pas, se contenta d'aller et venir autour du pied du lit.

— Tara, finit-il par avouer.

— Ton ex, Tara ? Celle que tu appelles la Chouineuse ?

Il acquiesça.

— Tu ne l'apprécies même pas !

— Je sais.

Je ne savais même pas par où commencer.

— Chip.

C'était plus un soupir qu'un mot.

— Elle a vu mon post à ton sujet sur Facebook et elle m'a contactée. Elle s'est mise à passer voir comment j'allais. Elle m'a apporté de la soupe.

— Elle t'a apporté de la *soupe* ?

Il haussa les épaules.

— Je ne mangeais pas. Elle s'inquiétait. Et puis, de fil en aiguille…

— Ne me dis pas.

Je le ressentis comme une suffocation : je refusais de savoir. Mais, à présent, il était lancé.

— Elle est venue un soir et m'a trouvé en larmes…

— Est-ce que je suis censée te plaindre ?

— … et je n'arrivais simplement pas à me ressaisir. Et alors elle a juste mis ses bras autour de moi…

— Arrête.

— … et m'a bercé en quelque sorte…

— Chip. Ferme-la.

— … et avant que je m'en rende compte, on s'embrassait…

— Stop ! Je suis sérieuse, putain ! Stop !

Je ne m'aperçus pas combien je criais fort. À ce moment-là, la porte de ma chambre s'ouvrit brusquement et Ian entra. Il regarda Chip une seconde avant de se tourner vers moi.

— Tout va bien ?

— Fous le camp, mec, ordonna Chip. On discute.

Ian garda les yeux sur moi.

— Ce n'est pas à toi que je posais la question, connard.

Je levai la tête vers Ian. Il était immobile, on voyait qu'il se maîtrisait difficilement. Je sus en un instant que mon père avait raison, que l'acoustique entre ma chambre et le couloir marchait dans les deux sens. Je les entendais parfaitement à l'extérieur – et on m'entendait tout aussi bien ici. Ian avait suivi toute cette conversation dévastatrice et humiliante.

— Est-ce que je peux faire quoi que ce soit pour vous ? me demanda-t-il alors, sa voix plus tendre que je ne l'avais jamais entendue. Je pourrais aller vous chercher un verre d'eau ? Ou casser la gueule à ce branleur ?

J'ébauchai un sourire microscopique, mais il le releva. Je secouai la tête.

— Pouvons-nous finir notre conversation, s'il te plaît ? demanda Chip, même si je n'arrivais pas à savoir si c'était à Ian ou à moi qu'il posait la question.

— Maggie ? dit Ian, sans détourner son regard du mien. S'agit-il d'une conversation que vous souhaiteriez poursuivre ?

Je secouai de nouveau la tête.

— Je pense que nous nous sommes tout dit.

— C'est bon, connard. Dégage.

Mais Chip n'était pas prêt à partir.

— Margaret…

En un éclair, Ian se retrouva juste à côté de lui, le dominant de quinze bons centimètres.

— Tu l'as entendue. Sors d'ici.

Chip leva les mains en l'air en signe de reddition et recula.

— OK.

Il fit quelques pas en arrière, sans se retourner, semblant réfléchir à ses options, puis, parce qu'il n'en avait vraiment pas, fit volte-face pour quitter la pièce. À ce moment-là, je lançai :

— Chip ! Attends !

Il se retourna ; je retirai la bague de fiançailles de sa grand-mère et la lui jetai de toutes mes forces.

Il esquiva, et je le ratai de justesse.

La bague rebondit sur le mur et glissa sous le lit vacant à côté du mien – Chip dut par conséquent se mettre à quatre pattes pour la chercher en rampant. C'était juste assez humiliant pour me donner un soupçon de satisfaction.

Mais guère plus qu'un soupçon.

Dès qu'il fut parti, le brouillard retomba. C'était comme suffoquer dans de l'air pur.

Je commençai à haleter, prenant des respirations profondes et plongeantes, les expulsant pour ensuite les aspirer de nouveau. L'espace d'une seconde, je fus incapable de voir. La chambre ne devint pas noire, mais blanche. Elle se troubla jusqu'à ce qu'il n'y ait plus rien.

Il ne resta que la voix de Ian. Ian était toujours là.

— Calmez-vous, murmura-t-il, près de mon oreille. Prenez votre temps. Expirez en comptant jusqu'à quatre. C'est ça. Maintenant, jusqu'à quatre en inspirant. Bien.

Tandis que ma respiration ralentissait, le monde reparut, et je sentis la main de Ian sur mon front, qui me caressait les cheveux. J'ouvris les yeux, et il y avait son visage, à seulement quelques centimètres du mien.

— Ça va, dit-il. Vous allez bien.

— Ian, dis-je ensuite, quand parler sembla sans danger. J'ai besoin que vous me rendiez un service.

— Ce que vous voulez. Bien sûr.

— J'ai vraiment, vraiment besoin que vous me sortiez de cette foutue chambre.

Chapitre 16

Ian se releva et prit un moment pour évaluer la situation. Puis il tendit les bras vers moi pour repousser mes couvertures.

— Bien, dit-il. Décalez-vous vers le bord du lit.

Je balançai mes jambes, et il se baissa devant moi, puis se retourna en se redressant.

— Grimpez, dit-il.

— Quoi ? Sur votre dos ?

Il acquiesça.

— Faites comme si j'étais un cheval.

— Un Clydesdale, peut-être.

— Bougez, jeune fille. Passez à l'action. Serrez avec vos cuisses.

La bonne nouvelle, c'était que je pouvais le faire. Mes cuisses fonctionnaient très bien. C'était tout ce qui se trouvait en dessous qui coinçait. Je me penchai en avant jusqu'à ce que ma poitrine tombe contre son dos, puis je plaçai mes jambes en les tortillant autour de sa taille. Je passai les bras autour de son cou.

— Pas une prise d'étranglement, non plus, gargouilla-t-il. Plus bas, sur les clavicules.

Il baissa mes mains. Puis il se releva.

— Ça va comme ça ?

À quand remontait la dernière fois que j'étais montée sur le dos de quelqu'un ?

— Oui.

— On ne touche pas vos sites donneurs ? On ne tire pas sur vos greffes non plus ?

— Ça va. Je devrais voyager comme ça plus souvent.

Il retira la couette de mon lit et attrapa un oreiller, puis il nous fit sortir en passant devant le poste des infirmières – où chacun se figea pour nous regarder partir, bouche bée. Tandis que nous passions, sans même ralentir, il se saisit d'un paquet de cookies au guichet de la réception.

Il avançait vite, à longues enjambées. C'était vraiment un Clydesdale. Il ne marchait pas, il avançait à pas de géant. Je ne m'étais pas déplacée aussi rapidement dans le moindre espace depuis des semaines, et en dépit de tout le reste, j'en éprouvai un frisson qui me chatouilla l'estomac. Je réprimai une étrange envie de rire.

Il nous emmena à l'ascenseur, et nous montâmes au dernier étage, puis il sortit et marcha prestement jusqu'au bout d'un couloir, directement vers une porte avec une poignée de poussée qui disait CECI N'EST PAS UNE SORTIE – L'ALARME VA SONNER.

— Eh… Ce n'est pas une sortie, dis-je, alors que nous nous dirigions droit vers elle. Eh ! L'alarme va sonner !

Toutefois, nous fîmes quand même irruption par la porte. Aucune alarme ne sonna.

— Elle est désactivée, expliqua-t-il, tandis que le battant se refermait derrière nous. C'est là que les infirmières viennent fumer.

Puis nous fûmes dehors. Je repris mon souffle. C'était un soir de mars clair et frais – avec le coucher de soleil orange et violet le plus stupéfiant que j'avais jamais vu. Ou du moins me semblait-il. Il aurait été époustouflant dans n'importe quelle situation, mais je n'avais pas mis le nez dehors depuis le soir de l'accident. Combien de temps cela faisait-il ? Nous arrivions à la fin de ma deuxième semaine dans l'aile des patients hospitalisés, et j'avais passé une semaine en soins intensifs avant cela, donc trois bonnes semaines sans avoir vu le ciel, ni senti la brise, ni respiré l'air frais. Pas étonnant que j'aie l'impression de devenir folle.

Ça, et tout le reste.

Ian nous fit traverser le toit jusqu'à l'autre extrémité, qui donnait sur le centre-ville d'Austin et le Capitole. Avec moi toujours sur son dos, il étendit la couette, lâcha l'oreiller et les cookies. Puis il se mit à quatre pattes et tourna le dos à la couverture comme un camion à benne, avant de se redresser afin que je puisse glisser sur mes genoux. Toute cette manœuvre me donna le vertige, et je roulai sur le côté au milieu de la couette. Il apporta l'oreiller pour me caler correctement, afin que je puisse m'allonger et voir le ciel sans endommager mes greffes.

Le ciel.

Le vent soufflait, faisant voleter mes cheveux. J'avais un peu froid, mais ça allait. Cela me rendait consciente des contours de mon corps – d'où je m'arrêtais et où le reste du monde continuait. J'étais toujours en vie, songeai-je alors. Cela me frappa sur ce toit pour la première fois.

J'étais en vie.

La seconde qui suivit, je sentis Ian poser son sweat en polaire sur moi, puis il se laissa tomber à mes côtés et s'installa sur le dos. Puis il leva un cookie dans mon champ de vision, et je tendis la main pour le saisir.

Personne ne parla, et pour la toute première fois – peut-être de ma vie entière –, ça ne me dérangea pas. Nous écoutâmes le vent, la circulation étouffée dix étages plus bas et le craquement des cookies que nous mâchions. Nous regardâmes le ciel s'assombrir tandis que le soleil sombrait hors de vue. Une si grande partie de la vie se contente de s'égrener laborieusement. Tant de moments n'existent que pour vous amener aux suivants. Mais celui-là était une destination à lui seul.

Est-ce que je me sentais heureuse à cet instant précis ? Pas exactement. Quand vous vous sentez heureux, ou joyeux, c'est un peu comme un éclat lumineux dans votre poitrine, et j'avais le cœur trop engourdi pour le moindre éclat.

Si vous pensez aux émotions humaines comme à de la musique, alors les miennes étaient la cacophonie d'un orchestre sans chef. Tous les instruments jouaient en même temps, mais je ne savais pas très bien comment les lire. Tout me semblait confus. Et pourtant, il ne faisait aucun doute que les instruments de mon corps jouaient – ma peau sous le vent, mes poumons inspirant des bouffées d'air vif, mes yeux embrassant le ciel vaste et brillant. Il y avait de la musique – de la bonne musique –, même si je ne reconnaissais pas la mélodie.

Étant donné le contexte, il semble étrange que j'aie été animée de bons sentiments à cet instant, et je vous garantis que cela fut de courte durée. Mon cerveau n'avait pas oublié que mon avenir était ruiné – que la confession de Chip marquait plus que la fin de notre relation : elle signifiait la fin de ma vie telle que je l'avais connue.

Mais le plaisir physique d'être dehors pour la première fois depuis un temps si péniblement long était trop réel pour le nier. Plus tard, il y aurait des répercussions – des moments de rage, de désolation et de chagrin pour tout ce que j'avais perdu – quand j'essaierais de comprendre ce que Chip avait fait, et pourquoi. Mais pas encore. Pas ce soir-là. Ian m'avait offert cet incroyable cadeau : une petite pause hors de tout ça. Une expérience si viscéralement vivante que rien d'autre ne pourrait rivaliser avec elle. C'était juste nous, et le vent – et à présent les étoiles qui commençaient soudain à apparaître –, pendant un long moment.

Puis j'entendis la voix de Ian, étonnamment proche de mon oreille, dire :

— Myles va me virer pour ça, c'est sûr.

Je tournai la tête. Voilà. Il entamait une conversation. Contre toute attente.

— Ah oui ? Sérieusement ?

Il regardait en l'air, un bras derrière la nuque, et la pose était si décontractée, si insouciante, si amicale, que c'en était choquant.

— Peut-être pas. Il ne l'a pas vu de ses propres yeux, après tout. Il se peut que les infirmières ne caftent pas.

— Mais les kinés n'emmènent-ils pas tout le temps des patients en extérieur ?

— Si, bien sûr. Pour des sorties pédagogiques. En groupes. Pas en tête à tête sur le toit.

— Que pense-t-il que vous allez me faire ?

Un silence classique à la Ian suivit cette question – mais, au lieu d'être mal à l'aise, je me mis subitement à songer à toutes les choses que Ian aurait éventuellement pu me faire, à cet instant précis. Plus le silence dura, plus mes pensées furent saisissantes. Il n'était qu'à quelques centimètres. Il pouvait si facilement rouler sur le flanc et allonger son visage à côté du mien. Il pouvait si facilement promener une main le long de mon corps. Cette pensée m'obséda aussitôt. Je la sentais presque se produire – le poids de ses mains, la rugosité de sa barbe de trois jours, la chaleur de sa bouche.

Je dérivai dans le fantasme d'être embrassée par Ian, mais ce fut alors que sa voix m'en extirpa.

— Il y a toutes sortes de choses peu galantes que je pourrais vous faire sur ce toit, finit-il par déclarer. Et je suis certain que Myles m'accuserait de chacune d'elles.

C'est un peu étrange – et légèrement embarrassant – de confesser que j'eus un vif fantasme de trente secondes totalement interdit, absolument torride et, hélas, non réciproque, au sujet de mon kiné, moins d'une heure après avoir jeté ma bague de fiançailles à la figure de mon ex-fiancé. Mais il est important de l'évoquer. Parce que, durant ces quelques secondes, il se passa quelque chose. Je sentis gonfler en moi des émotions très enthousiastes, très puissantes et très physiques en réaction à ce baiser fantasmé.

Ce qui signifiait – et c'était une grande nouvelle – que j'étais encore capable de les ressentir.

Je dirai pour faire simple que mon temps passé à l'hôpital n'avait pas été l'expérience la plus érotique de ma vie. Sur mon échelle de préoccupations ce mois-là, ma future vie sexuelle se classait comiquement bas. Il est probable que si j'avais eu le choix entre un avenir avec des jambes valides et un avenir avec du sexe, j'aurais sans doute choisi les jambes. Mais on ne me donnait pas ce choix. Cela dit, puisque toutes mes sensations là-dessous étaient, comme on n'avait cessé de me le répéter, « inégales », je savais que j'avais de bonnes chances d'avoir perdu cette partie de ma vie pour toujours. Cependant, même si j'y pensais assez pour que ça vaille la peine de vérifier, j'aurais sûrement eu peur de le faire. Une part de moi ne voulait pas savoir.

Ne va pas au-devant des problèmes.

Mais à présent, grâce à ce toit, je savais. Mon corps pouvait éprouver des choses. Avec enthousiasme. Certes, l'homme qui m'avait inspiré cet élan cherchait la plupart du temps à m'éviter, mais je n'allais pas chicaner sur les détails. C'était une bonne nouvelle, bon sang. Peu importe que j'en prenne conscience dans ces circonstances absurdes. Je pouvais éprouver les sensations ! L'un des plus grands plaisirs de la vie était toujours sur mon menu !

Est-ce que ça me rendait joyeuse ? Non. La joie m'avait désertée. Je n'étais plus vraiment sûre de pouvoir accéder à ce qu'on appelle le bonheur. Mais je trouvais ça plaisant. Et c'était plus que ça : un soulagement.

Le coucher de soleil avait à présent complètement disparu, remplacé par un ciel nocturne bleu foncé plein d'étoiles. J'essayai alors de m'asseoir, mais perdis à moitié l'équilibre, et Ian n'attendit pas une seconde pour m'aider. Il se redressa lui aussi, et me tint dans ses bras jusqu'à ce que je sois en position assise.

— Ça va ? demanda-t-il.

— Mmm.

— Vous avez l'air un peu nauséeuse.

Il déchiffre ça si mal.

— Je vais bien.

— Vous voulez repartir ?

Je me tournai et croisai son regard.

— Je ne veux *jamais* repartir.

Il haussa légèrement les épaules et dit simplement :

— OK.

— Parlez-moi de votre chefaillon, dis-je ensuite, tandis que nous regardions les lumières de la ville sur la ligne d'horizon.

— Seulement si vous enfilez mon sweat.

— Ça va comme ça.

— Mettez-le.

— Quelle autorité, dis-je.

Mais je le mis, et, ce faisant, je fus enveloppée par la délicieuse odeur de Ian. Ce fut si entêtant sur le moment que je me retins de ne pas y enfouir le visage pour en prendre une grande bouffée. Mais je tâchai de dissimuler mon trouble. Je fis comme si la fermeture était coincée. Puis je regardai Ian pour montrer que j'attendais qu'il prenne la parole. Comme il n'en faisait rien, j'insistai :

— Alors ? Vous pensez que Myles vous virerait pour m'avoir amenée ici.

— Myles me virerait sans aucun doute pour vous avoir amenée ici.

— Même si vous ne m'appréciez pas de cette façon.

C'était le genre d'affirmation que les filles lâchent parfois avec le secret espoir que le mec va peut-être la contester.

Ian ne la contesta pas. Il garda les yeux rivés sur l'horizon.

— Non. Je ne vous apprécie pas de cette façon.

— Donc vous êtes tranquille.

Il eut l'air perturbé.

— Je suis loin d'être tranquille.

— Qu'est-ce Myles a contre vous, d'ailleurs ?

— C'est une longue histoire.

Le vent ne cessait de souffler une mèche de cheveux dans mon visage. J'essayai de la coincer derrière mon oreille, mais elle était trop courte.

— Je n'ai réellement rien d'autre que tout mon temps.

Ian soupira.

— Je travaillais ici avant. C'est pourquoi j'ai déménagé au Texas, en fait – pour prendre un poste dans cet hôpital. J'ai commencé jeune et j'ai travaillé pour devenir responsable de la salle de rééducation. Myles est arrivé en même temps que moi, mais j'ai été promu à son détriment, en permanence.

— Pourquoi ?

— Parce que c'est un branleur obsédé par les règles et un tyran mesquin.

— Ça a l'air assez juste.

— Bref, une kiné a été embauchée pour bosser à la salle de thérapie. Elle s'appelait Kayla. Le courant est tout de suite passé entre nous, et nous avons commencé à sortir ensemble.

C'était un peu direct, mais je ne pus m'empêcher de lui demander :

— Comment était-elle ?

Il esquissa un petit haussement d'épaules.

— Ravissante. Fougueuse. Elle n'avait aucune patience pour la bêtise. Elle pouvait être tellement méchante.

Il le déclara avec une grande admiration. Je le regardai penser à elle. Après un instant, je dis :

— En quoi est-ce que ça concerne Myles ?

Ian souffla longuement.

— Myles l'aimait bien aussi. Il prétendait qu'elle lui avait tapé dans l'œil en premier – et que je la lui avais volée.

— Est-ce que c'est vrai ?

— Il l'a peut-être vue en premier, répondit-il avec un nouveau haussement d'épaules, mais elle ne l'a jamais apprécié.

Je ne pouvais pas voler quelque chose qui ne lui a jamais appartenu.

—Bien sûr que non.

—Mais, pour Myles, ce fait n'avait –et n'a toujours– aucun rapport. Il l'aimait bien, et c'était tout ce qui comptait.

—C'est pour cette raison qu'il vous déteste ?

Ian acquiesça.

—Voilà. J'ai gâché sa vie, et maintenant il est résolu à gâcher la mienne.

—Mais il ne l'intéressait pas !

—Il est persuadé qu'il aurait pu finir par la conquérir.

—Mais vous n'êtes plus avec elle ? demandai-je, pour confirmation.

—Non.

—Vous avez rompu ?

Il sembla retenir sa respiration.

—D'une certaine façon.

—Alors c'est quoi, son problème ?

—Je me suis beaucoup posé la question. Je pense que Myles est le genre de type qui a besoin d'un ennemi. Il a besoin d'un ennemi à combattre pour avoir l'impression d'être un héros.

—Mais ce n'est *pas* un héros !

Ian me jeta un coup d'œil et haussa légèrement les épaules.

—Je suis peut-être un méchant, par contre.

J'attendis.

—Je n'ai pas été très sympa avec lui. J'ai un peu jubilé quand j'ai compris que Kayla n'était pas insensible à mon charme. J'aimerais pouvoir faire machine arrière et changer ça. Ce n'était pas gentil de ma part.

— OK, dis-je, mais Myles est carrément le genre de personne qui donne envie de jubiler.

— Sans doute. Mais j'aurais dû faire preuve de davantage de maturité.

Je ne répondis rien. Les regrets, ça me connaissait. Ian poursuivit.

— Kayla et moi étions ensemble depuis environ un an quand j'ai eu l'idée de quitter l'hôpital pour me mettre à mon compte. Je voulais lancer une salle de rééducation pour les gens qui sont au-delà de la phase critique, mais veulent quand même s'exercer pour aller mieux – les gens que les assurances ne vont pas couvrir. Il existe toutes sortes de recherches prodigieuses sur les manières de stimuler le système nerveux, d'amener le cerveau et la moelle épinière à se reconnecter et communiquer avec le corps par de nouveaux moyens. Je voulais me servir de ces recherches.

— C'est brillant.

— Et alors elle m'a suivi. On a souscrit des prêts, trouvé des locaux, établi un plan de développement, imprimé des tee-shirts, et toutes nos économies sont parties là-dedans. (Il m'adressa un regard.) J'ai essayé de débaucher les gens les plus compétents de l'hôpital et de les convaincre de me suivre dans ce projet. Je leur ai bourré le crâne en leur disant à quel point cette aventure serait géniale. On aurait enfin la possibilité de changer la vie des gens et de donner un autre visage à la guérison.

— Et Myles ?

— On ne lui a pas proposé de prendre part à ce projet.

— Parce que c'est un branleur.

Ian acquiesça.

— Il est toxique, vraiment, de tant de façons. Étroit d'esprit, vindicatif et irritable. Pas le genre de type dont on veut s'entourer. Je n'avais aucune envie de travailler avec lui. Je lui ai caché tout ce projet – mais il en a eu vent d'une manière ou d'une autre, et il a demandé à en faire partie. Je l'ai rejeté à maintes reprises. J'ai été présomptueux là-dessus. Quand il a exigé de savoir pourquoi je ne voulais pas de lui, je lui ai dit ses quatre vérités.

— Genre, vous avez dit qu'il n'était pas à la hauteur du job ?

— Je lui ai dit qu'il était idiot et que tout le monde le détestait.

— OK. Ça, c'est du déballage.

— Une fois que nous avons tous eu démissionné, il ne restait presque plus personne. Alors il a été promu.

— Et maintenant Myles est le chef.

— Ce qui ne me posait aucun problème, jusqu'à…

Je regardai vers lui.

— Jusqu'à quoi ?

— Jusqu'à ce que l'affaire s'écroule. Et alors je me suis retrouvé sans économies ni boulot. Et puis il y a eu un poste à pourvoir ici. Dans une espèce de cercle infernal, je me suis retrouvé à bosser pour lui.

— L'affaire s'est écroulée ? (Il acquiesça.) Comment ? Pourquoi ? Vous aviez toutes ces personnes géniales ! Et une idée si fabuleuse.

Il secoua la tête, et je vis que nous ne naviguerions pas très loin sur ce sujet-là.

— Pour des tas de raisons.

Je l'observai un long moment, mais il ne partagea rien de plus. Finalement, il en revint à Myles.

— Il m'a dans le collimateur depuis le jour où je suis revenu – quelques semaines à peine avant votre arrivée. Il cherche activement à me faire virer.

— Et c'est une torture pour vous de travailler avec lui.

Il acquiesça.

— Il déploie des efforts considérables pour me pourrir la vie. Si je ne suis pas le règlement à la lettre, je dégage. Mais ça n'a jamais été mon fort.

— Vous ne pourriez pas aller bosser autre part ?

Il haussa les épaules.

— On n'embauche nulle part ailleurs.

— Peut-être dans une autre ville ? suggérai-je, détestant l'idée au moment même où je la formulai.

— Je ne voulais pas chercher dans d'autres villes jusque-là. Mais je vais peut-être devoir m'y résoudre.

Soudain, je pris conscience que mon épaule était appuyée contre la sienne. Je me penchai dans l'autre sens – mais cela me parut brusque. En partie pour le cacher, je dis :

— Donc, vous n'avez pas toujours été aussi grincheux.

Un sourire timide, puis :

— Non.

— Vous plaisantiez avant ?

— Bien sûr.

— Et vous écoutiez du rock de papis ?

— C'est un prérequis pour le job.

— C'est une bonne chose que vous ayez été méchant avec moi.

— Je l'ai été infiniment moins que ce dont j'avais l'intention.

Je le regardai.

— Pourquoi ?

Il se détourna.

— Un truc dans vos yeux, sans doute.

Il fallait que je demande.

— Qu'est-ce qu'ils ont ?

— Disons juste qu'en étant méchant envers Myles, je me sens mieux. En étant méchant avec vous, je me sentais pire.

Ne sachant pas quoi répondre à ça, je me contentai d'écouter le vent souffler.

— Merci de vous être confié à moi, dis-je après un moment.

— Ce n'était pas très professionnel de ma part.

— Le professionnalisme est surfait.

Il se tourna pour m'observer dans ma globalité, comme si je venais de dire quelque chose de tellement vrai qu'il en était surpris. Puis il annonça :

— Nous devrions rentrer.

Je secouai la tête. Mais il hocha la sienne.

— Il est tard. Vous avez besoin de repos.

Je sentis soudain les larmes me monter aux yeux. Je les essuyai sur son sweat.

— Je ne veux pas rentrer.

Ian m'aida à me redresser sur mes genoux afin que je puisse grimper sur son dos.

— Je vous offrirais bien un cookie, mais il n'en reste plus.

— Promettez-moi qu'on reviendra ici, dis-je en l'escaladant.

— Promis.

— Bientôt.

— Bientôt, dit-il.

Tandis qu'il me hissait sur son dos, la vue – et la brise, ainsi que la sensation de son dos contre ma poitrine, et l'infini du ciel au-dessus de nous – se révéla si étourdissante que je dus fermer les yeux.

Chapitre 17

Je traversai une période de désillusion après les aveux de Chip. Une fois revenue du toit à ma cellule d'hospitalisation, je n'avais rien d'autre pour me distraire des réalités de ma vie – d'aucune de ces horreurs –, et je perdis un peu de vue le sens de tout.

En résumé : ma motivation pour les séances de kiné, et tout le reste, était plutôt faible. Il n'y avait aucun moyen de nier, à ce stade, que tout ce qui comptait pour moi était anéanti, brisé, ou s'était autodétruit. Même mes objectifs personnels. Parce que le fantasme dans lequel je me voyais avancer vers Chip, vision à laquelle j'avais recours pour dissiper le brouillard, s'était désintégré à la minute où j'avais su pour Tara et sa soupe.

Je ne marcherais plus jamais vers Chip.

Je ne marcherais plus jamais, point barre.

Sous certains aspects, le renoncement avait du bon. Ça faisait un peu retomber la pression. Il était épuisant d'espérer.

Dans la vie, j'avais toujours eu des buts concrets. J'avais obtenu de bonnes notes pour intégrer une bonne université. J'avais travaillé dur à l'université pour intégrer une bonne école de commerce. Je m'étais démenée en école de commerce pour décrocher un bon job, gagner beaucoup d'argent, être en tête de peloton dans le monde des affaires, exploser quelques plafonds de verre et faire la fierté de mes parents. Ce n'étaient pas là les seules choses que je souhaitais, évidemment. Je n'étais pas totalement superficielle. Je voulais de l'amour, des amis, des bébés et de la joie. Je voulais être une bonne personne et rendre le monde meilleur à mon échelle. Mais j'avais passé ma vie à travailler dans la perspective de buts particuliers.

Pour quoi souffrais-je désormais ? Vers quoi tendais-je désormais ? Avoir un peu plus de mouvement dans mes jambes ? Éviter des infections dans ma greffe de peau ? Espérer arriver à la cheville de la personne que j'étais avant ? Tenir jusqu'au bout de la journée sans mourir de peur ? De tels objectifs n'avaient rien de motivant. D'une certaine façon, la présence de Chip dans ce fantasme de guérison avait été l'élément central qui maintenait l'ensemble. Sans lui, tout s'effondrait.

Ma mère m'avait gavée de faux espoirs, et je les avais avalés entièrement comme un oisillon, le bec grand ouvert. Je ne m'étais pas assez interrogée sur le sujet parce que je ne l'avais pas voulu – mais la frontière était mince entre la détermination et l'illusion.

Certaines choses étaient vraiment impossibles.

Mon grand-père s'était fait tirer dans l'œil avec une arme à air comprimé quand il était enfant. Il avait passé le restant de ses jours avec un œil de verre, le retirant tous les soirs, et – je jure que c'est vrai – le mettant dans un verre d'eau sur la table de chevet. Parfois Kitty et moi nous faufilions dans sa chambre avant qu'il se réveille et sortions l'œil de son bocal – alors, jouant complètement le jeu, il descendait d'un pas hésitant en pyjama et robe de chambre au moment du petit déjeuner, une main plaquée sur la figure, en disant : « Quelqu'un m'a volé mon œil ! » Nous gloussions jusqu'à ce qu'il le trouve – il ne s'est jamais plaint. Mais aucun trésor de volonté, de détermination ni de déni n'aurait pu faire repousser cet œil.

Je n'y avais jamais songé avant. Maintenant, tout ce dont j'étais capable, c'était de continuer à respirer, et même cela me paraissait énorme. Un souffle après l'autre. Et encore, ce n'était pas simple tous les jours. Mais soyons clair : je n'avais rien – rien – à attendre avec impatience.

Le jour qui suivit notre charmante soirée sur le toit, par exemple, Ian apparut pour la séance de kiné, et je refusai catégoriquement de bouger. Il était tout en gravité, évidemment. La complicité du soir précédent s'était évaporée. Il entra de manière aussi brusque et formelle que s'il ne m'avait jamais fait traverser les couloirs sur son dos, ne m'avait jamais prêté son sweat, ne m'avait jamais confié ses erreurs. D'après l'expression qu'il arborait, j'aurais pu être n'importe qui – un visage dans un défilé de fauteuils roulants. C'était exactement comme cela que je me sentais.

Il prépara la planche de transfert, mais je ne me redressai pas. Je me contentai de regarder par la fenêtre.

— Bien. Allons-y, me pressa-t-il.

Je ne décrochai pas un mot.

Il fit le tour du lit pour venir scruter mon visage et revérifier que je ne dormais pas.

— Maggie. C'est l'heure.

Je n'essayais pas d'être grossière. Il me semblait juste que réagir nécessiterait trop d'énergie.

— Allons-y, insista-t-il de nouveau.

Mais je continuai seulement à respirer.

— Alors vous ne venez pas ? Est-ce que c'est ce que je récolte pour vous avoir aidée à sortir de prison ?

Je ne pus arracher mon regard de la fenêtre, mais j'entendis ma voix.

— Je ne vois pas l'intérêt, c'est tout.

— Vous n'êtes pas obligée de le voir. Vous êtes juste obligée de venir avec moi.

— Pas aujourd'hui.

— Maggie, dit-il en baissant la voix. Est-ce que vous pouvez me regarder ?

J'en étais incapable. J'étais bloquée, le regard dans le vide, et tout le reste me semblait loin.

Ian pencha son visage devant le mien, mais je gardai les yeux fixés au loin. Il n'était qu'une tête floue.

— Vous devez prendre soin de vous. Vous ne pouvez pas le laisser gagner.

— Qui ? demandai-je, toujours sans faire le point.

— Le connard qui vous a brisé le cœur.

Mais je n'étais pas certaine d'avoir encore un cœur. Il était peut-être parti en cendres dans l'accident. Je demeurai mollement allongée. Inspiration, expiration, inspiration, expiration.

— Est-ce que vous refusez la kiné ?

Il ne m'était pas venu à l'esprit que je pouvais refuser. Je gardai les yeux rivés à la fenêtre.

— Oui, je suppose.

Le lendemain, je refusai de nouveau. Le surlendemain aussi.

Ma famille s'inquiéta. Ian me signala au chef de service, qui transmit les rapports à l'assistante sociale et au psychologue de leur équipe, ainsi qu'à mes parents. Les professionnels s'accordèrent à dire qu'une « dépression » était normale, voire saine, dans ma situation, mais mes parents et Kitty n'étaient pas de cet avis.

Cela plongea l'écosystème de notre famille dans la confusion. J'avais toujours été la bosseuse enjouée qui réussissait en suivant les règles, et Kitty la source de tous nos problèmes. Simple.

Qu'est-ce que cela signifiait – pour n'importe lequel d'entre nous – que *je* sois le problème ? Cela les conduisit à des mesures désespérées. Je découvris plus tard que, malgré toute la rancœur entre ma sœur et ma mère, Kit et mes parents s'étaient donné rendez-vous en secret dans les quarante-huit heures ayant suivi la confession de Chip, pour trouver un moyen de me remonter le moral.

Ils prenaient ça au sérieux – s'unissant pour le plus grand bien, se concentrant sur la tâche à accomplir, se retrouvant au café d'un *Barnes & Noble*, puis écumant les livres de développement personnel pour trouver des lectures inspirantes qui me remettraient sur les rails. Kitty et ma mère étaient tacitement convenues de laisser de côté leur différend, et elles finirent par dépenser cent dollars dans des titres comme *Pourquoi moi ? Un guide quotidien pour revenir à la normale*, et *La Joie de la souffrance*. Mon père suggéra que Kitty devrait être celle qui me les apporterait parce que je serais moins susceptible de la voir comme une ennemie.

— Je ne suis pas une ennemie ! protesta ma mère.

Mais les votes l'éliminèrent.

C'était agréable pour elles d'avoir un projet, d'une certaine façon, admit plus tard Kitty. À quoi cela aurait-il servi de ressasser leur dispute, de toute manière ? Elles mirent en attente les choses non résolues pour se consacrer au problème plus important et pressant que j'étais.

— Ne vous êtes-vous pas au moins présenté des excuses, toutes les deux ? demandai-je quand Kit avoua ce qu'elles avaient manigancé.

— Des excuses ? Pour quoi ?

— Eh bien, toi, pour m'avoir révélé le plus gros secret de maman contre son gré. Et maman, pour à peu près toute ton enfance.

Kitty secoua la tête.

— Il n'y a pas eu d'excuses. Est-ce que tu as déjà entendu maman en présenter ?

Kitty marquait un point. Les excuses, ça n'avait jamais été le fort de ma mère.

Je refusai de lire les ouvrages de développement personnel, bien sûr. Elles auraient dû le voir venir. Quand Kitty tenta d'en lire à voix haute certains extraits, je me bouchai les oreilles et chantai du Aretha Franklin. Alors, tard le soir – ou plutôt après 21 heures –, une fois que j'étais endormie, Kitty lisait les bouquins toute seule avec une lampe de poche. Si je ne voulais pas m'aider moi-même, elle le ferait pour moi.

C'était la pression du temps qui les atteignit tous. Il me restait trois semaines et demie avant que la fenêtre d'amélioration se referme en claquant pour de bon, et, à la suite de ma dépression, mes progrès avaient stagné. En vérité, mes progrès s'étaient arrêtés avant la confession de Chip – toute la semaine précédente avait été exempte d'améliorations. Seulement, nous n'en prîmes conscience qu'après la rupture. Avant, quand je croyais toujours à mon conte de fées, je considérais la stagnation comme un palier naturel – une période d'adaptation sur le chemin d'un succès plus motivant. À présent, je voyais le ralentissement comme le début de la fin.

Je ne le dis à personne, mais j'imagine que c'était évident.

Puis mes parents décidèrent que j'avais besoin d'un « tuteur ». Ma mère l'évoqua au déjeuner. Nous mangions une salade de nouilles vietnamiennes provenant de leur restau préféré, et mon père se régalait tant qu'il faisait des bruits de bouche en engloutissant son plat.

— Alors, dit gaiement ma mère en tenant une fourchette pleine de nouilles, tu entames tes trois dernières semaines ici…

— Et demie, rectifiai-je.

— Quand l'assurance aura arrêté de payer, dit mon père, tu rentreras vivre avec nous.

J'étouffai un petit rire.

— Je ne rentre pas vivre avec vous.

Mes parents se regardèrent. Mon père demanda tendrement :

— Où est-ce que tu habiterais, ma chérie ?

— Chez moi, dis-je, genre : « Pfff. »

Mon père poursuivit avec beaucoup de précaution.

— Il y a trois étages chez toi. Et des escaliers.

Je fermai les yeux.

— Je resterai au rez-de-chaussée.

Il chuchotait presque à présent.

— Il n'y a pas de salle de bains au rez-de-chaussée. Ni de cuisine.

J'en étais consciente, bien entendu.

— Je me débrouillerai.

Nous savions tous que non. Qu'est-ce que je ferais ? Je grimperais les marches sur les genoux ? Peut-être que j'y arriverais.

— Ça n'a pas de sens, trancha ma mère de sa voix la plus autoritaire. Tu ne peux pas conserver cet appartement. J'ai déjà parlé avec un agent immobilier. Il dit que c'est le moment idéal pour vendre. Tu es en position de faire une bonne plus-value sur la vente.

Puis elle ajouta :

— Et il adore ta déco.

Cela venant de la femme qui avait raconté à tous les voisins que je serais comme neuve d'ici l'été.

— Je n'emménage pas chez mes parents, déclarai-je. Je ne suis pas une enfant !

— Juste temporairement, modéra mon père, l'éternelle cuillerée de sucre.

Mais je pointai le doigt vers ma mère.

— Ne parle pas à des agents ! Ne vends pas ma maison ! Tu as dit que je serais comme neuve !

C'était une attitude si puérile, dans un sens – enrager ainsi contre elle à cause de mon infortune, comme le font parfois les gamins, avant d'en arriver à comprendre que, de tant de manières et à si grande échelle, les parents sont juste aussi impuissants qu'eux.

En même temps, c'était une déclaration d'indépendance. Toute ma vie, je m'étais tournée vers ma mère pour qu'elle m'indique quoi faire et où aller, et comment l'accomplir. Ma mère m'avait soutenu, ainsi qu'aux médecins et, apparemment, à tous nos voisins, que j'allais surmonter cette paralysie. Elle avait toujours interprété mon existence. Hélas, en y réfléchissant bien, je l'y avais toujours autorisée. Mais peut-être n'était-ce plus son boulot.

Dans le silence étranglé qui s'ensuivit, nous ressentîmes tous l'évolution de mes pensées comme le petit grondement sismique de la tectonique des plaques. Même si nous ne savions pas ce que c'était. Confrontée à ce comportement kittiesque de ma part, ma mère renonça. Elle leva les mains en signe de capitulation.

—Bien. Nous ne vendrons pas ton appartement.

—Bien sûr que non. Si tu ne le souhaites pas, ajouta mon père.

—Je ne le souhaite pas.

Comment quiconque pouvait penser le contraire ? N'avais-je pas renoncé à suffisamment de choses ?

—Le problème, dit ma mère en revenant aux choses sérieuses, c'est que tu n'as plus beaucoup de temps, là.

—J'en suis consciente, rétorquai-je en reposant mes couverts, l'appétit coupé.

—Et donc nous nous disons, annonça mon père d'un ton enjoué, pourquoi ne pas faire tout ce qui est possible maintenant pour favoriser la guérison et le rétablissement ?

Je regardai l'un puis l'autre pendant une bonne minute, avant de dire, d'une voix aussi grave qu'un grondement :

—Ma vie entière se résume à « faire tout ce qui est possible ». Je ne passe pas cinq minutes sans « favoriser la guérison et le rétablissement ».

Ma mère se pencha vers moi.

—Ai-je oublié de te raconter que je venais de lire le plus inspirant des récits ? À propos d'une fille – ancienne ballerine – exactement dans ta situation ? Elle s'est donné beaucoup de mal pendant trois semaines, et n'est parvenue absolument à rien – et puis un matin, comme par enchantement, son gros orteil droit a remué. Puis, le lendemain, son gros orteil gauche a remué. Le surlendemain, elle pouvait tous les remuer. Le matin suivant, elle pouvait plier les genoux. Et à la fin du mois, elle pouvait faire un pas de bourrée !

Alors, discrètement, j'essayai de faire gigoter mes orteils. Rien.

Je n'étais même pas totalement sûre de me rappeler comment m'y prendre. Jusque-là, je pensais détester ces récits inspirants, mais ce n'était pas tout à fait exact. Je les avais en horreur.

— Où est-ce que tu veux en venir ?

Ma mère cligna des yeux.

— Nous pensons que tu pourrais avoir besoin d'un tuteur.

Un tuteur ? Je fronçai les sourcils et regardai mon père.

— Qu'est-ce que c'est que ça ? dis-je. Un exam d'admission en fac ?

— Quelqu'un pour te faire faire un peu d'exercice supplémentaire, répondit mon père.

— Ça n'existe pas.

Mon père haussa les épaules.

— Un coach personnel, si tu préfères.

— Quelqu'un pour t'aider – physiquement – à faire davantage que le strict minimum.

« Strict minimum » me choqua profondément. Prononcé comme par quelqu'un qui ignorait totalement que ce qu'il considérait comme le strict minimum était en réalité votre propre maximum ultime.

Ma mère poursuivit :

— Nous voulons juste nous assurer que tu déploies tous les efforts possibles pour te remettre – pendant que tu le peux encore.

— Je fais tout ce que je peux ! dis-je.

Ma mère me lança un regard désapprobateur, genre : « Oh, arrête. »

— Je t'ai vue préparer ton bac et l'examen d'admission en fac, ainsi que celui du troisième cycle. Je te sais capable de plus que ça.

J'entendis ma voix devenir très basse.

— Tu n'as aucune idée de ce dont je suis capable.

Mon père intervint.

— Je pense que ta mère essaie juste de dire que nous voulons t'aider. De toutes les manières possibles.

Ce n'était pas ce qu'elle essayait de dire. Je m'en aperçus soudain très clairement. Elle voulait aider – mais uniquement par les moyens qu'elle avait déjà choisis. Ma mère était toujours très serviable – quand vous faisiez exactement ce qu'elle désirait.

Toute une vie à suivre chaque conseil de ma mère défila en bandeau dans ma tête. Une vie à ne jamais remettre en cause ses critères ultra exigeants, à bosser comme une dingue pour les satisfaire et les intérioriser sans aucune question. À ce moment-là, peut-être pour la toute première fois, me vint à l'esprit l'idée qu'elle ne savait pas tout. Elle n'avait pas réponse à tout. J'avais suivi à la lettre ses consignes de vie, et voilà où ça m'avait menée : là, coincée dans ce lit, à subir des histoires de ballerines. Elle m'a dit « Prends analyse mathématique avancée » ? J'ai pris analyse mathématique avancée. Elle m'a dit « Spécialise-toi en gestion d'entreprise » ? Je me suis spécialisée en gestion d'entreprise. Elle m'a dit « Décroche une maîtrise en gestion » ? J'ai décroché une maîtrise en gestion. Première de la classe. Toujours. Chaque fois. Comme une idiote.

Assise là, j'essayai de sonder le passé pour me remémorer ne serait-ce qu'une fois – une toute petite fois – où je m'étais passée de ses conseils pour faire ce dont j'avais envie. C'était ce que Kitty avait toujours fait, d'ailleurs – ignorer les conseils de ma mère –, et son adolescence en avait été assez épouvantable pour tout le monde à la maison. Mais la vie de Kitty en avait-elle été épouvantable ? C'est sûr, elle avait traversé des moments difficiles, et elle avait une coupe de cheveux insensée, et bien trop de piercings, et un style de vie d'un non-conformisme provocant, mais elle était toujours Kitty, et elle ne s'excusait pas d'exister. Elle savait qui elle était. Elle faisait ce qu'elle aimait. Qui étais-je ? À quoi étais-je bonne, à part garder mon appart impeccable, soigner mon apparence et déchirer aux examens ? Qu'est-ce que j'aimais ? Par quoi étais-je passionnée ? Qu'est-ce que j'éprouverais en faisant ce que j'aimais plutôt que ce qu'on attendait de moi ?

Je n'en avais absolument aucune idée.

— Non, m'entendis-je alors répliquer. (Ma mère cligna des yeux en me regardant.) Non merci, je veux dire. Je n'ai pas besoin de tuteur.

— Je ne suis pas certaine que tu saisisses les contraintes du temps ici, dit ma mère.

— Je pense que si.

— Dans exactement trois semaines, ta fenêtre de possibilités se refermera brutalement.

— Peut-être pas brutalement, corrigea mon père.

Mais ma mère était à présent en colère.

— Tu n'as pas envie d'aller mieux ?

— J'ai du mal à croire que tu me poses cette question.

— C'est parce que, à cet instant, tu n'en donnes pas l'impression.

Je regardai mon père pour l'appeler au secours. Il intervint.

— Peut-être nous faut-il juste redéfinir « aller mieux ».

— « Aller mieux » n'a pas besoin d'être redéfini, répliqua ma mère. Ça veut dire ce que ça veut dire.

— Sauf, dis-je, si c'est toi qui l'appliques à moi. Alors « aller mieux » signifie « remarcher comme avant ». Comme tu l'as annoncé en fanfare à tous les voisins.

Elle resta sur sa position.

— N'est-ce pas ce que tu souhaites ?

— Ce n'est pas une question pertinente.

Mais elle haussa un sourcil comme elle le faisait toujours quand elle était sur le point de gagner.

— C'est la seule question pertinente.

Certes, elle avait un argument. Il y avait là de réels problèmes physiques dont je devais m'occuper dans les meilleurs délais, et ce n'était sans doute pas le meilleur moment pour baisser les bras. Mais je pris alors conscience –peut-être pour la toute première fois– que le fait que mes parents me dictent mes actes me compliquait les choses. J'avais encore plus de mal à décider ce que je devais faire. C'était juste l'étincelle d'un sentiment, mais je saisissais à présent que c'était à moi –et à moi seule– d'essayer.

—Je ne veux plus parler de ça, m'entendis-je dire.

—Très bien, dit ma mère. Nous allons faire une pause.

Je secouai la tête.

—Du tout. Point barre. Je ne discuterai plus de ça avec vous.

Ma voix, remarquai-je, ressemblait exactement à celle de ma mère quand elle déclarait une affaire classée.

—Si vous voulez venir déjeuner tous les jours et me voir, super. Mais je vous interdis d'évoquer mon rétablissement.

Ma mère regarda mon père.

—Si vous abordez le sujet, poursuivis-je, je hurlerai jusqu'à ce que vous quittiez ma chambre.

Dans mon ancienne vie, j'aurais sans doute foutu le camp, mais désormais ce n'était plus une option.

—Et si ça ne suffit pas, dis-je en ajoutant ce que ma mère détestait le plus, j'entonnerai des chansons de comédies musicales.

Je pus presque la voir frissonner.

—Bien, dit-elle.

—Je dois affronter ça moi-même, dis-je, d'une voix un peu plus douce tandis que je me tournais vers mon père. Vous ne pouvez pas le faire à ma place.

Je voyais une centaine de protestations se former dans le crâne de ma mère. Plus particulièrement : et si je le faisais – et que je m'y prenais mal ? Argument recevable. Même moi, je me demandais si le moment était bien choisi pour me jeter hors de son nid. Les enjeux n'étaient-ils pas un peu élevés ? Ne devrions-nous pas commencer par nous préoccuper de ce que nous mangerions au dîner avant de passer progressivement aux étapes suivantes ? Mais je laissai les questions sans réponses. Pour la première fois de ma vie, je m'en moquais. Tout ça me dépassait.

Mon corps mutilé et mon âme désespérée montaient enfin au créneau.

Chapitre 18

Tenir tête à ma mère fut étonnamment euphorisant. Dans une existence aussi hors de contrôle que l'était la mienne à ce moment-là, les petites choses peuvent prendre beaucoup d'importance.

Quand Ian apparut pour la séance de kiné, je le suivis de bon gré. Il ne prononça pas un mot, moi non plus, mais, tandis que nous progressions dans les étirements, le vélo d'intérieur et une machine que j'appelais le « dompteur de cuisses », je fis tout ce qu'il exigeait de moi avec une détermination nouvelle.

Nous gardâmes le silence, et l'ambiance était résolument différente de ce qu'elle avait été. Au lieu de bavasser sans cesse pour combler le silence, je me concentrai sur chacun de mes mouvements. Au lieu de regarder fixement par la fenêtre, il consulta ma fiche et – ô surprise – m'aida.

— Bien, disait-il, tandis que les poids de la machine montaient. C'est ça.

— Est-ce que vous m'encouragez ? dis-je, sans me tourner vers lui.

Je le sentis, plutôt que je ne le vis, esquisser un petit sourire.

— Eh non.

Même Myles ne put nous ralentir. Il passa plusieurs fois pour corriger ma fiche et reprocha à Ian de ne pas être assez attentif. Il en profita pour faire remarquer que la blouse de Ian n'était pas du bleu réglementaire – elle était pourtant à peine une teinte plus claire que celle de Myles. À un moment donné, Myles vint uniquement pour signaler à Ian qu'on l'avait « regretté » à la réunion du personnel ce matin-là. Ian ne le regarda pas.

— Je n'ai pas été informé de cette réunion.

Myles haussa les sourcils, l'air de dire : « Je t'en prie, pas de ça avec moi. »

— Bien sûr que tu l'étais. Il y a eu un mail groupé pour le staff.

— Je ne l'ai pas reçu.

— Tu es en train de dire que tu es le seul membre de l'équipe à ne pas avoir été informé ?

— J'en ai bien l'impression.

— Mon avis, c'est que tu n'aimes pas les réunions et que tu t'es trouvé une bonne excuse.

— Je déteste les réunions, répliqua Ian, se redressant de toute sa hauteur et toisant Myles. Surtout les réunions à la con qui font perdre du temps à tout le monde. Mais je ne les rate jamais – sauf si quelqu'un efface malencontreusement mon adresse de la liste des destinataires.

Myles venait d'être pris la main dans le sac, et il le savait, cela se lisait sur son visage. Puis il se ressaisit.

— J'ai commencé à faire l'appel, dit-il alors. Fais en sorte d'être là à la prochaine réunion. À l'heure.

— Avec plaisir ! lança Ian en se détournant.

— Est-ce qu'il a effacé votre adresse de la liste des destinataires ? chuchotai-je une fois que Myles fut parti.

— C'est probable.

— Comment allez-vous faire pour aller à la prochaine s'il ne prend pas la peine de vous en informer ?

Il croisa mon regard.

— J'ai mis mon réseau d'espions sur le coup.

Après la kiné, j'étais si fatiguée que je pus à peine me transférer au lit.

Je fis une sieste comateuse, et quand je me réveillai, à peu près à l'heure où Kitty arrivait en général pour dîner, j'avais une faim de loup. J'étais également prête à raconter comment j'avais à la fois affronté notre mère et cassé la baraque en kiné – et ensuite analyser la manière dont ces deux choses pouvaient être liées.

Mais, quand la porte s'ouvrit, ce n'était pas Kitty. C'était Ian.

Ma première pensée fut : *Il démissionne.* Il ne pouvait plus me supporter – ni Myles.

Il vint près du lit et se planta là, un peu mal à l'aise. Je décidai de me lancer avant le signal.

— Je suis désolée d'avoir été si difficile ces derniers temps, dis-je.

— Votre situation est difficile, répondit-il alors. Pas vous.

C'était gentil de sa part.

— Je trouve que vous vous en tirez remarquablement bien, en fait, poursuivit-il.

— Vraiment ?

Il acquiesça.

— Vous avez travaillé dur aujourd'hui.

— Ah oui ?

— Avez-vous senti la différence ?

La question déclencha une prise de conscience. C'était la première fois de ma vie que j'accomplissais quelque chose de difficile, non pour l'importance que ça aurait aux yeux de quelqu'un d'autre, mais pour celle que ça aurait aux miens. C'était une sensation nouvelle et étrange, mais qui donnait l'impression d'une petite poussée dans la bonne direction.

— C'était différent, convins-je. Mais je ne suis pas sûre de savoir pourquoi.

— Vous avez beaucoup de courage, déclara alors Ian avec un air grave, presque funèbre. Bien plus que vous ne le croyez, ajouta-t-il.

— Je l'espère. Je vais en avoir besoin.

— Et je pense que nous pourrions faire plus.

Où est-ce qu'il voulait en venir ?

— OK.

— C'est pourquoi je suis ici.

— Ici, maintenant, vous voulez dire ?

— Votre père m'a embauché pour des séances supplémentaires le soir.

Mon père avait engagé Ian comme tuteur ? N'avais-je pas clairement exprimé ma position sur le fait que mon rétablissement n'était pas l'affaire de mes parents ?

— Eh bien, je lui ai fait savoir que je n'avais pas besoin de tuteur.

— C'est ce qu'il m'a dit.

Je secouai la tête.

— Le truc, c'est que je viens de remporter une petite victoire sur mes parents en leur demandant d'arrêter de diriger ma vie, et puis j'ai fait ce grand pas dans la perspective d'être moi-même et d'affirmer mes choix, et ce supplément de courage que vous avez vu à la salle aujourd'hui, c'était moi revendiquant le pouvoir que j'avais perdu depuis longtemps. Donc céder maintenant et laisser mes parents reprendre le contrôle reviendrait à capituler alors que je viens de gagner la bataille.

J'étais convaincue qu'il ne saisirait pas l'importance des enjeux, mais il hocha la tête.

— Je comprends.

— Ah bon ?

— Je crois que vous avez raison de… revendiquer votre pouvoir, dit-il après avoir cherché le mot juste.

Il n'allait pas s'opposer à ma décision.

— Merci, dis-je.

— Sauf…, ajouta-t-il alors.

— Sauf quoi ?

— Je suis ravi que vous ayez remporté la bataille, mais ce qui m'importe vraiment, c'est que vous gagniez la guerre.

— Qu'est-ce que ça veut dire ?

— Que vos parents ont raison.

Je lui lançai un regard incrédule.

Sans déconner ?

— Ça ne m'aide pas vraiment.

— Vous pourriez tirer profit d'un soutien supplémentaire. Il y a toutes sortes de choses que nous pourrions faire en dehors de la gamme de la kiné classique.

— Comme ?

— Comme n'importe quoi. La natation. Le yoga. L'équitation. Les massages. La réflexologie. Le chaud et froid. L'acupuncture. Tout ce qui nous passe par la tête. En salle de rééducation, nous sommes limités à une liste spécifique approuvée par les assurances. Elle n'est pas mauvaise, mais elle n'est certainement pas exhaustive.

Pourquoi était-il là à cet instant précis ? Pourquoi avait-il dit « oui » à mon père ? Pourquoi voudrait-il donc rester dans cet hôpital tous les jours une seconde de plus qu'il n'y était contraint ?

— Entendez-vous par là que nous sommes désespérés ?

Il secoua la tête.

— Pas désespérés. Créatifs.

Je le dévisageai. J'étais fatiguée et affamée, j'avais hâte que cette journée s'achève, et j'en voulais à mon père de s'être rallié à ma mère.

— Pourquoi feriez-vous ça ? demandai-je. Je connais mon père. La rémunération ne devait pas être particulièrement attractive.

— C'était ce que nous faisions dans ma salle, dit-il. C'est la partie que j'adorais – la créativité, le défi, sortir des sentiers battus.

Voulais-je donner à Ian l'occasion de faire ce qu'il adorait ? Évidemment. Mais, après avoir enfin goûté à la douceur de faire quelque chose pour moi, je ne voulais pas rechuter et accepter de la kiné supplémentaire dans le seul but que Ian puisse en tirer une plus grande satisfaction professionnelle.

Jusqu'à ce qu'il prononce ces paroles :

— En plus, je pourrais vous faire sortir d'ici.

— Comment ça, « sortir d'ici » ?

Il haussa les épaules.

— Si vous montez à cheval dans un cadre thérapeutique, ce ne sera pas vraiment faisable dans ce bâtiment.

— Vous voulez dire que vous pouvez me faire sortir de l'hôpital ?

— Dans le cadre de votre thérapie, oui.

— Souvent ?

— Aussi souvent que vous le souhaiterez, si vous avez assez d'énergie pour ça.

— Ça ne risque pas de vous attirer les foudres de Myles ?

— J'ai déjà des problèmes avec lui, alors au point où on en est…

Et voilà ! Une motivation interne ! Faire quelque chose qui rendrait mes parents heureux ou apporterait un épanouissement professionnel à Ian viendrait peut-être interférer avec mes bonnes résolutions, mais il était quand même assez tentant de foutre le camp de là.

— Vendu ! dis-je. Je suis partante.

Ian réprima un sourire.

— Super, dit-il. Allons-y.

— Je ne peux pas partir maintenant, dis-je. Ma sœur apporte le dîner.

— Oh. Ce n'est pas grave. J'attendrai.

— Est-ce que vous avez faim ? Vous voulez dîner avec nous ?

— Ça dépend de ce que vous avez au menu.

— Italien, je pense.

Puis, comme pour confirmer, Kitty franchit la porte avec un sac de chez *Napoli*.

— Qui est-ce ? demanda-t-elle en passant devant lui.

C'était tellement bizarre de penser qu'elle ne l'avait jamais rencontré. Mais il était de service en journée – et son créneau à elle, c'était le soir.

— Kitty, voici Ian, mon kiné. Ian, voici Kitty, ma sœur.

— Tu veux dire ton mouton noir de sœur, corrigea-t-elle, avant de l'examiner. Tu ne m'avais pas dit qu'il était magnifique, fit-elle remarquer en lui serrant la main. Vous pouvez m'appeler Kitty Kat.

— Je t'en prie, Kit, ne drague pas mon kiné.

— Il a l'air de pouvoir me résister.

Puis elle s'adressa à Ian :

— Vous voulez un soda ?

Elle sortit de son sac à main une cannette de Coca. Je la regardai, l'air de dire : « Je n'arrive pas à croire que tu boives ce truc », et elle haussa les épaules à mon intention, genre : « Il faut bien avoir quelques vices. »

—Non, mais merci, dit Ian.

Kitty se tourna vers moi comme une môme qui vient de repérer une barre chocolatée. Puis elle chuchota :

—Il est vraiment écossais.

Je hochai la tête.

—Miam.

—Ne drague pas mon kiné !

—Allô ? Il est écossais. Et, dans ce cas, tous les coups sont permis.

—Papa l'a embauché pour qu'il soit mon tuteur en rééducation de la marche. Contre ma volonté.

À ce souvenir, j'essayai de remuer les orteils. Rien.

—Je pense sincèrement pouvoir vous aider, dit Ian.

—Eh bien, répliquai-je, vous avez intérêt. Ma mère souhaite que je sois de nouveau parfaite, et elle n'acceptera rien de moins.

—Amen ! lança Kitty.

Mais Ian me regardait.

—Est-ce que vous étiez parfaite avant ?

Je haussai les épaules.

—J'essayais de toutes mes forces, dis-je au moment même où Kitty répondait : « Oui. »

—On dirait que c'est beaucoup de travail, déclara-t-il.

—Vous n'avez pas idée, dit Kitty.

—Qu'est-ce que vous faisiez pour vous amuser ? demanda-t-il en posant les yeux sur moi.

Je lui rendis son regard.

—Je bossais comme une acharnée.

— Ça ne paraît pas amusant.

— Vous n'êtes pas bien placé pour en juger, Triathlon Man.

— Je suis drôle, protesta-t-il.

— Vous êtes tout le contraire, dis-je.

— Vous ne direz peut-être plus ça après ce soir.

Il haussa un peu les sourcils, comme pour dire : « Écoutez bien. »

Je plissai les yeux avec méfiance.

— Qu'est-ce qui se passe, ce soir ?

— Je vous emmène nager.

Je le dévisageai une seconde.

— Il y a une piscine ?

— Une piscine de thérapie, me confirma-t-il en acquiesçant. Au sous-sol.

Je scrutai la chambre.

— Je n'ai pas de maillot de bain.

— Si, claironna Kitty. Maman en a mis un dans tes affaires.

Ian hocha la tête vers moi.

— Il semble que vous en ayez un.

— Mais tu pourrais aussi simplement te baigner à poil, suggéra Kit.

Soudain, je me souvins de mes sites donneurs. Et des brûlures au troisième degré sur mon cou.

— Attendez ! Est-ce que je peux nager ? demandai-je en désignant toute ma zone clavicule-cou-mâchoire. Avec ça ?

Ian m'adressa juste un petit haussement d'épaules.

— On va vérifier ça tout de suite.

Une heure plus tard, je portais le maillot que j'aimais le moins – un deux-pièces rétro à pois que je n'avais pas utilisé depuis des années –, assise au bord de la piscine avec mes jambes spaghettis qui pendouillaient. C'était quelque chose que j'avais fait des milliers de fois avant, mais à présent c'était différent. D'une part, mes sensations étaient inégales sous les genoux, je pouvais donc sentir l'eau froide à certains endroits, mais pas à d'autres. D'autre part, je ne pouvais pas donner de coups avec mes jambes, elles étaient donc juste posées comme des serviettes mouillées sur le rebord.

La piscine de thérapie était déserte à 21 h 30, et ça puait tellement le chlore que c'était comme inhaler une bouteille d'eau de Javel. L'éclairage au néon donnait une légère touche de bains publics. J'avais la nette impression que nous n'avions rien à faire ici.

J'attendais Ian pendant qu'il se changeait, en me demandant s'il gardait un maillot au travail pour les baignades de dernière minute.

Il se révéla que non. Il fit son apparition dans un bermuda classique en coton. Pas de tee-shirt. La vue de ses épaules nues et de son torse était si choquante que je ne pus m'empêcher de le regarder fixement.

— Vous allez vous baigner comme ça ? demandai-je.

— Je pourrais le faire à poil, si vous préférez.

— Est-ce que vous venez juste de plaisanter ?

— Je ne plaisante jamais.

Puis il sauta en boulet de canon à l'autre bout du bassin. Quand il refit surface, il secoua ses cheveux comme un chien, puis vint vers moi en nage libre. Je tendis les mains en avant tandis qu'il s'approchait.

—Ne me mouillez pas.

—Non. Ça prendra des semaines avant que vos sites donneurs guérissent. Voyez avec le médecin, mais je pense qu'il faudra peut-être jusqu'à un an avant que vous puissiez nager après une telle greffe.

—Un an?

Je n'avais pas cette donnée-là en tête.

—Mais ça ne signifie pas que vous ne pouvez pas utiliser l'eau, si vous faites attention.

—Je ferai attention, Cannonball Run. Faites attention à vous.

Il fronça les sourcils comme s'il n'avait pas saisi mon obscure référence d'Américaine au film de Burt Reynolds que mon père préférait, puis il poursuivit.

—Ce qui est génial avec l'eau, c'est qu'elle facilite tout.

—Qu'est-ce qu'on va faire?

—Nous allons marcher, annonça-t-il, comme si c'était la chose la plus simple du monde.

J'eus la subite impression qu'il allait m'attirer dans la piscine.

—Attention!

Il lut la nervosité sur mon visage.

—Écoutez. C'est le côté peu profond. Vous aurez de l'eau jusqu'à la taille.

— Mais je ne peux pas me tenir debout.

— Vous en serez peut-être capable dans l'eau.

— Et si je tombe ?

— Je vous rattraperai.

— Et si vous ne le faites pas ?

Ian haussa un sourcil.

— Si soudain j'ai une crise cardiaque et que je meurs pendant que nous sommes au milieu du bassin, je risque de ne pas vous rattraper. Si cela se produit, retournez au bord en flottant sur le dos, et criez à vous époumoner jusqu'à ce que quelqu'un vienne vous aider. Puisque vous êtes dans un hôpital, vous recevrez vite des soins, et puisque vous êtes déjà sous antibiotiques, il est peu probable que vous attrapiez une infection, mais si c'est le cas, encore une fois, vous êtes déjà à l'hôpital.

— Et vous ?

— Je serai déjà mort. Contentez-vous de me laisser dans la piscine.

Je réprimai un sourire.

— Cela traumatiserait les autres patients.

— Dans ce cas, jetez-moi à la poubelle. Peu importe.

J'inspirai profondément et me préparai à entrer dans l'eau. Ian vint pour mettre ses paumes de chaque côté de mes côtes, direct sur la peau, juste en dessous du haut de mon deux-pièces – et regarder la chose arriver me provoqua l'excitation étourdissante qui vous saisit quand quelqu'un vient vous chatouiller.

Je pris une profonde inspiration. Il s'arrêta juste avant de me toucher.

— Quoi ?

Hors de question de lui expliquer combien l'attente de ses mains sur mon corps était viscérale. C'était une info classée confidentielle.

— Je suis chatouilleuse.

Il acquiesça, comme pour dire : « C'est noté », puis il continua.

— Je vous tiens, dit-il.

Et soudain, hors contexte, il était différent. Il était le Ian du toit. Il n'était pas le type de la salle de rééducation avec le nuage noir de BD gribouillé au-dessus de la tête. Il n'était pas le type qui répondait à mes questions avec des réponses évasives, monosyllabiques, des grognements, voire un silence total. Il était le type qui venait de faire une blague – peut-être deux ! Il me regardait dans les yeux, faisait attention à moi et me promettait que je pouvais lui faire confiance.

— Est-ce que vous êtes chatouilleux ? demandai-je.

Il me lança un regard.

— Est-ce que j'ai l'air chatouilleux ?

J'avais très envie de vérifier, mais je craignais de tomber dans l'eau.

— Qui êtes-vous ? dis-je alors en l'observant.

Il fronça les sourcils, comme si la question n'avait aucun sens.

— Je suis le gars qui va vous faire traverser la piscine en marchant.

Sur ce, il m'attira vers lui d'un petit coup, et je bondis du rebord – et au lieu de descendre en flottant gracieusement, je couinai et l'agrippai fermement par le cou, dans ce que l'on ne pouvait qualifier que d'étreinte très collante. Ce n'était pas mon intention. J'allais juste ballotter dans l'eau, comme toujours.

Mais là, ce n'était pas *toujours*. Mes brûlures me semblaient extra-nues, et je ne comptais pas sur mes jambes pour mieux fonctionner dans l'eau qu'à l'extérieur. Je ne faisais pas entièrement confiance à Ian non plus. Donc: la version poule mouillée d'un acte de foi – impliquant de me cramponner à son cou avec le visage enfoui dans le creux de son épaule trempée post-boulet de canon.

— Trop rapide? demanda-t-il.

Je hochai la tête dans son cou, savourant le contact de la peau.

— Reculez-vous un peu. Sinon, ce n'est pas de la thérapie. C'est juste un slow rapproché.

— Ça pourrait être une sorte de thérapie.

— Ce n'est pas pour ce genre de thérapie que votre père me paie.

— Il le ferait peut-être si je le lui demandais.

— Vous pouvez y arriver. Inspirez.

Alors je m'exécutai. Puis je me poussai en arrière jusqu'à ce qu'il y ait quinze centimètres entre nous, et manœuvrai mes jambes comme si elles étaient des objets étrangers. Il garda les mains au niveau de ma cage thoracique, et j'avais les miennes agrippées à ses épaules. Et voilà, nous étions dans l'eau jusqu'à la taille, debout. À ce moment-là, je l'éprouvai pour la première fois – presque comme une impulsion électrique: une minuscule étincelle de joie.

Il le vit. Il me vit la ressentir. Je ne pouvais rien faire d'autre que le regarder en face, et il déchiffra mon expression en moins d'une seconde. Je ne pus m'empêcher d'afficher un sourire. Il m'en renvoya un. Un vrai. Le premier que j'aie vu de sa part. Et je ressentis une autre impulsion électrique.

— Vous vous tenez debout, dit-il.

— Vous souriez, dis-je.

— Non.

Mais cela eut seulement pour effet de le faire sourire davantage. Il rejeta la tête en arrière et dit, visiblement pour s'en convaincre lui-même :

— On se concentre ! On se concentre !

L'espace d'un instant, tandis que je remarquais tous les muscles et tendons qui se croisaient sous la barbe naissante sur sa gorge, j'oubliai tout de moi, et pourquoi nous étions là, et la chose incroyable que nous tentions de faire. Pendant une seconde, il était juste un mec en bermuda dans une piscine – et j'étais juste une fille, qu'on tenait pour l'empêcher de boire la tasse.

Ce fut très fugace. Il baissa la tête et reprit son sérieux.

— OK, dit-il. Quand je fais un pas en arrière, vous faites un pas en avant.

Mais il s'était écoulé trop de temps. Je secouai la tête.

— Je ne me rappelle pas comment faire.

— N'y réfléchissez pas trop. Votre corps se souvient. Vous savez comment remonter le genou. Ensuite laissez l'eau aider le pied à suivre.

Lorsqu'il recula, j'avançai le genou. Puis mon pied suivit derrière, porté par l'eau. Puis je le reposai.

— J'ai réussi ! chuchotai-je.

— Bien. Faites l'autre.

Je m'exécutai.

Ce fut lent, mais si bon d'effectuer cette vieille figure familière. Un pied, puis l'autre, côte à côte, dans ce mouvement si humain. C'était à la fois un bonheur et un déchirement. C'était *juste assez* pour me rappeler ce que je voulais – qui j'avais été, ce que j'avais perdu. C'est cet aspect qui dut me faire pleurer, car le temps que nous arrivions à l'autre bout, j'avais le visage baigné de larmes.

Mais je souriais entre mes pleurs. Aussi triste et heureuse que je ne l'avais été depuis un moment. Pas insensible, c'était certain.

— Nous avons parcouru toute la longueur ! m'exclamai-je.

Puis, parce que rien d'autre ne semblait pouvoir se révéler plus intéressant, je répétai :

— Nous avons parcouru toute la longueur !

— Ouais. En effet.

— Je voudrais vous faire un high-five, mais je ne veux pas vous lâcher.

— Pas de high-five. On retraverse.

J'avais l'impression de pouvoir continuer toute la nuit, mais il me dit que c'était juste l'excitation. Il me promit que je travaillais plus dur que je n'en avais conscience.

— Le truc, dis-je tandis que nous repartions dans l'autre sens, c'est que je ne pense pas que mes muscles fassent avancer mon pied. Je crois qu'il est seulement porté par le courant derrière le genou.

— Ce n'est pas grave. La théorie, c'est que plus votre corps le pratique, plus il se rappellera quoi faire. Enchaîner ces mouvements aide à réveiller la mémoire de votre corps. C'est notre espoir, du moins.

— Merci de ne pas m'avoir laissée tomber.

— Nous ne sommes pas encore sortis.

— Merci d'avoir été aussi gentil avec moi aujourd'hui.

Mais Ian n'avait aucune réponse à ça et, une fois de plus, il se tut.

Chapitre 19

Un soir, une bénévole de l'hôpital fit irruption juste après que Kitty fut arrivée avec un tajine d'agneau marocain. Elle était joviale, avait des yeux écarquillés et tenait un petit porte-bloc. Elle recrutait des volontaires pour une foire artisanale cette semaine-là dans l'aile des enfants. Je m'apprêtais à la faire déguerpir quand Kitty dit :

— Quel genre d'artisanat ?

— Oh, de tout. Peinture sur pierre, tricot, bracelets d'amitié, ballons-fusées, sculpture en cire d'abeille, bougies en sable. Et aussi : n'importe quoi avec des yeux en plastique.

Kitty me regarda.

— Ils se marrent bien plus que nous, en pédiatrie.

— Voudriez-vous vous inscrire ? demanda la bénévole.

— Oui, répondit Kitty à haute voix, juste au moment où je disais : « Non. »

La bénévole regarda Kitty.

— Super.

— Est-ce qu'on peut s'inscrire pour le tricot ? demanda Kit. Ma sœur tricote une limace.

— Oooh, apportez-la ! Les enfants vont adorer.

Kitty agita les sourcils à mon intention.

— Peut-être qu'on peut voler des yeux globuleux.

Quand la bénévole fut partie, je dis :

— Je n'y vais pas.

— Si. Tu viens de t'inscrire.

— C'est toi qui as signé.

— Qu'est-ce que tu as d'autre à faire ?

— Arrête d'essayer de me remonter le moral. Tu sais que ça me fout le cafard.

— Tu as le cafard, de toute façon.

— Ouais. Mais tu me fais culpabiliser.

— Écoute, je viens de voir une citation très motivante sur Instagram qui disait : « Nos combats nous mènent à nos forces. »

— Prononce encore une fois le mot « Instagram » et je fous le feu à cet hôpital.

— Bien, mais tous les articles s'accordent à dire qu'il faut que tu apprennes à apprécier ce que tu as sans t'appesantir sur ce que tu n'as pas.

— Tu plaisantes, là ?

Elle hésita.

— OK, ce n'était pas très respectueux.

Je levai les yeux au ciel.

— Ça fait quatre semaines ! Quatre semaines que j'ai perdu tout ce qui m'était cher. Est-ce que je peux avoir cinq minutes pour m'adapter ?

—Oui, bien sûr ! Et pendant ce temps-là, allons apprendre à une poignée de gamins hospitalisés comment tricoter une limace.

—Arrête d'essayer de me remettre sur pied, merde !

Ian apparut alors sur le seuil, mais cela ne nous freina pas. Kitty lança le bras dans sa direction.

—Ian a le droit de te remettre sur pied, lui !

Je lui jetai un coup d'œil.

—C'est son travail.

—Et alors ?

—Alors ! Un travail, c'est différent.

—C'est mieux ?

Il était juste là, à écouter, mais je tenais absolument à m'exprimer.

—Oui ! Parce que dans moins de trois semaines, je ne le reverrai plus jamais. Il ne pensera plus à moi, il ne se souciera plus de moi, et il ne passera pas le restant de ma vie à me répéter de sourire. Il éprouvera un profond soulagement quand je passerai cette porte en roulant pour aller vivre ma tragique existence, et alors il en aura terminé.

Je m'apprêtais à poursuivre, mais il entra et s'approcha.

—Ce n'est pas vrai.

Kitty et moi nous tournâmes toutes les deux vers lui.

—Qu'est-ce qui n'est pas vrai ? demandai-je.

—Je penserai à vous une fois que vous serez partie. Je m'attends à penser souvent à vous.

Autre chose ? Eh non. Un homme de peu de mots. Mais juste assez, tandis que nous avions les yeux braqués sur lui, pour couper la dispute dans son élan.

— Vous voulez du tajine ? demanda Kitty après un instant en retirant le couvercle d'un récipient pour le lui présenter.

Ian refusa poliment.

— Maggie tricote une limace, dit-elle alors. Vous voulez voir ?

Cela le fit sourire. J'adorais ça.

— J'aimerais beaucoup.

— Eh, dis-je à Kit, ne…

— Chut, dit-elle en tendant le doigt. Pour une écharpe, c'est affreux. Pour une limace en tricot, c'est divin. Pense juste « limace » et sois fière.

Elle la jeta à Ian. Il la tint une seconde, nous regarda à tour de rôle, puis déclara :

— Ça, c'est une belle limace en tricot.

Kit se tourna vers moi.

— Est-ce que tout sonne sexy en écossais ? (Puis elle se tourna de nouveau vers Ian.) Si vous étiez gamin à la foire artisanale, n'aimeriez-vous pas voir ça ?

Il releva la tête.

— La foire artisanale ?

— Ouais, ils en organisent une pour les enfants, mais Grincheuse McRonchon refuse de se porter volontaire.

Je foudroyai ma sœur du regard. Mais je devais quand même lui rendre justice : Ian semblait apprécier qu'elle me taquine. Ses yeux se plissaient dans une expression qui était presque chaleureuse. Puis, comme n'importe quel sympathique professionnel de la santé, il secoua la tête et déclara :

— Maintenant, vous me faites penser à ma mère.

Kit et moi fronçâmes les sourcils.

— Votre mère ?

— Elle disait toujours : « Quand tu ne sais pas quoi faire pour toi-même, fais quelque chose pour quelqu'un d'autre. »

Nous allâmes à la foire. Quel choix avions-nous ? Ni Kit ni moi n'eûmes le cran de désobéir au sage précepte de la mère de Ian.

Il se révéla que la foire fut ce que je vécus de plus drôle depuis mon incarcération. Là, entourée d'une innombrable marmaille, je me sentis plus détendue que je ne l'avais été durant toutes ces semaines. En salle de rééducation, on se concentrait sur la manière de réparer ce qui était cassé chez moi. Dans ma chambre, j'étais, eh bien… dans une chambre d'hôpital. Mais dans cette salle de jeux du service pédiatrique, tout n'était que couleurs vives, ballons à l'hélium, animaux en laine, chants en chœur et peinture sur visage. Bruyant ? Oui. Chaotique ? Totalement. Alors que j'étais assise à mon stand de tricot aux doigts avec Kit, montrant aux gamins qui s'y présentaient comment s'y prendre tout en bavardant avec ma sœur, je me sentis étrangement sereine.

— C'est ta tribu, fit remarquer Kitty.

— Ils semblent en effet me comprendre, dis-je.

— Je ne te savais pas aussi habile de tes mains, dit-elle ensuite en regardant le long serpent en laine que je fabriquais.

— Moi non plus, dis-je en haussant les épaules.

Ce fut là, parmi tous ce chaos et cette paix, que Kit décida de me livrer deux informations.

Premièrement : elle avait réservé son vol retour pour New York. Elle repartait le jour où je quittais l'hôpital.

— Tu ne rentres pas à la maison avec moi ?

Elle m'observa comme si j'étais folle.

— Non.

— Même pas deux heures ? Pour m'aider à m'installer ?

— Non. C'était le vol le moins cher, et je l'ai pris.

— Je n'arrive pas à croire que tu me quittes.

— On a encore deux semaines devant nous.

— Deux semaines et demie, rectifiai-je.

— Ça représente, genre, dix ans en temps d'hôpital.

— Maintenant, je dois le redouter.

— J'ai fait tout ce pour quoi j'étais venue. J'ai clarifié les choses avec toi. J'ai affronté maman. J'ai fait un voyage érotique avec le Gros Benjamin.

— Est-ce que tu es venue pour ce dernier truc ?

Elle plissa les yeux.

— J'imagine que le Gros Benjamin était une surprise.

— Et est-ce que tu as clarifié les choses avec maman ? demandai-je.

— Pas plus que d'habitude, dit-elle.

— Parce qu'il semble que nous n'ayons jamais abordé… le sujet depuis le jour où tout a éclaté.

Kit haussa les épaules.

— Ouais, bon. On a tous été assez occupés.

Exact, nous avions été occupés. Mais c'était aussi une technique classique de la famille Jacobsen pour réagir à une grande nouvelle fracassante : nier son existence.

Il y avait sûrement une manière plus délicate de poser la question, mais je lançai :

— Tu ne veux pas savoir qui est ton vrai père ?

Cette question plongea Kit dans le silence. Puis elle déclara :

— Notre père est mon vrai père.

L'avais-je blessée ?

— Bien sûr. Je voulais juste dire ton père biologique.

Elle y réfléchit.

— J'y ai songé. Je suis curieuse. Mais tant que papa n'est pas au courant, ça me paraît déloyal de pousser ça plus loin.

— Et papa ne le saura jamais.

Nous étions d'accord.

Deuxièmement : l'autre nouvelle de Kit était qu'elle avait décidé de donner une fête le dernier soir qu'elle passerait à Austin. Elle l'organiserait dans la salle de rééducation.

— Tu n'obtiendras jamais l'autorisation, la mis-je en garde.

— C'est fermé la nuit. Personne n'est obligé de le savoir.

C'était une « fête de la Saint-Valentin », même si elle devait avoir lieu le 1er avril.

— C'est un détail, dit Kit en balayant mon objection d'un geste... L'amour peut frapper n'importe quand.

— Sais-tu que c'est le jour des poissons d'avril ?

— Il n'y a que toi pour te rappeler ce genre de trucs.

— Tu te rends compte de ce qui m'est arrivé à la dernière Saint-Valentin ? ajoutai-je.

— Oui.

Bien entendu qu'elle le savait. Nous le savions tous. Mais je le dis quand même.

— J'ai eu un accident d'avion.

— J'en suis consciente. Je te donne une seconde chance.

Je secouai la tête.

— Non.

Mais des flammes dansaient dans ses yeux, un vrai feu de joie.

— Je me chargerai de tout. Tu n'as rien à faire. Je parlerai aux infirmières et je m'occuperai de la déco. J'ai eu une vision ! Des petits chocolats en forme de cœur partout, du punch qu'on appellera la « potion d'amour ». En plus, le Gros Benjamin a une fontaine de chocolat qu'il a piquée à l'époque où il bossait pour un traiteur. Je vais confectionner des banderoles et programmer un karaoké avec des centaines de chansons d'amour. Ce sera encore plus chouette avec cette vieille boule à facettes que j'ai toujours dans ma chambre. J'adore les trucs comme ça ! Laisse-moi faire quelque chose pour toi. D'accord ?

Peut-être parce que la foire artisanale pour les gamins s'était révélée si étonnamment charmante, je lâchai un profond soupir, et dès que mes épaules se furent affaissées, elle sut qu'elle avait gagné. Elle leva les bras en signe de victoire.

— Qui vas-tu inviter ? demandai-je. (Puis je brandis un doigt de mise en garde.) Aucun contact Facebook, hein ? Pas de gens normaux, OK ?

— Que des gens cassés. Juste ceux de ton étage. Et les infirmières. Et tous les autres gens bien. Plus le Gros Benjamin, bien sûr.

— Tu n'es pas obligée de faire tout ça, tu sais... On pourrait manger des tacos en regardant la télé.

— Je tiens à marquer le coup pour ta sortie, dit-elle. Et devine quoi ? Toi aussi.

Cela me frappa alors.

— Tu as déjà commencé à organiser ça, n'est-ce pas ?

Elle remua les sourcils à mon intention.

— C'était censé être une surprise, mais tu sais que je suis incapable de garder un secret.

— Espèce de sale fouine !

— Je te mets au défi de te mettre en colère, dit-elle, quand tu boiras directement à la fontaine de chocolat.

Chapitre 20

Le lendemain soir, Kitty arriva avec une information stupéfiante : on m'accordait une permission.

Elle tendit une boîte de friands aux épinards dans un grand geste triomphant et déclara :

— J'ai une bonne nouvelle !

Je tricotais une nouvelle limace.

— Quoi ?

— Nous avons un cadeau d'anniversaire hallucinant pour toi.

Je dus réfléchir. Effectivement, c'était mon anniversaire le dimanche suivant.

— J'avais oublié mon anniversaire, dis-je.

— Tu ne vas jamais croire combien ton cadeau est génial.

— Mon visage redevient normal ?

Kit fronça les sourcils, puis plissa les yeux.

— Pas tout à fait, mais pas loin.

— Quoi, alors ?

Elle s'étira en hauteur.

— Nous sommes sur le point de t'épater.

— Qui « nous » ?

— Maman et moi.

— Depuis quand maman et toi êtes-vous un « nous » ?

Ma sœur se rembrunit.

— C'est une trêve fragile, du genre « Ne demande rien, ne dis rien ».

Je fronçai les sourcils. Comment était-ce possible ?

— Ne sous-estime jamais la capacité de Linda à compartimenter, dit Kit. Ni la mienne.

— Donc vous ne parlez de rien ?

— De rien à part toi.

— OK.

— Elle déteste intégralement mon look, par contre.

— *Évidemment.*

— Surtout les tatouages.

Je lui lançai un regard appuyé.

Évidemment.

— C'était son idée, en vérité. Tout ce truc.

— Quel truc ?

Elle fit semblant de souffler dans une trompette.

— Oyez, oyez, braves gens, les plus fabuleuses nouvelles d'anniversaire ! claironna-t-elle. Nous t'offrons une soirée à l'extérieur.

— Une soirée à l'extérieur ?

Kit reprit sa voix normale.

— Maman a pensé que tu aimerais peut-être manger des spaghettis et du gâteau à la maison.

Notre dîner d'anniversaire traditionnel. Spaghettis et gâteau. L'idée m'attrista.

— Je ne tiens pas à rentrer à la maison.

— Je sais. (Kitty parut contente d'elle.) C'est ce que je lui ai dit ! Et papa m'a soutenue.

— Je n'ai pas à aller chez maman ?

— Non. Mieux.

— Où ?

Elle se trémoussa un peu.

— Au lac.

— Au lac ? Notre lac ?

Elle battit des mains. Mais ça n'allait pas.

— Je ne peux pas aller au lac, objectai-je.

Il s'agissait du vieux chalet de pêche de mes grands-parents. Le moins qu'on puisse dire, c'est que c'était rustique. Difficilement accessible en fauteuil roulant.

— Tu peux ! Tout est arrangé !

— On ne me laissera jamais sortir d'ici pour ça.

— Maman a réussi à obtenir les autorisations nécessaires. C'est totalement officiel. J'attendais que ce soit certain pour te le dire. Nous passerons la soirée de samedi au lac. Ce qui signifie que tu te réveilleras pour ton anniversaire ailleurs qu'à l'hôpital.

— Mais…

Je ne savais pas vraiment quoi penser. Kit voulait que je partage son enthousiasme, mais cela me paraissait juste une idée épuisante, affreuse, terrible.

— Nous avons tout prévu. Maman a quasiment passé la semaine là-bas, à briquer pour que ça brille.

Des draps propres, plus de poussière : la totale. Et puis une tonne de courses pour approvisionner la cuisine.

— Est-ce que maman sera de la partie ?

— Non ! Justement ! J'ai dit : « Maman, Margaret est une jeune personne ! Elle veut passer son anniversaire avec des jeunes ! » Et papa m'a soutenue.

— Alors avec qui est-ce que je le passe ?

— Moi !

Cela me semblait de pire en pire.

— Kit, tu ne peux pas prendre soin de moi. Tu es à peine capable de prendre soin de toi.

— Impoli. Et incorrect. Et je suis parfaitement capable de prendre soin de toi, parce que j'ai convaincu ton petit ami de venir avec nous – et il va s'occuper de tous les trucs difficiles.

Mon petit ami ?

— Qui… Chip ?

Je n'avais pas vu Chip ni eu de ses nouvelles depuis le soir où nous avions rompu. C'était comme s'il n'avait jamais existé.

Kit secoua la tête.

— Non. Ton petit ami écossais.

Je me plaquai une main sur la bouche.

— Tu n'as pas fait ça.

— Si !

— Tu lui as demandé ?

Elle acquiesça.

— Et il a accepté ?

— J'ai peut-être insinué que je risquais de te tuer par accident.

Je me laissai retomber sur l'oreiller.

— Non…

— Bref, c'est ça, ton vrai cadeau. Maintenant tu peux t'envoyer en l'air clandestinement avec ton amour secret.

Elle se pencha pour chuchoter :

— Ton vagin marche toujours, hein ?

Je me couvris les yeux d'une main.

— Pas d'amour secret. Pas d'ébats clandestins. Voyons, Kit !

— Tu me prends pour une débutante ? Tu penses que je ne perçois pas votre attirance ? L'attirance est ma langue maternelle !

— Kit, regarde-moi. Regarde ma vie.

— Et alors ?

— On n'est pas au collège. Ça fait un mois que je suis dans un merdier total.

— Raison de plus pour t'amuser un peu.

— Je déteste m'amuser. Je n'y crois plus.

— Tu y crois quand tu es avec Ian.

— Ça n'arrivera pas.

— Tout est arrangé. Il prend un jour de congé et tout et tout.

— Donc mon kiné, toi et moi allons au lac pour mon anniversaire ?

Kit acquiesça d'un hochement de tête.

— Et le Gros Benjamin, aussi. Pour une partie de jambes en l'air clandestine de mon côté.

— Et la Moustache, dans l'histoire ?

— Nous ne sommes pas exclusifs.

J'avais grandi en passant de longs week-ends et des vacances d'été dans ce petit chalet de pêche, à gambader autour du jardin, à nager pendant des heures, à faire le tour du lac en barque, ne m'arrêtant que pour déjeuner et dîner. J'avais passé là mon enfance, sans jamais imaginer – évidemment – que je finirais ainsi. L'idée d'affronter la moindre chose normale désormais, avec ma vie si différente – même pour faire les courses ou aller au cinéma – semblait déchirante. Mais un endroit si joyeux? Un endroit où s'étaient empilés en strates tant de souvenirs de mon autre vie? Un endroit où l'avenir avait toujours été quelque chose à attendre avec impatience? Le seul fait de l'envisager me brisait le cœur.

Et pourtant. Tout était arrangé. Je voulais en effet sortir de là. J'adorais ce lac. Le cottage n'était pas loin de la rive, et, quand vous vous réveilliez, la première chose que vous voyiez, c'était le soleil matinal scintillant sur l'eau. Je voulais vraiment voir ça. J'aspirais à être dans un bel endroit.

Kit poursuivit:

— Nous allons manger de la nourriture de camping et faire griller des chamallows.

J'avais l'impression d'avoir l'estomac rempli de galets. J'avais autant envie d'y aller que de ne pas y aller. Mais j'ignorais comment refuser. C'était en train de se produire. De plus, Kit n'avait pas tort: je me sentais capable de m'amuser quand Ian était dans les parages.

Ian et moi étions carrément devenus l'équipe de la rééducation ninja depuis qu'il était mon tuteur. Je restai motivée et concentrée, et Ian finit par comprendre que les gens qu'on encourage ont envie de se dépasser. Nous travaillions tous les jours à la salle, puis de nouveau après le dîner.

En fait, il était la seule personne à qui j'avais parlé de mes tentatives matinales de remuer les orteils, ce qui était devenu un rituel pour moi. Je n'entamais jamais une journée sans leur adresser quelques mots d'encouragement avant d'essayer de les stimuler.

— Qu'est-ce que vous leur dites ? demanda-t-il lorsque je lui en fis part.

— À mes orteils ?

Il acquiesça.

— Dans vos encouragements.

Au nom des soins de santé, je répondis la vérité.

— Je dis : « Allez, les gars. Vous êtes beaucoup plus forts que vous ne le pensez. »

— Qu'est-ce qu'ils répondent ?

Je le regardai.

— Ils répondent : « Pareil pour vous, ma p'tite dame. »

Certains soirs, j'étais fatiguée, et il traînait juste dans la chambre avec Kit et moi, faisant travailler les parties inférieures de mes jambes en mode tranquille, avec des manipulations, des étirements ou des massages, et en parlant d'une manière bien plus détendue qu'en temps normal. Là-bas, avec Myles dans les parages, Ian était toujours extrêmement sérieux. Il se montrait moins taciturne à présent, peut-être, mais il l'était encore souvent.

Mais, en dehors des heures de service, Ian était différent. Tout d'abord, il était surexcité par nos activités. En salle de rééducation, il avait un côté je-suis-le-mouvement, mais, tout seul, il débordait d'énergie et de surprises. Quand je n'étais pas trop fatiguée, nous allions à la piscine, où il avait toute une collection d'accessoires gonflables pour égayer un peu l'endroit – des planches de surf, des nouilles et des licornes. D'autres fois, il arrivait avec un ami acupuncteur et faisait de l'acupuncture directement dans ma chambre, pendant que Kitty regardait en mangeant du poulet au sésame. De temps à autre, il amenait un réflexologue, qui touchait également à l'aromathérapie. Un jour, il vint avec une chiropraticienne dans son sillage – ce qui fut un peu inquiétant, parce que je ne voulais même pas qu'elle touche, et encore moins qu'elle arrange, mon dos –, mais elle se contenta d'utiliser un appareil à ultrasons portatif pour stimuler mes mollets et mes pieds.

Était-ce utile ? Qui sait ? Ça ne pouvait pas faire de mal. En salle de rééducation, il n'était question que de travail, mais le tutorat devint du jeu. Certains soirs, nous faisions des parties de basket-ball d'intérieur jusqu'à l'heure du coucher. La toute première fois que nous essayâmes, après que j'eus expliqué combien j'étais nulle au basket, je battis Ian de treize points. Il n'en fut pas ravi. Par la suite, je gagnai contre lui chaque fois que nous jouâmes. J'étais assise devant le panier, Ian me tendait des ballons, et je marquais un point après l'autre jusqu'à ce que le temps du chrono soit écoulé. Puis c'était au tour de Ian. Parfois il marquait des paniers, parfois non. Je suis sûre qu'il était bon à ça. Mais, à la surprise générale, j'étais remarquable. Je ne ratais jamais. Et ça le rendait fou – étant donné que je n'avais jamais vu un jeu de basket d'intérieur avant.

J'aimais bien le rendre dingue.

Le premier soir qu'il était venu pour le tutorat, il était resté debout tout le temps, comme un officier au repos, et avait attendu que Kit et moi mangions. À présent, il avait depuis longtemps cédé, et Kit et lui s'asseyaient dans les sièges visiteurs, l'un à ma droite et l'autre à ma gauche, le lit baissé à hauteur de table, le dîner étalé dessus, des barquettes calées entre mes chevilles ou contre mes genoux.

Peut-être était-ce la nourriture, ou les bonnes relations entre Kitty et moi, ou juste d'être suffisamment loin de Myles, mais quelquefois Ian semblait être un tout autre type. Un type décontracté, souriant, appréciable. Plus nous voyions ce type-là, plus nous avions envie de le voir. Cela devint un jeu. Kit et moi nous liguions contre lui, essayant de le faire sourire, ou rougir, ou éclater de rire – idéalement les trois. Le mettre mal à l'aise était un jeu d'enfant. Nous jurions. Nous évoquions ouvertement des sujets gênants de la vie des femmes. Nous l'encouragions à nous apprendre des insultes en écossais. Il s'avérait qu'il en existait de nombreuses, et qu'elles étaient d'un goût exquis. Apparemment, le mot « couille » allait à peu près avec tout : sac à couilles, tronche de couille, ferme ton claque-couilles. Ian nous livra l'info fracassante que l'accent écossais ne rencontrait pas un aussi franc succès au Royaume-Uni qu'aux États-Unis.

— Ils sont juste jaloux, argua Kit.

— Devrions-nous éviter de nous moquer de votre accent, du coup ? demandai-je.

C'était une chose de se moquer d'un accent indéniablement cool – et une tout autre de tirer sur un accent déjà à terre.

— Vous pouvez vous moquer de l'écossais, dit-il, si je peux me moquer du texan.

Kit et moi nous regardâmes.

— Vous pouvez vous moquer du texan ?

Ian me pointa du doigt.

— Vous dites « écossé » pour « écossais ». Vous savez que ça n'a pas le même sens, n'est-ce pas ?

— C'est comme ça que ça se prononce, rétorquai-je.

Il secoua la tête.

— Seulement au Texas.

Nous adorions imiter son accent, mais nous étions pitoyables. Nous lui donnâmes également du fil à retordre avec la prononciation d'américanismes typiques, surtout des noms de lieux amérindiens que Kit s'empressa de googler sur son téléphone, comme Caloosahatchee River, Lake Tangipahoa et Quittapahilla Creek. Elle était pliée en deux de l'entendre essayer, et ça me fascinait. Je regardais ses lèvres former ces sons, se pincer, s'avancer dans une moue et faire ce *o* typiquement écossais. Parfois, j'en oubliais de rire. Parfois, ça m'hypnotisait.

Il se révéla qu'il jouait remarquablement le jeu. Nous commençâmes à le faire sortir de sa coquille de stoïcisme, mais ça nous lançait, nous aussi. Nous riions parfois si fort au dîner que nous ne pouvions même pas finir notre repas. C'était le genre de rire débile et incontrôlable qui ne vous arrive presque plus jamais dans votre vie d'adulte : les choses n'étaient pas juste drôles, elles étaient *tordantes* – y compris celles qui, objectivement, n'étaient même pas drôles – le bruit d'une chaise qui raclait, un ravioli végétarien qu'on laissait tomber par terre, une infirmière entrant dans la chambre pour se plaindre du vacarme.

Il est étrange que j'aie pu rire si fort dans ces circonstances, durant cette période très sombre de ma vie. Mais il m'a semblé que, paradoxalement, le chagrin pouvait rendre les choses plus drôles. Après un certain nombre d'épreuves, on commence à avoir besoin d'une bonne rigolade. Je me rappelle mon père et son frère le jour des funérailles de leur mère. J'étais enfant. Dans la voiture, en route pour le cimetière, ils se moquaient de leurs proches, pliés en deux. Ils étaient à l'avant, et Kit, notre mère et moi à l'arrière. Je regardais ces deux hommes qui venaient de perdre leur mère, une femme qu'ils aimaient tous deux sincèrement, non pas simplement pouffer un peu, mais *hurler* de rire. J'avais peut-être dix ans à l'époque.

— Qu'est-ce que vous faites ? avais-je demandé fermement à mon père. Comment est-ce que vous pouvez rigoler ?

— Ma chérie, avait-il répondu, c'est ça ou nous mettre à pleurer.

Voilà le genre de rire que c'était. Il s'emparait de nous. Il nous démangeait la gueule. Et il se produisait non pas malgré toute la tristesse, mais à cause d'elle.

Kit était plus effrontée que moi. Elle supplia Ian de porter un kilt pour aller travailler un jour.

— Si vous portez un kilt jusqu'à ce bâtiment, dit-elle, je vous donne dix mille dollars.

— Elle n'a pas dix mille dollars, murmurai-je à Ian.

Il sourit.

— Et je n'ai pas de kilt, donc nous sommes quittes.

La plupart du temps, c'était Kit et moi qui mettions Ian au défi, mais un soir, en mangeant des sushis, il prit une boulette de wasabi de la taille d'une cuillerée à café avec ses baguettes, la tint en l'air pour que nous puissions la voir, puis lança :

— Est-ce que vous me croyez capable de manger ça ?

Je le dévisageai comme s'il était fou.

— En entier ?

Un dixième de cette boulette suffirait à lui faire sortir de la vapeur des oreilles. Il acquiesça.

— Non, dit Kit. Je ne vous mets pas au défi. Même moi, je ne suis pas aussi cinglée.

— Dans ce cas, moi, je vous mets au défi, dis-je.

Et avant que je puisse me raviser, Ian l'avait gobée en entier, avalée, et avait jeté les bras en l'air dans une attitude de triomphe. Kitty et moi le dévisageâmes, bouche bée.

— Pas si dur, dit-il.

Mais, à peine ces paroles prononcées, des larmes commencèrent à ruisseler sur ses joues, son visage devint écarlate, et il se mit à haleter et à feuler comme un chat sauvage. Il attrapa sa bouteille d'eau et la vida d'un trait. Puis il attrapa la mienne et en fit autant. Puis ce fut le tour de celle de Kit.

— Wouuuuh ! s'exclama-t-il en arpentant la pièce. Putain… Ça pique.

— Jurez en écossais ! criai-je avec ma sœur.

Mais à présent il sautillait sur place.

— Pas ma meilleure idée.

— Dites « sac à couilles » ! suggéra Kit.

— Traitez-vous de triple bouse ! intervins-je.

— Triple buse ! rectifia-t-il, plié en deux et pantelant.

Puis il se cogna la tête contre le pied du lit. Puis il s'aperçut qu'il bavait et prit la boule de Kleenex que j'agitais vers lui. En tout, il lui fallut une demi-heure pour s'en remettre, et c'est alors qu'il nous jeta un os en nous gratifiant d'un peu d'écossais :

— Je *suis* une triple buse. Qu'est-ce qui m'a pris ?

— Vous pensiez, dis-je, sans même me donner la peine de dissimuler l'affection dans ma voix, que ça nous divertirait.

C'était comme si, par un accord tacite, nous avions tous décidé de nous amuser.

— C'est scientifiquement prouvé, déclara Kitty, reine de Google, quand je remarquai combien la seule idée de dîner avec elle et Ian impactait le restant de mes tristes journées.

Anticiper une récompense illumine la même région du cerveau que d'en recevoir réellement une, dit-elle. Le cerveau est neuneu à ce point. Il ne connaît même pas la différence.

Les autres moments de ma journée n'avaient vraiment rien de drôle. Mais j'attendais le dîner avec impatience.

Chapitre 21

Le matin de ma permission fut comme les autres – bain, toilette, vaines tentatives de remuer les orteils –, et mes parents vinrent pour leur déjeuner habituel. Mais ensuite, au lieu de me diriger vers la salle de rééducation, je me transférai dans mon fauteuil roulant, et mes parents me poussèrent avec un petit sac de voyage jusqu'à la berline de mon père dans laquelle Kitty attendait.

J'étais étonnamment angoissée à l'idée de quitter l'hôpital. J'aurais dû être excitée, folle de joie, aux anges de partir. Au lieu de ça, je me sentais fébrile, pleine d'appréhension. Je ne faisais pas confiance à Kitty pour conduire la grosse voiture de mon père. Je ne faisais pas confiance à tous les conducteurs idiots qui traversaient les carrefours en tapant des textos. Je ne faisais pas confiance au grand méchant monde chaotique à l'extérieur de ma petite biosphère d'hôpital bien contrôlée. Même dans la voiture, je ne parvins pas à me détendre. Si j'avais été un chat avec des griffes, elles auraient été fichées dans le tableau de bord.

Chaque virage, chaque feu rouge, chaque coup de freins me faisait grimacer de stress.

—Il faut que tu te calmes, dit Kit.

J'acquiesçai.

—Oui. Bon conseil. Me calmer.

Mais j'ignorais totalement comment m'y prendre. Comment fait-on pour se calmer? Le temps que nous arrivions au chalet, la tension dans mon cou se déplaçait vers mon crâne. Je me sentais vaseuse et migraineuse, et Kit déclara que je devais faire une sieste.

Bien entendu, la maison n'était pas accessible aux fauteuils roulants. Pourquoi l'aurait-elle été? Kit m'aida à m'installer dans le fauteuil et nous parcourûmes l'allée en gravier, mais nous dûmes ensuite nous arrêter un moment pour réfléchir à un moyen de me faire entrer dans le chalet.

—Je savais que c'était une idée pourrie, dis-je.

—Chut! Au pire, ton Écossais pourra te porter à l'intérieur quand il arrivera ici.

Elle s'éloigna d'un pas lourd pour examiner le porche à l'arrière de la maison et voir s'il ferait un meilleur point d'accès, et me lança:

—Est-ce que ce serait si terrible?

—Va-t'en! dis-je en fermant les yeux.

Revenir là était aussi nul que je l'avais redouté. Rien n'avait changé depuis que mes grands-parents avaient acheté cet endroit dans les années 1960. La porte moustiquaire du porche grinçait et claquait toujours. Le trou d'écureuils terrestres à côté des marches à l'arrière de la maison n'avait pas bougé. Les poiriers que ma grand-mère avait plantés bruissaient toujours dans la brise.

La seule chose différente, c'était moi. Cela déclencha en moi une vague de chagrin si viscérale que je dus me pencher pour mettre ma tête entre mes genoux.

— Nous n'aurions jamais dû venir ici, m'entendis-je chuchoter.

J'allais vomir. J'avais ce goût de sel qui vous vient sous la langue juste avant que ça arrive.

Mais j'entendis alors des pneus sur le gravier de l'allée. Je relevai les yeux et aperçus une Bronco marron vintage. Avec Ian à l'intérieur. Ensuite j'entendis la portière claquer et je le vis avancer vers moi avec un sac en toile sur l'épaule. En jean, cette fois, pas en blouse. Et avec des chaussures en cuir marron plutôt que des baskets. Et une chemise en flanelle à carreaux écossais.

La nausée se dissipa aussitôt.

— Cet endroit vous va bien, dit Ian, tandis qu'il approchait.

— Vraiment ? Parce que j'étais sur le point de vomir.

— Mal des transports ?

— Mal des souvenirs, je pense.

— Est-ce que ça vous rend triste de revenir ici ?

J'acquiesçai.

— Mais heureuse aussi, j'espère ?

Je secouai la tête.

— Pas encore. Mais je suis contente de vous voir.

— Pourquoi êtes-vous ici toute seule ?

— Kitty essaie de trouver un moyen de me faire entrer.

Il acquiesça.

— Je peux vous aider pour ça.

Simultanément, il lâcha son sac sans réfléchir, s'agenouilla, pivota et se mit dos à moi.

— Allons-y, dit-il, m'invitant d'un signe de tête à grimper.

Alors je m'exécutai. Il joignit les bras sous mes genoux, et je m'agrippai avec mes cuisses en me tenant à ses épaules. L'espace d'une seconde, je reçus une autre bouffée enivrante de lui, puis nous étions partis, contournant le côté de la maison pour rejoindre Kit.

Ian s'arrêta un instant quand il aperçut le lac – bleu, éclatant et plus grand que dans mes souvenirs. La pelouse descendait vers lui, et de là où nous étions, nous avions une vue parfaitement dégagée.

— C'est votre lac ? demanda Ian.

— C'est notre lac, répondis-je.

Ma joue effleura son cou.

— Est-ce que vous m'emmènerez dessus ?

— Bien sûr.

Ce fut alors que Kit apparut à l'angle.

— Nous allons juste devoir attendre...

Puis elle nous vit et examina Ian de la tête aux pieds, dans sa chemise en flanelle et son jean.

— ... Monsieur Propre.

Je ne voulus plus repartir après ça. Ce n'est pas que l'apparition de Ian ait tout arrangé – ce n'était pas le cas.

Elle rendit tout un peu plus agréable, cependant. Mon cœur fredonnait toujours une oraison funèbre, mais c'était comme si l'arrivée de Ian avait introduit un petit contre-chant. Elle n'avait pas interrompu la chanson triste, mais l'avait modifiée.

Il fallait que j'aille aux toilettes – nous devions tous y aller après le trajet –, alors après que Kit eut ouvert les portes, Ian me porta jusqu'à la salle de bains et m'installa sur les toilettes, encore tout habillée.

— Est-ce que vous avez besoin d'aide ? demanda-t-il.

Quand bien même ça aurait été le cas, plutôt mourir que le lui demander.

— Je gère, répondis-je.

Le fauteuil roulant se révéla à cinquante pour cent inutile au lac. Le sol était trop irrégulier pour qu'il roule correctement, et les encadrements de porte dans la maison étaient trop étroits. Il y avait néanmoins un avantage : Ian me portait beaucoup. C'était presque mon anniversaire, après tout.

C'était une journée radieuse et fraîche, et ma prochaine mission consistait à m'asseoir dans un fauteuil Adirondack au soleil, près de l'eau, pendant que Kit et Ian défaisaient les bagages. Comme je ne pouvais pas exposer mes greffes au soleil, Kitty m'apporta un parapluie rose à pois. Je le positionnai en prenant soin de couvrir mes brûlures, mais de laisser le reste – orteils, jambes, bras droit – glorieusement offerts aux rayons du soleil. Depuis combien de temps n'avais-je pas senti le soleil sur ma peau ? Je fermai les yeux et me délectai de la sensation. La brise était froide, mais j'avais chaud.

Malgré tout ce qui s'était passé et tout ce qui restait encore à supporter, cet instant était assez charmant.

J'ignore combien de temps s'écoula, mais ma migraine avait disparu au moment où j'entendis des pas crisser sur le chemin de gravier. C'était Ian.

—Kit veut que je sorte les bateaux, déclara-t-il sans ralentir.

Je hochai la tête et repris mon bain de soleil, mais ne refermai pas les yeux. Ian déverrouilla le hangar à bateaux et tira ceux-ci les uns après les autres jusqu'à la rive : une barque, deux kayaks, deux wakeboards, un vieux pédalo massif pour la pêche et un canoë que mon papi avait peint avec des motifs cherokees. Il allait et venait. Envoûtant.

Après un moment, Kitty me rejoignit et dit avant même de s'être assise :

—Eh bien, voilà un ravissant brin de mec, juste là.

—Ce n'est pas un mec, c'est un kiné.

Kit ne dévia pas le regard.

—Je parie qu'il est les deux.

—Où est ton mec ? demandai-je.

—Lequel ? rétorqua-t-elle d'un air malicieux.

—Le joufflu-mais-mignon.

Elle prit un air un peu offensé par principe. Un peu protecteur, même.

—Il est en route.

Nous regardâmes Ian sortir le dernier bateau puis se tourner vers nous. Je suppose que tirer des bateaux devait être épuisant, car il retira sa chemise de flanelle en marchant, la mettant en boule pour s'essuyer la nuque et ne conservant que son débardeur blanc.

Kit poussa un petit sifflement.

— Kit ! Ne le traite pas comme un objet !

— Ce n'est pas ma faute, dit-elle, avec un geste vers lui. Face à un homme en débardeur, je ne réponds plus de rien.

Quand Ian arriva devant nous, il lâcha la chemise sur l'herbe.

— Vous voulez me montrer le lac ? me demanda-t-il.

— Oui, répondis-je trop rapidement.

— En fait, je crois qu'elle a envie de faire une sieste, intervint Kit.

Je lui donnai une tape et dis :

— Mais non !

— Je pensais au kayak, expliqua Ian, mais j'ai peur qu'il bascule.

Je m'inquiétais aussi pour mon cou. L'eau de ce lac n'était certainement pas aussi chlorée que la piscine de thérapie.

— Le canoë fera l'affaire, dis-je.

— Est-ce que je peux venir aussi ? demanda Kit.

Cette fois, Ian et moi répondîmes en chœur :

— Non.

Il me porta avec mon parapluie à pois jusqu'au bord de la rive, puis j'attendis sur l'herbe qu'il mette le canoë dans l'eau. Ensuite, il me souleva et pataugea dans le lac, avec son jean et tout, et m'installa précautionneusement dans le bateau.

Le canoë oscilla quand Ian grimpa dedans, et j'eus un petit sursaut de peur. Je n'avais pas porté de gilet de sauvetage dans ce truc depuis que j'étais enfant, et celui-ci était du genre qui enveloppe le cou comme un coussin d'avion. Bien entendu, je ne pouvais rien mettre autour de mon cou – je portais encore tous mes tee-shirts avec l'épaule découpée –, et me contentai donc de l'enrouler grossièrement sous mes bras et de le serrer fermement.

— Je suis ridicule, dis-je.

Ian secoua la tête.

— Vous êtes… (Il s'interrompit durant quelques secondes accrocheuses avant de poursuivre.)… pleine de ressources.

— On me le dit tout le temps, dis-je en chaussant mes lunettes de soleil, me demandant ce qu'il s'était apprêté à dire.

Ce n'était pas encore la haute saison au lac. J'avais l'impression que nous l'avions pour nous seuls.

— Quelle direction ? demanda Ian.

Je désignai l'autre rive.

Le silence était d'une grande douceur. La pagaie léchait l'eau, le canoë barbotait et claquait, le vent murmurait. Je me rappelais si bien ce lieu – il faisait tellement partie intégrante de ce qui me structurait – que je pouvais presque y être présente sans l'être.

Mais être vraiment là, sur l'eau, ainsi vivante – c'était de nature à couper le souffle.

J'indiquai à Ian de passer devant une maison centenaire, la première construite là-bas, et lui racontai toutes les histoires de fantômes que j'avais pu entendre à son sujet. Ensuite, nous dépassâmes le manoir laissé inachevé dix ans plus tôt, qu'un investisseur immobilier avait commencé à construire puis abandonné.

— Celle-là aussi est hantée, dis-je.

Plus tard, nous passâmes devant l'endroit où les régates se déroulaient au mois de juillet, puis le trampoline flottant géant vers lequel tous les gamins aimaient ramer, et le petit fast-food qui n'avait aucun parking pour les voitures – juste des quais pour les bateaux.

Je me penchai plus près de l'eau et y trempai les doigts. J'avais fait exactement ce même geste dans cette même eau dans ce même bateau dans le même climat un millier de fois. Les maisons étaient les mêmes, les nuages étaient les mêmes, et la plage où j'avais été censée me marier était la même.

Pendant toute la promenade, Ian pagaya à un rythme régulier, et je m'autorisai à éprouver autant de joie que de tristesse. La sensation m'émerveilla, car il ne s'agissait vraiment pas d'un ci-ou-ça. C'était les deux à la fois, d'une puissance équivalente, simultanément. Si vous m'aviez posé la question avant l'accident, je vous aurais dit que les émotions étaient comme des blocs de couleurs primaires : vous vous sentiez bleu un moment, puis jaune et puis rouge. Mais, à présent, je voyais le paysage émotionnel assez différemment – plus comme le pointillisme d'un tableau de Seurat : chaque couleur composée de nombreuses autres. Regardez de plus près, et ce sont des points. Reculez, et c'est un après-midi sur le lac – toutes les couleurs dépendant les unes des autres pour donner de la texture et du sens. Peut-être serait-ce un avantage, finalement, me retrouvai-je à penser. Peut-être verrais-je désormais le monde avec des yeux d'artiste.

J'aurais pu simplement fermer les yeux et me laisser porter. Mais j'avais une question pour Ian qui me trottait dans la tête, et maintenant que je l'avais pour moi seule, il fallait que je la pose.

— Dites-moi quelque chose, commençai-je en gardant un ton désinvolte.

— OK, dit Ian, sans cesser de pagayer.

— Pourquoi est-ce que votre affaire a coulé ?

À ces mots, je le sentis se crisper. Mais j'étais déjà lancée, alors je poursuivis en gardant les yeux rivés sur l'eau.

— Que s'est-il passé ? (Ian ne répondit pas. Il continua juste de ramer.) Je veux dire, c'était une idée si brillante.

Il resta silencieux si longtemps que je finis par me tourner vers lui.

— Je n'ai pas été un très bon gestionnaire, dit-il enfin. J'ai été trop négligent.

Je haussai les épaules, genre : « OK. » Comme si sa réponse me suffisait. Mais, évidemment, elle ne fit qu'en engendrer d'autres. Pourquoi un type avec une idée si lumineuse se donnerait tant de mal pour monter une entreprise – inventer un concept entièrement nouveau ! –, et ensuite s'en désintéresser ?

Je voyais rien qu'à sa posture qu'il ne tenait pas à s'éterniser sur le sujet. Je laissai tomber. Nous n'étions pas là pour être malheureux.

Nous étions là pour essayer d'être tout l'inverse.

Le temps que nous revenions, le soleil se couchait, et le Gros Benjamin, qui était bien plus rondouillard que gros, avec un corps potelé comme un ravioli chinois et une barbe de hipster broussailleuse, était arrivé. Kit et lui préparaient le feu de camp. Ian me porta sur son dos et m'installa dans un fauteuil, pendant que je regardais Kit et Benjamin flirter. Il semblait ne pas pouvoir empêcher ses mains de la toucher – ce qui ne paraissait pas la déranger.

Kit nous cuisina un ragoût de légumes dans un faitout sur une grille au-dessus des flammes. (« Il est vegan », s'excusa-t-elle quand les hommes allèrent chercher du bois supplémentaire.) Alors que le soleil descendait, l'air se rafraîchit, et Ian rentra prendre des couvertures. Quand il ressortit avec toute une pile, il avait aussi autre chose sous son bras.

Un ukulélé.

— Mais vous êtes musicien ! dit Kit quand elle aperçut l'instrument.

Ian secoua la tête.

— Je n'ai pas joué depuis des années. Mais je peux jouer « Joyeux anniversaire ».

Et c'est ce qu'il fit. Me joua la sérénade avec, vraiment. Je m'enroulai dans ma couverture en entier à part mon cou brûlé, et après ça nous nous assîmes tous autour du feu pendant que Ian jouait ce qu'on lui demandait et nous laissait chanter en chœur. Il se trompa à maintes reprises, mais personne ne s'en souciait, sauf lui.

— Ne vous excusez pas, dis-je. Vous êtes le meilleur joueur de ukulélé que j'aie jamais rencontré.

Il m'adressa un demi-sourire.

— Suis-je le seul que vous ayez jamais rencontré ?

— Et comment !

Il connaissait un peu de Bob Dylan, un peu de James Taylor, un Van Morrison et un paquet de Beatles.

C'est ainsi que mon feu de camp d'anniversaire vira à la fête musicale avec une thématique Beatles non-stop. Nous chantâmes sans relâche. Et mangeâmes du ragoût vegan. Et puis, en guise de gâteau d'anniversaire, nous fîmes des brownies dans une poêle en fonte avec des chamallows fondus au-dessus des flammes.

— Je croyais qu'on les ferait griller, dis-je.

— Nous l'avons déjà fait un million de fois, répliqua Kit. Il est temps de se renouveler.

J'avais cuisiné de nombreux repas dans ce foyer auparavant, et j'avais fêté un tas d'anniversaires là-bas, mais je le confesse, aussi familier que fût tout cela, je ne l'avais jamais vraiment fait de cette façon. Tout semblait un peu inédit.

Je m'aperçus que j'avais envie de rester – ou, du moins, de ne pas retourner dans la maison. Ian ne cessa de me consulter pour voir si j'étais prête, et je ne cessai de secouer la tête. Je finis par avoir froid, dans ma robe d'été, mais je ne voulais toujours pas quitter le feu. Kit et Benjamin débarrassèrent le ragoût, et emportèrent les casseroles et poêles à l'intérieur pour les laver, puis disparurent pour fabriquer je ne sais quoi, mais je m'en moquais. J'adorais contempler le feu. J'adorais avoir froid. J'adorais être dehors, en contact avec le monde. J'adorais lancer des titres de chansons à Ian pour qu'il les interprète. Il chantait, et je chantais, et j'adorais écouter nos voix se mêler.

Le lendemain, la fête serait finie. Nous nous réveillerions pour retourner à la vraie vie dans un hôpital hideux avec des néons et des rideaux violets. Plus tôt je m'endormirais, plus tôt tout cela disparaîtrait. Et je ne voulais pas laisser cela se produire.

Ian finit par dire :

— Vous devez avoir froid. Je me gèle le cul.

— Je m'en moque.

Il se pencha pour m'observer.

— Vos lèvres sont un peu bleues.

Il posa son ukulélé puis s'approcha, et, lorsqu'il me prit les mains, il dit :

— Seigneur, Maggie. Vous êtes congelée.

D'un seul coup, il me souleva – cette fois, pas sur son dos, mais en me prenant dans ses bras. Il cala mon bon côté contre son torse, et je fis de mon mieux pour être facile à porter en accrochant mon bras autour de son épaule, avec la tête posée dans le creux de son cou. L'enivrante odeur de Ian. Je la humai avec délice. Puis je me demandai si je pouvais juste lui effleurer la nuque avec mes lèvres sans qu'il le remarque.

Il nous fit traverser le jardin d'un pas militaire, puis entrer dans la maison éclairée et chaude, passer par la cuisine et monter l'escalier. Le silence régnait à l'intérieur, comme s'il n'y avait personne, et je me demandai si Kit et Benjamin étaient partis se balader à pied. Ian allumait les lumières d'un coup de coude sur son chemin. En haut des marches, il hésita. Je sentais son pouls battre dans son cou.

— Quelle chambre ? demanda-t-il.

— Au bout du couloir, dis-je.

Il chercha du coude l'interrupteur, mais ne put le trouver ; il avança donc dans le noir. L'obscurité n'était pas totale. Il y avait des ombres et des contours. Ian marchait avec précaution, mais sans trop d'hésitation. La porte de ma chambre était ouverte, et le lit se trouvait juste derrière. Il était éclairé par la lumière bleue de la lune qui se reflétait dans le lac.

Ian avança, passa la porte et se prit alors le pied dans un petit tapis en chiffons sur le seuil. Il bascula en avant, puis tomba à genoux. Il me serra fermement contre lui quand cela se produisit, puis, résolu à ne pas s'effondrer et atterrir sur moi, il parvint à tomber en arrière.

Par conséquent, c'est moi qui atterris sur lui. Complètement sur lui. En plein sur lui, pourriez-vous même dire.

Au départ, après l'impact, nous nous efforçâmes juste de savoir si quelqu'un était blessé.

S'était-il cogné la tête ou tordu quelque chose ?

Non.

Est-ce que ma greffe était intacte ?

Oui.

Mon dos ?

Rien à signaler.

Est-ce que quelqu'un avait mal quelque part ?

Apparemment, non.

Alors nous fîmes le point sur notre situation : seuls, dans une chambre éclairée par la lune au bord d'un lac paisible, par terre, un peu à bout de souffle. J'avais le visage à quelques centimètres du sien, et nous restâmes là, figés, durant quelques très longues secondes, le souffle court, les yeux alertes. Les siens étaient d'un bleu si profond qu'ils avaient l'air noirs. Je fis donc une chose dingue, qui me semblait, vraiment, la seule à faire : je posai ma bouche sur la sienne et l'embrassai.

Boum. Je n'avais plus froid.

Je m'écartai alors pour examiner son expression et voir ce qu'il en pensait ; mais il leva la main tout aussi vite pour la passer derrière ma tête et me rapprocher. Un autre baiser. Cette fois plus appliqué, plus chaud et plus lent. J'avais tant regardé ces lèvres au fil des dernières semaines – en rêvant de les toucher, même simplement avec mes doigts, pour voir si elles étaient aussi douces qu'elles en avaient l'air. Pour voir si leur goût était aussi délicieux que son odeur. Et à présent, je savais. Oui.

— Tu as un goût de brownie, dis-je en l'embrassant.

— Et toi de chamallow, répliqua-t-il, avant de replonger, en passant sa langue sur la mienne.

— J'adore ton accent, dis-je, une minute plus tard, en me reculant un peu.

— J'adore le tien, dit-il en soulevant la tête pour attraper ma bouche avec la sienne.

— J'adore ton ukulélé, dis-je une minute plus tard.

— J'adore le tien.

— Je n'en ai pas.

— Je m'en fous.

Je tâchai d'adopter un meilleur angle, et il fut solidement plaqué sur le dos, avec moi qui le chevauchais les paumes à plat sur le sol de chaque côté de sa tête, nos corps pressés l'un contre l'autre.

— Tu es sûr que tu ne t'es pas fait mal ? demandai-je alors, toujours en l'embrassant.

— Un peu.

— Où ?

— Aucune importance.

— Est-ce que ça fait mal en ce moment ?

— Rien ne me fait mal en ce moment.

Quel était mon but, là ? Étais-je en train de séduire mon kiné ? Je n'étais même pas sûre d'avoir le feu vert pour ce genre de choses ! Tout ce que je savais, c'était que je voulais me rapprocher. J'aurais grimpé à l'intérieur de sa cage thoracique si j'avais pu. Je voulais le dévorer, et être dévorée à mon tour. Quelle que soit la forêt de sentiments enchevêtrés qui fleurissait dans mon corps chaque fois que je le voyais, j'avais juste envie de m'y perdre et ne jamais retrouver la sortie.

Et je m'y perdis. Je fis descendre ma bouche vers son cou, y enfouissant mon nez et le mordillant un peu, et il fit remonter ses deux mains le long de mon dos, s'arrêtant net, ramenant sa main de mon côté intact pour rediriger ma bouche vers la sienne. Pendant un instant, juste comme ça, nous constituions à nous seuls tout l'univers. Rien que de l'impatience, de la proximité et de la chaleur.

C'est pourquoi je n'entendis pas Kit et le Gros Benjamin monter lourdement l'escalier. Ni marcher lentement dans le couloir. Ni tourner la vieille poignée de porte grinçante. Non. Quand je remarquai Kit et Benjamin pour la première fois, ils ouvraient la porte, allumaient les lumières et nous découvraient tous les deux par terre.

— Oh, mon Dieu ! s'exclama Kit en se plaquant une main sur la bouche pour étouffer un petit rire. On dirait que cette chambre est prise.

— Sors d'ici, Kit ! criai-je d'une voix typique de sœur contrariée.

— Désolé ! lança le Gros Benjamin en nous adressant un petit signe d'excuses.

Ils reculèrent hors de la chambre et claquèrent la porte derrière eux en laissant le plafonnier allumé.

— Attends ! entendis-je dire Kit de l'autre côté de la porte. Est-ce qu'ils étaient en train de baiser ?

Sur ce, tout le clair de lune disparut. Ian cligna des yeux vers la porte, là où ils s'étaient trouvés, comme s'il se réveillait d'un rêve. J'étais toujours assise à califourchon sur lui, à essayer de reprendre mon souffle, me demandant comment récupérer le clair de lune.

Mais il s'était à présent redressé sur ses coudes.

— Oh, Seigneur, dit-il en se tordant d'un côté et de l'autre pour se dégager de moi.

Je me décalai sur le sol auprès de lui, tandis qu'il se levait pour se tourner et me soulever. Il me porta jusqu'au lit.

Je m'accrochai à un petit espoir vain que, peut-être, nous passions juste à un endroit plus confortable. Mais une fois qu'il m'eut installée en toute sécurité, il se retourna et marcha jusqu'à la fenêtre. Il toucha distraitement le rideau une minute en livrant le silence qui le caractérisait. Quand il prit enfin la parole, ce fut pour dire :

— Maggie, je suis désolé.

— Pourquoi ?

— Je n'aurais pas dû faire ça.

— Tu n'as rien fait. *Je* t'ai embrassé.

— Je n'aurais pas dû te rendre ce baiser.

— Parce que, devinai-je, fricoter avec des patientes est contraire à votre déontologie ?

À présent, Ian faisait un peu les cent pas.

Je retentai :

— Parce que si jamais Myles le découvre, tu risques de perdre ton travail ?

— Si jamais Myles le découvre, je perdrai ma licence. Mais ce n'est pas ça.

— Quoi, alors ?

— Ce n'était pas juste vis-à-vis de toi.

Je ne désirais rien de plus que me retrouver de nouveau dans ses bras.

— J'estime que c'était juste. J'estime que c'était très juste.

Ian se passa une main dans les cheveux.

— Tu n'es pas qualifiée pour en juger.

— Je ne suis pas *quoi* ?

Il se retourna et me regarda pour la première fois. La lumière du plafond semblait affreusement éclatante.

— Tu n'es pas en état d'en juger.

— Tu es en train d'insinuer que je ne connais pas la différence entre ce qui est juste et ce qui ne l'est pas ?

— Je dis seulement que…

— Parce que mon fiancé qui plante un avion dont je n'avais aucune envie de m'approcher, et qui me paralyse alors qu'il s'en sort sans une égratignure ? À l'évidence : *injuste*. Toi qui viens ici, qui joues « Joyeux anniversaire » au ukulélé et me donnes le meilleur baiser de toute ma vie ? Je vais dire *juste* sur ce coup-là.

— Justement. Ce n'était pas le meilleur baiser de toute ta vie.

Je haussai les sourcils avec incrédulité.

— Ah non ?

— Tu as simplement cru que ça l'était.

— Je suis assez persuadée que c'est la même chose.

Mais il secoua la tête.

— Quand une personne vit une épreuve comme celle que tu viens de traverser, quand ton monde est réduit en miettes, il faut un certain temps avant que tu puisses de nouveau voir les choses clairement. Des mois. Des années, même. Le traumatisme te laisse vulnérable de manières que tu ne peux même pas sentir. Je suis bien placé pour le savoir. J'y ai été formé – j'ai lu des manuels, passé des examens.

C'est contre ma déontologie pour une raison, Margaret, une bonne raison : te protéger.

J'étais Margaret maintenant ? Je remarquai des larmes sur mon visage, mais me contentai de les essuyer en les étalant avec ma manche.

— Je ne me préoccupe pas de tout ça.

— Mais moi je suis obligé de le faire. Pour ton bien.

— Mais tu…

Un grand soupir chevrotant m'interrompit. J'hésitai à poursuivre, parce que ça me paraissait énorme à admettre. Mais je devais essayer. Je devais au moins parler honnêtement. Je pris une autre inspiration et déclarai :

— Tu es la seule chose que j'attends avec impatience toute la journée.

Il ferma les yeux dans ce qui ressemblait à une grimace. Pas l'effet que j'avais espéré.

— C'est exactement ce que j'essaie de te dire.

— Je ne comprends pas.

— Ce que tu éprouves pour moi signifie que tu n'es pas en sécurité. Je n'aurais pas dû venir ici. Je savais qu'il y avait un risque que ça arrive.

Il savait donc que je l'appréciais avant de venir. Je pris une inspiration saccadée.

— Tu ne m'aimes pas du tout, c'est ça ?

Ian se passa de nouveau une main dans les cheveux, au comble de la nervosité. Puis il marcha vers la porte de la chambre, tournant ses yeux bleu marine pour les poser droit sur moi.

— Je déteste tout le monde, dit-il. Sauf toi.

Il ouvrit la porte pour partir, puis ajouta :

— Et c'est une autre raison pour laquelle tu n'es pas en sécurité.

— Tu t'en vas ? demandai-je.

Il était clair qu'il sortait de la pièce. Mais ce que je voulais dire, c'était :

— Tu repars en ville ?

— Non. Bien sûr que non. Je vais rester la nuit pour veiller sur toi.

— Je n'ai pas besoin qu'on veille sur moi.

— Tu veux que je laisse Homer et Bart Simpson aux commandes ?

Pas vraiment.

— Je m'assurerai que tu rentres saine et sauve demain, ajouta-t-il.

— Tu ne vas pas me confier à un autre kiné, n'est-ce pas ?

— À toi de voir.

Je ne pouvais même pas imaginer quelqu'un d'autre.

— Je ne veux pas d'un autre kiné.

— Dans ce cas, je resterai.

— Est-ce que tu continueras le tutorat ?

— Oui, si tu veux. Mais je viendrai après dîner – juste pour que les choses soient claires.

— Alors on ne fait plus les andouilles ?

Il secoua la tête.

— Je pense que ça vaut mieux.

Que pouvais-je dire ? Ce n'est pas mieux, c'est pire ? Il n'y avait aucun moyen de gagner. Il avait décidé que je n'étais pas la mieux placée pour juger de ce qui était bon pour moi. Et, d'après ce que j'avais entendu, il ne se faisait pas trop confiance non plus. Me rejetait-il ? Était-il indifférent ? Pouvait-on embrasser quelqu'un ainsi et ne rien ressentir ? J'y avais deviné du désir, mais peut-être était-ce un désir pour quelqu'un en général et pas pour moi en particulier. Peut-être était-il si seul que n'importe quelle fille aurait fait l'affaire – même une cassée comme moi.

Il était toujours debout devant la porte, le regard rivé sur sa main qui tenait la poignée. Il releva les yeux.

— J'ai apporté un cadeau à t'offrir demain, dit-il alors. Mais peut-être que tu n'en veux plus maintenant.

Je tournai les yeux vers la fenêtre.

— Tu n'as qu'à le jeter, dis-je.

La porte se ferma dans un cliquetis derrière lui, puis il disparut.

Je restai un bon moment éveillée après ça – à attendre que Kit revienne se faufiler dans sa chambre, parce que je devais faire pipi et plutôt crever que demander à Ian de m'emmener aux toilettes. Peut-être me porterais-je mieux sans lui. Il semblait assurément le penser. Mais, durant tout ce temps passé à réfléchir, je ne parvins à imaginer une seule seconde comment.

Chapitre 22

LE LENDEMAIN – LE JOUR DE MON ANNIVERSAIRE – NE SE déroula pas comme je l'aurais pensé.

Je m'attendais à me réveiller et à endurer un petit déjeuner embarrassant en compagnie de Kit et Benjamin en mode tourtereaux, pendant que Ian aurait regardé par la fenêtre avec un visage de marbre.

Mais les choses ne se passèrent pas comme prévu. Quand j'ouvris les yeux et que je tentai de remuer les orteils, comme je le faisais chaque matin, l'un d'eux fit quelque chose de littéralement choquant.

Il bougea. Le gros orteil de mon pied droit, pour être précise. Une part de moi pensait que j'étais peut-être encore endormie. Je réessayai, et il remua de nouveau.

— Eh ! criai-je. Eh !

En quelques secondes, mes trois cohabitants lacustres firent irruption dans ma chambre, tous en pyjama – j'étais bel et bien la première réveillée. Kit était vêtue d'un négligé rose vif, vision inédite pour moi, et le Gros Benjamin avait manifestement un problème de barbe-de-saut-du-lit qui défiait la gravité. Ian –je fis de mon mieux pour ne pas le remarquer–, portait un bas de pyjama en coton bleu. Juste ça. Par ailleurs, ses cheveux étaient encore plus rebelles que la barbe de Benjamin ; mais, pour être honnête, ça le rendait encore plus mignon.

Rien de tout cela n'avait d'importance, de toute façon.

—Est-ce que je suis en train de rêver ? demandai-je.

—Le soleil n'est même pas encore levé, dit Kit de sa meilleure voix de grande sœur.

—J'ai besoin de savoir si je suis en train de rêver en ce moment. Est-ce que c'est le cas ?

Le Gros Benjamin hasarda :

—Si tu rêvais, on ne pourrait pas vraiment te donner une réponse cohérente.

Ian s'avança.

—Qu'est-ce qui se passe ?

—Regardez, dis-je en désignant mon orteil.

Tout le monde regarda. Je le baissai, puis le redressai.

—Non, c'est pas vrai ! hurla Kit en se retournant pour me serrer dans ses bras.

—Quoi ? dit Benjamin. Je l'ai raté.

—Recommence, dit Ian.

Je recommençai.

—Est-ce que ça arrive chaque fois que tu essaies ? demanda-t-il.

—Jusqu'ici, oui.

—Est-ce que tu peux le faire avec l'autre ?

J'essayai. Rien. Je secouai la tête. Ian fit tout de suite une mini-évaluation succincte, même s'il n'avait pas le matériel adéquat. Ni de chemise. Nous n'apprîmes pas grand-chose, à part la confirmation que, premièrement, l'orteil gigotait en fait sur commande et, deuxièmement, que je ne rêvais pas.

— Qu'est-ce que ça veut dire ? lui demandai-je.

— Qu'il y a plus d'informations qui passent dans la jambe qu'avant.

Ce n'était pas une réponse insensée, mais ce n'était pas ce que j'espérais l'entendre dire.

Kit non plus, apparemment.

— Ça signifie qu'elle remarchera ! (Elle se mit à sauter sur place.) C'est bien ça ?

Nous observâmes de nouveau tous les trois mon orteil. Je le remuai en frimant. Mais Ian ne sautillait pas. Il observait l'orteil d'un air sombre.

— Pas forcément, dit-il, cassant l'ambiance.

— Mais ce n'est pas mauvais signe, dis-je.

— C'est un sacré cadeau d'anniversaire, acquiesça-t-il. Je ne peux pas le nier.

Malgré la frénésie liée au remuement d'orteil, je réussis à nourrir plusieurs pensées peu charitables et puériles au sujet de Ian sur le trajet du retour. Quelle usine à déprime ! Comment il pouvait refuser de s'autoriser – ou d'autoriser quiconque – à être heureux. Comment il brisait les élans de joie. Peut-être valait-il mieux que je travaille avec un autre entraîneur. Quelqu'un qui saurait me motiver et m'inspirer.

Peut-être que l'inaptitude de Ian à espérer m'empêchait de progresser.

Kit était excitée comme une puce depuis que j'avais remué l'orteil.

— J'ignorais que ton orteil était un tel génie, dit-elle sur la route. C'est, genre, le Neil Armstrong des orteils. Ou peut-être l'Abraham Lincoln.

Pour ce qu'elle en savait, le week-end s'était révélé plus que parfait. Il y avait beaucoup de sujets qu'elle souhaitait traiter, mais, en haut de la liste, pas de doute, dès que nous eûmes fini notre discussion sur quelle célébrité historique représentait le mieux mon gros orteil, ce fut :

— Bon Dieu, qu'est-ce que vous fricotiez, Braveheart et toi, quand on vous a surpris hier soir ?

Je faillis tout lui déballer. J'en brûlais d'envie. Je voulais lui fournir le replay au ralenti de chaque instant, et passer le reste du trajet en voiture, et même les jours suivants, à analyser le moindre aspect de ce qui s'était passé. Je voyais nombre d'interprétations totalement contradictoires du comportement de Ian (de ses choix, du ton de sa voix et des expressions de son visage), et je n'avais aucune idée de celle qui était la bonne.

Mais je ne pouvais pas en parler à Kit. Elle n'avait aucun sens de l'intimité. J'essayais de mettre ça sur le compte de l'exubérance – si elle avait des infos, elle se sentait obligée de les partager –, mais elle était un peu commère, aussi. Et elle tchatchait en permanence sur son portable, sans aucune conscience de qui pourrait l'écouter à proximité. Quant à Instagram, n'en parlons pas.

Je ne doutais pas que Myles tenterait de retirer sa licence à Ian si jamais il avait vent de ce qui s'était passé. Je le voyais menacer Ian à la salle de sport tous les jours depuis des semaines. Je le regardais essayer de le provoquer, l'asticoter, chercher à l'exaspérer, espérant le pousser à commettre une erreur stupide, et je me disais : *Ça fait beaucoup de colère.*

J'étais un peu navrée pour Myles, aux prises avec un élément de sa vie qui l'incitait à vouloir se venger au lieu de simplement tourner la page. Mais j'étais plus navrée pour Ian. Myles était vraiment un connard obsédé de revanche.

Dans l'ensemble, c'était un problème pour Ian, mais ce jour-là ça l'était pour moi aussi, car cela signifiait que je ne pouvais pas faire la seule chose dont j'avais le plus envie au monde à cet instant : tout raconter à Kitty.

Elle attendait.

— Vous étiez en train de baiser ou quoi ?

— Malheureusement non.

— Non ? Qu'est-ce que vous fabriquiez par terre ?

— Il a trébuché, répondis-je en haussant les épaules, genre : « Rien de spécial. »

Kit n'eut pas l'air de gober. Pas du tout.

Je dus en rajouter une couche.

— Tu sais, ces tapis que maman met partout ? Il s'est pris le pied dans l'un d'eux, sur le seuil. Et, sérieux, il a ensuite réussi à me rattraper héroïquement en tombant.

Kit m'étudia du coin de l'œil.

— Foutaises !

— Je le jure, déclarai-je alors, sur mon gros orteil gigoteur.

Ça fonctionna.

— OK. Donc, qu'est-ce qui se passait entre vous ? Parce que la tension romantique était si palpable que vous auriez pu la porter comme un sweat-shirt.

Je me dis que ce n'était pas exactement un mensonge. C'était juste une version rabotée de la réalité.

— Devant le feu, je lui ai avoué que j'avais des sentiments pour lui.

— Miam, dit Kit. J'adore ce genre de déclarations.

— Je lui ai avoué que j'avais ce faible déchirant et dévorant, et qu'il était la seule chose que j'attendais avec impatience toute la journée.

— En dehors des repas gastronomiques en compagnie de ta sœur.

— Évidemment !

— Et qu'est-ce qu'il a dit ?

À présent, j'étais reconnaissante envers lui. Parce que c'était une trop grosse connerie pour l'avoir inventée.

— Il m'a dit : « non ».

— Non, quoi ?

— Non, que je n'avais pas de faible pour lui.

Kit se tourna vers moi, interloquée.

— Hein ?

— Regarde la route, s'il te plaît.

— Explique !

— Il a dit que je *pensais* seulement avoir un faible pour lui, et que ce genre de chose arrive tout le temps, et que ma vie a été pulvérisée, et donc je me raccroche à la moindre brindille de bonheur, mais que, une fois que je me serai remise de tout ça, je m'apercevrai que c'était une vue de l'esprit et que je n'ai jamais éprouvé de réels sentiments pour lui.

—Il n'a pas dit ça.

—Si. Ensuite il a cité tout un paquet d'études datant de sa formation, dont il a conclu que, en gros, j'étais une ado avec le syndrome du boys-band ; que j'imaginais qu'un prince au grand cœur allait venir me débarrasser de tous mes chagrins.

J'étais une meilleure menteuse que je ne le croyais. Même si ce n'était pas très éloigné ce qu'il avait dit.

—Est-ce qu'il a raison ? demanda Kit.

—Non ! Personne ne peut me soulager de ces problèmes. Sauf si cette histoire d'orteil se révèle être un miracle surprise.

—Il ne t'a pas dit qu'il éprouvait quelque chose pour toi ? Rien ?

—Rien. Pour résumer, il m'a dit qu'il espérait le meilleur pour mon rétablissement, mais qu'en attendant je pouvais fermer ma putain de gueule et aller me coucher. Il était justement en train de m'amener jusqu'à mon lit quand il s'est pris les pieds dans le tapis et que je lui suis tombée dessus de tout mon poids. L'insulte qui s'ajoute à la blessure.

—Il ment, dit-elle. Je vois bien la manière dont il te regarde.

Je ne pus me retenir.

—Comment est-ce qu'il me regarde ?

—Comme si tu étais une cascade au beau milieu du désert.

Ah oui?

L'idée me retourna l'estomac. Mais je devais continuer mon embrouille.

—Devine quoi d'autre? Il savait déjà ce que je ressentais avant que je le lui dise. Il l'avait compris aux regards que je lui lance depuis des semaines, et il ne m'en a pas découragée parce qu'il pensait que ça aiderait ma guérison.

—Quel narcissique! s'écria Kit.

—Ouais. Mais le truc, c'est qu'il n'avait pas tort. On travaille toujours plus dur pour les profs sur lesquels on craque.

Kit acquiesça, et, connaissant son visage depuis presque autant d'années que je connaissais le mien, je savais que j'étais hors de danger. Elle avait tout gobé.

—Je suppose que maintenant, dit-elle, tu vas devoir travailler dur pour toi-même.

—En effet.

Et c'était vrai, que je mente ou pas.

Le grand miracle de l'orteil me valut une certaine célébrité. Les médecins qui s'étaient désintéressés de mon cas se mirent à me rendre visite plusieurs fois par jour. D'autres patients de mon étage voulaient un récit de première main. Kit me dessina même une carte maison sur laquelle elle avait écrit: « Félicitations pour ta grande percée!!! Je n'en crois pas mes orteils! »

Il y avait une telle effervescence que les manigances avec Ian parurent très vite lointaines. J'avais d'autres chats à fouetter. Je remarcherais, mes cheveux repousseraient, et un jour je passerais à l'hôpital sous prétexte de venir chercher… quoi ? Une boucle d'oreille perdue ? Un livre que j'avais prêté ? Et il m'apercevrait dans le couloir, grande, féroce, parfaite et invincible. Il m'adresserait un triste bonjour, conscient d'avoir raté sa chance, et je lui renverrais un petit sourire du genre dommage-on-aurait-vraiment-pu-être-quelque-chose, puis je rejetterais mes cheveux en arrière, m'éloignerais et le laisserais s'étouffer avec ses regrets.

Je ne divulguerai jamais le nombre de fois où j'ai eu ce fantasme particulier. Mais, dans mon imagination, je portais exactement le même pantalon sexy et brillant et les Dr. Scholl's à talons hauts qu'Olivia Newton-John dans la scène finale de *Grease*. Et j'avais aussi ses fantastiques fesses.

Tout ça pour dire que, lorsque je revis Ian à la salle de rééducation pour la première fois depuis notre virée au lac, cette vision me prit par surprise. Il était de retour dans son habituelle blouse bleue, les cheveux un peu en bataille, mais ce qui me désarçonna fut sa nouvelle attitude. Il n'était pas le Ian maussade et hostile que j'avais rencontré au départ, ni, clairement, le Ian blagueur et chaleureux sur lequel je m'étais extasiée.

Le nouveau Ian n'était simplement pas là. Je n'arrivais pas vraiment à trouver le mot pour le décrire ; il s'était volatilisé. Sa posture était neutre. Ses épaules étaient neutres. Ses yeux étaient neutres. Il était comme une coquille vide. Il persistait à faire tout ce qu'il était censé faire. Il me guidait toujours dans tous mes mouvements. Il arrivait à l'heure. Il alla même jusqu'à consulter des experts pour s'assurer que nous faisions tout ce qui était possible. Mais il ne souriait jamais et ne semblait jamais se détendre.

Et, après notre retour du lac, il ne m'appela plus une seule fois Maggie.

Le jeudi, une semaine jour pour jour avant que mon assurance cesse de couvrir mes frais et que je retourne vivre avec mes parents, je n'en pouvais plus.

Nous surveillions tous l'orteil depuis des jours, guettant un nouveau rebondissement – qui ne s'était pas produit. Ce gros orteil superstar était seulement devenu moins fiable. Est-ce que mes progrès stagnaient parce que Ian s'était fermé comme une huître ? Dans tous les cas, ça ne pouvait pas aider. Le temps filait. Je refusais d'avoir un robot pour kiné.

Ce soir-là, quand Ian vint pour le soutien, je lui annonçai que je préférais être accompagnée par un autre kiné désormais.

J'avais espéré une sorte de réaction – un éclair de déception sur son visage, quelque curiosité quant aux motifs ou un soupçon d'irritation. Mais rien.

— OK, dit-il, avec toute l'émotion d'un verre de lait. Si tu penses que c'est mieux.

— Je devrais probablement changer d'entraîneur à la salle de rééducation, aussi, ajoutai-je.

Pas de réaction, là non plus.

— Je comprends, dit-il. Si ça ne te dérange pas de me laisser m'occuper de l'échange, ça donnera peut-être une raison de moins à Myles de me virer.

— Ça marche.

— Je te trouverai quelqu'un de bien.

Son expression impassible me brisa le cœur.

— Super.

Ian se dirigea vers la porte, mais je l'appelai. Il se retourna.

Ce serait peut-être la dernière fois que je le verrais. Je ne pouvais supporter l'idée qu'il se souviendrait toujours de moi comme d'une fille en plein délire, éperdument amoureuse et pathétique. Je ne voulais pas être la seule pour qui c'était important. S'il pouvait être un robot, je le pouvais aussi.

— Au fait, merci de m'avoir dissuadée d'aller plus loin au lac. Je ne sais pas ce qui m'a pris.

Ian esquissa un triste sourire.

— De quoi parles-tu ?

Et nous restâmes là-dessus.

Plus tard ce soir-là, à une semaine moins un jour de la fête de Saint-Valentin du 1er avril de Kit, je lui demandai d'annuler.

— Je ne peux pas, dit-elle. J'ai loué un karaoké.

J'ouvris les mains, l'air de dire : « Et alors ? »

— Annule la loc ! m'exclamai-je

Elle imita mon geste.

— Acompte non remboursable !

Nous mangions d'énormes salades tacos dans des bols faits en galette de maïs.

— En plus, poursuivit-elle, j'ai une flopée de gamins qui passent tôt pour découper des cœurs en papier cartonné, j'ai un type nommé Rodrigo qui amène son groupe de mariachis amateurs pour jouer gratuitement, j'ai acheté les décorations et plus d'une centaine de cookies en forme de cœur, j'ai invité tout l'étage et toutes les infirmières, et j'adore la Saint-Valentin, merde.

— Ce n'est *pas* la Saint-Valentin, rétorquai-je.

— Voilà une mauvaise attitude.

— Tu as foutrement raison.

— Personne ne te demande d'aimer la Saint-Valentin. Tu viens à la fête, point barre.

— Je ne viens pas.

Elle cessa de mâcher.

— Tu es obligée !

Je secouai la tête.

— Il me reste une semaine. Je n'ai pas de temps à perdre avec des fêtes. Je ne glande pas.

— Mais ce sera ma dernière soirée... Et la tienne !

— C'est pourquoi tu devrais annuler la fête et passer cette soirée avec moi.

Elle n'annula pas la fête. Je passai les jours suivants à rencontrer mon nouveau kiné, travailler avec mon nouveau kiné et faire du soutien le soir avec mon nouveau kiné – et Kit les passa à découper des cœurs dans du papier cartonné.

Le nouveau kiné était Rob-le-Chignon – celui que j'avais souhaité avoir au début. Il était le plus jovial et dragueur de tous. Il avait une inépuisable énergie et un rire tonitruant comme une trompette. Je l'avais entendu un million de fois à la salle de sport, et je m'étais toujours imaginé qu'il riait ainsi à cause d'une chose follement drôle. Je m'étais souvent demandé comment ses patients et lui arrivaient à un tel niveau d'hilarité rien qu'en faisant du vélo d'intérieur, et j'avoue en avoir voulu à Ian de se montrer si sérieux.

Mais, au cours de cette dernière semaine, en travaillant avec Rob-le-Chignon, j'en vins à prendre conscience de quelque chose : ce rire était faux. Il *sur*-riait. Il faisait comme si les choses étaient mille fois plus hilarantes qu'elles ne l'étaient. Je lâchais la plus petite non-blague, et il beuglait littéralement à gorge déployée. C'était pire – bien pire – que de ne pas rire du tout.

Après seulement quelques heures à travailler avec Rob, je me mis à tant détester ses éclats de rire que je préférai garder le silence. Je voulais éviter à tout prix de déclencher son hilarité de pacotille. Mais cela ne fonctionnait pas. Quand il ne pouvait rien obtenir de moi, il se tournait vers les autres patients et entraîneurs – et feignait de rire à leurs blagues foireuses.

Je tombais de Charybde en Scylla. Mais, au moins, je n'éprouvais pas d'amour tragique et non réciproque pour lui. Au moins, il ne m'avait jamais donné de baiser qui avait changé ma vie avant de me dire : « Tu sais quoi ? Laisse tomber. »

Au moins, je savais que je ne l'appréciais pas.

Simple.

Je pouvais me concentrer uniquement sur ma guérison. Ou l'absence de celle-ci. Maintenant, chaque fois que j'allais en kiné, je craignais de me retrouver nez à nez avec Ian à la salle. En général, il y était, à travailler avec un autre patient – ce qui me rendait verte de jalousie, qu'il s'agisse d'un vieux chauve ou d'une dame ménopausée. Je ne cessais de lui lancer des coups d'œil, mais il ne me regardait jamais et ne semblait même pas remarquer ma présence.

Je suppose que c'est ce qui se produit quand vous repoussez les gens. Même si, pour être honnête, c'était lui qui m'avait repoussée le premier.

La personne qui me remarquait là-bas, c'était Myles. Il venait voir comment j'allais bien plus souvent, maintenant que Ian n'était plus dans les parages.

— Tout va bien ? disait-il en surgissant de derrière un poteau.

— Oui, merci, répondais-je, sans établir de contact visuel.

Parfois, il m'incitait à parler de Ian.

— Ça n'a pas marché entre vous, hein ? me demanda-t-il un jour.

Cherchait-il à me piéger ? Voulait-il m'amener à causer des problèmes à Ian ?

— Ça marchait à merveille, dis-je en réfléchissant vite.

— À tel point, insista-t-il, que vous avez sollicité un autre kiné ?

— C'était l'idée de Ian, mentis-je.

Myles inclina la tête comme si j'étais la plus grosse menteuse de la création.

— Vraiment ?

Voilà où mon étude obsessionnelle des revues médicales fut payante.

— Oui, répondis-je. Parce que Rob a davantage d'expérience en stimulation électrique fonctionnelle, et Ian pense que ça pourrait me réussir.

Soudain, Myles ne se montra plus aussi présomptueux.

— Cela dit, je vois mal comment vous auriez pu vouloir poursuivre la kiné avec lui. Il était si désagréable avec vous. Limite hostile…

Je commençai à dire :

— Je ne le qualifierais pas d'hostile…

Mais Myles poursuivit :

— Quand il n'était pas planté devant votre porte à vous écouter chanter de l'autre côté.

Je me tournai face à lui.

— Quoi ?

— Oh, vous ne saviez pas qu'il faisait ça ? (Je secouai la tête.) Ouais, confirma-t-il en haussant les sourcils. Flippant, hein ? Ça lui a valu deux avertissements.

Je cherchai Ian du regard. Il aidait une dame âgée à sortir de son fauteuil pour monter sur le tapis surélevé.

— Bref, dit Myles pour attirer de nouveau mon attention. S'il vous ennuie encore, faites-le-moi savoir.

Il pointa un doigt en pistolet vers moi, m'adressa un hochement de tête et appuya sur la détente.

Rob-le-Chignon et moi travaillâmes toute la semaine comme des chiens, à la fois pendant les séances programmées de kiné et les sessions de tutorat, sans faire le moindre progrès. Ian avait laissé un tableau – même s'il détestait ça – détaillant précisément ce que nous étions censés faire, en ordre, en sections, le tout calculé à la minute près. Rob et moi le suivîmes avec assiduité – mais rien ne changea.

Je fis tout ce qui me vint à l'esprit – pris mes vitamines, dormis un maximum, bus beaucoup d'eau – et essayai de remuer les orteils à peu près mille fois par jour. Le raffut autour de cet orteil avait instauré le puissant espoir qu'une avancée était inévitable. Mais plus cette avancée refusait de se produire, plus j'acceptais la dissonance cognitive : j'irais peut-être mieux à tout moment ou je n'irais peut-être jamais mieux du tout.

Cela dit, je m'améliorais de nombreuses autres manières. Mon épaule guérissait « joliment », avait dit le dermato, et les croûtes sur mon visage n'avaient laissé aucune cicatrice. Les points sur mon cou commençaient à disparaître, et, si je ne regardais pas dans le miroir, certaines parties de mon corps me paraissaient presque normales.

Presque.

Ce n'était pas que je n'avais pas fait assez de progrès. Je pouvais énumérer tous les muscles des extrémités inférieures comme une étudiante en médecine. La force de ma ceinture abdominale était « phénoménale », selon Rob, et je pouvais faire des abdos toute la journée. Mes bras et mes épaules étaient des « bêtes ». J'avais les muscles fessiers « d'une championne », et mes adducteurs, fléchisseurs de la hanche, moyens fessiers, muscles droits fémoraux, couturiers et fessiers profonds étaient tous en excellent état de marche. Je pouvais même me tenir assez bien debout – douze minutes était mon record –, mais seulement si je me retenais à quelque chose ou quelqu'un.

Les problèmes venaient tous des muscles responsables de l'extension du pied en avant quand je faisais un pas. Ils échouaient à la mission. En dehors de ce gros orteil réjouissant (grâce à un long fléchisseur de l'hallux fougueux), tout ce qui se trouvait en dessous de mon genou, pour employer le terme technique, était *flasque*.

Je préférais « mou », personnellement.

Dans les deux cas, ce n'était pas bon. Les tibiaux antérieurs, postérieurs, les longs péroniers, les courts péroniers, le plantaire, le soléaire et les gastrocnémiens étaient tous assez mous. Particulièrement frustrants : les semi-membraneux, les semi-tendineux et les biceps fémoraux, qui sont les muscles permettant d'étirer la jambe. Je pouvais avancer la cuisse (grâce au « patron », le psoas iliaque), mais je ne pouvais pas la tendre.

Voilà pourquoi je n'allais pas à la fête de Saint-Valentin. Toute cette ultime semaine fut une lente prise de conscience que, en ce qui concernait la marche, du moins, malgré les tentatives, la détermination et toutes ces heures de soutien, ainsi que les nombreux et impressionnants gains que je pouvais revendiquer, l'échec se profilait.

Je n'avais pas l'habitude de perdre. Je n'avais jamais échoué à rien. Pas même à un concours d'orthographe.

Ça m'empêchait de dormir. Tous les soirs, la dernière semaine, je m'assoupissais pendant quelques minutes à l'heure du coucher, pour me réveiller ensuite en sursaut, remuant nerveusement sous mes couvertures. Plusieurs nuits, ne supportant plus l'angoisse qui me tenaillait, je finis par me transférer dans mon fauteuil, prenant soin de ne pas réveiller Kit, puis me faufilai dans la salle de sport. Là-bas, je me hissais sur les barres de marche, et, agrippée à deux mains, allais et venais jusqu'à être au bord de l'évanouissement.

Ces séances nocturnes étaient probablement une mauvaise idée. J'aurais sans aucun doute mieux fait de laisser mon corps se reposer. Mais j'étais incapable de me retenir. Je persistais à penser que, si je poussais un peu plus loin, je pouvais faire une percée. La perspective de ne pas être à la hauteur de ce défi – sûrement le seul qui ait jamais vraiment compté – m'angoissait trop pour me laisser le loisir de penser correctement.

La veille de la fête de Kit, je me rendis de nouveau à la salle. J'avais les bras douloureux de tous les tours sur les barres, et j'entendais la voix écossaise de Ian dire « les bras ne sont pas des jambes », mais je m'en moquais. Ce n'étaient pas mes bras dont je me souciais. Je fis des allers-retours – dix, puis vingt, encourageant mentalement le bas de mes jambes à se balancer en avant, les plantes de mes pieds à pousser, quelque chose, quoi que ce soit, à s'animer.

Puis, juste avant le trentième tour, mes bras finirent par lâcher.

Ça arriva vite. Je m'affaissai, heurtant violemment le tapis, et restai allongée, haletante. Et là, le visage contre la natte, cuisant comme si l'on m'avait giflée, l'idée me frappa véritablement : je ne remarcherais pas. Jamais.

Je ne surmonterais pas cette épreuve. Je ne serais pas comme neuve. Je ne montrerais pas à tout le monde de quoi j'étais capable. Je ne serais pas l'exception à la règle. Je ne livrerais pas un témoignage inspirant qui deviendrait viral sur Internet. Tout ce que j'avais vécu, pensé ou espéré jusqu'à cet instant précis paraissait caricatural. Toute cette expérience s'était révélée si frénétique que c'était presque comme si rien n'avait été réel. Jusqu'à maintenant. Seule, par terre, je pigeais vraiment – enfin. La seule chose qui était encore réelle :

J'allais passer le restant de mes jours dans un fauteuil roulant.

À peine étais-je arrivée à cette conclusion que j'entendis une voix – à l'accent écossais.

— Qu'est-ce qui se passe, bon Dieu ?

Je ne bougeai pas. Je demeurai juste étendue là et calculai les probabilités qu'un autre Écossais passe par la salle de rééducation au milieu de la nuit.

Plutôt faibles.

Puis j'entendis les baskets de Ian couiner sur le sol – rapidement, comme s'il courait –, et il prononça mon prénom d'un ton pressant, comme si j'étais peut-être en danger :

— Maggie, qu'est-ce qui s'est passé ?

Échouée sur le tapis, je ne parvenais pas à relever la tête.

— Tu ne m'appelles plus jamais Maggie.

Puis il fut à quatre pattes à côté de moi.

— Qu'est-ce qui s'est passé ? Dis-moi.

— Pourquoi est-ce que tu es là ?

— Je travaille tard. Qu'est-ce qui s'est passé ?

Il s'apprêtait à appeler de l'aide, mais je n'en avais pas besoin. Je tendis la main pour le garder là, puis lui expliquai tout de la seule façon que je pouvais.

— J'ai échoué, dis-je.

— Est-ce que tu utilisais les barres ? Toute seule ? Seigneur, Maggie, tu n'es pas censée venir ici non accompagnée.

Mais cela n'avait aucune importance. Rien n'avait d'importance.

— Est-ce que tu t'es fait mal ? me demanda-t-il.

— Non.

— Est-ce que tu peux te lever ?

— Non.

— On va te ramener à ta chambre.

Il me prit dans ses bras.

— Non, dis-je. Donne-moi juste une minute. (Il hésita.) S'il te plaît.

Alors il bascula en arrière, sans me lâcher, et s'assit sur le tapis, me tenant toujours.

Sa formation médicale le pressait probablement de me reconduire à ma chambre, contrôler mes organes vitaux et s'occuper avec brusquerie de ma santé physique. Mais il contourna les codes. Je lui avais dit que je ne m'étais pas fait mal et il me croyait. Il ne doutait pas que je n'avais pas besoin d'être ramenée et traînée dans la lumière vive du couloir. Il comprenait ce que j'avais fait. Il savait aussi bien que tout le monde que je n'avais pas fait assez de progrès. Ça ne lui avait pas échappé.

Alors, sans plus me poser de questions, il me tint juste là, contre sa poitrine, sur le tapis, dans la salle sombre, en me caressant les cheveux.

Je dus m'endormir, et Ian me ramena probablement au lit dans ses bras, car le lendemain matin je me réveillai dans ma chambre avec Kit qui roupillait toujours ; mais je ne me rappelais pas être revenue.

Je suivis le mouvement ce jour-là. C'était tout. Vraiment. Tout était strictement pareil, sauf une chose cruciale : il n'y avait plus d'espoir.

Kit resta avec moi toute la journée, à découper des cœurs pour la fête et passer des coups de fil en rapport avec l'organisation, mais je ne lui en parlai pas. Je n'avais aucune envie d'une discussion. Il n'y avait pas lieu d'en discuter. Elle sortit un peu en fin d'après-midi pendant que je faisais de la kiné avec Rob, et, lorsque je revins, elle était toujours absente. Je m'endormis profondément et ne me réveillai de cette sieste qu'à l'heure du dîner : bouffe d'hôpital. Il n'y aurait rien de délicieux ce soir-là. Kit serait aux commandes de sa grosse soirée, et je serais dans ma chambre. Seule. À manger de la gelée.

Tandis que la vue de mon repas devenait plus nette, quelque chose de l'autre côté de la pièce se précisa aussi. Une robe, pendue au support de la télé, avec un mot dessus tracé au marqueur. Je reconnus l'écriture de Kit :

Véritable robe vintage de diva de roller disco à épaule (droite) nue !

PILE TA TAILLE !
5$ à l'Armée du salut ! (Je l'ai lavée pour toi !) Viens à la fête !!!

C'était une robe longue à ruchés en polyester rose et or, à une épaule. Elle était originale, et aussi étrangement ravissante.

Mais ce n'était pas suffisant pour me convaincre d'aller à la fête.

Je soulevai le couvercle en plastique jaunâtre sur mon assiette. Une espèce de viande grise, de la purée instantanée et des haricots verts en conserve. Eh non. Je donnai un coup de doigt dans la gelée. J'écoutai les infirmières plaisanter à leur poste. L'une d'elles avait un petit faible pour Rob-le-Chignon, et elle avait entendu dire qu'il serait là. J'en déduisis qu'il n'y aurait pas non plus de soutien pour moi ce soir-là. Pas de problème. C'était inutile, de toute manière.

Sur le plateau, le dessert était un cookie aux pépites de chocolat, ce qui ressemblait à un coup de bol – jusqu'à ce que je morde dedans et découvre que c'était raisins-flocons d'avoine.

L'étage paraissait plus calme que d'habitude. Tout le monde devait être dans la salle de rééducation.

Puis la porte s'ouvrit. C'était Kit.

— J'ai besoin de toi, annonça-t-elle.

— Quoi ?

— Le groupe de mariachis est à chier ! Les enfants sont en larmes !

— Ça ne peut pas être si terrible.

— Oooh, si ! dit-elle en repoussant mes couvertures. Va faire pipi. Lave-toi les dents. Mets ta robe ! Tu fais un medley de chansons d'amour dans dix minutes.

Je secouai la tête.

— Je ne crois pas, non.

Elle posa une main sur la hanche.

— Combien de fois ai-je été là pour toi quand tu as eu besoin de moi ?

— Récemment ou dans nos vies entières ? Parce que je pense que tu as commencé par un déficit.

Kit me tira par le bras.

— J'ai besoin de toi. Les enfants ont besoin de toi. La Saint-Valentin a besoin de toi. La mère de Ian a besoin de toi !

Quoi ? L'évocation de cette dernière retint mon attention.

— La mère de Ian ?

Elle pointa du doigt vers moi et répéta l'un de ses dictons préférés, que Ian nous avait un jour énoncé :

— Quand tu ne sais pas quoi faire pour toi-même, fais quelque chose pour quelqu'un d'autre.

C'est comme ça qu'elle m'a eue.

J'allai en effet à la fête, même si, quand j'apparus, le groupe de mariachis était parfaitement normal, pas un seul gamin ne pleurait, et il était clair que Kit m'avait piégée.

Je lui jetai un regard noir.

— Pas cool.

— Essaie juste de garder cet air de pisse-vinaigre sur la figure pendant que tu manges l'un de ces cookies, dit-elle en m'en tendant un en forme de cœur avec des vermicelles de chocolat.

OK, ce n'était pas raisins-flocons d'avoine.

Kit s'était donnée à fond. Il y avait une table d'artisanat, une boule à facettes, la fameuse fontaine à chocolat volée à un traiteur, des cœurs et des banderoles partout. Elle avait même accroché une boule de gui au bout d'un bâton pour inciter les gens à s'embrasser. Rob faisait le service pour elle, éclatant de ce rire en corne de brume chaque fois que ça marchait.

Je confesse : *oui*, c'était une charmante fête, *oui*, j'ai adoré porter ma robe de diva, *oui*, j'ai chanté un medley de chansons d'amour, et me trouver là valait mieux, en tous points, que d'être seule dans ma chambre. Ce fut, en vérité, une distraction efficace.

Aussi triste que je pouvais l'être, je me sentais un peu heureuse, aussi.

Je ne vis pas le temps passer. Nous envoyâmes les enfants au lit à 20 heures, et continuâmes tous à manger des cookies et chanter de tout notre cœur.

Ma meilleure performance de la soirée fut de loin ma dernière : je beuglai littéralement « Best of My Love », et au beau milieu, je relevai les yeux et vis Ian à l'autre bout de la salle, qui me regardait comme s'il était ensorcelé. Cela, bien entendu, m'incita à chanter plus fort et mieux, et je mis tout ce que j'avais dans le reste de ma prestation. À la fin, j'eus des acclamations équivalentes à une *standing ovation*, et quand je traversai la salle ensuite pour aller chercher des cookies, Ian me rejoignit. Nous restâmes immobiles tous les deux quelques secondes de trop.

— Sacrée chanson, finit-il par dire avec chaleur et non en mode robot.

La voix du vrai Ian me combla d'aise.

— Merci.

— Tu chantes extraordinairement bien.

À présent, je souriais.

— Merci.

— C'est bon de te voir.

— Tu aurais pu me voir toute la semaine à la salle si tu ne m'avais pas ignorée.

— Je ne t'ignorais pas, dit-il en fronçant les sourcils. Je…

Mais alors il s'interrompit. Et ne reprit pas la parole.

— Kit m'avait dit que tu ne viendrais pas à la fête, dis-je.

— Je ne viens pas.

— Mais tu es ici.

— Juste le temps de voler quelques cookies.

— Je vois.

D'un geste, il désigna le couloir qui menait aux bureaux.

— Je travaillais tard, expliqua-t-il.

— Ça t'arrive souvent ces temps-ci.

— J'effectue des recherches sur ta blessure, en fait, admit-il, l'air un peu gêné. J'essaie de trouver un moyen d'aider.

J'aurais dû lui rendre justice. C'était gentil de sa part, et rien ne l'y obligeait. Mais je répliquai :

— Tu perds ton temps. C'est terminé.

— Qu'est-ce qui est terminé ?

— Ma guérison.

Il secoua la tête.

— Il y a toutes sortes de moyens de guérir.

Je détournai le regard. Ça aurait été le bon moment pour lui de fuir, mais il ne le fit pas. Au lieu de ça, il tenta de lancer une petite conversation. Il hocha la tête vers la salle.

— On dirait que vous vous éclatez.

— On ne fait pas exprès. Kit nous y a forcés.

Il jeta un coup d'œil à Kit, qui remarqua que nous étions en train de discuter. Quand il se retourna, il étudia ma tenue de plus près.

— Super robe.

— Je pense que je vais devenir une personne à robe-à-une-épaule, dis-je.

— Tu aurais tort de t'en priver, ça te va à ravir.

— Ça pourrait être ma marque de fabrique. Du coup, quand je ferai quelque chose d'absolument incroyable que l'histoire aura besoin de commémorer avec une statue, ils n'auront pas d'autre choix que de me représenter là-dedans.

Je fis voleter l'un des ruchés. Ian sourit alors – un sourire sincère comme je n'en avais pas vu depuis longtemps.

Il s'apprêtait à dire quelque chose quand Kit apparut à côté de nous et dit :

— Voilà le gui !

Ian et moi levâmes les yeux. Elle tenait le gui au-dessus de nos têtes.

— Le gui, c'est pour Noël, fit remarquer Ian.

— Rien à battre, rétorqua-t-elle.

— Elle a obligé les gens à s'embrasser avec ce truc toute la soirée, expliquai-je.

— Tu vas m'obliger à embrasser ta sœur ?

Kit haussa les épaules.

— On dirait.

— Il ne peut pas m'embrasser, dis-je à Kit. C'est contraire aux règles.

— Quelles règles ? demanda-t-elle.

— Toutes, répondis-je.

Mais Ian réfléchissait aux options qu'il avait.

— Qu'est-ce qui se passe si je refuse ?

Kit le regarda, l'air de dire : « Ne fais pas l'idiot », et alors, comme s'il s'agissait d'un défi, elle répondit :

— Eh bien, j'imagine que tu rateras l'occasion d'un baiser.

— Tu n'es pas obligé de m'embrasser, dis-je.

Puis je me tournai vers Kit :

— Ça suffit ! Tu vas finir par le faire virer !

Mais Ian s'accroupit devant mon fauteuil. Il rabattit les cale-pieds en levant un pied, puis l'autre, pour les poser à plat par terre. J'étais pieds nus et je sentais, par endroits, combien la surface était fraîche. Puis Ian se pencha près de moi pour que je mette mes mains sur ses épaules, comme il l'avait fait si souvent à la piscine, et il plaça ses mains sur mes hanches pour me stabiliser. Je m'inclinai en avant, bloquai les genoux et m'avançai vers lui – et nous nous levâmes.

— Ça porte malheur de ne pas s'embrasser sous le gui, expliqua-t-il.

Ses yeux. Son visage si proche. L'air me brûlait les poumons. Est-ce qu'il allait faire ça ?

— Personne dans cette salle n'a besoin d'une dose de malheur en rabe, fis-je remarquer.

Il plongea son regard dans le mien.

— C'est très vrai.

— Mais enfin, tu ne peux pas m'embrasser, insistai-je en espérant qu'il contesterait.

— Je ne peux pas ?

— Et si quelqu'un te dénonce ?

— Je m'en fous.

— Ah oui ?

— Tu veux savoir la seule question qui m'importe ?

J'acquiesçai. Il me regarda dans les yeux et dit :

— Qu'est-ce que tu veux ?

Je retins mon souffle. Ce que je voulais ? Qu'est-ce que c'était que cette question ?

Je le voulais, lui.

Je voulais l'entraîner sur le toit et y rester toute la nuit. Je voulais être la fille que j'étais avant. Celle avec les cheveux, les jeans et les hanches. Celle avec au moins une chance d'être désirée en retour. Mais je n'allais certainement pas dire ça. Je n'obtiendrais peut-être jamais ce que je désirais.

Je haussai les épaules. Ian m'étudia, comme s'il pouvait deviner ce que je pensais en me regardant. Puis il jeta un dernier coup d'œil au gui et haussa à son tour les épaules.

Il s'approcha et resserra son bras autour de ma taille. Je passai mes bras autour de son cou, et, ce faisant, je promenai les yeux sur ses clavicules au niveau du V de sa blouse bleue, puis les fis remonter le long de sa mâchoire avant de m'attarder sur sa bouche.

Puis il se pencha vers moi. On aurait dit un ralenti, avec Nina fredonnant «*Midnight Train to Georgia*» en fond. À seulement quelques centimètres, il prit son temps, comme s'il savourait l'instant. Comme s'il s'en imprégnait. Je n'avais pas remarqué à quel point Kit avait tamisé les lumières, jusqu'à ce que la lumière de la boule à facettes remplisse soudain la salle d'étoiles, et que la seule chose stable dans cet espace étourdissant soit Ian. Tout chez lui dégageait une impression de force – il était quelqu'un à qui j'avais envie de m'agripper. Il se rapprocha un peu, puis un peu plus, et alors, contre toute attente, sa bouche rencontra la mienne.

Peut-être aurait-il dû s'abstenir, mais j'étais si indescriptiblement contente qu'il l'ait fait ! Et ses lèvres étaient de nouveau là, pareilles mais en mieux, comme une chose perdue pour toujours puis retrouvée. Soudain, tout se mit à tournoyer, bien trop pour que je voie quoi que ce soit. Je glissai dans la chaleur, le réconfort et l'électricité de ce moment, sachant qu'il ne pourrait pas durer longtemps, mais regrettant qu'il ne puisse se poursuivre pour l'éternité.

Jusqu'à ce que la musique s'arrête subitement. Les lumières se rallumèrent, vives comme des projecteurs. La salle se figea. Même le karaoké se tut. Nous nous tournâmes pour voir ce qui se passait, et nous vîmes tous les deux la même chose en même temps : Myles.

Myles était entré dans la pièce. Il l'avait à moitié traversée et nous dévisageait.

— Que diable se passe-t-il ici ?

— C'est une fête, annonça Kit, ignorant à qui elle avait affaire.

Mais Myles ne la regarda pas.

— Je rêve ou je viens de voir un kiné embrasser une patiente ?

— Vous ne rêvez pas, lança spontanément Kit. Je viens de l'instagrammer !

— Félicitations ! dit alors Myles à Ian. Tu es viré.

L'assemblée retint son souffle.

— Dis adieu à ton job, poursuivit Myles, se délectant visiblement de ce moment. Dis adieu à ta licence de kiné. Et je vais devoir réviser ma loi sur l'immigration, mais je suis à peu près sûr que tu peux dire adieu aux États-Unis par la même occasion. *Bye-bye*, le visa de travail ! ajouta-t-il en faisant un geste pour narguer Ian.

Mais Ian s'était détourné de lui et me regardait à présent, observant mon visage, en scrutant les détails. Je voyais à son expression que Myles n'avait pas tort. Ian venait de perdre son boulot, et probablement beaucoup plus.

Mes genoux choisirent ce moment pour commencer à trembler – même si Ian l'avait anticipé, de quelque façon, et me replaçait déjà dans mon fauteuil. En se redressant après m'avoir installée, il serra ma main, et son geste ressembla à un adieu.

— Bon Dieu, tu crois que je plaisante, mec ? dit Myles en approchant. Parce que je suis très sérieux. Tu viens de tout perdre.

Le visage sournois de Myles était écarlate et moite de sueur, mais, à l'inverse, Ian sembla devenir de plus en plus calme et détendu. Il se tourna face à Myles.

— En fait, dit-il, je suis bien placé pour savoir ce que c'est que de tout perdre – et se faire saborder par une fouine comme toi n'y ressemble même pas de loin.

— Tu t'es sabordé tout seul, mon pote.

Ian sembla y réfléchir.

— Peut-être. (Puis il releva les yeux.) Mais ce n'est pas une raison pour m'appeler mon pote. Parce que je ne suis pas ton pote.

— C'est qui, ce type ? demanda Kit à l'assemblée, avant de s'adresser à Myles. C'est une fête de Saint-Valentin. La vache, détends-toi, mec ! Prends un cookie, ça ira mieux après.

Myles se tourna vers elle et la remarqua pour la première fois.

— Ce n'est même pas la bonne date.

— Pourquoi est-ce que tout le monde fait une telle fixation là-dessus ?

— Ian, commençai-je.

Mais il n'avait même pas tourné la tête que déjà Myles aboyait :

— N'approche pas la patiente !

Ian lui jeta un regard, l'air de dire : « Vraiment ? »

— Je vais juste la raccompagner à sa chambre.

— Certainement pas ! déclara Myles en traversant la pièce pour nous rejoindre. Fais un pas vers elle et je te balance de cet immeuble.

Ian se tourna pour être directement face à lui, et, à cette distance, nous pouvions tous voir qu'il mesurait une bonne tête de plus.

— Et avec l'aide de quelle armée, espèce de tronche de couilles ?

À ces mots, Myles lui envoya son poing dans la figure. Mais Ian parvint de quelque manière à le bloquer, puis il lui attrapa les deux poignets pour les immobiliser.

— Je te le déconseille, dit calmement Ian. Je détesterais te tuer par accident. Plus pour mon bien que pour le tien.

Si l'expression de Myles avait été un son, il se serait agi d'un geignement. Il était dépassé par les événements, et il le savait. Il savait que Ian pouvait l'écraser – et il savait aussi qu'il venait de verrouiller le fait que Ian n'avait plus grand-chose à perdre.

Myles ouvrit la paume dans un geste de défaite.

— OK, dit-il.

Ian relâcha sa prise. Ils reculèrent tous les deux. Puis Ian fit encore quelques pas en arrière, et je m'aperçus qu'il partait.

Il scruta la salle, s'en imprégnant visuellement une dernière fois. Puis il se tourna vers moi et dit :

— Maggie !

Même si tous les regards, dont le mien, étaient déjà braqués sur lui.

Ne t'en va pas, me retrouvai-je à penser. *Ne t'en va pas.*

Il me regarda droit dans les yeux, m'adressa un signe de tête, puis dit :

— Joyeuse Saint-Valentin.

Chapitre 23

Le lendemain fut le début d'un nouveau chapitre, mais aussi la fin d'un autre.

C'était le jour où Kitty partait pour New York, et celui où je quittais l'hôpital. Il était prévu que mes parents arrivent en fin de matinée, et que mon père conduise Kit à l'aéroport pendant que ma mère m'aidait à faire mes bagages. Alors que nous attendions, j'essayai de toutes mes forces de ne pas broyer du noir.

— Je n'en reviens pas que tu me laisses seule avec eux.

Kit ne se laissa pas impressionner.

— Juste à temps, dit-elle. C'est un miracle que nous soyons sains et saufs après le mois que nous avons passé.

Elle n'avait pas tort. Même si certains étaient moins sains et saufs que d'autres.

Quand sa valise fut fermée et posée à côté de la porte, Kit dit :

— Maintenant, est-ce que tu veux bien écouter le truc réconfortant que j'avais à te dire, s'il te plaît ?

— D'accord. Mais je ne trouverai peut-être pas ça réconfortant.

— *Moi*, ça me réconforte, dit-elle. C'est suffisant.

— Alors crache.

— Donc, j'ai vu cette conférence TED, donnée par un chercheur de Harvard… (Elle marqua une pause.) Ou bien Stanford ? En fait, je crois que c'était le MIT. Bref, un génie…

— Tu m'as déjà perdue.

Elle insista.

— Il fait des recherches sur les probabilités mathématiques ou je ne sais quoi, et dans sa conférence, il disait que les gens ont, genre, une valeur de consigne pour le bonheur.

— Quel rapport avec les probabilités ?

— Il donnait ces statistiques géniales. Les gens qui gagnent à la loterie, quand tu les recontactes un an plus tard, tu penserais qu'ils sont super heureux, n'est-ce pas ?

Elle voulait que je le dise.

— Vrai.

— Mais ils ne sont pas heureux. Ils sont aussi tristes qu'avant.

J'inclinai la tête.

— Est-ce qu'ils étaient tristes avant ?

— Et les gens, poursuivit-elle, à qui il arrive des choses terribles – perte d'un conjoint, faillite, accidents qui les ont défigurés…

— Des gens comme moi, quoi…

Elle hocha la tête.

— Exactement ! s'exclama-t-elle en me désignant du doigt. Il évoquait en particulier les paraplégiques.

Je ne m'étais jamais entendu décrire de cette manière, et le terme me fit légèrement sursauter. Mais je ne relevai pas.

— Je ne vois toujours pas le rapport avec les maths.

— Il citait une étude spécifique sur les gens qui avaient perdu l'usage de leurs membres inférieurs – des gens en fauteuil roulant –, et ces conclusions se vérifient totalement. Un an après l'accident, ils sont exactement aussi heureux qu'avant.

Je la dévisageai.

— N'est-ce pas génial ? insista-t-elle.

— C'est ça que tu attendais de me dire depuis tout ce temps ?

— Oui ! Ça va aller pour toi. Est-ce que ce n'est pas un soulagement de le savoir ?

— J'hésite.

Puis, en venant me gratifier d'une étreinte finale, elle me dit :

— J'ai juste besoin que tu te souviennes de ça, OK ? (Elle me serra un peu plus fort.) Il existe toutes sortes de fins heureuses.

Ensuite, mes parents apparurent à la porte avec un fauteuil roulant haut de gamme entouré d'un ruban. Littéralement : un ruban. Comme si je venais d'avoir seize ans et qu'ils m'avaient acheté une décapotable. Je me contentai de le regarder fixement.

— C'est le pire des plus beaux cadeaux de ma vie.

Mon père vint vers moi pour l'une de ses embrassades typiques.

— Le titane a été développé par la NASA, précisa-t-il. Il a des roues à mouvement inversé aussi fines que des lames de rasoir, comme ceux qu'utilisent tous les basketteurs.

— Merde ! m'exclamai-je. Maintenant je vais devoir intégrer une équipe de basket.

Je songeai au basket-ball d'intérieur avec Ian, et me demandai si je n'allais pas le faire. Mon père voulait m'expliquer toutes ses caractéristiques et me faire une petite démo, mais je coupai court direct.

— Il adore ce machin, expliqua ma mère. Il a passé toute la journée d'hier à foncer partout avec.

Mon père se frotta une épaule en confirmant :

— J'ai un peu mal aux bras.

Ils étaient tous les deux très excités. Ma mère aimait beaucoup son côté compact et fin.

— Vu sous un certain angle, dit-elle, on voit à peine qu'il y a un siège.

— Donc je vais juste avoir l'air de flotter bizarrement dans la rue avec les jambes pliées ?

Mais elle balaya ma remarque aussitôt :

— Tu vois ce que je veux dire.

Tout le monde faisait preuve de courtoisie et de politesse. Il était difficile d'imaginer que notre famille se remettait à peine d'une crise. Puis quelque chose d'étrange se produisit : juste avant que Kit parte pour l'aéroport avec mon père, elle alla serrer ma mère dans ses bras pour lui dire au revoir. Et ma mère fut incapable de la lâcher.

Combien de temps dure une embrassade normale ? Cinq secondes ? Celle-ci se poursuivit pendant cinq minutes. Si longtemps que Kit finit par ouvrir les yeux pour m'adresser un regard effaré.

Personne ne dit rien. Nous restâmes juste plantés là, en silence, et laissâmes la chose se produire. C'était la première étreinte que ma mère et Kit avaient partagée depuis des années.

Quand ma mère finit par s'écarter, elle avait le visage baigné de larmes. Elle les essuya et se tourna vers mon père.

— Elle va avoir besoin de quelque chose à manger à l'aéroport.

Mon père sentit ce qui se profilait. Il consulta sa montre.

— Tu m'envoies à la sandwicherie ?

Ça commençait à devenir une habitude. Envoyer son mari chercher des sandwichs. Surtout quand elle voulait avoir une discussion entre filles. Mon père secoua la tête.

— Nous n'avons pas le temps.

— Si ! insista ma mère.

Kit acquiesça.

— En fait, nous avons largement le temps.

Mon père jeta un coup d'œil à ma mère : « Vraiment ? », sembla-t-il demander. Puis il soupira, posa la valise de Kit et sortit, pendant que Kit et moi échangions des regards interloqués.

Ma mère le regarda partir, et c'est seulement lorsqu'il fut entré dans l'ascenseur au bout du couloir qu'elle se retourna vers nous avec une expression solennelle. Elle inspira profondément et déglutit. Puis elle ferma la porte et fit un pas vers Kit.

—Son nom, dit-elle, était Derin Buruk.

Kit retint son souffle. Elle me regarda furtivement, puis de nouveau ma mère, qui lança un coup d'œil vers la porte, comme pour confirmer que la voie était libre.

—Il était turc. Un étudiant étranger. Irrésistiblement beau. Des cheveux noirs et des yeux verts bordés de longs cils noirs. Il est arrivé le premier jour de notre dernière année, et les filles n'eurent que son nom sur les lèvres pendant des mois. Je ne parlais pas de lui. Je l'ignorais. Je sortais avec votre père –depuis la troisième– et je ne cherchais pas de flirt, mais je n'ai pu m'empêcher de le remarquer. Il avait l'étoffe d'une star de cinéma. Il était magnétique. Et, pour raison qui m'échappe, il a fait une fixation sur moi. Il me passait des petits mots, me draguait dans les couloirs, glissait des fleurs dans mon casier. Je lui ai dit à maintes reprises d'arrêter, mais c'était plus fort que lui. Il me dévisageait constamment à la cafétéria et pendant les matchs de foot. Il m'appelait presque tous les jours. Il me déclarait son amour –obsessionnel– et me suppliait de rompre avec votre père pour sortir avec lui.

Je regardai les mains de ma mère. Elles tremblaient.

—Les Turcs sont réputés pour leur obstination, poursuivit-elle. Ils sont très déterminés en amour. Votre père –votre merveilleux père, l'amour de ma vie– n'est pas vraiment comme ça. Cette constance, cette nature facile à vivre… ne se prêtent pas à la folle passion. Il était gentil, il avait bon cœur, mais c'était aussi un lycéen. Il se trompait sur beaucoup de choses. Il n'était pas champion de romantisme et ne savait pas comment s'y prendre pour courtiser ou troubler une femme. Nous étions très complices. Mais je n'avais jamais affronté une force telle que Derin. Je me suis retrouvée sans défense. J'ai fait de mon mieux. Je l'ai repoussé, encore et encore, mais il n'a pas cessé de revenir à la charge – avec plus d'insistance et d'ardeur. En vérité, j'aimais ça. J'aimais qu'il m'ait remarquée. J'aimais que, de toutes les filles amoureuses de lui, je sois celle qu'il avait choisie. Je n'ai jamais compris pourquoi moi. Je ne sais toujours pas.

Ma mère paraissait fébrile. Je tapotai le lit à côté de mes genoux.

— Viens t'asseoir.

Elle obéit distraitement.

— Cette année-là, poursuivit-elle, pendant les vacances de Noël, votre père est allé rendre visite à sa famille. Il s'est absenté pendant une semaine. D'une façon ou d'une autre, Derin a su qu'il était parti et a commencé à grimper dans l'arbre devant ma fenêtre la nuit et à taper au carreau. Je l'ai refoulé deux fois, mais la troisième nuit, il a dit qu'il allait bientôt rentrer chez lui et qu'il avait quelque chose à me dire avant de partir. (Elle ferma les yeux.) Mon Dieu, pardonnez-moi. Je lui ai ouvert. Jusqu'à la fin de la semaine, je l'ai laissé entrer chaque fois qu'il frappait. Il repartait en cachette juste avant l'aube. La nuit avant que votre père revienne en ville, j'ai interdit à Derin de revenir – et il n'a plus rien tenté.

— Qu'est-ce qu'il avait besoin de te dire ? demandai-je.

Ma mère fronça les sourcils.

— Tu sais quoi ? Je ne m'en souviens pas.

Kit poussa un long soupir.

— Quand les cours ont repris, poursuivit ma mère, Derin était retourné à Istanbul. Je ne l'ai jamais revu. Aux vacances de printemps, j'avais deviné que j'étais enceinte, et quand l'été est arrivé, votre père l'avait compris, aussi. Il a supposé que l'enfant était de lui, et je ne l'ai pas détrompé. Ça le rendait tellement heureux. Il m'a demandée en mariage, et j'ai accepté, et j'ai fait comme si Derin Buruk n'avait jamais existé.

— Jusqu'à ce que je fasse une analyse de sang, intervint Kitty.

Ma mère secoua la tête.

— Jusqu'au premier instant où je t'ai vue. Là, j'ai su.

— Est-ce que tu le détestes ? Ce type ? demanda alors Kitty.

— Non. Je ne le déteste pas. Plus maintenant.

— Est-ce que tu me détestes ?

— Non !

— Mais quand tu me regardes, est-ce que tu le vois ?

— Parfois. Tu as ses cils.

— Tu as toujours dit qu'ils étaient hurons.

Ma mère s'excusa de son mensonge avec un petit haussement d'épaules.

— Est-ce que tu en ressens de la culpabilité ?

— Parfois. Ou de la peur.

Kitty acquiesça.

— Tu as peur que papa ne découvre la vérité et qu'il ne m'aime plus ?

Ma mère secoua la tête.

— Qu'il puisse découvrir la vérité et que ce soit *moi* qu'il n'aime plus.

— C'est vrai, toi, tu n'y es pour rien, dis-je à Kit.

Ma mère était d'accord.

— Il t'adore depuis le premier jour.

— Avec maman, c'est un peu plus délicat.

Ma mère ne put réprimer un petit rire nerveux.

— Eh bien, il ne le découvrira pas, déclara Kit en me regardant droit dans les yeux.

Était-ce moralement condamnable de conspirer contre lui ? Je ne m'en souciais pas vraiment à ce moment-là.

— Je ne lui raconterai jamais, dis-je.

— Moi non plus.

Ma mère avait l'air physiquement dégonflée à présent, comme si livrer tous ces secrets l'avait vidée. Elle garda les yeux rivés sur Kit.

— Tu es un peu sa préférée, tu sais, dis-je.

— Je sais. Juste un peu.

— Il a toujours pris ton parti au détriment de celui de maman.

— Je sais.

— J'en suis heureuse, dit notre mère. Je suis heureuse que vous ayez pu compter l'un sur l'autre.

Puis, dans la petite pause qui suivit, nous entendîmes une voix dans le couloir, juste derrière la porte.

— Est-ce que je peux vous aider, monsieur ?

D'abord, il n'y eut aucune réponse, mais ensuite un homme se racla la gorge.

— Non, dit-il. Non. J'ai juste… oublié mes clés.

Ma mère écarquilla les yeux. Parce que c'était papa.

L'infirmière passa devant lui pour entrer dans la chambre, laissant la porte ouverte derrière elle, et nous nous retournâmes toutes les trois pour voir mon père, pétrifié sur le seuil, le regard plutôt vague et plein d'incompréhension tourné vers nous.

— Je suis tellement désolé, dit-il après une minute, un peu essoufflé, blême. Je suis revenu chercher les clés de la voiture. Mais, au lieu de ça, je me suis retrouvé à écouter à la porte.

Chapitre 24

Ma mère courut vers lui, avec un sanglot comme je n'en avais jamais entendu échapper de sa gorge, mais il l'arrêta et recula. Il évita son regard.

— Viens, Kitty, dit-il sans croiser le sien non plus. Tu as un avion à prendre.

— Cliff…, commença ma mère.

— Non ! aboya mon père.

Puis, au ralenti, il tendit le bras pour prendre la valise de Kitty, prit les clés dans le sac à main de ma mère et quitta la pièce sans un mot.

Les jambes de ma mère se dérobèrent sous elle, mais Kitty la rattrapa et la conduisit jusqu'au fauteuil près du lit.

— Je suis désolée… Tellement désolée, dit Kit. Je lui parlerai.

Ma mère porta une main tremblante à sa bouche.

— Ça va aller, dis-je. Nous allons arranger ça. Il t'aime.

Kit avait un avion à prendre. Elle croisa mon regard.

— Tu gères ça, hein ?

J'acquiesçai, même si je n'en étais pas du tout sûre.

— Ne rate pas l'avion.

Kit vint vers moi et m'étreignit vigoureusement.

— Appelle-moi si tu as besoin de moi.

— Pas « si », rectifiai-je, *quand*.

— Au moins, tu ne t'ennuies pas, dit-elle alors.

— Peut-être qu'on s'en portera tous mieux de le savoir, dis-je.

Mais, tandis que je jetais un coup d'œil vers ma mère, à présent catatonique face à ce qui venait de se produire, il était difficile d'imaginer comment.

Mon père ne revint pas nous chercher après avoir déposé Kitty à l'aéroport. De toute ma vie, il n'avait absolument jamais manqué à l'appel quand j'avais eu besoin de lui.

Mais je comprenais. Il envoya un taxi à la place. Il fallut à ma mère deux fois plus de temps que quiconque aurait pu le prévoir pour faire mes bagages et enlever la déco, et le chauffeur attendit dans le couloir, sa casquette vissée sur la tête. Ma mère semblait incapable de se concentrer.

Je tentai de lancer des suggestions et autres encouragements depuis le lit, mais elle finit par déambuler dans la pièce en prenant des objets au hasard pour les reposer. Elle emballait quelques trucs, s'interrompait et en laissait d'autres dans le placard.

Pendant ce temps, infirmières et patients allaient et venaient dans la chambre pour dire au revoir. Je ne m'attendais évidemment pas à voir Ian. Myles avait probablement fait instaurer un périmètre de sécurité. Mais, malgré tout le drame oppressant de la journée, je ne pouvais m'empêcher de le chercher. Je n'avais pas passé un jour et demi sans le voir depuis que nous nous étions rencontrés.

La journée fut un défilé de tous les visages que j'avais été amenée à connaître ces six dernières semaines : les adieux de l'assistante sociale, du psy de l'hôpital, de Priya, de Nina. Je vis le chirurgien du rachis et le dermato, le représentant de l'assurance, et deux des aides-soignants. C'était presque comme si j'avais été en colonie de vacances et qu'avait sonné l'heure des adieux jusqu'à l'été prochain. Cela me prit un siècle de partir. Puis je tombai dans une faille temporelle.

L'instant d'après, je passais en fauteuil roulant la porte de la maison de mes parents, par la nouvelle rampe que mon père avait construite pour moi. Je le remerciai intérieurement et louai ses aptitudes manuelles, tout en essayant d'étancher le flot de désespoir dans ma poitrine.

Mais quand je me frayai un chemin jusque dans le salon, mon père était là. Il s'immobilisa en nous voyant et baissa les yeux. Nous nous figeâmes, aussi. Il tenait un sac en toile avec la fermeture ouverte dans une main – dont dépassaient partiellement une brosse à dents ainsi que les manches de son pyjama, comme s'il avait essayé de vider les lieux avant que nous arrivions.

— Salut, Cliff, dit ma mère, presque en chuchotant.

Mais mon père détourna juste la tête et attendit qu'elle s'en aille. Ce qu'elle fit, passant devant nous et se dirigeant vers leur chambre. Une fois qu'elle fut hors de vue, il croisa mon regard.

— Alors, tu tiens le coup, mon petit ? demanda mon père en s'accroupissant devant moi.

Je regardai son sac.

— Tu pars ?

Il hocha la tête.

— J'espère que ce n'est pas grave.

— Je comprends, dis-je. Vraiment.

— J'ai juste besoin de quelques jours. Pour m'éclaircir les idées.

Évidemment. Cela ne me surprenait pas. Par contre, à peu près tout le reste me surprit dans cette journée. À quel point Kitty me manquait déjà, combien il était étrange d'être de nouveau « dehors », combien il était simultanément réconfortant et terrifiant d'entendre la porte d'entrée se refermer derrière moi.

Ma chambre d'enfant fut une surprise, aussi. Après le départ de mon père, ma mère m'y poussa aussitôt, comme pour passer à des sujets plus joyeux. Elle avait refait la déco. Poussant la porte, elle lança un « surprise ! » à voix basse.

Elle avait tout remplacé – mon lit gigogne avec le dessus-de-lit rose, mon fauteuil à tissu floral, mes rideaux, mon tapis. Tout l'ancien était parti ; les peluches, les albums photo, la pagaille, les posters.

— Où sont mes affaires ? demandai-je.

— Dans des bacs de rangement. Tous les souvenirs, en tout cas. Les meubles, je les ai mis sur le trottoir, et en deux jours, c'était parti.

C'était bon et mauvais – les deux à la fois. Elle avait retiré le réconfort de toutes ces vieilles choses familières, mais elle avait aussi fait disparaître leur capacité à me rappeler ma vie d'avant. Cette nouvelle chambre évoquait celle d'un hôtel. Des stores romains en lin, une chaise longue devant la fenêtre, une centaine d'oreillers sur le lit. Un lustre à facettes. Sobre, et dans les tons de sa couleur préférée, grège, un croisement entre gris et beige. C'était apaisant, sophistiqué et parfaitement impersonnel. On aurait dit un magazine.

— Une nouvelle chambre pour un nouveau départ, dit-elle.

Je devais lui rendre justice : elle avait très bon goût.

— Eh bien, c'est clairement le meilleur des scénarios envisageables.

— Et papa peut t'apporter toutes tes vieilleries pour les trier quand tu voudras, dit-elle.

Puis elle se souvint, prit une inspiration chevrotante et ajouta :

— Enfin… s'il revient.

— Il reviendra, dis-je. Il a juste besoin de temps.

Puis, parce que ça donnait presque l'impression qu'on lui faisait une fleur, je dis :

— On peut bien lui accorder ça, non ?

Elle hocha la tête.

— En effet.

Ma mère s'attarda alors sur le seuil de ma chambre un bon moment, hésitant visiblement à me laisser seule.

— Bien, dit-elle après un long silence. J'imagine que je vais te laisser t'installer.

Je restai complètement immobile pendant un certain temps. Vingt minutes ? Une heure ? Peut-être étais-je en état de choc. Tout ce que je sais, c'est que je n'arrivais pas à saisir comment j'en étais arrivée là. Je ne pouvais pas penser au passé, mais il m'était aussi impossible d'envisager l'avenir.

Quand on sonna à la porte, je me demandai si mon père n'était pas de retour. Mais, quelques minutes plus tard, les talons de ma mère retentirent dans le couloir. Elle ouvrit grand ma porte, sans prendre la peine de frapper, et Ian fit son apparition. Elle se contenta de dire quelque chose de très formel, comme : « Tu as de la visite. » Peut-être lui proposa-t-elle aussi quelque chose à boire, mais il déclina poliment. Tout ce que je me rappelle avoir vu, c'est lui. Parce que, dès que je levai les yeux, je revins à la vie.

Ian Moffat était dans ma chambre, en jean et tee-shirt bleu.

— Salut, dit-il, une fois ma mère partie, en regardant autour de lui avec les pouces dans les poches. Chouette endroit.

J'ignorais quoi répondre. Je n'avais pas la moindre idée de la raison de sa visite.

— Je suis venu te présenter mes excuses, finit-il par dire, ne sachant sur quel pied danser. Je crois que je t'ai rendu la vie plus difficile que je ne te l'ai simplifiée – même si ça n'a jamais été mon intention. (J'attendis.) Je voulais juste t'aider à aller mieux… autant que tu le pouvais. (OK.) Je n'aurais jamais dû m'autoriser à m'attacher à toi comme je l'ai fait.

Je relevai la tête.

— Tu t'es attaché à moi ?

Ian ne répondit pas. Il s'absorba dans la contemplation du tapis.

À cet instant, un petit espoir idiot s'éveilla quelque part dans mon cœur. Peut-être était-ce la raison de sa visite. Maintenant que je n'étais plus sa patiente, peut-être qu'on pourrait… quoi ? Passer du temps ensemble ? S'embrasser à l'occasion ? Sortir ensemble ? Être en couple ?

— Je suis également ici, ajouta-t-il, pour t'informer que je suis officiellement viré. Myles a terminé la procédure de licenciement hier.

— Est-ce une bonne ou une mauvaise chose ?

— Les deux. (Je souris.) Cela dit, ça va me manquer.

— Est-ce qu'on va te retirer ta licence ?

— Oui.

S'il perdait sa licence, il perdait son visa.

— Est-ce que ça veut dire que tu dois quitter le pays ?

Il marqua une pause cette fois, et vint s'asseoir sur le lit à côté de moi.

— Je pense que oui.

Je clignai les yeux.

— Alors ils te font partir ? Le gouvernement s'en prend à toi ?

Il secoua la tête.

—C'est Myles qui s'en prend à moi. Et il a de bonnes chances de gagner, en plus.

—Tu ne vas pas te défendre ?

—C'est indéfendable. Ta sœur a posté la photo sur Instagram.

—Oh, mon Dieu ! dis-je en me couvrant les yeux d'une main. Kit.

—Ce n'est pas sa faute. Je t'ai embrassée devant une centaine de personnes dans cette salle. C'était loin d'être un moment intime.

—Mais tu n'y étais pour rien ! C'était le gui ! (Ian secoua la tête.) C'était un baiser charitable ! Tu faisais simplement preuve de gentillesse ! Je suis prête à en témoigner, si tu veux !

À présent il souriait comme si je me faisais des idées – mais d'une façon qui était mignonne.

—Techniquement, tu n'étais même plus mon kiné !

—Aucune importance. Je travaillais là. Tu étais une patiente.

Ça semblait insensé.

—C'est tout ? Un baiser, et tu es banni sans autre forme de procès ?

Ian esquissa un demi-sourire.

—Apparemment.

Il parut soudain très proche. Juste à quelques centimètres, en vérité. L'avoir là – si près – rendit l'idée de son départ insoutenable.

—Tu ne peux pas partir, dis-je.

Il haussa les épaules.

— Je ne peux pas rester. Mon visa était valable pour un travail spécifique qui exigeait une licence spécifique.

— Qu'est-ce que tu vas faire ?

— Rentrer chez moi. À Édimbourg.

J'en eus la gorge nouée.

— J'ai quatre frères là-bas, poursuivit-il. Deux sont médecins. L'un d'eux m'a déjà décroché un entretien dans un hôpital.

Je m'efforçai de garder une voix égale, comme si nous avions une discussion anodine.

— C'est cool.

Mais il ne répondit pas. Il se contenta de me prendre la main. À son contact, je pris une inspiration chevrotante. Puis il précisa :

— L'entretien est prévu lundi.

Je clignai des yeux.

— *Ce* lundi ?

Il acquiesça.

— Donc ça veut dire que tu pars… quand ?

— Demain matin.

Panique à bord. Je ne pouvais sincèrement pas imaginer ma vie d'après l'accident sans que Ian en fasse partie. C'était trop navrant à énoncer à voix haute, mais il était à peu près la seule chose au monde me procurant ce qui se rapprochait le plus du bonheur. Toute mon existence était en noir et blanc jusqu'à ce qu'il entre dans la pièce – et alors, tout prenait vie en couleur.

Perdre Chip ? Cela m'avait à peine fait ciller. Perdre Ian maintenant ? Je parvenais à peine à respirer.

— Ça va aller pour toi, tu sais. Tu es beaucoup plus forte que tu ne le penses…

Mais, avant qu'il puisse finir, je fis quelque chose qui nous choqua tous les deux.

— Épouse-moi, dis-je.

Il ouvrit la bouche, mais aucun mot n'en sortit.

C'était une idée plutôt géniale.

— Épouse-moi, répétai-je, et tu pourras rester.

— Tu veux que je t'épouse ?

Je hochai la tête.

— Pour une carte verte ?

— Tu veux rester, n'est-ce pas ?

— Oui.

— Il y a du soleil ici, les gens sont sympas, et on a des tacos. Est-ce qu'ils ont des tacos en Écosse ?

— Oui, ils ont des tacos en Écosse, mais ils sont différents.

Pourquoi parlait-on de tacos ? Je poursuivis :

— J'ai eu l'idée super il y a quelques semaines d'ouvrir un camp d'été pour les gamins en fauteuil roulant.

Je réfléchissais vite à présent. Tout s'assemblait dans ma tête.

— Peut-être que nous pourrions faire ça ensemble – le construire et le diriger, je veux dire. On pourrait être partenaires. Tu pourrais orchestrer toute la partie kiné et faire ton truc avec des concepts qui sortent de l'ordinaire, et je me chargerais de toute la collecte de fonds, et on pourrait créer un chouette endroit pour les mômes, avec un jardin, une piste de course de fauteuils roulants, un parc aquatique,

avait espéré un « oui », ce fut à ce moment précis que l'espoir se volatilisa.

Il retenait sa respiration. Il souffla en se levant, se détourna et se passa une main dans les cheveux.

— Je ne me suis pas « plus ou moins désintéressé » de mon affaire, dit-il.

Quoi ? Je lui fais la déclaration d'amour du siècle et c'est là-dessus qu'il rebondit ?

Il poursuivit.

— L'affaire était géniale. Elle se portait bien – elle prospérait, même. C'était l'un de ces moments incroyables dans la vie où tout le monde y gagnait. J'étais heureux, mes employés étaient heureux, nos clients étaient heureux. Kayla était heureuse. Nous avions emménagé ensemble. Nous parlions de nous marier. (Il prit une inspiration chevrotante.) Et puis un soir – le soir de la remise des oscars –, Kayla est passée à l'épicerie en rentrant à la maison, pour acheter une boîte de pop-corn au micro-ondes, sous prétexte qu'on ne pouvait pas raisonnablement regarder les oscars sans pop-corn. (Il marqua une pause.) Un ado est entré dans l'épicerie avec un fusil d'assaut et a ouvert le feu. Sans aucune raison. Personne n'a jamais compris pourquoi – pourquoi cette épicerie-là, pourquoi ce jour-là, pourquoi à ce moment-là. Il a tué un vigile, deux caissières et deux clients qui faisaient la queue. Et la dernière sur laquelle il a tiré, avant de se suicider, c'était Kayla.

Je savais le reste avant même qu'il ne le dise. Je me rappelais cette fusillade. On en avait entendu parler pendant des jours. Il n'y avait eu aucun survivant dans la supérette. Mais, même si je ne m'en étais pas souvenue, j'aurais compris d'après l'expression grave sur le visage de Ian. La femme qu'il aimait – qu'il voulait épouser – était allée à l'épicerie chercher du pop-corn et n'était jamais rentrée.

Il y a des expressions que vous pouvez feindre. Un sourire, par exemple, ou un froncement de sourcils. Des larmes, même. Mais certaines expressions sont si vraies et si directement connectées au cœur qu'elles dépassent toute description. Ce fut ce que je vis alors chez Ian. Le plus affligé, indicible, insoutenable et indescriptible des désespoirs.

Je demeurai pétrifiée et silencieuse. Que pouvais-je dire ? Existait-il une réponse adéquate dans ce cas de figure ? Je n'avais pas de mots pour ça. Enfin, tentant de saisir quelque chose – une forme de reconnaissance de ce qu'il me racontait –, je murmurai :

— Je suis tellement désolée.

Il acquiesça, les yeux rivés au sol, comme s'il voyait autre chose.

Après un moment, aussi doucement que possible, je dis :

— Je m'en souviens. C'était il y a à peu près trois ans, n'est-ce pas ?

Il ne releva pas la tête, mais répondit :

— Trois ans presque jour pour jour.

Je compris soudain un tas de choses.

— C'est pour cela que tu as perdu l'intérêt pour ton affaire, dis-je.

Il hocha la tête, perdu dans ses souvenirs.

— Elle est morte sur place. Elle n'a pas eu l'ombre d'une chance. Il l'a atteinte deux fois – une balle dans le sein et le poumon droits, l'autre dans l'oreille qui est ressortie à l'arrière du crâne. L'épicerie a été fermée durant l'enquête, mais on l'a ensuite rouverte. Ils ont nettoyé tout le sang et ouvert les portes en l'espace de deux semaines. Je n'y suis jamais retourné. Je n'arrive même pas à passer en voiture dans cette rue. Ça me paraît tellement bizarre que les gens y fassent leurs courses maintenant. Ils ne sont même pas au courant. Ils achètent leurs Doritos et leur bière et font la queue à l'endroit précis où elle a poussé son dernier soupir. Elle est morte seule sur un sol industriel froid. Tout s'est terminé là. Tout ce qui avait toujours motivé son travail, tout ce qu'elle avait espéré ou aimé.

Je regardais sa poitrine se soulever et s'affaisser. Je comprenais enfin ses silences. Combien les mots devaient lui manquer face à tout ça. Mon esprit revint d'un bond sur toutes les fois où Ian s'était tenu dans la salle de sport, si immobile, donnant l'impression qu'il lui fallait rassembler chaque once de sa volonté pour tolérer le monde et tous ceux qui le peuplaient. J'imagine que c'était vraiment le cas.

Je ne contrai pas le silence, ne tentai pas non plus d'y remédier ou de le combler avec du bruit. Je le laissai juste nous envelopper et restai ainsi là.

Après un moment, Ian releva la tête, paraissant se rappeler ma présence.

— Je voudrais te remercier, dit-il alors en croisant mon regard. Tu es la seule bonne chose qui me soit arrivée depuis ce jour-là.

Le contexte change tout. Mon plan de mariage en blanc semblait si idiot, maintenant que je savais tout. J'eus l'idée de me raccrocher à cette idiotie en lançant une petite blague.

— Mon offre de mariage en blanc est toujours valable, dis-je.

J'avais espéré un sourire, et j'en obtins un, l'espace d'une seconde.

— Je ne peux pas t'épouser juste pour avoir la carte verte.

Je contemplai son profil à la fenêtre et éprouvai un vif élan de tendresse. Après avoir appris ce qu'il avait traversé, mes problèmes me semblaient insignifiants en comparaison. Cela m'obligea à prendre du recul et considérer ma situation dans un plus large contexte. Cela m'obligea à remarquer que j'étais toujours en vie. Confrontée à cet aperçu de ce qu'il avait perdu, je fus gênée par ma déclaration d'amour envers lui – et mille fois plus engagée dans celle-ci.

Il dut sentir ce que j'éprouvais.

— Et tu n'es pas vraiment amoureuse de moi, au fait.

Avec ce changement de sujet, la lumière dans la pièce parut se modifier – à peine –, comme si quelque part, pas trop loin, le soleil avait percé les nuages.

— Hum, dis-je. Je pense que je sais mieux que toi.

— On en a déjà parlé. Ce n'est pas réel.

J'inclinai la tête.

— Ça me paraît assez réel.

— Écoute, tu sais comment les victimes d'enlèvement peuvent tomber amoureuses de leurs ravisseurs ? Voilà ce que c'est.

— Tu es en train de me dire que j'ai le syndrome de Stockholm ?

— Je dis que tu as une version de quelque chose qui s'en rapproche.

— Tu insinues que tu m'as *kidnappée* ?

Il se retourna.

— Je ne t'ai pas kidnappée, mais j'ai été l'un de tes ravisseurs. Tu as été retenue en otage – privée de ton ancienne vie, isolée de tes vieux amis, à la merci d'inconnus. Tu as affronté une adversité que la plupart des gens ne rencontrent jamais. En réaction, tu as créé un lien imaginaire avec l'un de tes kidnappeurs – pour te sentir en sécurité, créer de l'espoir et te sentir moins seule. C'est une forme classique d'instinct de survie.

— On dirait que tu as réfléchi à tout ça.

— Est-ce que j'ai tort ?

En vérité, je n'en savais rien. Je suppose que c'était une façon d'interpréter la situation.

— Ce lien est-il imaginaire ? demandai-je.

Ian ne répondit pas.

— Est-ce que tu le ressens aussi ? insistai-je. Ou est-ce que je me fais des films ?

Mon cerveau pouvait répertorier cent raisons pour lesquelles un type comme lui ne s'intéresserait même pas de loin à quelqu'un comme moi. Évidemment ! Penser le contraire défiait toute logique. Et pourtant… je ne le *pensais* pas. Je le *ressentais*. Je ne cessais de le ressentir.

— Je suis attaché à toi, admit alors Ian.

— À quel point ?

Une fois de plus, il se garda bien d'apporter des précisions.

— Parce que, honnêtement, finis-je par dire en brisant le silence, si ce n'est pas réciproque, on se fiche pas mal de savoir si ce que j'éprouve est réel ou imaginaire, non ? Si je ne t'intéresse pas du tout – et je n'en ai pas la moindre idée ; parfois j'ai vraiment l'impression que oui, et parfois j'ai l'impression que c'est tout le contraire –, alors cette conversation est inutile. Nous ne sommes pas obligés de parler de kidnapping, ni de théories psychologiques. Tu dis juste que tu n'es pas intéressé, et c'est une affaire classée. (Ian garda le silence.) À partir du moment où tu dis que tu n'es pas intéressé, eh bien… tu rentreras en Écosse, et je resterai ici avec ma mère et je mangerai des spaghettis au dîner, et on ne se reverra plus jamais. Tu vois, c'est simple comme bonjour.

Ian riva les yeux au sol.

— Dis seulement que tu n'es pas intéressé, chuchotai-je alors, espérant de tout mon être qu'il dirait le contraire.

Enfin, il se tourna vers moi, et quelque chose avait changé dans son regard. La douceur n'y était plus.

— Je ne suis pas intéressé.

Je me laissai aller contre mon dossier. J'ignore ce que j'attendais qu'il dise, mais ce n'était pas ça. Du moins, pas de cette manière. Pas comme si c'était *vrai*.

— Non ?

Sa voix était neutre.

— J'ai de l'affection pour toi. Tu as été une patiente avec qui il a été agréable de travailler. Ta situation est dure, et j'ai été impressionné par ta volonté et ta force. Mais je ne suis pas amoureux de toi.

Je pris quelques inspirations au ralenti. Le croyais-je ?

— Et ce baiser olympique et si passionné au lac ?

Il haussa les épaules.

— J'embrasse bien, c'est tout.

— Et cet autre baiser – quand tu as mis fin à ta propre carrière publiquement, devant une salle remplie de spectateurs ?

Il releva les yeux avec beaucoup de précaution et plongea son regard dans le mien.

— Je souffrais probablement d'une trop grande solitude.

— Donc, dis-je en assemblant les éléments, il ne s'agissait pas de passion, mais de désespoir ?

La conversation semblait l'ennuyer ferme.

— C'est une façon de voir les choses.

— Donc, tentai-je de nouveau, essayant de lui tirer les vers du nez. Ce que tu dis, c'est que tu savais que j'avais un faible pour toi, mais que tu n'as rien fait pour me décourager parce que tu te sentais seul et que tu avais la braguette en feu ?

— C'est une autre façon de voir les choses.

— OK, dis-je, alors submergée par une vague de honte.

Bien sûr qu'il n'était pas amoureux de moi. Pourquoi le serait-il ? Qu'est-ce qui m'avait pris ? Il pouvait faire, être et choisir tout ce qu'il désirait. Le monde entier l'attendait. Tout ce que j'avais devant moi, c'était une minuscule moitié de vie. Qu'y avait-il là d'excitant, d'attirant ou d'aimable ? J'avais oublié ce que j'étais devenue. Si Chip, qui m'avait connue au meilleur de ma forme, ne voulait même pas de moi, comment pouvais-je l'espérer de quelqu'un d'autre ? Je n'étais plus digne d'être aimée.

— OK, dis-je une nouvelle fois.

Ma poitrine commença à me faire mal tandis que je prenais conscience de tout. Ça n'avait plus aucun intérêt de se montrer honnête. Aucun moyen de sauver la face à ce stade, non plus. Il fallait juste que je le vire de là. Vite, avant que l'univers s'effondre.

Le dossier était clos. Je me détournai.

— Eh bien dans ce cas… Bon retour en Écosse ! Je te souhaite bon voyage.

Mais il s'attarda.

— J'ai quelque chose pour toi, dit-il en tendant une petite boîte emballée dans du papier kraft. Ton cadeau d'anniversaire, en fait. Je l'ai emporté au lac, mais… Je voudrais quand même que tu l'aies.

Je me détournai de nouveau.

— Non merci.

Il hésita.

— Je pourrais juste te le laisser ici.

— Ne le laisse pas ici. Je n'en veux pas. (Il resta planté là.) Il est temps de partir, mec. Dehors.

— Je pensais qu'on pourrait au moins échanger nos numéros de téléphone.

Pourquoi on ferait ça, putain ?

— Oh, dis-je, d'un ton faussement agréable. Je ne pense pas que ce soit nécessaire.

— Tu ne veux pas qu'on reste amis ?

Va te faire foutre.

— Non, merci. Sans façon.

— De quelle manière saurai-je comment tu vas ?

— Ne t'en fais pas pour moi, ça ira, répliquai-je, toujours sans me retourner. Tu as dit toi-même que j'étais beaucoup plus forte que je ne le pensais.

— Peut-être que je pourrais juste...

— Fous-moi la paix maintenant. S'il te plaît.

Le dossier était plus que clos. Il se tut. Je l'entendis alors marcher vers la porte. Une fois sur le seuil, il se retourna.

— Je suis désolé, Margaret. Je ne t'oublierai jamais.

— C'est tellement drôle, dis-je en jetant un coup d'œil vers lui, mais sans vraiment croiser son regard. Parce que moi, je t'ai déjà oublié.

Le lendemain matin, allongée sans dormir dans ma nouvelle chambre grège, je remarquai quelque chose sur la table à côté de la porte. Mon cadeau d'anniversaire de la part de Ian. Il l'avait laissé, malgré tout. Le voir me mit en colère. Ne lui avais-je pas dit que je n'en voulais pas ? N'avais-je donc pas mon mot à dire sur quoi que ce soit ?

Je décidai fermement de le jeter dans la poubelle de la cuisine. J'aurais probablement dû me lever et m'habiller. Mais je ne le fis pas. Je me retrouvai à méditer la pensée réconfortante de Kit. Son expert disait de s'accorder un an. Serais-je redevenue normale dans un an ? Cela paraissait parfaitement impossible. Mais j'eus alors une pensée réconfortante de mon cru.

Je me donne un an, songeai-je. *Si je ne me sens pas du tout mieux, je me tue.*

Cette bonne résolution me reboosta sensiblement.

Tout ce que j'avais à faire pendant un an, c'était survivre à mes journées. Je demanderais à ma mère de me trouver un grand calendrier mural, et alors, à la fin de chaque journée que j'aurais endurée avec succès, comme les taulards sur les murs de leur cellule, je ferais une croix sur le jour correspondant. Les choses s'arrangeraient, avait promis le mathématicien de Kit. Formidable. Je l'espérais. Mais, s'il se trompait, j'avais un plan B.

Bonne nouvelle : ce n'était pas aussi dur de revenir habiter à la maison que je ne l'avais craint.

Même si mon père n'était pas rentré. La parenthèse dont il avait besoin pour réfléchir commençait à durer. Mes parents s'étaient parlé plusieurs fois au téléphone, mon père essayant de mieux comprendre l'histoire. Parfois, ma mère pleurait et implorait, ce qui était perturbant, car elle ne pleurait jamais. Pas plus qu'elle n'implorait.

Mais il ne rentra pas. En fait, dans le courant du mois, il appela pour lui annoncer qu'il allait faire un voyage pour un « projet personnel ». Il allait faire don de ses aptitudes en menuiserie et construction pour aider à restaurer un baleinier historique dans un musée du Connecticut. Il avait loué une petite maison là-bas, et ne savait pas trop quand il rentrerait. S'il rentrait.

— Ton père va vivre à Mystic, Connecticut, m'annonça ma mère avant d'éclater en sanglots. Il va faire du bénévolat en menuiserie.

Je n'avais jamais vu ma mère s'effondrer comme elle le fit pendant les semaines qui suivirent le départ de mon père. Ses contrats pourrirent sur pied. Elle n'honorait plus ses rendez-vous chez les clients. Elle déambulait dans la maison en pleurant, le regard perdu dans le vide. Elle oubliait de manger. Ou elle préparait un repas et observait fixement son assiette jusqu'à ce que son contenu refroidisse. Je la trouvais installée dans le fauteuil préféré de mon père, les yeux rivés sur le tapis, ou frottant la tache de chocolat qu'il avait étalée sur l'accoudoir.

—Je l'ai houspillé pour ça un jour, dit-elle doucement, quand elle remarqua que je la regardais. J'ai attendu des années pour retapisser ce fauteuil, et nous ne l'avions pas récupéré depuis une semaine avant qu'il fasse fondre du chocolat dessus.

Elle ne paraissait plus aussi fâchée, à présent.

Aussi difficile que fut cette période, elle se révéla bénéfique, aussi. Elle me permit de découvrir ma mère sous un jour différent. De voir son histoire dans un contexte plus large. De me sentir, pour la toute première fois, presque protectrice vis-à-vis d'elle. Elle avait toujours été tellement forte et maîtresse de la situation jusque-là. Je ne l'avais toujours vue qu'invulnérable – mais, à présent, elle était tout l'inverse.

Un autre bonus durant cette période : me préoccuper d'elle m'amenait à me soucier de quelque chose d'autre que moi. Je me mis à envoyer des mails à mon père tous les deux, trois jours, juste pour « venir aux nouvelles » l'air de rien, et essayer de déterminer quand – et si – il avait l'intention de rentrer. J'appelais aussi Kit afin de la tenir au courant de ce qui se passait à la maison et – parce qu'elle alla lui rendre visite deux fois à Mystic – récolter des infos sur l'état d'esprit de notre père.

Mes parents ne se séparèrent jamais officiellement. Mon père « prenait juste du temps ». Kitty nous promit qu'il ne fréquentait personne. Et, précisa-t-elle, il ne semblait pas particulièrement à côté de ses pompes non plus. Il mangeait juste beaucoup trop de soupe en conserve.

Cette période avec ma mère se révéla surprenante. Quelque chose changea chez elle après le départ de mon père. Au déjeuner, à l'époque où j'étais à l'hôpital, elle me bombardait de conseils, d'opinions et d'histoires inspirantes à la con. Elle m'avait bousculée comme elle l'avait toujours fait. Elle s'était montrée impitoyable, critique et moralisatrice.

Mais à présent que la fenêtre de tir s'était refermée et qu'elle l'avait accepté, elle était plus sereine. S'il n'y avait rien que je puisse faire, alors elle n'avait plus à m'y contraindre. Elle pouvait se détendre et nous laisser à tous un peu de répit. Évidemment, il semble qu'il existe toujours une chance de récupérer certaines facultés au-delà de la fenêtre de convalescence habituelle. Je dégottai un paquet d'articles affirmant qu'il existe toujours un potentiel de plasticité neuronale, longtemps après cette période de guérison initiale, ce que ma mère ignorait. Et je n'allais certainement pas lui en parler. En ajustant la courbe en fonction de l'état d'abattement dans lequel nous étions toutes les deux, la vie avec ma mère fut étonnamment agréable.

Une fois qu'elle se fut suffisamment remise pour retourner travailler, elle réduisit de moitié sa charge de travail. Elle s'assura d'être à la maison pour déjeuner, où elle nous préparait des sandwichs et des smoothies. En théorie, j'étais responsable du dîner ; mais, très souvent, nous finissions par acheter des plats à emporter au resto italien dans notre rue. Après dîner, presque tous les soirs, nous faisions des puzzles en sirotant du vin, et écoutions les infos d'une oreille distraite. Dans notre malheur, nous étions soulagées d'avoir de la compagnie.

Bien sûr, toutes les difficultés que j'avais anticipées se confirmèrent.

Il fut difficile de revenir dans cette maison en version brisée de moi-même. Il fut difficile de comparer le passé au présent à chaque occasion. Il fut difficile de voir mes anciens vêtements, chaussures, souvenirs, albums photo, rollers, sans parler de l'étagère de journaux intimes remplis de mes vieilles hypothèses sur la façon dont ma vie évoluerait. Il fut difficile de me remémorer ce que c'était de courir, sautiller, jouer à la marelle, faire du vélo et tirer des paniers. Même des choses parfaitement ordinaires me manquaient, comme passer la porte d'entrée et sortir en marchant, ou m'appuyer sur le plan de travail de la cuisine, ou me tenir debout dans la douche. Il fut difficile de ne pas regretter tout ce que j'avais perdu. Les capacités que j'avais considérées comme acquises. Le temps que j'avais perdu.

Je ne vais pas mentir. Tout ce qui s'était déroulé à l'hôpital avant que je rentre à la maison ? C'était la partie facile.

Ma situation ne me parut pas vraiment réelle jusqu'à ce que je sorte de l'hôpital. Sans Kit, Priya et Nina – et bon, OK, même Ian –, c'était comme si je n'avais personne pour m'empêcher de couler.

Alors je coulai. Je traversai une longue période de profond chagrin, impliquant l'amertume, la colère, le deuil, le jugement, la rage, l'auto-apitoiement, la peur, l'envie et la solitude – en général dans une combinaison de plusieurs de ces émotions, et parfois toutes ensemble –, ainsi que des cauchemars, insomnies, sautes d'humeur, crises d'angoisse et lancers d'assiettes. En fait, après avoir accidentellement lâché (et cassé) l'une des soucoupes préférées de maman, je fus si furieuse que j'en transportai toute une pile dans le jardin derrière la maison et en pulvérisai dix de plus dans l'allée. Puis je pleurai dans le jardin jusqu'à ce que ma mère rentre à la maison et me trouve. Elle aurait dû me hurler dessus. Mais devinez ce qu'elle fit.

Elle retourna d'un pas militaire dans la cuisine pour rapporter sa propre pile d'assiettes à exploser.

Ce week-end-là, elle fit une virée chez Goodwill et revint avec des caisses d'assiettes indésirables que nous pourrions casser à volonté. Nous ne les nettoyâmes même pas après. Nous laissâmes juste les couleurs éparpillées partout dans l'allée comme un immense hommage en mosaïque à Barjoville.

— C'est joli, en fait, fit remarquer un jour ma mère.

D'une certaine façon, ça l'était.

Des années auparavant, j'avais vu une vidéo prise par une caméra de sécurité et qui devint virale sur Internet, montrant des gamins en train de jouer sur une plage où ils n'étaient pas censés être. La marée monta au galop, et ils furent tous les trois emportés par les vagues. La plage était longue et plate. En les regardant, vous les encouragiez juste à se mettre debout, retrouver l'équilibre et repartir en courant vers un rivage plus élevé. Mais la marée était si forte qu'ils n'arrivaient pas à prendre appui. Ils étaient simplement happés vers le large. Ils tentaient tant bien que mal de se lever, puis basculaient en arrière, relevaient la tête pour prendre une bonne bouffée d'air, puis se faisaient marteler par une vague géante, tentaient d'échapper aux rouleaux, mais se faisaient submerger. Vous pensiez : *Ces mômes vont se noyer à moins de deux mètres de la terre ferme.* En fait, même si vous saviez qu'ils s'en sortiraient – la vidéo s'intitulait : « Miracle de survie » –, vous étiez persuadé du contraire.

Ça, c'était moi, durant les premiers mois qui suivirent ma sortie de l'hôpital. J'étais ces trois enfants à la fois. Un miracle de survie. Mais qui se noyait, malgré tout.

Mes vieux amis voulaient me voir, par exemple, mais je refusais. Ils me proposaient régulièrement qu'on « se retrouve » et qu'on « aille manger un morceau » ou « prendre un café ».

Pourquoi aurais-je eu envie de ça ? Je redoutais la pitié sur leurs visages et les hypothèses qu'ils échafauderaient. Je redoutais de savoir combien ils étaient désolés pour moi.

Je redoutais toute réaction de la moindre amie quand elle entendrait comment Chip avait bousillé ma vie avant de disparaître. Je n'allais pas alimenter chez elles cette joie malsaine que provoque le malheur des autres.

Ma mère lut un article expliquant qu'il était important pour « les gens comme moi » de rester connectés. Elle tenta même de me convaincre de la laisser organiser une journée entre filles dans un spa.

— Ce sera amusant, dit-elle sans conviction. On se fera coiffer. Manucure-pédicure. Tu pourras rentrer à la maison en te sentant extrêmement bien.

— Je ne me sens jamais extrêmement bien, maman. Ce sentiment ne fait pas partie de ma collection.

— Je viens de lire un article qui affirmait que les connexions humaines aidaient à prévenir la maladie d'Alzheimer.

— Alzheimer est le cadet de mes soucis pour l'instant.

J'essayai de ne pas me sentir morose, en vain. J'essayai de quitter la maison, mais je m'arrêtai toujours à la porte. J'essayai de mesurer la chance que j'avais, mais rien que la tentative me mettait en rage. Les choses se poursuivirent ainsi pendant des mois – et des mois. Pas de changement en vue. Ce n'est pas que je veux éviter de m'attarder là-dessus, mais il n'y a simplement pas beaucoup à raconter. Se réveiller. Être en colère. Esquiver le contact humain. Pulvériser des assiettes. Et on recommence.

Puis, à la fin de l'été, Kit rentra pour un week-end.

Chapitre 25

Le petit ami de Kit, la Moustache, avait laissé le *Salon de beauté* aller à vau-l'eau. Les choses étaient bien pires qu'elle ne s'y était attendue en rentrant. Il apparut que la Moustache ne portait aucun intérêt aux activités quotidiennes et assommantes liées à la gérance d'un commerce, comme balayer, sortir les poubelles ou noter les rendez-vous. Kit se retrouva aux prises avec des clients furieux, des employés mécontents et une infestation de cafards.

Nous ne nous étions pas parlé au téléphone tous les jours comme elle l'avait promis – bien qu'elle ait trouvé le temps de le faire avec ma mère. Ce n'était pas grave. Ma mère avait davantage besoin d'elle.

— Si tu voulais bien me suivre sur Instagram, dit Kit, nous ne serions pas obligées de nous téléphoner.

— Ce n'est vraiment pas la même chose.

Kitty étant celle qui avait le plus de contact avec notre père, ma mère et elle eurent soudain beaucoup de choses à se dire. Elles avaient également des années de rancune, d'incompréhension, de déception et de culpabilité à résoudre. Mais je dois le leur accorder : elles ne se contentaient pas de se plaquer de larges sourires et de faire amie-amie. Elles y allaient franco. Elles se disputaient, s'opposaient, discutaient en profondeur de leur vie et de celle des autres.

Quand nous parlions, cependant, Kit s'intéressait beaucoup à ma santé, mes progrès, ma routine journalière. Elle posait des tonnes de questions – parfois tant que nous ne discutions pas du tout d'elle. Des questions précises, aussi, sur ce que je ressentais et comment je prenais soin de moi. Elle se mit à m'envoyer par mail des articles sur la santé vertébrale, la guérison, la rééducation à domicile, la stimulation électrique fonctionnelle et la neurogenèse. Des articles hautement techniques et spécifiques, aussi – rien à voir avec la psychologie de comptoir avec laquelle nous avions commencé.

— Où est-ce que tu trouves tout ça ? demandai-je. Je croyais que tu repeignais la boutique.

— J'ai rompu avec la Moustache, confessa-t-elle.

— Parce qu'il a planté ton affaire ?

— Parce que je pense que je suis amoureuse du Gros Benjamin.

— Nous sommes toutes amoureuses du Gros Benjamin. Il est adorable.

— Bref, j'ai des insomnies.

— Ne t'inquiète pas pour moi au milieu de la nuit ! Rendors-toi !

— On ne choisit jamais pour qui on s'inquiète la nuit, répliqua-t-elle. Alors lis les articles et ferme-la.

Je m'exécutai. Ou du moins j'essayai. En fait, j'en imprimai la plupart et les empilai. Ils étaient très ennuyeux. Je soupçonnais Kit d'en avoir elle-même seulement lu les titres.

Tout cela pour dire qu'elle avait espéré venir nous voir en début d'été, mais n'y parvint pas avant août. Ce qui me convenait. Je n'aurais pas été très divertissante avant, de toute façon. Je n'étais pas hilarante en août, non plus. Mais être avec Kit sembla aider. Elle me poussa à m'habiller, à mettre du rouge à lèvres et à aller dans de nouveaux restaurants tendance avec elle. Elle me fit écouter du disco et chanter avec elle – et elle filmait tout. Un après-midi, elle me conduisit au bord de l'océan.

— Je m'inquiète pour toi, dit-elle en me prenant en photo tandis que nous observions les vagues. Tu vis comme une petite vieille.

— Je vais bien, dis-je.

Elle se pencha pour me renifler.

— Tu sens limite la naphtaline.

— Pas du tout ! protestai-je en lui donnant une tape.

— Mais tu te rappelles que tu as vingt-huit ans, pas soixante-dix-huit ?

— Je pense que je m'en sors bien, dis-je.

J'étais en vie, non ? Peut-être que je ne faisais pas de yoga au lever du soleil, mais je sortais de mon lit tous les matins. En général.

— Pourquoi n'as-tu pas appris à conduire ?

— Pour aller où ?

— Pourquoi ne t'es-tu pas renseignée sur des appareils orthopédiques pour tes jambes ?

— Le fauteuil me convient. Ça va.

— Tu devrais faire plus d'efforts.

Elle voulait probablement bien faire, mais j'en avais marre des gens qui voulaient bien faire.

— Et moi, je pense que tu devrais te mêler de ce qui te regarde.

Mais Kit s'en moquait.

— Ton sort me regarde, dit-elle en haussant les épaules. Depuis toujours.

Elle prit un million de photos de moi pour ses followers : moi en train de manger des spaghettis, moi en train de me faire vernir les ongles aux couleurs de l'arc-en-ciel, moi en train de bronzer avec des lunettes de soleil en forme de cœur. Kitty en profita pour rafraîchir ma coupe pixie et instagramma le résultat. Elle me fit mettre son rouge à lèvres rétro des années 1950 et instagramma le résultat. Elle prit même une photo des cicatrices sur mon épaule et l'instagramma aussi.

— Kit ! Personne ne veut voir mon épaule dégueu !

— Tout le monde veut la voir. Tu es une star sur Instagram, ma chère. Tu dois juste l'accepter.

Mais il fallait que Kit me bouscule. Son dernier soir, pendant le dîner, devant ma mère, qui plus est, elle lança :

— Comment avance ton camp d'été ?

Cela me parut affreusement intime de soulever cette question dans un endroit aussi public que la table du dîner. Je jetai un coup d'œil à ma mère.

— Un camp d'été ! s'exclama-t-elle. Tu veux aller dans un camp d'été ?

Kit rectifia :

— Elle veut construire un camp d'été.

Ma mère se redressa.

Construire quelque chose ?

Elle me bombarda de cinquante questions en même temps, mais je coupai court à toutes.

— Je n'y ai même pas songé depuis des mois, dis-je.

Ce qui était vrai.

Mais, ce soir-là, alors que je m'endormais, je me surpris à y penser. Sous l'assaut de la vraie vie et du monde réel, l'idée m'était presque sortie de la tête. Ça ressemblait tellement à Kit de me rappeler à quoi je rêvais.

Durant la nuit, ma tête fourmilla d'idées, et le lendemain matin, avant même de penser à boire un café, je roulai dans la cuisine en pyjama pour trouver du papier et dressai une liste de ce qui me venait à l'esprit :

Bowling en fauteuil
Feux de camp
Jardinage
Chant
Vélo à main
Kung-fu en fauteuil roulant
Saut à l'élastique
Flipper
Basket d'intérieur

Course
Canoë
Tyrolienne
Ping-pong
Course d'obstacles en fauteuil roulant
Équitation

— Qu'est-ce que tu écris ? demanda ma mère lorsqu'elle entra en regardant par-dessus mon épaule.

— Je note quelques idées pour le camp d'été.

Elle acquiesça.

— J'y ai songé aussi.

— Vraiment ?

— Si nous le construisions, peut-être que le panneau du camp pourrait être une mosaïque. Cela nous donnerait quelque chose à faire avec toutes tes assiettes cassées.

C'est ainsi que Kit m'incita à faire plus d'efforts. De la même façon qu'elle me fit chanter. En me piégeant. En passant un morceau auquel je ne pouvais pas résister. Mais je dois lui rendre hommage – ou peut-être dois-je le rendre à la mère de Ian. Car ce que je gribouillai ensuite sur cette feuille fut sa fameuse citation : « Quand tu ne sais pas quoi faire pour toi-même, fais quelque chose pour quelqu'un d'autre. »

Kit partit ce matin-là, mais ça allait. Je n'avais pas ce même sentiment d'angoisse que quand elle avait quitté l'hôpital. Désormais, j'avais un projet. Ou peut-être était-ce le projet qui m'avait.

Les semaines qui suivirent, je fus dévorée. J'accaparai la table de la salle à manger. Je dessinai des plans de bâtiments et consultai un architecte. Je dressai des listes d'idées, de ressources, de collaborateurs potentiels. Je consultai des sites immobiliers sur le Net – en quête de terrains assez éloignés pour être abordables, mais pas trop pour qu'on puisse y accéder facilement. Je googlai d'autres camps à but non lucratif pour voir comment ils s'y prenaient et ce qu'ils proposaient. Je réfléchis à des noms et étudiai des graphiques. Je fis des plans pour un sentier naturel, une bibliothèque, un atelier de céramique, un café tricot, une boulangerie, une serre aux papillons. Tout serait accessible en fauteuil roulant – et tout serait beau architecturalement. J'avais levé les yeux au ciel et soupiré quand ma mère avait entrepris de décorer ma chambre d'hôpital, mais, une fois que les murs eurent retrouvé leur aspect initial, j'avais compris où elle avait voulu en venir. L'ambiance changea. Sans ses dessus-de-lit, rideaux, lampes de table et touches de couleur, c'était la pièce la plus triste du monde.

J'avais envie que cet endroit soit lumineux, qu'il respire l'espoir. Chaleureux, mais frais. Éclatant, mais ombragé. Animé, mais paisible. Je voulais qu'il procure une sensation de magie.

— Tu pourrais l'appeler « Les roues en feu », suggéra ma mère un soir au dîner.

— « En feu » ne transmet peut-être pas la bonne énergie.

— Et « Le camp magique » ?

Je haussai les épaules.

— Ça évoque une académie pour jeunes magiciens.

— Pas une mauvaise idée, souligna-t-elle.

— Tu as raison, nous devrions proposer des cours de magie. (Puis j'en revins au nom.) Il faut que ça ait une sonorité assez drôle pour les enfants, mais assez sérieuse pour les adultes.

Ma mère sourit.

— Alors le « Centre de guérison des lésions médullaires Margaret Jacobsen » est exclu.

Je la regardai.

— Trop mièvre.

— Et le Camp Espérance ? suggéra-t-elle.

Nous laissâmes cette idée mijoter pendant que nous esquissions des idées pour un tee-shirt du camp avec le slogan « Ça roule pour nous ».

C'était à la fois une bonne et une mauvaise chose que ma mère soit entrepreneuse. Cela signifiait qu'elle connaissait un million d'ouvriers, plombiers, électriciens, géomètres, agents immobiliers, maçons, peintres, distributeurs, fournisseurs, professionnels de la clim et experts en démolition. Ils connaissaient les magouilles de tout le monde et savaient comment obtenir les meilleurs marchés. Tout cela allait dans la colonne des « pour ». Dans celle des « contre » : si je me lançais vraiment dans ce projet, j'étais condamnée à passer un paquet de temps avec ma mère.

Et il semblait bien que je sois sur le point de le faire. D'abord, je paraissais incapable de penser à quoi que ce soit d'autre. Je ne saurais vous décrire le plaisir que c'était d'avoir de nouveau recours à mon cerveau – d'utiliser toutes mes aptitudes commerciales, mes compétences, mon sens de l'organisation et ma créativité. Le projet me permettait de faire tout ce que j'adorais.

En plus de ça, il me forçait à sortir de la maison.

À un certain stade, je dus commencer à chercher un terrain et rencontrer des gens, discuter avec eux d'idées et de stratégies, déjeuner et prendre des cafés avec des contributeurs et partenaires potentiels. Quitter la maison pour quitter la maison n'avait aucun intérêt à mes yeux. Mais quitter la maison pour décrocher une donation de cinq mille dollars ? Ça, je pouvais le faire.

Je dépoussiérai mes vieux tailleurs-pantalons et mes boucles d'oreilles à perles, m'armai de courage et sortis déjeuner. Kit m'incita même à mettre en place une campagne de financement participatif, puis elle posta un message sur le sujet à ses followers dont le nombre s'élevait désormais à soixante-six mille. Les dons se multiplièrent. L'argent afflua. J'eus soudain l'impression que mon projet allait se concrétiser.

— Ils t'adorent ! s'exclama Kit au téléphone. Envoie-moi une photo de toi dans ce tailleur Ann Taylor à fines rayures !

Est-ce que tout était pour le mieux dans le meilleur des mondes ? Non. Est-ce qu'on me lançait des regards apitoyés dans les restaurants ? Constamment. Est-ce que je traversais toujours des moments – des heures, des jours – d'accablement, de colère, d'amertume, de frustration, de désespoir, de haine de soi et de chagrin ? Absolument. Et est-ce que je tombai un jour sur Neil Putnam, le RH de Simtex, le type qui m'avait-embauchée-mais-pas-officiellement pour mon job de rêve avant l'accident, avant de se rétracter, et qu'il ne me reconnut pas du tout ? Et quand je finis par lui expliquer qui j'étais, est-ce qu'il me dit : « Vous avez changé de coiffure, non ? » ? Oui. Cela se produisit.

Mais le ton de ma vie était différent à présent. J'avais un objectif. J'avais une bonne raison de prendre une douche tous les matins. J'avais une bonne raison de prendre soin de moi. Plus que ça, je comprenais que faire quelque chose pour d'autres gens pouvait – en fait – revenir à faire quelque chose pour vous-même. Stupéfiant.

Ça faisait du bien de se sentir mieux, et je commençai donc à chercher d'autres moyens d'optimiser cela. Je devins accro aux livres audio. J'intégrai une chorale. Je continuai à tricoter, même si je ne fis jamais aucun progrès. J'appris toute seule comment faire des pâtisseries de A à Z. Je laissai ma mère vendre mon ancien appartement.

Au moment où j'ajoutai le trois-centième X sur mon calendrier de suicide, j'avais signé un contrat et versé des arrhes pour une parcelle de terrain de quarante hectares à l'extérieur de la ville, avec un chêne bicentenaire, trois collines et un étang à poissons-chats. J'utilisai l'argent de l'appartement comme acompte. Ce soir-là, même si mon père n'était toujours pas rentré à la maison après tout ce temps, et même si ma mère aurait pu elle aussi décompter avec des X son propre lot de journées bouleversées et incroyablement étranges, nous célébrâmes l'événement au champagne.

En dépit de tout, je décidai de miser sur l'espoir – et fourrai mon calendrier de suicide dans le bac de recyclage.

Si le reste de ma vie ressemble à ça, ça va.

Ça allait, vraiment.

Chapitre 26

PUIS CHIP DÉCIDA DE SE MARIER.

Se marier.

Avec cette sournoise touilleuse de soupe, Tara, son ex, *alias* la Chouineuse.

En Europe, qui plus est. Dans une ville de Belgique réputée pour son charme, appelée Bruges.

L'invitation arriva le jour de la Saint-Valentin – un comble. Ce qui m'obligea à remarquer trois choses : une, c'était la Saint-Valentin. Deux, il s'était écoulé un an pile depuis l'accident. Et trois, j'avais complètement oublié Chip.

Je remarquai aussi autre chose : l'invitation n'était adressée qu'à ma mère, mon père et Kit. Ma mère était au courant des fiançailles, cependant. Elle était toujours amie avec Evelyn. Elle ne pouvait pas la laisser tomber, même si Evelyn se garda bien de nous rendre visite une fois que j'eus emménagé chez mes parents. Longtemps, ma mère sortit en cachette pour la rejoindre, prétextant qu'elle allait « faire des courses », mais je savais ce qu'elles fabriquaient.

— Tu peux être amie avec Evelyn, lui dis-je un soir après dîner. Ça m'est égal, tu sais.

— Mais je ne le suis pas !

— Ce n'est pas déloyal envers moi. Ça ne me dérange pas.

— Il t'a trompée ! Il t'a abandonnée.

— C'était une période chaotique pour tout le monde.

Elle n'avait pas besoin d'être en colère pour moi. Vraiment pas. N'avions-nous pas tous perdu assez ?

Je pigeais. C'est vrai. Les meilleures amies ne sont pas faciles à trouver. Elles le sont restées toutes les deux, et évitaient de parler de lui ou moi, jusqu'au jour où il a bien fallu qu'Evelyn l'informe des noces à venir. Ma mère eut le scoop : Chip avait été promu non pas une, mais deux fois, et avait gravi les échelons de sa banque d'investissement exactement de la façon dont vous vous attendriez de voir monter un type aussi beau, WASP et confiant que Chip. Il était calibré pour les promotions. En fait, ils l'avaient muté à leur bureau de Bruxelles.

— Chip vit en Belgique ?

Ma mère acquiesça.

— Il ne parle même pas français !

J'éprouvai une pointe de rancœur – furtive mais marquée. Chip avait eu une promotion ? En Europe ? L'accident ne l'avait clairement pas empêché d'avancer. Est-ce que sa vie allait vraiment être aussi simple ? J'éprouvai cette amertume qui surgit quand vous faites l'erreur de penser que quelqu'un vous bat au jeu de la vie.

Mais je tâchai de me raisonner.

Chip était à Bruxelles, et alors ? Moi, j'allais très bien ici, au Texas. Nous étions tous les deux passés à autre chose. Nous pouvions aller bien en même temps. Nous n'étions pas sur un tape-cul, pour l'amour du ciel ! Il y avait suffisamment de « je vais bien » pour tout le monde. Le seul fait que Chip ait obtenu ce qu'il désirait si facilement, sans jamais avoir à en douter, sans jamais avoir à lutter, ne signifiait pas forcément que ce qu'il avait était mieux.

— Je suis au courant du mariage depuis un moment, confessa ma mère. Evelyn m'a avertie.

— Et tu ne me l'as pas dit ?

— Je pensais que ça tomberait à l'eau. Apparemment, cette fille l'a suivi à Bruxelles. Elle est apparue à l'aéroport avec tous ses bagages et a annoncé qu'elle l'accompagnait.

Je haussai les épaules. Il fallait oser.

— Couillu.

Ma mère ferma les yeux.

— Je t'en prie, ne parle pas de couilles au dîner. (Puis elle poursuivit.) La bonne nouvelle, c'est que ça a lieu en Europe, donc ils se doutent bien qu'on n'ira pas.

— Et tu étais au courant qu'ils comptaient inviter tout le monde sauf moi ? demandai-je en lui montrant l'enveloppe.

Vu sa tête, elle l'ignorait.

— Ce doit être une erreur, dit-elle.

Cette calligraphie ne me semblait pas en être une, mais avant que je puisse le dire, le portable de ma mère sonna. C'était Kit. Ma mère la mit sur haut-parleur.

— Est-ce que vous avez appris pour le mariage ? demanda-t-elle d'un ton ferme.

— Nous venons de recevoir l'invitation, dit ma mère.

— Et je ne suis pas dessus, ajoutai-je. Ils ont invité tout le monde sauf moi.

— Je pense que c'est un oubli, déclara ma mère.

— Peut-être qu'ils t'en enverront une séparément, suggéra Kit.

J'adressai un regard à ma mère.

— Peu probable.

— Eh bien, dit Kit de sa voix déterminée, tu dois venir quand même. Tu dois taper l'incruste.

— Hors de question !

Ma mère déclara simultanément :

— Nous boycottons, comme des gens convenables.

— Écoute, dit Kit. Ils ont invité papa, aussi. Evelyn l'a appelé, le sachant en « congé sabbatique ».

— J'espère qu'il boycotte aussi.

— Non, dit Kit. Il y va.

Ma mère fronça les sourcils.

— Pourquoi irait-il ? Il n'aime même pas voyager.

— Il y va, annonça Kit, parce que je l'en ai convaincu.

— Kit…

— Nous allons lui tendre un piège parental.

Ma mère fronça de nouveau les sourcils, complètement larguée.

— Nous ne lui dirons pas que tu viens, poursuivit Kit, et tu te pointeras dans tes plus beaux atours… et le choc le catapultera dans tes bras.

— Ce raisonnement présente peut-être quelques défauts, objecta ma mère.

— Il n'arrête pas de parler de toi, insista Kit. Tu lui manques en permanence. Je pense que c'est la fierté qui le garde à distance. Nous devons lui donner une raison de la dépasser.

— Tu veux l'amener à me pardonner par la surprise ? demanda ma mère.

— Le choc et l'effroi, dis-je en hochant la tête.

Pour une idée terrible, ce n'était pas si mal.

— Exactement, dit Kit.

Je haussai les épaules.

— Ça pourrait être assez débile pour fonctionner.

Mais ma mère secouait la tête.

— Non. Je ne peux pas.

— Mais si, tu peux ! s'exclama ma sœur.

— C'est trop, dit ma mère.

Et soudain, elle me parut remarquablement vieille. Tassée, aussi. Elle avait toujours été si énergique et si catégorique – un vrai bulldozer. C'était étrange de la voir aussi balbutiante et incertaine. C'était désarmant de la voir rester en retrait et hésiter. Les petites rides entre ses sourcils paraissaient plus creusées. Aussi perturbant que cela pût être de la voir comme ça – si timide –, je dois avouer que ça la rendait aussi plus humaine. Cela éveillait mon instinct de protection.

— Mags et moi allons t'aider, proposa alors Kit. Nous t'accompagnerons. Nous ferons en sorte que ça marche.

Ma mère baissa la voix, comme si je n'allais peut-être pas entendre.

— Je ne peux pas demander une chose pareille à Margaret.

— Allô ? lançai-je. Je n'ai pas été invitée.

— Eh bien, sèche le mariage, dit Kit. Mais viens en Belgique. Simple.

Vraiment ? Voyager si loin ne serait peut-être pas simple. Quitter la sécurité du nid que je m'étais construit cette année-là ne serait peut-être pas simple. Affronter un millier d'inconnus risquait clairement de ne pas être simple. Et reprendre l'avion – une chose que j'avais supposé ne jamais faire – serait carrément le contraire de simple.

Mais Kit était prête à œuvrer pour que ça se réalise.

— Voyage familial en Belgique ! Fin de la discussion ! s'exclama-t-elle. Je vais tout organiser. Va faire les boutiques et trouve-toi des habits de lumière.

Ma mère loucha vers moi, l'air de dire : « Est-ce vraiment une bonne idée ? »

Je lui renvoyai un signe de tête : « Oh que oui. »

Était-ce une bonne idée ? Je n'en savais rien. En vérité, ça paraissait assez risqué – pour chacun de nous. Je venais juste de renoncer à mon calendrier de suicide, après tout. J'avais même à peine la tête hors de l'eau, et il ne faudrait pas grand-chose pour m'y replonger. Est-ce que j'en étais capable ?

Soudain je songeai que, oui, peut-être. Surtout quand il me vint à l'esprit que la Belgique n'était vraiment pas loin de l'Écosse. Cela ne semblait pas une si mauvaise idée d'aider ma mère à tourner la page avec mon père… et alors pourquoi pas faire un saut en Écosse pour tourner la mienne ? Une perspective idiote, déchirante et terrible – mais, une fois envisagée, impossible de la balayer. Elle me tira même d'un profond sommeil cette nuit-là, et me tarauda jusqu'à ce que je google la distance. Un vol direct de Bruxelles à Édimbourg prenait moins de deux heures. Simple.

Je pouvais passer en vitesse, un jour ou deux, peut-être. Prétendre être en ville «pour affaires». Appeler Ian de manière super décontractée, comme si je m'étais souvenue de lui après coup. Nous pourrions nous retrouver pour prendre un café. Je pourrais être près de lui, ne serait-ce que pour quelques heures. Mais, tandis que j'envisageais cette idée, je devais réfléchir à l'apparence que cela aurait.

Je serais – comme toujours – dans mon fauteuil roulant. Il ferait gris. On se donnerait rendez-vous dans un café avec une porte trop étroite pour mon fauteuil, Ian devrait donc me laisser dehors pendant qu'il nous commanderait nos boissons dans des gobelets à emporter, à condition que ça existe en Europe. Il nous guiderait vers un banc à proximité, et je serais littéralement submergée par le désir – comme une affamée contemplant une tranche de pain encore chaud –, et il serait… quoi ? Vaguement content de constater que je suis toujours en vie ? Professionnellement curieux de l'état de ma moelle épinière ? Poli ? Même – oh, Seigneur – faussement amical ? Pire ! Peut-être avait-il quelqu'un dans sa vie à présent, une personne grande et valide – une compagne de triathlon –, et il l'amènerait allégrement pour me la présenter. Vous savez, en pensant que ce serait marrant pour moi. Je serais assise là, dans mon martyre asexué et mon fauteuil, à les regarder sur un banc avec leurs corps en parfait état de marche, côte à côte, échangeant des sourires et des œillades, mais essayant de se refréner devant la vieille fille desséchée aux jambes nouilles à côté d'eux.

Ce serait le pire cercle infernal. Mon estomac se noua à cette pensée. Mais je voulais quand même le faire. Ou peut-être en avais-je besoin. Kit adora mon projet – mais elle avait toujours eu tendance à s'enflammer pour les idées fumeuses. Elle voulut des détails.

— Comment est-ce que tu vas t'y prendre ? Tu comptes débarquer à sa porte pour le surprendre ?

— Non. Je vais le surprendre au téléphone, comme une personne normale.

— Tu veux dire… une fois que tu seras déjà là-bas ? Genre, au coin de la rue, dans l'une de ces petites cabines téléphoniques rouges ?

Je secouai la tête.

— Ce n'est pas un film d'espionnage. Je lui dirai juste que je suis en ville pour le travail ou quelque chose comme ça.

— J'adore ! Une attaque sournoise.

— Sinon je risque de me dégonfler.

— Comment est-ce que tu vas le retrouver ?

— Aucune idée. (Je réfléchis.) Peut-être que je demanderai à Rob-le-Chignon de choper son adresse à l'hôpital.

— Tu vas demander à un ancien kiné de t'aider à traquer son ancien collègue ? demanda Kit.

— Pour ainsi dire.

— Parfait, dit-elle. Qu'est-ce qui pourrait mal tourner ?

Chapitre 27

Kit arriva au Texas trois jours avant le voyage, pour nous aider à nous concentrer.

Nous passâmes un nombre incalculable d'heures à élaborer des stratégies vestimentaires pour ma mère et moi. Kit voulait ma mère en vert –la couleur préférée de mon père–, et elle la traîna dans quatre magasins avant qu'elles se mettent d'accord sur le bon style. Après cela, Kit insista pour qu'elle se fasse coiffer et manucurer, et qu'elle achète un nouvel attirail de maquillage.

—Je n'ai pas besoin d'un nouveau rouge à lèvres, protesta ma mère.

—C'est le moment décisif, déclara Kit. Vois grand ou va voir ailleurs.

Moi ? C'était plus délicat. Kit passa plus de temps sur mon cas que sur celui de ma mère, alors que je n'allais même pas au mariage. J'aurais pu simplement me contenter de porter des vêtements que j'avais déjà, mais Kit refusait de l'entendre. Rien de ma « triste armoire » ne conviendrait. Kit me voulait dans quelque chose de « sophistiqué, élégant, et avec juste une touche de va-te-faire-foutre ». Mais subtile. Si je faisais seulement un « passage éclair » en Écosse pour « dire un petit bonjour à Ian », je devrais relever le défi de trouver une tenue professionnelle plausible qui pourrait aussi « faire pleurer un homme de désir ».

— Peut-être qu'on vise un peu haut, là, fis-je remarquer.

— Chut. Je bosse.

Il fallut deux jours à Kit pour trouver le look parfait : un tailleur-pantalon gris et un chemisier d'un blanc immaculé qui me coûtèrent la modique somme de quatre cents dollars.

— Ça les vaut, déclara-t-elle.

Elle me força également à acheter ma première parure de lingerie depuis plus d'un an.

— Et si tu rencontrais un bel inconnu à l'aéroport ? demanda-t-elle en sortant un ensemble de ma commode. Est-ce que tu penses conclure avec lui dans une brassière de sport et ce pauvre boxer gris ?

— Je ne dépense pas deux cents dollars de plus pour des sous-vêtements inconfortables que personne ne verra jamais.

— Ne fais donc pas ta vieille bique, dit-elle en brandissant la culotte. Je dois partager ta chambre. Donc moi, je verrai tes sous-vêtements, même si je suis la seule. Et ça, là (elle lâcha la culotte dans la poubelle), ça me fait perdre l'envie de vivre.

Elle finit par m'offrir la parure de lingerie. Contre mon gré. Elle instagramma aussi des photos de notre journée shopping – mais refusa de poster la tenue finale.

— Tu es trop ravissante, déclara-t-elle. Tu exploserais Internet.

Je faillis me dégonfler. Ça ne pouvait pas être une bonne idée. Mais je repensais alors à la triste et silencieuse version d'elle-même qu'avait été ma mère durant cette longue année, et ma résolution renaissait. Honnêtement, j'ignorais si elle pouvait reconquérir mon père. Le plan semblait être un pari risqué avec à la clé un fort potentiel d'humiliation.

Mais cela n'avait aucune espèce d'importance. Je savais que je devais l'aider à essayer. De plus, ma mère avait déjà dépensé tous ses miles pour nous faire passer en première classe. Kit resta bouche bée quand elle le lui annonça. Ma mère haussa les épaules :

— Vois grand ou va voir ailleurs.

Je regardai ma sœur.

— On va avoir besoin de ça sur les tee-shirts.

Le matin du jour J, j'avais encore quelques doutes.

— Qu'est-ce qui m'a pris ? demandai-je impérieusement à Kit alors que nous avalions nos cafés. Comment suis-je censée me trimballer ce fauteuil roulant partout en Europe ? Il n'y a que des marches en pierre là-bas ! Des marches en pierre et des gens à la mode. C'est de la folie. On va m'arrêter aux portes de l'aéroport et me renvoyer chez moi.

Kit ne se laissa pas démonter.

— Tu n'es pas une lâcheuse.

Peut-être pas… mais j'avais bien envie de le devenir.

— Ça va être le pire moment de ma vie.

Ma mère, qui passait par là, s'arrêta pour me serrer les épaules.

— Non, dit-elle. Tu as déjà survécu au pire.

Et c'était précisément ce qui me faisait peur : ce serait mon premier vol depuis le crash.

— Je ne suis pas certaine d'en être capable, dis-je.

Kit vida les dernières gouttes de son café et posa son mug en le cognant dans l'évier.

— Doutons de nos capacités, tu as raison, dit-elle. C'est une bonne chose. Mais prenons l'avion d'abord.

La première classe ressemblait à une fête VIP.

Non seulement je n'étais encore jamais allée en Europe, mais en plus je n'avais jamais voyagé autrement qu'en classe éco. À présent, j'étais fichue, car je découvrais ce que j'avais raté. La première classe nous accueillit avec du champagne et des framboises, et, à partir de là, ce ne furent que des bonnes surprises. Je n'aurais pas été étonnée d'apercevoir une piscine et un DJ.

Nous devions effectuer un vol direct jusqu'à Londres, puis un second rapide jusqu'en Belgique, où nous prenions le train pour Bruges. Cette journée et demie de voyage s'annonçait longue. Mais je ne pouvais pas me plaindre. On nous donna des couvertures chaudes et des serviettes bouillantes pour nos mains, comme dans un spa. Nous avions nos propres espaces, avec des fauteuils qui se convertissaient en lit, et situés dans le rang le plus près de la porte, si bien qu'il me fut facile de rouler directement jusqu'à ma place.

Cependant, cette débauche de luxe ne changeait rien au fait qu'il s'agissait de mon premier vol depuis l'accident. Malgré toutes mes tentatives de distraire mon cerveau – et je m'y appliquais vaillamment–, mon corps ne se laissait pas duper. J'avais les mains froides et tremblantes. Je jetais des regards à gauche et à droite comme une souris prise au piège. J'avais le cœur qui battait à un rythme erratique dans ma poitrine, comme si on l'attaquait. Il était inutile de m'inquiéter, je le savais. C'était en train de se produire. Je n'y pouvais plus rien. J'avais fait mon choix, et maintenant je devais juste survivre.

Une fois que nous eûmes bouclé nos ceintures, ma mère tendit le bras à travers l'allée pour me serrer la main ; celle-ci était glaciale. Maman me regarda.

—Est-ce que reprendre l'avion te terrifie ?

Je fis la grimace.

—Juste un peu.

Kit se pencha.

—Tu te rappelles la fois où nous sommes allés à Hawaï… et que tu as survécu ?

—Comme nous tous, si j'ai bonne mémoire, ajouta ma mère.

—Veux-tu que je te change les idées ? proposa Kit, en hochant la tête pour me faire savoir que « Oui, bien sûr ».

Mes mains exsangues commençaient à prendre une teinte grise.

—Je n'arrive vraiment pas à imaginer comment tu pourrais me distraire.

Kit remua les sourcils.

— Je t'assure que c'est à ma portée.

Les moteurs s'activaient en ronronnant. Nos sièges étaient l'un en face de l'autre. Je m'inclinai en avant.

— Comment ?

Elle croisa le regard de ma mère et lui adressa un petit hochement de tête, comme si elles partageaient un secret croustillant. Ma mère fouilla dans son bagage à main et en sortit une petite boîte emballée que je reconnus aussitôt. C'était le cadeau de Ian pour mon anniversaire.

— Eh ! dis-je. Je l'avais bazardé dans la poubelle de la cuisine.

— Je l'ai repêché, avoua ma mère.

Je rivai les yeux dessus.

— Est-ce que tu le veux ? finit-elle par me demander.

Le capitaine effectuait les dernières annonces par le haut-parleur. J'acquiesçai.

Elle me le tendit, et je le déballai. Puis je soulevai le couvercle de la boîte. Il y avait à l'intérieur un collier – une délicate chaîne en argent, attachée aux deux extrémités d'une petite barre d'argent, sur laquelle était gravé un mot unique, dans de minuscules lettres en typo de machine à écrire : « Courage ».

— Qu'est-ce que c'est ? demanda Kit.

— Un collier.

— Qu'est-ce qu'il dit ? s'enquit ma mère.

— « Courage ».

Ma sœur et ma mère se regardèrent.

— Eh bien, dit ma mère, heureusement que je l'ai secouru, non ?

Alors que je l'accrochais derrière mon cou et sentais la pression fraîche de la barre d'argent sur mon sternum, l'avion commença à reculer et à s'éloigner de la porte. Je cédai à un accès de panique.

— J'ai une autre distraction pour toi, annonça Kit en me regardant. Encore mieux.

— Quoi ?

— L'adresse que Rob t'a donnée est fausse.

Je dois admettre que c'était distrayant.

— Fausse ?

Elle acquiesça.

— C'est l'adresse de ses parents à Édimbourg, mais lui n'habite pas là.

— Comment est-ce que tu peux le savoir ?

Elle me lança un mystérieux sourire qui semblait dire : « Si tu savais. »

— Nous sommes en contact.

Un frisson d'angoisse me parcourut. Où cette discussion nous mènerait-elle ? Que pouvait-elle donc me dire qui soit aussi juteux ? Sans ma permission, mon cerveau bondit sur le pire scénario imaginable.

— S'il te plaît, ne me dis pas que tu sors avec Ian.

— Quoi ? Non ! C'est tordu ! Je me suis remise avec le Gros Benjamin.

— Mais alors pourquoi es-tu en contact avec Ian ?

Nouveau sourire énigmatique.

— Il m'a trouvée sur Internet. Il voulait savoir comment tu allais.

L'avion s'immobilisa un instant, puis se mit à rouler en avant.

— Vraiment ? Quand ça ?

— Quelques semaines après mon retour. Il m'a demandé s'il pouvait prendre des nouvelles de temps en temps.

— Pourquoi tu ne m'en as pas parlé ?

— Il m'a demandé de le garder pour moi. Il ne voulait pas te faire flipper.

J'essayai d'assimiler l'idée.

— Et est-ce qu'il l'a fait ? Prendre des nouvelles ?

Elle acquiesça.

— Oui, en effet.

Le ton de sa voix me poussa à demander :

— Souvent ?

— Environ une fois par semaine.

— Une fois par semaine ! (Elle prenait trop de plaisir dans cette révélation.) Il t'a appelée ?

— Il m'a essentiellement envoyé des mails. Et aussi, tu sais, tous ces articles que je t'ai envoyés ?

L'avion accéléra sur la piste.

— Ceux dont je suis presque sûre que tu ne les as jamais lus ?

— Ils venaient de lui.

C'était lui qui avait envoyé les articles ! Cela expliquait beaucoup de choses. Mais pourquoi ?

— Il t'a paru comment ?

— Comme un professionnel soucieux.

— Est-ce que vous avez un jour parlé de quoi que ce soit d'autre ?

Elle secoua la tête.

— Principalement de ta santé. Assez rasoir.

Le nez de l'avion s'éleva. J'acquiesçai.

— OK.

— Mais tu veux mon avis ? Il t'apprécie toujours.

— Il ne m'a jamais appréciée.

— Je ne suis pas d'accord.

— Il me l'a dit très clairement. Il ne m'a jamais appréciée. C'était juste moi qui me faisais des films, et il m'a laissée continuer pour que j'aie une raison de vivre. Fais-moi confiance. S'il y avait eu la moindre lueur d'espoir, je l'aurais trouvée.

Kit haussa les épaules. L'avion décollait à présent, cliquetant et vibrant tandis qu'il montait. Je touchai mon collier du bout des doigts.

Courage.

— Mais il y a autre chose, lança Kit. (Je levai les yeux.) Il a commencé à me suivre sur Instagram.

Je pris une inspiration.

— Est-ce que c'est pour ça que tu prends toujours un million de photos de moi ?

Elle hocha la tête, visiblement très contente d'elle.

— Et devine quoi encore ? Il n'a jamais rien posté et ne suit personne d'autre. Il n'a même pas de photo de profil. Je suis la seule personne qu'il suive.

Je m'efforçai d'intégrer l'idée que Ian avait un compte Instagram.

— Il a vu la photo que tu as prise de mes cicatrices ?

Kit acquiesça très lentement.

— Et celle de ce matin à l'aéroport ?

Elle acquiesça de nouveau.

— En supposant qu'il consulte son téléphone.

— Donc il sait peut-être que nous sommes en route pour l'Europe.

— Peut-être.

— Pour l'attaque sournoise, on repassera.

— L'avantage, poursuivit Kitty, c'est qu'il sera plus facile de trouver où il habite.

— Comment ça ?

— Quand on arrivera en Écosse, dit-elle en haussant les épaules, on lui enverra juste un message pour avoir son adresse.

Je hochai la tête vers elle.

— C'est presque trop simple.

Elle me tapota le crâne.

— Presque !

Au-delà de la terreur pure que je ressentais en avion, le voyage dans son ensemble me rendait nerveuse. À la maison, j'avais développé des routines et des méthodes qui avaient regonflé ma confiance. En Europe, je n'avais aucune idée de ce qui m'attendait. Nous avions effectué des recherches sur le Net à propos de tout, bien entendu, et j'avais imprimé tout un dossier que je conservais dans mon bagage à main. Vous pouvez appeler et demander à l'avance une rampe pour vous aider à monter à bord du train de Bruxelles à Bruges, par exemple, mais vous ne pouvez pas simplement arriver et en exiger une. Je m'étais aussi assurée de trouver un hôtel avec des chambres au rez-de-chaussée auxquelles j'aurais facilement accès. Kit avait voulu organiser un tour en bateau sur les canaux, mais nous apprîmes avant qu'aucun bateau de la ville n'était accessible aux fauteuils roulants.

Nous étions aussi parées que possible, mais rien n'aurait pu nous préparer à l'expérience d'être à Bruges en elle-même. On se serait cru dans une ville de contes de fées. Rien du désordre normal du XXIe siècle, comme les enseignes au néon et les panneaux d'affichage. Juste de la pierre médiévale et des bâtiments en brique avec des tourelles et des pignons, une grande place avec une église gothique, des chocolatiers et des rues pavées. Et les canaux ! Tous les quelques pâtés de maisons, des ponts en pierre enjambant l'eau paisible.

Sans parler de la multitude de cygnes.

Toute ma préparation avait valu la peine. Il y eut quelques moments délicats au cours du voyage – comme lorsque nous montâmes dans le train et le trouvâmes bondé, à tel point que les gens durent aller dans la voiture suivante pour nous faire de la place, et Kitty s'assit sur mes genoux dans le fauteuil pour libérer de l'espace. Mais, globalement, ce fut moins difficile que je ne l'avais redouté. Je m'étais attendue à une succession d'obstacles et d'humiliations, m'imaginant tentant de me frayer un chemin dans un monde conçu pour des gens valides parlant français ou flamand. Mais nous nous débrouillâmes avec une surprenante facilité.

Nous atteignîmes l'hôtel en fin de matinée ; notre guide du jet-lag nous recommandait simplement de rester éveillées jusqu'à 22 heures. Nous commandâmes donc un room service – steak-frites – et regardâmes la télé européenne. Avant qu'il ne soit trop tard, ma mère et Kit sortirent dévaliser les boutiques de chocolat, et revinrent avec un sac de courses rempli de chocolat noir, au lait, blanc, à la menthe et au caramel au beurre salé, dans toutes les formes de la terre, des cœurs aux étoiles de mer, et fourrés de crèmes et nougats, purées de fruits, café, amandes, noix de macadamia et beurre de cacahuètes.

Kit déversa tout en tas sur son lit.

— Vous avez perdu la boule, leur dis-je. On ne pourra pas manger tout ça.

— Bien sûr que si, dit Kit.

— On va être malades, insistai-je.

— Pas moi, affirma Kit. J'ai passé des années à me forger une tolérance.

Finalement, nous ingurgitâmes la totalité. Plus nous mangions, plus nous avions le sentiment qu'il s'agissait d'un défi à gagner. Nous nous rendîmes vraiment malades. Ce fut une débauche impressionnante. Après cela, ma mère et moi dûmes nous allonger sur le lit, le cœur au bord des lèvres, et Kit vomit dans les toilettes.

— Je pense que je suis juste déshydratée, annonça-t-elle en grimpant dans son lit d'appoint à côté de la fenêtre.

Mais, le lendemain matin, elle fut de nouveau malade.

— Peut-être que j'ai chopé la dysenterie à l'aéroport.

Son mal de cœur s'était dissipé à midi. Le soir, Kit était épuisée – mais heureusement, rien de pire.

Lorsqu'il fut l'heure de s'habiller, Kit gisait sur son lit comme un cadavre.

— Tu vas bien, maintenant, tentai-je, tandis qu'elle ajustait le linge frais sur ses yeux. Ça fait quatre heures que tu n'as pas gerbé. Maman et toi devez vous mettre en route.

Mais Kit dit d'une voix rauque, sans ouvrir les yeux :

— Je crois que je ne vais pas y aller.

— Euh… tu dois y aller ! C'était *ton* idée de dingue !

— Je ne me sens pas bien du tout.

Ma mère se cramponna à son sac à main.

— Peut-être que nous devrions juste renoncer, suggéra-t-elle.

— Pas question que tu sèches, dit Kit.

— Je n'irai pas toute seule, répliqua ma mère.

— Mags peut t'accompagner.

— Je n'ai pas été invitée, rappelai-je.

— Vas-y à ma place, dit Kit. Nous avons confirmé pour trois.

— Mais on ne veut pas de moi là-bas.

— N'importe quoi ! dit ma mère. C'était une omission.

Je regardai d'abord Kit, qui avait vraiment une mine épouvantable, puis ma mère anxieuse, qui arborait la même mine épouvantable. Kit n'irait clairement nulle part. Mais hors de question de contraindre ma mère à y aller seule. Je lui dis en soupirant :

— Va me chercher la robe de Kit.

C'était une robe bustier rouge – « cramoisi ta-vie-est-fichue », l'appelait Kitty – style années 1950 avec une crinoline. Je me tortillai pour entrer dedans pendant que ma mère s'agitait en essayant de m'aider. Je portai aussi ma – et puis merde, tiens – nouvelle lingerie. Je me coiffai. Je mis le maquillage tout neuf que Kit m'avait acheté, y compris du rouge à lèvres rouge. Je songeai à couvrir mes cicatrices de brûlures avec un foulard, avant d'estimer que ce serait pire.

Jetant un dernier coup d'œil dans le miroir, je m'arrêtai pour me demander si je devais garder le collier de Ian, probablement pas assez formel, avant d'estimer que *bien sûr*. J'aurais besoin du mot « courage », ce soir-là.

Puis je forçai ma mère à passer la porte. Nous allions le faire. Honnêtement, face à toutes les autres choses auxquelles nous avions survécu cette année-là, en quoi cette soirée pourrait être si difficile ?

La chapelle où était célébré le mariage n'était pas loin. Juste au coin de la rue. Mes recherches me garantissaient que le terrain de Bruges était très plat et que les pavés seraient davantage un désagrément qu'un obstacle – les deux se vérifièrent. J'avais aussi lu que la chapelle elle-même se dressait directement au niveau du sol ; je pourrais donc y accéder sans problème. Ce que j'ignorais, jusqu'à ce que nous arrivions, c'était combien elle était minuscule.

Sérieusement. On aurait dit une petite décoration de Noël. Sur le parvis, tous les invités qui n'avaient pas pu pénétrer dans l'édifice poireautaient en large assemblée. D'autres églises auraient certainement pu tous nous contenir. Evelyn Dunbar n'aurait certainement pas négligé un détail tel que la taille du lieu. Mais, après plusieurs minutes passées plantées là, entourées d'autres invités qui n'avaient pas pu entrer, tendant le cou pour apercevoir ce qui se déroulait à l'intérieur, nous finîmes par soupçonner la mère de Chip – peut-être dans un grand geste de triomphe à l'intention du monde – d'avoir volontairement surbooké le mariage.

— Penses-tu qu'elle savait qu'on ne rentrerait pas tous ?

— Ça ne me surprendrait pas, en effet, acquiesça ma mère. Plutôt une église débordante que vide.

Nous trouvâmes un endroit où patienter dans la cour pavée de la chapelle, mais, ma mère n'ayant pas d'endroit où s'asseoir, nous restâmes à différentes altitudes, sans parler, et je passai la demi-heure suivante à la regarder tourmenter ses mains jointes à sa taille.

— Pourquoi est-ce que tu fais ça ? demandai-je après un moment.

Elle baissa les yeux.

— Quoi donc ?

— Te tordre les mains dans tous les sens. Tu es nerveuse ?

— Je ne me tords pas les mains, rétorqua-t-elle en cessant aussitôt.

C'est alors que je levai le nez et vis qu'elle ne regardait pas vers l'église comme tout le monde. Elle scrutait la foule. Ce petit moment suffit à me rendre heureuse d'avoir fait tout le trajet jusque-là. Elle avait quelque chose d'important à faire, et je l'y aidais.

Dix minutes supplémentaires s'écoulèrent. Puis dix de plus. Finalement, ma mère décida d'aller s'informer auprès du placeur qui se tenait à la porte, pour découvrir la raison de ce retard.

C'est ainsi que nous fûmes séparées. Elle disparut dans cette direction, coupant de gauche à droite dans la foule, et elle n'était pas partie depuis cinq minutes que les cloches de l'église se mirent à retentir. Avant qu'elle puisse revenir, les portes de la chapelle s'ouvrirent, et les mariés sortirent à grands pas.

Évidemment. C'était un mariage ! Leur mariage. Je me sentis me recroqueviller, prenant soudain conscience que je m'incrustais au mariage de Chip. Je n'avais nulle part où me cacher ; tandis que le petit jardin se remplissait d'inconnus en robes scintillantes et smokings, le photographe appela toutes les personnes importantes pour venir faire des photos.

Un placeur invita tous les autres à suivre une petite rue jusqu'à la réception, mais j'attendis ma mère – qui ne revint jamais.

Je n'étais pas bien placée, en bas dans mon fauteuil. Des gens que je reconnaissais me passaient devant sans voir mon visage, et tout ce que je voyais vraiment était un défilé de ceintures et sacs à main.

Je finis par rouler jusqu'aux portes de l'église pour demander des nouvelles de ma mère.

— Je cherche une femme vêtue d'une robe verte, demandai-je au placeur.

Il secoua la tête.

— Il n'y a plus personne à l'intérieur.

Je regardai autour de moi. M'avait-elle ratée dans la cohue ? Était-elle partie à la réception en me croyant partie aussi ? M'y attendait-elle, tremblante et nerveuse ? Une image de ma mère se tordant les mains pendant toute la réception, seule, me vint à l'esprit. Il était temps de la retrouver. Je m'éloignai en suivant la dernière vague migratoire de convives.

Il ne me fallut pas longtemps avant de les perdre complètement. Mes recherches juraient que quatre-vingt-quinze pour cent des rues de Bruges étaient praticables en fauteuil roulant, mais celle-ci faisait indubitablement partie des cinq pour cent restants. Ces pavés en particulier étaient plus petits et étroits, et séparés par des rainures plus profondes. Les pneus de ce fauteuil, « fins comme des lames de rasoir », et dont mon père avait été si fier, n'étaient pas exactement conçus pour ce terrain. En fait, je butais en permanence – la roue se coinçait entre les pavés tandis que je basculais d'avant en arrière, m'échinant à la dégager. Laborieux. Frustrant. J'avais les mains de plus en plus sales. Les doigts pincés. À un moment, le vent emmêla l'ourlet de la robe dans les rayons.

Puis la petite rue déboucha sur une autre, plus lisse et pratique, où je fus capable de prendre un peu de vitesse et de monter sans peine sur la crête d'un pont en pierre. C'est là que je rattrapai tous les invités du mariage. À une station de taxis. Qui se révéla être destinée à un bateau-taxi. Le genre qui, je le savais par Internet, n'était pas accessible aux fauteuils roulants.

C'était ainsi que nous nous rendions tous à la réception. Par bateau.

Je fis halte là, sur le pont, et embrassai la scène. Deux embarcations, remplies à ras bord d'invités, venaient de quitter le quai, et une dernière se chargeait. Des hommes en smoking et des femmes en robes élégantes attendaient dans une file qui serpentait autour de tourniquets en bois. Je cherchai en vain parmi eux la tenue verte de ma mère. Puis j'examinai le bateau. Je parviendrais peut-être à embarquer, si quelqu'un voulait bien m'aider. Mais, tandis que je roulais jusque-là et que j'arrivais à l'entrée de la station de taxis, je tombai sur un plus gros problème : une vingtaine de marches en pierre me séparaient de l'eau. Vingt marches en pierre raides, irrégulières, comme sorties d'un dessin d'Escher.

Je me figeai à leur sommet. Elles étaient hautes et étroites. Je pouvais descendre d'un trottoir aux États-Unis, et éventuellement deux marches basses les jours de grande chance, mais pas ça. Pas moyen que je parvienne en bas. Pas sans y laisser ma peau.

Je regardai un couple après l'autre se servir de leurs jambes et pieds valides pour marcher avec insouciance jusqu'au bateau et embarquer, et le désespoir s'abattit sur moi. Qu'est-ce que je faisais là ? Kitty s'était défilée, j'avais perdu ma mère et je n'avais à présent aucun moyen de rejoindre la réception à laquelle je n'étais même pas invitée.

Je sentis une drôle de petite pression dans ma gorge, comme si j'allais me mettre à pleurer.

Je pris une inspiration chevrotante. Je n'aurais jamais dû venir. Il était encore temps de renoncer.

Ce fut alors que le pilote du bateau me remarqua.

— *Est-ce que vous allez à la soirée*?* demanda-t-il.

Il pensait que j'étais belge. Comme c'était flatteur !

— *Non !* répondis-je en criant. *C'est d'accord**.

Un reste de français datant du lycée pour le panache. Ça ne servait pas souvent au Texas.

Mais le pilote faisait déjà signe aux deux types sur le quai, qui avaient l'air d'avoir dans les soixante-dix ans, et ils grimpèrent bientôt les marches vers moi avec détermination.

— *Non, non*, dis-je en agitant les mains comme pour leur signifier que je n'avais pas besoin d'aide. *Mes jambons sont éclatés**.

Je m'aperçus seulement plus tard que j'avais confondu « jambe » et « jambon », et accidentellement employé « éclatées » au lieu de « brisées ». Les deux hommes marquèrent une pause pour se regarder. Puis ils reprirent leur ascension. J'avais clairement besoin d'aide. *Évidemment* que je n'étais pas juste une passante en tenue de soirée. *Évidemment* que j'étais une invitée de ce mariage. Le simple fait que je n'arrive pas à franchir cet escalier ne voulait pas dire que je n'allais pas le faire. En dépit de mes protestations, un docker âgé mais étonnamment fort me souleva et me prit dans ses bras

---

*En français dans le texte original. (*NdÉ*)

comme s'il portait des femmes de cette manière tous les jours, et nous voilà partis pour une descente chancelante des marches. L'autre gars replia mon fauteuil et nous suivit, et, avant que je m'en rende compte, ils montaient à bord du bateau et m'y déposaient – dans un siège à la proue tourné face à la foule. Tous les autres sièges, d'après ce que je voyais, étaient orientés vers l'avant – sauf celui que j'occupais et un autre, libre, à côté. Dans le jardin de l'église, absolument personne ne m'avait remarquée. À présent, tout le monde me dévisageait.

Que pouvais-je faire? Impossible de m'échapper. Impossible de changer de siège. Je les regardai aussi. Je ne reconnaissais personne. Mon fauteuil et moi, l'invitée parasite, étions coincés sur un bateau rempli d'inconnus curieux. Un bateau qui n'allait nulle part.

L'équipage du taxi était repassé au flamand, mais je devinais que le pilote voulait partir, même si les dockers pensaient qu'il devait attendre. Il leur demandait sans cesse de larguer les amarres, mais ils estimaient ne pas être censés le faire. Finalement, l'un d'eux remonta en vitesse ces marches létales pour jeter un coup d'œil autour de lui, cria quelque chose à ses compagnons en bas et du doigt désigna quelque chose qu'il était le seul à voir.

Est-ce que quelqu'un venait ?

Puis je vis. Quelqu'un arrivait, en effet. Le cortège.

Chapitre 28

Ils se rassemblèrent devant le pont en haut des marches menant à la station de taxis comme une double page de moues boudeuses dans *Vanity Fair*, à l'endroit même où je m'étais tenue quelques instants auparavant. J'eus mon premier véritable aperçu, et il me sembla très étrange de voir tous les gars qui auraient été nos garçons d'honneur – Woody, Statler, Murphy et Harris – associés à un troupeau d'inconnues. Alors que je me faisais cette réflexion, une brise se leva et gonfla toutes les robes des demoiselles d'honneur au ralenti.

Puis le groupe se sépara, et je m'armai de courage pour l'apparition des mariés. Toutefois, le couple qui apparut ne fut pas Chip et la Chouineuse, mais Jim et Evelyn Dunbar. Les parents de Chip. J'avais vu Evelyn à plusieurs reprises après notre dispute à l'hôpital, bien sûr. Elle était notre voisine directe, après tout. Mais je ne lui avais pas parlé. Pas une seule fois, pendant tout ce temps.

Au début, je me cachais quand elle passait chez nous. J'avais le sentiment de ne pas pouvoir l'affronter et m'accordais la permission de l'éviter. Au fil du temps, je n'en pris plus la peine. Mais, à cette époque-là, ma mère et elle avaient commencé leurs rendez-vous secrets. Il nous arriva de nous croiser. Cela se produisit, simplement. Après un moment, ma mère soutint qu'Evelyn avait « entièrement oublié » notre petite « prise de bec » à l'hôpital. Mais je la suspectai d'avoir depuis longtemps fait de moi la méchante de l'histoire : la fille brisée et désespérée qui avait tenté de manipuler son fils parfait afin qu'il renonce par culpabilité à son existence parfaite. Evelyn n'avait jamais été le genre de personne à regarder en face les limites de son fils. Elle pouvait se révéler très sélective dans son interprétation de la réalité. D'où l'« omission » de mon nom sur l'invitation.

Ce n'était pas grave. Je m'en moquais. Sauf d'une chose : elle arrivait vers moi, et je ne pouvais pas m'échapper. Alors qu'elle avançait dans sa robe bleu pâle et ses perles de belle-mère, je me demandai comment elle réagirait en me voyant.

Pas bien, visiblement.

J'ai pour théorie que nous atteignons notre pic de méchanceté quand nous nous sentons menacés. Les gens semblent vraiment être la pire version d'eux-mêmes quand ils pensent que vous êtes là pour leur nuire, les voler ou les dépouiller de quelque chose qui leur appartient. Et je pus deviner à la minute où les yeux d'Evelyn Dunbar croisèrent les miens qu'elle pensa immédiatement tout ce qui précède. Elle dut croire que j'étais venue gâcher la fête. À sa place, j'aurais peut-être cru la même chose. Elle monta dans le bateau et se raidit lorsqu'elle me vit. M. Dunbar continua son chemin pour parler avec des invités, mais Evelyn se pencha vers moi dans mon siège, baissant la voix d'environ une octave.

— Qu'est-ce que tu fais là ?

D'autres convives se tournèrent vers nous. Pas question pour moi de discuter du piège parental en public. Au lieu de ça, je haussai les épaules.

— Kit est tombée malade, alors je la remplace.

Elle jeta un coup d'œil autour d'elle. Elle modela son visage en un sourire.

— Tu n'as pas été invitée.

— J'ai remarqué.

— Nous avons pensé que ce serait gênant.

— Ça l'aurait été.

— Mais te voilà.

— Ma mère a cru que c'était un oubli.

— Elle a eu tort.

— Je ne vais pas faire d'histoires, finis-je par dire.

Je visais l'apaisement, mais cela alimenta sa colère.

— Comment peux-tu faire une chose pareille ? feula-t-elle.

Sa réaction me parut excessive.

— Faire quoi ? demandai-je.

— Venir sans être invitée et rester là, assise comme un gobelin, à dévisager tout le monde. Ça donne la chair de poule.

Était-ce cela que je faisais ?

— Vous venez de me traiter de *gobelin* ou je rêve ?

— Qu'est-ce que tu cherches, exactement ?

— Je n'arrive toujours pas à digérer le coup du gobelin.

— Chip tourne la page, et tu devrais faire pareil.

— Je suis d'accord.

— Mais il fallait quand même que tu viennes ici ? Il fallait quand même que tu sabotes cette journée pour Chip ?

Je n'étais pas venue saboter quoi que ce soit. Mais la colère est contagieuse, je suppose. À présent, je ne pouvais plus résister.

— Chip a saboté ma vie, alors peut-être que nous sommes quittes. Sauf que nous ne le serons jamais tout à fait. À moins que je ne le paralyse à mon tour.

Evelyn plissa légèrement les yeux, surprise, comme si elle craignait soudain que ce ne soit la raison de ma présence : paralyser le marié.

— Ce n'est pas drôle, dit-elle.

Je la regardai, genre : « Oh, allez. »

— Un peu, quand même.

— Il est temps que tu partes.

Parfois, vous n'avez pas d'autre choix qu'échouer. Mais ce n'était pas l'un de ces moments. Je n'avais pas fait tout ça pour abandonner à la fin. J'avais une mère à secourir.

— Je ne bouge pas d'ici, dis-je.

Mais Evelyn m'adressa un regard qui semblait dire : « Ne t'avise pas de faire ça. »

— Tu pars, dit-elle. Maintenant.

Elle dit sèchement à l'équipage du bateau de venir s'occuper de mon cas.

Était-ce ainsi que cette soirée allait se terminer ? Rejetée *manu militari* sur le quai par une équipe de bateliers flamands du troisième âge ? Je pensai aux raisons pour lesquelles j'étais là. Je pensai à qui je voulais être. Je voulais être plus forte pour mes combats. Plus sage, également, si possible. Je voulais être quelqu'un qui améliorait les choses, plutôt que les empirer.

— Je suis désolée d'avoir été grossière, la dernière fois, lui dis-je alors.

Evelyn cligna des yeux.

— Quoi ?

— À l'hôpital. L'année dernière. J'ai employé des mots qui t'ont contrariée.

À ce souvenir, Evelyn fit une bouche en cul-de-poule. Son expression ne s'adoucit pas vraiment, mais je voyais bien que je l'avais surprise.

— Je souffrais beaucoup, poursuivis-je, et je me suis déchaînée. Je suppose que j'ai pensé que si d'autres gens souffraient aussi, je souffrirais peut-être moins. Mais je ne me suis pas sentie mieux en te faisant du mal. Je me suis sentie bien pire. Je regrette, et je veux que tu saches que je suis désolée. J'aurais dû me montrer plus gentille.

À présent, elle clignait un peu plus des yeux. Quand le membre d'équipage à qui elle s'était sèchement adressée nous eut rejointes, il ne semblait pas être là à sa demande, mais plutôt parce qu'il voulait qu'elle s'asseye. Il commença à insister pour qu'Evelyn prenne un siège, lui désignant la queue derrière elle.

L'Evelyn habituelle ne l'aurait pas toléré. Mais c'était comme si j'avais coupé sa suffisance dans son élan. Ou peut-être lui avais-je seulement montré que je venais en paix. Quoi qu'il en fût, elle ne se querella pas avec eux. Au lieu de ça, docile, elle les laissa la conduire à sa place.

Les autres membres du cortège nuptial remplirent les rangs restants, ne laissant libres que les deux sièges principaux au centre – directement en face de moi – pour Chip et la Chouineuse, les invités d'honneur. Quelque paix qu'ait pu brièvement me procurer ce moment avec Evelyn, elle se dissipa lorsque je les vis arriver au sommet du pont, puis descendre les marches, tellement glamour qu'ils auraient pu avancer au ralenti.

Je regardai autour de moi pour voir où le pilote avait rangé mon fauteuil. Comme si j'envisageais de filer sur les chapeaux de roues avant qu'ils me repèrent. Bien sûr, il était exclu de s'enfuir en fauteuil. Rester à cet endroit précis, piégée dans un siège qui faisait directement face à ceux réservés aux deux mariés, était manifestement mon unique option. Je ne savais pas quoi faire de mes mains – croisées ? Relâchées ? – ni où tourner la tête. Devrais-je observer les cygnes au loin en feignant de ne pas les remarquer ? Ou peut-être devrais-je tordre mon visage dans un agréable sourire et regarder droit vers eux à leur arrivée, genre : « Oh, bonjour ! Je ne vous avais pas vus. »

Au lieu de ça, je posai le bout de mes doigts sur la barrette d'argent du collier de Ian.

Courage.

Chip ne me remarqua pas avant de s'être assis. L'espace d'une seconde, alors qu'il mettait le bras autour des épaules de la Chouineuse en écartant largement les jambes comme le font les hommes et contemplant la vue du canal, je nourris une étincelle d'espoir qu'il ne me remarquerait peut-être pas du tout.

Pas de chance. Quand son regard dériva pour s'arrêter sur mon visage, il se pencha en avant et me dévisagea carrément.

— Margaret ?

Au son de mon prénom, la Chouineuse se redressa et me dévisagea aussi.

Voilà. Ma remplaçante auprès de Chip. Avec de l'autobronzant en spray et trop d'eye-liner. Tara. Une fille que je n'avais jamais vue que sur des photos. Une fille à laquelle Chip m'avait comparée de temps à autre – mais uniquement pour souligner la supériorité de mes qualités. Je faisais du meilleur café. J'avais un meilleur sens de l'humour. J'avais plus de rythme. Elle était là, en chair et en os.

Elle avait l'air affreusement boudeuse. Je fis un petit geste de la main.

— Salut ! lançai-je, comme si je les voyais seulement. Félicitations pour votre mariage !

— J'ignorais que tu venais, dit Chip.

Et à cet instant, je devinai : il ne savait pas que j'avais été écartée de la liste. Ce qu'il ignorait ne lui ferait pas de mal.

— Nous sommes tous venus, dis-je. Tous.

La force du nombre.

Chip regarda autour de lui à la recherche du reste des Jacobsen, sans succès.

— Maintenant, je les ai tous perdus, précisai-je d'un ton qui suggérait : « Pas bien grave. »

Puis il chercha mon fauteuil des yeux, mais ne le vit pas.

— Où est ton fauteuil ? demanda-t-il. En as-tu toujours besoin ?

Si ma vie avait été un film, la réponse aurait été : « Ce vieux machin ? Je ne l'ai pas vu depuis des mois. » Ça aurait été le moment pour moi de me lever de mon siège comme une déesse et de triompher de Chip et de la Chouineuse, et de tous ceux qui avaient un jour douté de moi, y compris moi-même : debout. Triomphe. Envoyez le générique.

J'avais désespérément attendu une fin comme celle-là. Mais ce n'est pas l'histoire avec laquelle je me retrouvais. Et cela n'était pas la fin non plus. Je désignai un compartiment de rangement.

— Il est là.

— Donc, tu es toujours...

— Paralysée, dis-je en acquiesçant.

Il se pencha un peu plus près, avec précaution – comme si j'avais pu être féroce. Puis il se plaqua un gros sourire en carton sur le visage, se pencha davantage et dit :

— Comment vas-tu ?

Ce fut alors que je sus. Il me *plaignait.* À présent, la mariée se penchait, elle aussi, les bras croisés sur la poitrine, mais ce n'était pas vraiment de la pitié qu'elle affichait. J'adoptai la même expression que lui.

— Je vais super bien dis-je en montrant toutes mes dents. Et toi ?

Avant que Chip ne puisse répondre, la Chouineuse s'en mêla, attirant son attention.

— Chip ! chouina-t-elle. (Ah, voilà…) Mais qu'est-ce qui se passe ?

Chip laissa tomber le sourire et son ton devint sérieux.

— Redis-moi, pourquoi es-tu ici ?

— C'est une longue histoire, dis-je.

Il lâcha un soupir.

— Parce que j'essaie de repartir de zéro, là.

— C'est génial. Je te soutiens.

— Est-ce que c'est sarcastique ?

— Non !

— Je n'ai pas besoin de ton soutien, OK ?

Je haussai de nouveau les épaules.

— Trop tard.

Mon interprétation de la situation à ce stade : Chip était surtout perplexe, compatissant, et tirait des conclusions hâtives quant à mes motivations. Mais son épouse flambant neuve, elle, était furieuse.

— Écoutez, leur dis-je à tous les deux, je vous souhaite d'être heureux, OK ? Je ne suis pas venue vous harceler ni susciter la pitié. J'ai tourné la page.

Mais ni l'un ni l'autre ne me croyait. C'est alors que Statler me lança, depuis la rangée de sièges juste derrière :

— On est venu pourrir le mariage, hein, Jacobsen ?

C'était une blague, bien sûr – destinée, sans aucun doute, à faire baisser la tension –, mais je pris soudain conscience que c'était ce que tous devaient penser : que j'avais débarqué dans l'espoir ridicule de saboter le mariage.

— Je suis juste là pour fêter ça, dis-je en levant les mains en signe de capitulation.

Mais Statler se contenta de rire. J'étais clairement une ex brisée faisant une tentative désespérée de… quoi ? M'enfuir en emportant le marié sur mon fauteuil ? Il ne pouvait y avoir d'autre explication. OK. Hors contexte, faire cinq mille kilomètres en avion pour aller au mariage de votre ex pourrait sembler vaguement suspect.

Avant de m'en rendre compte, j'étais en train d'essayer de leur faire comprendre.

— Ça a été une année difficile, me retrouvai-je à expliquer à Statler, à l'heureux couple et à tout ce foutu bateau. Ce n'est pas la vie que j'aurais choisie, et certaines parties sont extrêmement brutales. Mais il y a des avantages, aussi. Je suis plus sage. Plus gentille. Je me suis mise au tricot.

Ils étaient probablement incapables de comprendre. Il est des sortes de sagesse qui ne peuvent que se gagner. J'aurais dû lâcher toute l'affaire à ce moment-là. Mais j'avais juste besoin de me défendre.

— Je suis en train de monter un camp d'été, poursuivis-je, et je lance une association à but non lucratif. Je suis plus occupée, heureuse et productive que je ne l'ai jamais été. J'ai trouvé ma vocation. J'ai trouvé un travail si satisfaisant et palpitant que je regrette même de devoir dormir.

Je scrutai leurs visages. Ils n'étaient pas convaincus. Mais ce n'était pas grave. Devoir trouver des raisons de vivre m'avait obligée à me bâtir une existence qui valait la peine d'être vécue. Je ne dirai jamais que l'accident a été une bonne chose. Je n'affirmerai absolument jamais que rien n'arrive par hasard. Comme toutes les tragédies, celle-ci était insensée. Mais je savais une chose avec certitude : plus notre aptitude au chagrin devient grande, plus notre aptitude à la joie l'est aussi.

Alors je poursuivis :

— C'est ça que vous ignorez – que vous ne *pouvez pas* savoir avant que la vie vous ait véritablement mis une raclée : je ne m'en porte que mieux. Je me porte mieux d'être brisée.

Cette vérité me stabilisa et m'ébranla à la fois. Elle me fit l'effet d'un réel triomphe. Jusqu'à ce que l'épouse de Chip m'adresse un regard, genre : « Oh, s'il te plaît... » Chip ne paraissait pas très convaincu non plus.

— Tu dis que tu es passée à autre chose ?

Euh.

— Oui.

Ses yeux n'étaient que pur défi.

— Est-ce que ça signifie, demanda-t-il, que tu vois quelqu'un ?

Sérieusement ? Était-ce la seule définition de « passer à autre chose » ? N'existait-il aucune manière d'aller mieux, ou d'être heureux, ou d'avoir une vie fabuleuse qui n'impliquait pas de *sortir* avec quelqu'un ? Est-ce qu'être amoureux constituait le seul type de bonheur sur terre ? Je m'offusquai de la question par principe féministe. Je fus tentée de le sermonner toute la soirée et de lui expliquer que l'existence des femmes n'a pas besoin d'une validation romantique par un homme. Ridicule ! Étroit d'esprit ! Conformiste !

Je faillis le dire. Une seconde de plus, et je l'aurais fait.

Chapitre 29

Mais ce fut alors que nous entendîmes quelqu'un crier :

— Attendez ! Retenez le bateau !

Au bruit, je remarquai que les gars sur le quai avaient déjà largué les amarres et que nous commencions à nous éloigner.

Nous nous tournâmes en direction de la voix, et l'un des dockers cria en flamand ce que je supposai être : « Halte ! Un de plus ! »

Un homme seul en smoking descendait les marches en courant vers nous. Un homme qui, à première vue, ressemblait étrangement à Ian. Un homme qui, en fait, continuait à ressembler à Ian, même en se rapprochant. Et qui, s'avéra-t-il, était Ian. *Mon* Ian, contre toute attente. Pas à Édimbourg. Là. À Bruges. Se ruant pour attraper le bateau menant à la réception de Chip, dans un smoking à col châle. Ian. Apparemment là pour s'incruster à la réception, lui aussi.

Je le voyais, mais lui ne me voyait pas. Trop occupé à courir et être affreusement séduisant. Je vous aurais dit que ma réaction en voyant Chip et Tara était viscérale, mais j'ignorais le sens de ce mot avant de regarder Ian foncer en bas de ces marches. Mes poumons furent instantanément hors service. Si j'avais pu détourner les yeux, j'aurais cherché un endroit où me cacher. Mais j'en étais incapable. J'assimilai la nouvelle coupe de cheveux de Ian – un peu plus courte et hérissée – et son smoking ajusté, prouvant combien les Européens semblaient porter leurs pantalons plus ajustés que les Américains, comme s'ils les avaient fait rétrécir au lavage.

Et ça lui allait à ravir.

Puis Ian sauta par-dessus le tourniquet en bois et se retrouva sur le quai, le longeant en courant – non : sprintant, chargeant, pompant – pour nous rattraper. Le bateau s'était déjà doucement écarté. Il était à présent à un mètre du quai, mais Ian n'hésita pas. Il sauta simplement de l'angle du quai et atterrit accroupi au seul endroit libre du pont – à moins de dix centimètres de mes genoux environ. C'était le genre de cascade cool et qui déchire à la James Bond, comme je n'en avais jamais vu dans la vraie vie.

Ian se mit alors debout et se tourna face à l'assemblée.

— C'est bien le bateau qui va à la réception, j'espère ? lança-t-il à la cantonnade.

La voix. Cet accent – encore, après tout ce temps. Je sentis mes entrailles fondre comme du beurre chaud. Le pilote lui cria des propos furieux en flamand – quelque chose, j'imagine, comme « Ça craint, mec ! Tu aurais pu te tuer ! » – au moment même où tous les invités se mettaient à l'applaudir. Ian épousseta son costume, présenta ses excuses au pilote et esquissa un geste de remerciement gêné aux convives qui l'acclamaient, avant de regarder autour de lui et de remarquer qu'il n'y avait plus de siège disponible.

C'est alors que le pilote pointa le doigt vers lui, comme pour lui intimer : « Assieds-toi, mon pote ! », avant de lui indiquer le siège à côté de moi. Ian se tourna dans cette direction, et ce fut alors qu'il me vit. Nos regards se croisèrent. S'il y avait un moment pour que je meure d'intensité, on y était. Mais je ne pouvais même pas. J'étais incapable de respirer, de penser. Et, d'après ce que je voyais, Ian non plus.

— S'il vous plaît, monsieur, prenez place, dit le pilote en anglais, enfin.

Mais Ian ne prit pas place. Au lieu de ça, il tomba à genoux sur le pont. Devant moi. Agenouillé à mes pieds.

— Tu es là, dit-il, légèrement essoufflé.

Les rares pensées dont j'étais capable n'avaient aucun sens.

— Je ne suis pas là. C'est *toi* qui es là.

Tous les passagers nous regardaient, à présent, mais, tandis que le pilote prenait de la vitesse en faisant vrombir le moteur, le bruit blanc nous procura une petite barrière sonore.

— Désolé d'être en retard, dit-il.

Pouvez-vous être en retard à une fête à laquelle on ne vous a pas invité ?

— Tu n'es pas en retard.

Puis il baissa les yeux et aperçut mon collier.

— Tu portes mon cadeau, dit-il. (J'acquiesçai.) J'étais persuadé que tu l'avais jeté.

— En effet. Ma mère l'a repêché dans la poubelle.

— Brave femme. Ça te plaît ?

Je hochai lentement la tête.

S'il était bon d'entendre la voix après tout ce temps, je frôlai l'extase en voyant le visage. Une telle proximité m'étourdissait. Je n'avais pas une seule photo de lui, et je n'avais donc pas vu ce visage depuis presque un an. Je m'en délectai – ces yeux bleu foncé qui semblaient toujours un peu tristes, la pomme d'Adam juste au-dessus de sa cravate de smoking, la mâchoire plus carrée que dans mes souvenirs.

— Qu'est-ce que tu fais ici ? demandai-je alors.

— Qu'est-ce que *tu* fais ici ?

— Je suis ici, répondis-je en désignant le reste des invités sur le bateau, pour un mariage.

— Celui de ton connard d'ex-fiancé.

— Jusqu'ici ce n'est pas si mal, dis-je. Pas si génial que ça non plus, ajoutai-je avec un petit sourire.

Il se pencha en avant et me prit les mains.

— Mais qu'est-ce qui a bien pu te passer par la tête ?

Je haussai les épaules.

— Mes parents ont rompu, et Kit et moi essayions de les réconcilier avec un piège parental.

Ian fronça les sourcils.

— Au mariage de ton ex ?

— C'était le genre de moment où on tente le tout pour le tout. (Je croisai son regard.) En plus, je n'étais jamais allée en Europe.

— Tu aurais dû venir en Écosse.

Je ne parvenais à déchiffrer son expression. Était-il au courant ?

— J'y songeais, répondis-je.

Il parut surpris.

— Ah oui ?

— Je pensais y faire un saut une fois que j'en aurais eu fini ici.

Il étudia mon visage.

— C'est vrai ?

— Oui. Est-ce que tu le savais déjà ? Kit t'en a parlé ?

— Non.

— Parce que je sais que vous êtes restés en contact.

Il baissa les yeux.

— Je devais garder un œil sur toi.

— Je suis assez certaine que la dernière fois que je t'ai vu, tu m'as dit que tu t'en foutais totalement de moi, alors je ne suis pas persuadée que tu le devais.

— Je mentais.

— Quoi ?

— Je te mentais quand j'ai dit ça.

Je plissai les yeux pour mieux le voir.

— Tu ne t'en foutais pas de moi ?

Il planta son regard droit dans le mien.

— Je ne m'en foutais pas de toi. (Il se pencha un peu plus.) Je tenais à toi. Trop, ajouta-t-il ensuite.

— Est-ce qu'on peut trop tenir à quelqu'un ?

— Je n'ai toujours pas trouvé la réponse à cette question.

J'étudiai son visage. Que disait-il ?

— Peut-être que tu mens à cet instant.

Mais il secoua la tête, me prit une main et la pressa sur son cœur, qui martelait dans sa poitrine.

— Je ne mens pas à cet instant.

C'était une sacrée confession.

— Pourquoi as-tu menti avant ?

— Parce que je pensais que c'était mieux pour toi.

— Pourquoi ? Pourquoi serait-ce mieux que tu me brises le cœur ?

Il fronça les sourcils et se pencha plus près.

— C'est ce que j'ai fait ?

— Plutôt, oui.

— Je suis désolé. Je ne pensais pas que ça arriverait.

— Parce que tu croyais que je ne tenais pas vraiment à toi ?

Ian acquiesça.

— Je supposais que c'était juste les répercussions du traumatisme.

— Eh bien, devine quoi ? Ce n'était pas ça.

— Je pensais te rendre service, sincèrement. Je pensais être le seul qui en souffrirait.

Il fallait que je pose la question.

— Pourquoi souffrirais-tu ?

Il soutint mon regard.

— Parce que je n'avais pas envie de me retrouver sans toi.

Je continuai de ne pas respirer.

Il semblait inimaginable que cela se produise – moi dans la robe de Kit, en train de parler à Ian agenouillé en smoking, me tenant la main contre son cœur palpitant. Et pourtant, impossible de nier le bateau, l'eau, la brise, le bouillonnement du courant.

Nous passâmes sous un pont en pierre, éclairé en dessous par des lanternes suspendues, mais je le remarquai à peine. Jusqu'à ce que j'entende mon prénom, juste au moment où le pont défilait au-dessus de nos têtes.

— Margaret !

La voix paraissait très proche. Je levai le nez.

— Margaret !

Des mains qui faisaient signe en haut du pont. Deux paires de mains.

— Margaret !

C'étaient mes parents. Ensemble, côte à côte, debout au sommet de la voûte.

— Pourquoi n'êtes-vous pas à la réception ? leur criai-je.

— On a décidé de sécher !

— Et personne n'a pensé à me le dire ?

— On n'arrivait pas à te trouver !

C'est alors que mon père passa un bras autour de ma mère. Par ce seul geste, je sus une chose : elle allait bien. Plus que ça : ils allaient bien. L'inquiétude que j'éprouvais pour elle se volatilisa. Ils s'étaient retrouvés et savaient quoi faire. Ils régleraient leurs problèmes – ou pas. Mais mon boulot dans cette affaire était terminé.

Le bateau ne ralentit pas. Nous continuâmes d'avancer. Mes parents disparurent dans la nuit de Bruges en agitant encore un peu la main, puis baissèrent le bras et se retournèrent pour poursuivre leur balade.

Ian les observa aussi, un moment, avant de reporter son attention vers moi.

— Pourquoi es-tu là, déjà ? demandai-je.

— Je suis venu te chercher.

— Tu as fait tout le trajet depuis l'Écosse pour venir me chercher ?

Il hocha la tête.

— Pourquoi ?

— Parce que tu me manques.

J'aurais presque cru entendre « tu me hantes ».

— Vraiment ?

Il acquiesça.

— Chaque jour.

Je ne voulais pas mettre fin à tout ça aussi facilement. Je voulais tenir, jouer les dures à cuire et rester en colère. Peut-être était-ce le battement sourd de son cœur contre ma main, ou ces yeux graves, ou ce smoking qu'il faisait littéralement vibrer rien qu'en le portant – mais je ne pus tenir.

— Toi aussi, tu me manques.

— Même après tout ce temps ?

— Je crois que c'est de pire en pire, en vérité, confessai-je.

— Je me suis dit que je devais attendre un an avant de te rechercher – te donner le temps de te poser et trouver ta voie.

J'en ai même discuté avec mes frères, et tout le monde était d'accord : une année entière, minimum. Maintenant, ça fait un an. Je venais d'acheter un billet d'avion pour les États-Unis quand j'ai vu le post de Kit au sujet de ta venue en Belgique.

— Tu as acheté un billet pour les États-Unis ? (Il acquiesça.) Mais ensuite tu es venu à Bruges ? (Il acquiesça de nouveau.) Est-ce que Kit savait que tu venais ?

— D'une certaine manière, je suppose. Elle m'a envoyé par texto vos plans de vol, l'adresse de l'hôtel et une photo de l'invitation au mariage. Ensuite elle a juré que tu serais toute seule toute la soirée pendant que ta mère et elle allaient à ce mariage de fous. Et alors elle m'a dit qu'elle m'avait réservé une chambre plus loin dans le couloir.

Je secouai la tête. Kit. Si sournoise…

— Donc tu es allé à l'hôtel ?

Il hocha la tête.

— Quand je suis tombé sur elle plutôt que sur toi, elle m'a envoyé à l'église en courant.

— Où on t'a envoyé jusqu'aux bateaux en courant. Et nous voici.

— Mais elle ne m'a pas parlé de l'Écosse.

Je croisai son regard.

— Non ?

— Pourquoi est-ce que tu allais là-bas ?

— Oh, tu sais. Faire un peu de tourisme. Visiter le Loch Ness. Prendre quelques kilts en photo.

Ian sourit un peu. Voilà – ce sourire. C'était si étrange, en y repensant, d'avoir l'impression d'être seuls sur ce bateau bondé. Le son du moteur se dissipa, tout comme les gens autour de nous, ainsi que le passé et l'avenir.

— Quand nous nous sommes rencontrés, dit Ian, j'étais censé t'aider ; mais en fait c'est l'inverse qui s'est produit. La façon dont tu me provoquais – la façon dont tu m'as mis le nez dans mon amertume –, la façon dont tu ne cessais de me surprendre et de me montrer le monde sous des angles différents. Être à ton contact m'a rendu meilleur. Tu m'as fait rire – probablement plus durant ces semaines passées ensemble que toute ma vie avant ça. Tu m'as appris le ridicule. Tu m'as montré une manière différente d'être dans le monde. Tu as fait ressortir une partie de mon âme plus optimiste et chaleureuse. Et puis, après mon départ, il a fallu que je redevienne froid. Je suis reparti vers le ciel gris de mon pays, et j'ai pris un job que je n'aimais pas. Je n'ai même pas essayé de trouver mieux, parce que tout ce que j'arrivais à faire, c'était compter les semaines jusqu'à ce que je puisse te retrouver. J'ai fait le pacte avec moi-même de t'accorder un an – mais j'ai failli le rompre cent fois. Ma seule exception était dans le cas où tu commencerais à sortir avec quelqu'un. Là, j'avais le droit de débarquer au Texas et de me battre pour toi.

Je lui lançai un regard perplexe.

— Sortir avec quelqu'un ? Comme qui ?

— Je pense que ce menuisier qui travaille sur le chalet du camp a un faible pour toi.

— Mais non !

— Ça ne me surprendrait pas que l'architecte en pince pour toi, aussi. Il est un peu trop enthousiaste.

— C'est dingue.

— Et, bien entendu, je m'attends toujours à ce que Chip revienne en rampant à tout instant.

— Peu probable. Puisqu'il est marié à présent.

— Même sans ça, il fallait que j'attende un an.

— Dans mon intérêt.

Il acquiesça.

— Le temps que tu te remettes sur pied.

Je poussai un long soupir.

— Pas au sens littéral. Parce que je ne crois pas que remarcher soit à l'ordre du jour.

Ian hocha la tête.

— Peut-être pas, mais tu as fait un travail génial. Je t'ai acclamée à distance.

Quelque chose dans ce que Ian disait, mais aussi dans la façon dont il le disait – si intense, si déterminée – m'hypnotisa presque.

— Est-ce que tu comprends ce que je te raconte ? demanda-t-il alors.

Est-ce que je comprenais ? Je pouvais à peine réfléchir.

— Es-tu en train de dire que tu es heureux que j'aille mieux ?

Il secoua la tête, genre : « Pas tout à fait. »

— Que l'année a été difficile pour toi aussi ?

« Pas ça non plus. »

Je haussai les épaules.

— Tu vas devoir m'expliquer.

Il avait pris un peu appui sur les talons, mais à présent il se relevait sur les genoux et s'avançait doucement en se penchant plus près.

— Je pense sans arrêt à toi, Maggie Jacobsen. Tu me manques au point que j'ai du mal à dormir. Je meurs d'envie de te voir et d'être auprès de toi. Je t'aime avec une ardeur que je peux à peine contenir, et j'ai peur que ça ne me submerge.

Ces yeux de nouveau.

Peut-être aurais-je dû me pencher pour l'embrasser à ce moment-là, mais je m'aperçus que je ne pouvais pas bouger. Il me paraissait incroyable de vouloir quelque chose si follement – et aussi de l'obtenir. J'étais en retenue depuis si longtemps que j'ignorais comment me laisser aller.

Jusqu'à ce qu'il porte la main à ma nuque et attire ma bouche contre la sienne. Car, à ce baiser, je revins à la vie.

Le monde se figea, mais le bateau continua d'avancer. Nous passâmes devant des maisons en pierre avec des pignons à gradins et des jardins au feuillage si luxuriant qu'il retombait en cascade dans l'eau. Nous passâmes devant des hangars à bateaux avec des volets en bois, et des cafés avec des lanternes suspendues et des tables éclairées à la chandelle au bord du canal. Mais nous ne remarquâmes rien de tout cela.

Tandis que le bateau-taxi faisait halte devant le site de la réception et accostait, que les mariés, les parents de Chip et le cortège nuptial ainsi que tous les invités détournaient les yeux en sortant du bateau pour gagner la réception, nous ne nous lâchâmes pas. Nous fîmes à peine attention à eux. Nous restâmes simplement perdus dans la sensation de ce baiser que nous avions attendu si longtemps.

Épilogue

C'ÉTAIT IL Y A DIX ANS.

Nous n'arrivâmes jamais à la réception. Nous reprîmes simplement le taxi dans l'autre sens jusqu'à la station, et de là gagnâmes l'hôtel. Ian m'y porta gentiment – et avec une aisance qui m'impressionna – sur son dos, mon fauteuil plié sous un bras puissant, comme s'il ne pesait rien. Nous estimâmes qu'il valait mieux ne pas nous précipiter, mais nous changeâmes ensuite d'avis.

Nous rentrâmes à la chambre d'hôtel de Ian – à quelques portes de la mienne dans le couloir – et veillâmes toute la nuit. J'en passai la majeure partie à expliquer à Ian pourquoi il ne pouvait pas être attiré par moi, et il passa autant de temps à me prouver que j'avais tort. De manière convaincante.

Le lendemain matin, nous tombâmes tous les uns sur les autres au buffet de l'hôtel – Kitty, mes parents, Ian et moi – et trouvâmes une table ensemble. Aucun de nous ne paraissait très frais, mais Kitty était la pire de tous.

—Je pense que nous allons devoir t'amener chez le médecin, dit ma mère en lui touchant le front. Tu ressembles à une statue de cire de chez Madame Tussauds.

Kitty balaya sa remarque d'un geste de la main.

—Je vais bien.

—Faux, déclara ma mère. Tu es pâle et en sueur. Je suis assez certaine qu'ils ont des médecins en Belgique, ajouta-t-elle en lui adressant un regard.

—Je n'ai pas besoin de médecin.

Ma mère tourna les yeux vers moi pour que je lui vienne en aide.

—Raisonne-la.

—C'est vrai que tu as l'air –comment l'exprimer délicatement ?– de ne pas être toi-même. Pourquoi est-ce que tu ne…

Mais Kitty se mit à parler par-dessus mes propos.

—Je vais bien ! Je vais bien ! Je n'ai pas besoin de médecin…

Tandis que je poursuivais avec :

—… consultes pas quelqu'un ? Juste au cas où ?

Pendant que mon père hasardait :

—Le voyage du retour va être long, et la dernière chose qu'il te faut, c'est…

Et que ma mère intervenait :

—Ce pourrait être le virus Ebola, une appendicite ou même un problème d'*E. coli*…

Nous braillâmes tous les uns par-dessus les autres comme la poignée d'étrangers la plus ridicule, là-bas, dans notre ravissant café d'hôtel belge, jusqu'à ce que Kitty crie, peut-être parce qu'il lui fallait mettre un terme à toute cette folie :

— Je ne suis pas malade ! Je suis juste enceinte !

Nous fûmes tous abasourdis par la nouvelle.

— J'ai fait un test ce matin. Trois, en fait.

— De qui est-il ? chuchotai-je en aparté, après une bonne pause. Le Gros Benjamin ? Ou la Moustache ?

— Je vote pour le Gros Benjamin, intervint ma mère de sa voix normale.

— Pareil, dit mon père en levant la main.

Ian et moi les imitâmes – en faveur du Gros Benjamin aussi.

— À l'unanimité, déclarai-je.

Kitty nous regarda comme si nous étions *les pires*. Puis elle dit :

— Benjamin, OK ? Maintenant, il faut que je gerbe.

Voilà notre histoire. Au cours de la décennie qui a suivi l'accident, les choses ont évolué pour tout le monde, comme il se doit.

Mes parents se sont remis ensemble. Mon père n'était pas du genre rancunier. Comme il me l'expliqua un jour, quand je lui posai la question : « Ta mère n'a jamais été parfaite. Et je l'ai toujours aimée malgré tout. » Je ne sais pas vraiment ce que j'aurais fait à sa place. Mais je crois que choisir de revenir pour résoudre la situation lui convenait. Partir n'était pas son style. Il était un homme pour-le-meilleur-et-pour-le-pire.

Mon père prit sa retraite deux ans plus tard, et, environ un mois après, on lui annonça qu'il avait un cancer des poumons. Un comble, il ne fumait même pas.

— Trop de sciure, dit-il en haussant les épaules, quand il nous annonça la nouvelle.

Il lutta comme un champion, et ma mère l'accompagna à chaque rendez-vous et durant toute la durée du traitement. Elle lui tricota des chaussettes au crochet, lui lut des articles du *Reader's Digest*, et lui prépara tour à tour des steaks, des spaghettis et des cakes à la viande. Tous ses plats préférés, en boucle.

Pour occuper son temps libre, entre deux traitements, lorsqu'il se sentait bien, il commença à lire bénévolement des livres audio destinés aux aveugles. Il ne mit pas longtemps à se rendre compte qu'il avait le truc pour lire des histoires. Pendant une période, il s'inventa un job de conteur au camp, faisant la lecture auprès du feu tous les vendredis soir à des groupes de gamins fascinés – agrémentant son récit de divers effets sonores et voix. Il aimait tellement ça que, même après être devenu trop malade pour lire, ou même marcher jusqu'au feu de camp, il sortait pour écouter ses remplaçants et leur donner des tuyaux. Ma mère le conduisait en voiturette de golf et apportait des chaises pliantes.

Une nuit, vers la fin, alors que je lui rendais visite au centre de soins palliatifs, il me dit que ces dernières années avec ma mère avaient été les meilleures de toutes.

— Pourquoi ? demandai-je.

Il sourit d'un air légèrement malicieux.

— Elle m'appréciait plus.

Je le regardai en dilatant les narines.

— Moi aussi, je l'appréciais plus, ajouta-t-il. Et devine quoi d'autre ?

— Quoi ?

Il ébaucha un demi-sourire.

— Je ne changerais rien. (Puis il me serra la main.) Assure-toi de le dire à ta sœur.

Mon père ne voulait pas être enterré, il voulait être *planté*. Nous creusâmes donc un trou pour ses cendres sur la colline du feu de camp et plantâmes là un chêne. Ma mère veut que nous plantions un autre arbre sur ses propres cendres juste à côté quand ce sera son tour – afin qu'ils puissent pousser ensemble tous les deux avec leurs branches entremêlées. Elle l'évoque beaucoup.

Ça fait maintenant trois ans qu'il est mort, et ma mère semble toujours perdue. Elle continue à s'occuper, cependant. L'année passée sans mon père l'avait changée, rendue humble et libérée sous de nombreux aspects. Elle lâche du lest avec tout le monde ces temps-ci – y compris, je soupçonne, avec elle-même.

Elle gère les livres au camp désormais, et aide avec les enfants, et peu après la mort de mon père, elle a proposé de prendre sa place de conteur au coin du feu. Elle a également rejoint un groupe de confection de patchwork féministe appelé « Cousez avec fougue ! » qui se réunit toutes les semaines pour coudre et parler politique. Elle s'inquiète toujours trop et commence par la *mort* dans toutes les situations ; mais entre moi, Ian et Oprah, nous la faisons tenir un journal de gratitude.

Elle essaie. Et essayer compte toujours pour beaucoup.

Vous vous demandez si j'ai réussi à remarcher ?

Eh bien, non. Nous tentâmes les appareils orthopédiques, les déambulateurs et la stimulation musculaire électrique, ainsi qu'une opération chirurgicale supplémentaire environ deux ans après l'accident, et nous décidâmes ensuite de renoncer. De nouvelles technologies apparaissent en permanence, et peut-être la science me rattrapera-t-elle, mais je ne retiens pas mon souffle. Je n'écume plus le Web en quête d'espoir sur ce front. J'ai appris à chercher l'espoir autrement.

Je suis heureuse de signaler que les cicatrices de mes sites donneurs ont bien guéri, et après dix ans à appliquer de la vitamine E, on les voit à peine. Cela dit, les greffes sont une autre histoire. Certaines zones sont lisses et d'autres sont fibreuses et mouchetées, mais n'importe quelle quantité de vitamine E ne saurait les rendre moins que tragiques.

Raison pour laquelle, au cinquième anniversaire du crash, je laissai Kitty tatouer la zone concernée. Elle me suppliait depuis des siècles, et elle avait un motif tout conçu : un jardin de fleurs de type art populaire qui « pousse » en partant de l'arrière de mon épaule vers l'avant sur ma cicatrice. Elle traça tout le contour le premier soir, et elle ajoute progressivement des couleurs depuis. Regardez-moi d'un côté aujourd'hui, et je ressemble à mon ancien moi. Regardez-moi de l'autre, et je suis embellie de fleurs. Ma mère dit ce soir-là qu'elle se ferait faire un tatouage aussi – mais elle ne put alors se décider. Elle y travaille toujours.

Je ne vais pas mentir. Perdre l'usage de mes jambes est ce qui m'est arrivé de plus dur dans ma vie. Je ne veux pas en minimiser l'importance. Je ne veux pas prétendre que ça a été simple. Ça a été le contraire de simple. Mais il y a eu de bonnes choses, aussi.

Ian ne plaisantait pas en disant être amoureux de moi. Je n'ai jamais réussi à l'en dissuader. Devinez ce que nous avons fait ? Nous nous sommes mariés. Nous sommes sortis ensemble un moment, d'abord à distance, puis Ian est revenu au Texas. Maintenant, nous dirigeons le camp ensemble. Ian se charge du côté kiné – Myles ne lui a jamais sucré sa licence. Il s'est révélé que le virer du pays était une vengeance suffisante pour le satisfaire, puis Myles lui-même décrocha un poste à Orlando, quitta la ville et – croisons les doigts – nous oublia complètement. Je gère la partie business, et des trucs marrants, aussi : la peinture aux doigts, le tricot de limace, les origamis, la décoration de gâteaux, les promenades en charrette à foin, et même une chorale où on répète *La Mélodie du bonheur*.

En ce qui concerne le Camp Espérance, tout se déroula mieux que je ne l'avais imaginé. Nous récoltâmes presque deux fois plus d'argent que prévu, grâce à tous les followers de Kit, mais aussi grâce à mon travail acharné.

Ouaip. Je me rends hommage. Je nous rends hommage à tous.

Une fois que mes parents se furent remis ensemble, il leur fallut environ deux minutes pour sortir les plans et commencer à discuter de la construction, et mon père s'y impliqua comme un pro. J'eus l'occasion de découvrir mes parents sous un jour nouveau, bossant en équipe. Le perfectionnisme implacable de ma mère, quand il était concentré sur un projet plutôt que sur moi, était quelque chose qui forçait l'admiration, et le sens pratique de mon père était parfaitement complémentaire. Ils collaboraient et s'opposaient dans une harmonie motivante.

J'imagine que le fruit du design ne tombe jamais loin de l'arbre, car il se trouva que ma mère et moi aimions les mêmes choses : les grandes fenêtres, les cheminées en pierre, les lampes rétro Western un peu kitsch, les barrières en roues de chariot, les porches profonds, les ventilateurs de plafond, les lignes modernes et épurées avec des détails artisanaux classiques, et de la fantaisie. Nous nous entendîmes vraiment bien.

Le camp est opérationnel depuis sept ans maintenant. C'est un endroit florissant et animé. C'est ensoleillé, il y fait chaud, et les bâtiments sont en pierre et stuc avec des toits en tôle typiques du Texas, de grands porches et des arbres qui procurent de l'ombre. Nous avons des champs de fleurs sauvages et des sentiers naturels. Tout est entièrement accessible par rampe – même la cabane dans les arbres. Nous avons trouvé toutes sortes d'artisans pour créer la magie avec des peintures murales, des sculptures et des fontaines. Nous avons fait des mosaïques sur les portes du camp en utilisant toutes mes assiettes cassées, et nous avons à présent un cours de mosaïque où les gens peuvent pulvériser les leurs.

Nous tenons des camps tout l'été pour les enfants, et des cours tout l'hiver pour les adultes. Nous organisons des soirées ciné et des concours de cookies, ainsi que des projets caritatifs pour les malades. Nous avons des réseaux d'information et des méthodes d'orientation. Nous proposons des cours pour les blessés récents, et des projets et du soutien pour leurs proches. Nous aidons les gens à accepter où ils sont – mais nous leur montrons aussi où ils peuvent aller.

Nous ne réglons pas tout, mais améliorons les choses, sans aucun doute.

C'est devenu ma philosophie de vie. Je ne vous dirai jamais que l'existence que vous souhaitiez n'aurait pas pu être exactement aussi géniale que vous l'aviez prévu. Mais vous devez vivre celle que vous avez. Il vous faut trouver l'inspiration dans le combat et tirer la joie des épreuves. C'est ce que nous essayons de faire – compenser la souffrance avec le rire, les couvertures moelleuses, les câlins, les chants, les pique-niques sous le soleil, les cookies aux pépites de chocolat et les fleurs sauvages. Parce que c'est tout ce que nous pouvons faire : supporter le chagrin quand nous y sommes contraints et savourer la joie quand nous le pouvons.

La vie, c'est toujours, toujours les deux. Et donc : compétitions de chili, concerts de karaoké, soirées ciné en plein air, courses de bouées en intérieur, promenades dans la nature, feux de camp, chamallows grillés, sketches, pots de fleurs peints, balades en charrette à foin et inspiration en tout genre. Nous avons gravé le fameux dicton de la mère de Ian dans un linteau de pierre au-dessus des portes du bureau, et le fait de se mettre au service d'autrui est devenu un pilier du programme. Les enfants se guident, donnent des cours d'artisanat, travaillent dans le jardin et aident à ranger. Ils confectionnent des cartes de Saint-Valentin pour les autres enfants qui sont à l'hôpital, préparent des muffins pour les personnes âgées, soignent les chevaux et entraînent des chiens d'assistance à se socialiser. Ils apprennent par expérience – un peu la seule manière dont vous le *pouvez* – que s'occuper des autres est un moyen de s'occuper de soi-même.

Et, bien sûr, tout le monde a droit à son tee-shirt proclamant : « Ça roule pour nous ».

Vous vous demandez ce qui s'est passé avec Kitty et le Gros Benjamin ? Dès que nous rentrâmes d'Europe, sa barbe de hipster et lui déboulèrent chez nous pour supplier Kit de l'épouser. Ce qu'elle refusa de faire. Pas son style. Mais elle autorisa une cérémonie d'engagement pour toute une vie, ce qui est plus ou moins strictement la même chose. Et elle se tatoua son prénom sur le bras et le laissa la suivre à New York pour y emménager avec elle, et il s'avéra qu'il était bien le compagnon le plus doux et bienveillant. Kitty donna naissance au plus adorable cupcake de bébé. Le drame fut que, à l'encontre de tous les conseils, ils la prénommèrent Pandora Gueule-de-loup. Mais vous ne pouvez pas toujours éviter les faux pas.

À un moment donné, nous estimâmes que le « Gros Benjamin » était un surnom méchant, et le changeâmes en « Doux Benjamin », même s'il soutint qu'il préférait le « Gros Benjamin ». À la fin, il devint simplement Doudou, ce qu'il aime encore moins.

Nous affublâmes Pandora du surnom de « Dorie », ce qui était le mieux que nous puissions faire pour elle ; aujourd'hui, elle a dix ans et elle est plus grande que sa mère. Kitty et oncle Doudou se révélèrent fertiles, additionnant deux frères au cocktail avant même que Dorie fête ses cinq ans, et revenant habiter au Texas pour cause de surnombre.

Le drame fut que, à l'encontre de tous les conseils, ils prénommèrent les deux garçons Wolfgang et Socrate. Mais nous ne taquinons pas les petits à ce sujet. Uniquement leurs parents, tard le soir, quand les enfants sont couchés et dorment à poings fermés, et que les adultes font des jeux de société en buvant du vin – et nous supplions oncle Papadou de raser cette barbe insensée.

Oh ! J'ai pu tomber enceinte, aussi. Nous tentions d'en avoir un, mais nous eûmes la surprise de jumeaux mixtes – et si rien, vraiment rien ne fut simple dans tout cela, ils ont à présent six ans, et nous espérons avoir passé le pire. Nous les avons prénommés Captain et Tennille.

Je rigole.

Nous les prénommâmes d'après nos quatre parents : Andrew Clifford et Elizabeth Linda. Ils jouent avec leurs cousins au camp tout l'été – à nager dans le lac, nourrir les chevaux et « aider » à entretenir le jardin. Est-ce que tout est parfait ? Bon sang, non. C'est le bazar. Un bazar déchirant, galopant et dingue. Vous ne pouvez pas tout régler. Loin de là. Mais vous pouvez chercher des raisons d'être reconnaissant. Plus que cela, vous pouvez travailler à les créer.

C'est ce que j'ai retiré de tout ceci. Mon accident, qui remonte à toutes ces années, a réduit en miettes la vie que j'avais, mais il apparaît que les débris composent une assez belle mosaïque. C'est en cela que consiste l'art, je suppose : transformer les choses à partir de ce qu'elles étaient en ce qu'elles pourraient être. Aujourd'hui, mon existence est sans conteste transformée. Peut-être cela en fait-il une œuvre d'art. Tout ce que je sais, c'est que nous nous amusons autant que possible.

Tous les ans, le 1er avril, nous donnons une énorme fête de Saint-Valentin, simplement afin de ne pas oublier. L'amour arrive en permanence. Nous fîmes une mosaïque avec ce dicton, aussi.

Est-ce que je pense parfois à l'accident ? Est-ce que je me demande parfois ce qu'aurait été ma vie si j'avais épousé Chip (qui en est déjà à sa seconde femme), ou si je n'avais pas été blessée, ou si j'étais encore la fille parfaite que j'étais avant ? Pas vraiment.

Je ne suis pas assez bête pour regarder en arrière. Je sais essayer, échouer, réessayer. Je sais vivre de l'intérieur. Je sais me délecter de chaque câlin, chaque baignade matinale, chaque chatouille, chaque repas, chaque bain chaud, chaque moment où quelqu'un vous fait rire.

Plus que tout le reste, je sais que vous devez juste choisir de tirer le meilleur parti des choses. Vous n'avez qu'une vie, et elle va seulement en marche avant. Et il existe vraiment toutes sortes de fins heureuses.

Remerciements

Cette histoire a requis un nombre considérable de recherches, et je suis extrêmement reconnaissante envers tous ceux qui m'ont aidée à l'élaborer correctement. Merci du fond du cœur à tous les amis qui m'ont mise en contact avec des experts pour répondre à mes nombreuses questions : Vicky et Tony Estrera, Jennifer Hamilton, Eve Lapin, Mark Poag, et J.J. Spedale.

Je tiens à remercier les professionnels de la santé qui m'ont aidée à me renseigner sur le traitement de Margaret. Le docteur Darell Hanson a pris un café avec moi et m'a expliqué précisément quelle blessure Margaret aurait eue, détaillé les opérations chirurgicales et la guérison, et présenté le « psoas iliaque ». Le docteur Forrest Roth m'a expliqué pas à pas le traitement des brûlures et les greffes de peau. Quant à Robert Manning, ergothérapeute, il a eu la gentillesse de prendre une matinée pour me faire visiter l'unité de soins intensifs et la salle de rééducation de l'hôpital méthodiste de Houston. Ross LaBove et tous les gars du Project Walk à Houston m'ont laissée passer une journée avec eux pour découvrir toutes les façons créatives et motivantes dont ils aident les gens à travailler pour aller mieux.

Merci à Jeff Scott et Wesley Branch, qui ont eu la gentillesse de partager avec moi leurs histoires de lésions médullaires, et de parler longuement des réalités de la vie par la suite. Je suis par ailleurs heureuse d'avoir trouvé deux récits honnêtes et inspirants sur la vie avec des lésions médullaires : le livre de Mark Hall, *Across the Street from Hell*, et celui de Pamela Henline, *Walk, Don't Run*. La Christopher & Dana Reeve Foundation m'a également été utile.

Un grand merci à Mollie Gordon, qui m'a mise en contact avec son père, Alan Gordon – lequel m'a très aimablement emmenée dans son Cessna, pour un vol à Galveston, et m'a même confié les manettes un petit moment, avant de me montrer, une fois sur la terre ferme, la meilleure manière de faire s'écraser cet avion. Merci, aussi, à John Marino, qui a pris un café avec moi et m'a raconté son atroce – mais toutefois hilarante – expérience de survie à un crash aérien.

Un petit mot au passage à mon ami Sam Nichols pour la soirée au *Cherry Blossom* à Fishkill, New York, à l'occasion de laquelle il a frôlé la mort en tentant de manger une boulette de wasabi pour gagner un pari.

Je suis inspirée depuis de nombreuses années par la résistance de Jan Myers, une amie de ma mère, qui, avec son mari, a fondé un camp d'été pour les enfants avec des besoins de santé, après avoir perdu leur jeune fils John Marc des suites d'un cancer. Le Camp Espérance de ce roman – son concept fantaisiste et réfléchi, sa détermination à insuffler de la joie dans les combats des gens – s'inspire du camp John Marc.

Il faut aussi que je remercie les amis qui m'ont soutenue, se sont donné du mal pour m'aider, soit à achever mon écriture, soit à en faire la promotion : Brené Brown et Steve Alley, Chris et Connie Seger, Jenny Lawson, Sheryl Rapp, Vicky Wight, Faye Robeson, Andrew et Katherine Weber, Bryn Larsen,

Maria Zerr, Tracy Pesikoff et Dale Andrews. Et merci à ma drôle de famille de toujours s'enthousiasmer pour ce que je fais : Bill Pannill et Molly Hammond, Shelley et Matt Stein (et Yazzie), Lizzie et Scott Fletcher, et Al et Ingrid Center.
Mon incroyable mère, Deborah Detering, et ma rock star de mari, Gordon Center, engrangent toujours un million de points pour leur dévotion et leur altruisme quand je m'attelle à l'écriture. (Spéciale dédicace à Gordon pour avoir si joliment massacré la langue française et inspiré la phrase « mes jambons sont éclatés ».) Mes enfants, Anna et Thomas, obtiennent le même score d'un million de points. Simplement pour être des petits cœurs à mourir de rire.
Merci, également, à tous les gens de chez St Martin's Press, qui ont soutenu ce livre et avec lesquels il a été très agréable de travailler : Rachel Diebel, Lisa Senz, Jessica Preeg, Erica Martirano, Brant Janeway, Jordan Hanley, Olga Grlic, Elizabeth Catalano, Devan Norman et Janna Dokos.
Enfin et surtout : ma sincère gratitude envers mon agent, Helen Breitwieser, qui plaide en ma faveur et me reste fidèle depuis maintenant une bonne décennie. Et à mon éditrice, la brillante Jen Enderlin, que je ne pense pas pouvoir un jour assez remercier de m'avoir prise à son bord. Merci infiniment.

Aubin
IMPRIMEUR

IMPRIM'VERT
Votre imprimeur agit pour l'environnement

Achevé d'imprimer en décembre 2018
N° d'impression 1810.0125
Dépôt légal, janvier 2019
Imprimé en France
81122931-1